U0050544

檸檬樹出版

檸檬樹出版

專門替華人寫的
圖解韓語單字

檸檬樹

韓語基本發音（1）：母音

10 個基本母音 01

母音	拼音	注音	組合
ㅏ	a	ㄚ	ㄱ（g） + ㅏ（a） = 가（ga）
ㅑ	ya	ㄧㄚ	ㄱ（g） + ㅑ（ya） = 갸（gya）
 ㅓ	eo	ㄛ	ㄱ（g） + ㅓ（eo） = 거（geo）
 ㅕ	yeo	ㄧㄡ	ㄱ（g） + ㅕ（yeo） = 겨（gyeo）
 ㅗ	o	ㄡ	ㄱ（g） + ㅗ（o） = 고（go）
 ㅛ	yo	ㄩㄡ	ㄱ（g） + ㅛ（yo） = 교（gyo）
 ㅜ	u	ㄨ	ㄱ（g） + ㅜ（u） = 구（gu）
 ㅠ	yu	ㄩ	ㄱ（g） + ㅠ（yu） = 규（gyu）
 ㅡ	eu	ㄜ	ㄱ（g） + ㅡ（eu） = 그（geu）
 ㅣ	i	ㄧ	ㄱ（g） + ㅣ（i） = 기（gi）

11 個複合母音 02

ㅏ+ㅣ→	ㅐ	ae ㅅ	ㄱ (g) + ㅐ (ae) = 개 (gae)
ㅑ+ㅣ→	ㅒ	yae ㅅ拉長音	ㄱ (g) + ㅒ (yae) = 걔 (gyae)
ㅓ+ㅣ→	ㅔ	e ㅅ	ㄱ (g) + ㅔ (e) = 게 (ge)
ㅕ+ㅣ→	ㅖ	ye ㄧㅅ	ㄱ (g) + ㅖ (ye) = 계 (gye)
ㅗ+ㅏ→	ㅘ	wa ㄨㄚ	ㄱ (g) + ㅘ (wa) = 과 (gwa)
ㅗ+ㅏ+ㅣ→	ㅙ	wae ㄨㅅ	ㄱ (g) + ㅙ (wae) = 괘 (gwae)
ㅗ+ㅣ→	ㅚ	oe ㄨㅅ	ㄱ (g) + ㅚ (oe) = 괴 (goe)
ㅜ+ㅓ→	ㅝ	wo ㄨㄛ	ㄱ (g) + ㅝ (wo) = 궈 (gwo)
ㅜ+ㅓ+ㅣ→	ㅞ	we ㄨㅅ	ㄱ (g) + ㅞ (we) = 궤 (gwe)
ㅜ+ㅣ→	ㅟ	wi ㄩ	ㄱ (g) + ㅟ (wi) = 귀 (gwi)
ㅡ+ㅣ→	ㅢ	ui ㄨㄧ	ㄱ (g) + ㅢ (ui) = 긔 (gi)

說明

＊除了ㅇ之外，ㅢ和其他子音連接時，拼音會變成「i」。

＊의（ㅇ+ㅢ）的拼音為「ui」，但如果前面還有字，拼音也會變成「i」。

韓語基本發音（2）：子音

子音無法單獨發音，須搭配母音才能發音。下方所列的拼音為搭配母音時的發音，子音搭配母音的唸法請參考下頁「子音＋母音」。

9 個基本子音（平音）

ㄱ 拼音 g

＊在字首和字尾，發音近似ㄎ
在字中，發音近似ㄍ

ㄱ（g）＋ㅏ（a）
＝가（ga）

ㄴ 拼音 n

＊發音近似ㄋ

ㄴ（n）＋ㅏ（a）
＝나（na）

ㄷ 拼音 d

＊在字首和字尾，發音近似ㄊ
在字中，發音近似ㄉ

ㄷ（d）＋ㅏ（a）
＝다（da）

ㄹ 拼音 r

＊發音近似ㄌ

ㄹ（r）＋ㅏ（a）
＝라（ra）

ㅁ 拼音 m

＊發音近似ㄇ

ㅁ（m）＋ㅏ（a）
＝마（ma）

ㅂ 拼音 b

＊在字首和字尾，發音近似ㄆ
在字中，發音近似ㄅ

ㅂ（b）＋ㅏ（a）
＝바（ba）

ㅅ 拼音 s

＊發音近似ㄙ

ㅅ（s）＋ㅏ（a）
＝사（sa）

ㅇ 拼音 無

＊在字首 不發音
在字中和字尾，發音近似ㄥ

ㅇ（無）＋ㅏ（a）
＝아（a）

ㅈ 拼音 j

＊在字首和字尾，發音近似ㄘ
在字中，發音近似ㄗ

ㅈ（j）＋ㅏ（a）
＝자（ja）

說明

＊子音在字首和字尾時，通常發「輕音」。例如：ㄱ（ㄎ）、ㄷ（ㄊ）、ㅂ（ㄆ）、ㅈ（ㄘ）。

＊子音在字中時，通常發「濁音」。例如：ㄱ（ㄍ）、ㄷ（ㄉ）、ㅂ（ㄅ）、ㅈ（ㄗ）。

5 個送氣子音（激音）

ㅊ	ch	ㄘ	ㅊ（ch）＋ ㅏ（a）＝ 차（cha）
ㅋ	k	ㄎ	ㅋ（k）＋ ㅏ（a）＝ 카（ka）
ㅌ	t	ㄊ	ㅌ（t）＋ ㅏ（a）＝ 타（ta）
ㅍ	p	ㄆ	ㅍ（p）＋ ㅏ（a）＝ 파（pa）
ㅎ	h	ㄏ	ㅎ（h）＋ ㅏ（a）＝ 하（ha）

例外　這三個子音在母音「ㅣ（i）」之前，要改變發音：

＊「ㅅ（s）」要變成「ㄒ」。「ㅈ（j）」要變成「ㄐ」。「ㅊ（ch）」要變成「ㄑ」。

5 個重音子音（硬音、複合子音）

ㄲ	kk	在單字中要加重發音為ㄍ	ㄲ（kk）＋ ㅏ（a）＝ 까（kka）
ㄸ	tt	在單字中要加重發音為ㄉ	ㄸ（tt）＋ ㅏ（a）＝ 따（tta）
ㅃ	pp	在單字中要加重發音為ㄅ	ㅃ（pp）＋ ㅏ（a）＝ 빠（ppa）
ㅆ	ss	在單字中要加重發音為ㄙ	ㅆ（ss）＋ ㅏ（a）＝ 싸（ssa）
ㅉ	jj	在單字中要加重發音為ㄗ	ㅉ（jj）＋ ㅏ（a）＝ 짜（jja）

韓語基本發音（3）：子音＋母音

有些人乍看韓文字覺得像是「火星文」，而且許多字都十分相像。其實，韓文字就像「堆積木」，每一個字都是由「子音」和「母音」堆疊組合而成的。所以學習韓語的步驟是：先學【子音】和【母音】，再學【子音＋母音】的組合發音。

這兩頁即是【子音＋母音】的組合發音。橫軸為「母音」，縱軸為「子音」，拼音下方的中文字或注音為「近似音」，可作為輔助學習之用，但和實際的韓語發音仍稍有差異，仍須聽MP3來學習標準發音。為了聆聽上的方便，MP3中特別以每一縱列為一個MP3音軌，可從頭開始依序聆聽，也可以選擇特定的音軌來加強學習。

基本子音／送氣子音 ＋ 基本母音

基本子音

MP3	03	04	05	06	07	08	09	10	11	12
母 子	ㅏ a	ㅑ ya	ㅓ eo	ㅕ yeo	ㅗ o	ㅛ yo	ㅜ u	ㅠ yu	ㅡ eu	ㅣ i
ㄱ g	가 ga 嘎	갸 gya ㄍ一Y	거 geo ㄍㄛ	겨 gyeo ㄍ一ㄡ	고 go 勾	교 gyo ㄍㄩㄡ	구 gu 咕	규 gyu ㄍㄩ	그 geu 哥	기 gi ㄍ一
ㄴ n	나 na ㄋY	냐 nya ㄋ一Y	너 neo ㄋㄛ	녀 nyeo 妞	노 no ㄋㄡ	뇨 nyo ㄋㄩㄡ	누 nu ㄋㄨ	뉴 nyu ㄋㄩ	느 neu ㄋㄜ	니 ni ㄋ一
ㄷ d	다 da 搭	댜 dya ㄉ一Y	더 deo ㄉㄛ	뎌 dyeo 丟	도 do 都	됴 dyo ㄉㄩㄡ	두 du 嘟	듀 dyu ㄉㄩ	드 deu ㄉㄜ	디 di 低
ㄹ r	라 ra 拉	랴 rya ㄌ一Y	러 reo ㄌㄛ	려 ryeo 溜	로 ro ㄌㄡ	료 ryo ㄌㄩㄡ	루 ru 嚕	류 ryu ㄌㄩ	르 reu ㄌㄜ	리 ri ㄌ一
ㅁ m	마 ma 媽	먀 mya ㄇ一Y	머 meo ㄇㄛ	며 myeo ㄇ一ㄡ	모 mo ㄇㄡ	묘 myo ㄇㄩㄡ	무 mu ㄇㄨ	뮤 my ㄇㄩ	므 meu ㄇㄜ	미 mi 咪
ㅂ b	바 ba 八	뱌 bya ㄅ一Y	버 beo ㄅㄛ	벼 byeo ㄅ一ㄡ	보 bo ㄅㄡ	뵤 byo ㄅㄩㄡ	부 bu ㄅㄨ	뷰 byu ㄅㄩ	브 beu ㄅㄜ	비 bi 逼
ㅅ s	사 sa 撒	샤 sya 蝦	서 seo ㄙㄛ	셔 syeo ㄙ一ㄡ	소 so 搜	쇼 syo ㄒㄩㄡ	수 su 蘇	슈 syu 需	스 seu ㄙㄜ	시 si 嘻
ㅇ （無）	아 a 阿	야 ya 呀	어 eo ㄛ	여 yeo 喲	오 o 歐	요 yo ㄩㄡ	우 u 嗚	유 yu ㄩ	으 eu ㄜ	이 i 一

送氣子音

ㅈ j	자 ja ㄐㄚ	쟈 jya 加	저 jeo ㄐㄛ	져 jyeo 揪	조 jo 鄒	죠 jyo ㄐㄩㄡ	주 ju ㄐㄨ	쥬 jyu 居	즈 jeu ㄗㄜ	지 ji 機
ㅊ ch	차 cha ㄑㄚ	챠 chya 掐	처 cheo ㄑㄛ	쳐 chyeo 邱	초 cho ㄑㄡ	쵸 chyo ㄑㄩㄡ	추 chu ㄑㄨ	츄 chyu 區	츠 cheu ㄑㄜ	치 chi 七
ㅋ k	카 ka 喀	캬 kya ㄎㄧㄚ	커 keo ㄎㄛ	켜 kyeo ㄎㄧㄡ	코 ko 摳	쿄 kyo ㄎㄩㄡ	쿠 ku 枯	큐 kyu ㄎㄩ	크 keu 科	키 ki ㄎㄧ
ㅌ t	타 ta 他	탸 tya ㄊㄧㄚ	터 teo ㄊㄛ	텨 tyeo ㄊㄧㄡ	토 to 偷	툐 tyo ㄊㄩㄡ	투 tu 禿	튜 tyu ㄊㄩ	트 teu ㄊㄜ	티 ti 踢
ㅍ p	파 pa 趴	퍄 pya ㄆㄧㄚ	퍼 peo ㄆㄛ	펴 pyeo ㄆㄧㄡ	포 po ㄆㄡ	표 pyo ㄆㄩㄡ	푸 pu 撲	퓨 pyu ㄆㄩ	프 peu ㄆㄜ	피 pi 匹
ㅎ h	하 ha 哈	햐 hya ㄏㄧㄚ	허 heo ㄏㄛ	혀 hyeo ㄏㄧㄡ	호 ho ㄏㄡ	효 hyo ㄏㄩㄡ	후 hu 呼	휴 hyu ㄏㄩ	흐 heu 喝	히 hi ㄏㄧ

重音子音 + 基本母音

重音子音

MP3	13	14	15	16	17	18	19	20	21	22
母 子	ㅏ a	ㅑ ya	ㅓ eo	ㅕ yeo	ㅗ o	ㅛ yo	ㅜ u	ㅠ yu	ㅡ eu	ㅣ i
ㄲ kk	까 kka 嘎	꺄 kkya ㄍㄧㄚ	꺼 kkeo ㄍㄛ	껴 kkyeo ㄍㄧㄡ	꼬 kko 勾	꾜 kkyo ㄍㄩㄡ	꾸 kku 咕	뀨 kkyu ㄍㄩ	끄 kkeu 哥	끼 kki ㄍㄧ
ㄸ tt	따 tta 他	땨 ttya ㄊㄧㄚ	떠 tteo ㄊㄛ	뗘 ttyeo ㄊㄧㄡ	또 tto 偷	뚀 ttyo ㄊㄩㄡ	뚜 ttu 禿	뜌 ttyu ㄊㄩ	뜨 tteu ㄊㄜ	띠 tti 踢
ㅃ pp	빠 ppa 趴	뺘 ppya ㄆㄧㄚ	뻐 ppeo ㄆㄛ	뼈 ppyeo ㄆㄧㄡ	뽀 ppo ㄆㄡ	뾰 ppyo ㄆㄩㄡ	뿌 ppu 撲	쀼 ppyu ㄆㄩ	쁘 ppeu ㄆㄜ	삐 ppi 匹
ㅆ ss	싸 ssa ㄙㄚ	쌰 ssya 蝦	써 sseo ㄒㄛ	쎠 ssyeo 休	쏘 sso 搜	쑈 ssyo ㄒㄩㄡ	쑤 ssu 蘇	쓔 ssyu 需	쓰 sseu ㄙㄜ	씨 ssi 嘻
ㅉ jj	짜 jja ㄐㄚ	쨔 jjya 加	쩌 jjeo ㄐㄛ	쪄 jjyeo 揪	쪼 jjo 鄒	쬬 jjyo ㄐㄩㄡ	쭈 jju ㄐㄨ	쮸 jjyu 居	쯔 jjeu ㄗㄜ	찌 jji 機

韓語文字的組成結構

「子音」和「母音」如何組成韓文字呢？有【2 個音】、【3 個音】、【4 個音】的組成型態。

（1）子音＋母音 （2 個音的組合）

● 左右排列

● 上下排列

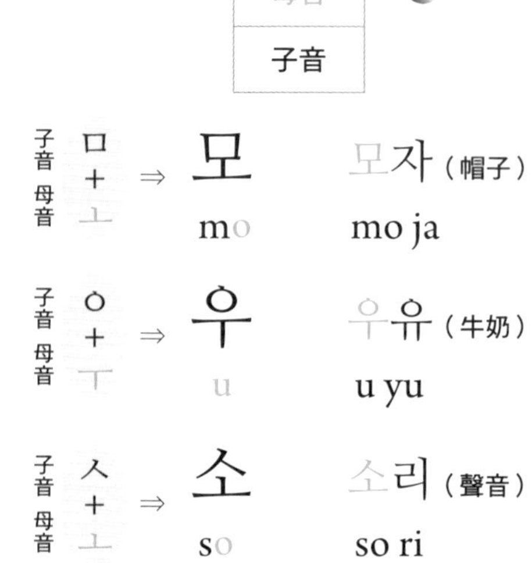

（2）子音＋母音＋子音 （3 個音的組合）

● 左右排列＋下方子音

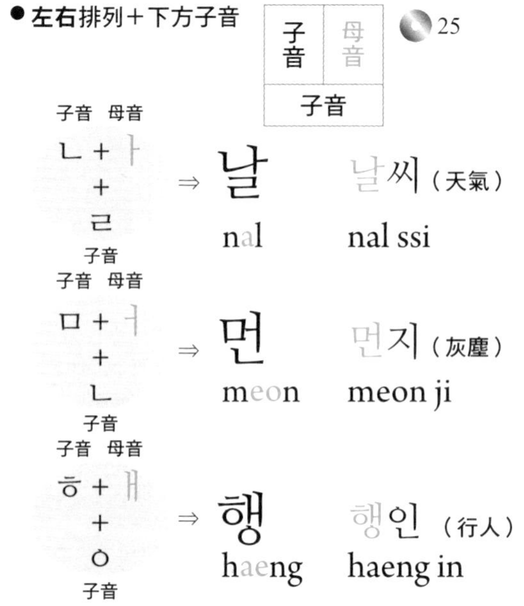

● 上下排列

（3）子音＋母音＋兩個子音 （4 個音的組合）

● **左右**排列＋下方子音

子音	母音
子音	子音

27

子音 母音 / 子音 子音	ㄷ + ㅏ + ㄹ + ㄱ	⇒	닭 dak	닭고기 dak-ggo gi	（雞肉）
子音 母音 / 子音 子音	ㅈ + ㅓ + ㄹ + ㅁ	⇒	젊 jeom	젊은이 jeolmeuni	（年輕人）
子音 母音 / 子音 子音	ㅁ + ㅏ + ㄹ + ㄱ	⇒	맑 mak	맑다 mak-dda	（晴朗）

● **左右**排列＋下方子音

子音	
母音	
子音	子音

28

子音 / 母音 / 子音 子音	ㄱ + ㅜ + ㄹ + ㄱ	⇒	굵 guk	굵다 guk-dda	（粗的）
子音 / 母音 / 子音 子音	ㅇ + ㅗ + ㄹ + ㅁ	⇒	옮 om	옮기다 om gi da	（搬）
子音 / 母音 / 子音 子音	ㄴ + ㅡ + ㄹ + ㄱ	⇒	늙 neuk	늙다 neuk-dda	（老）

本書學習特色 1 —— 安排四種學習插圖，1 單字、1 圖解、1 用例

本書精心安排四種學習插圖——【情境圖・字義圖・步驟圖・實景圖】，可透過不同的「圖」像「解」說，學會各領域的實用詞彙。書中的每一張插圖不是單純扮演美化版面的功能而已，而是具有「解釋詞彙、說明詞彙」的講解功能，發揮【單字＋圖解＋用例】的強大學習功效！

1. 情境圖

2. 字義圖

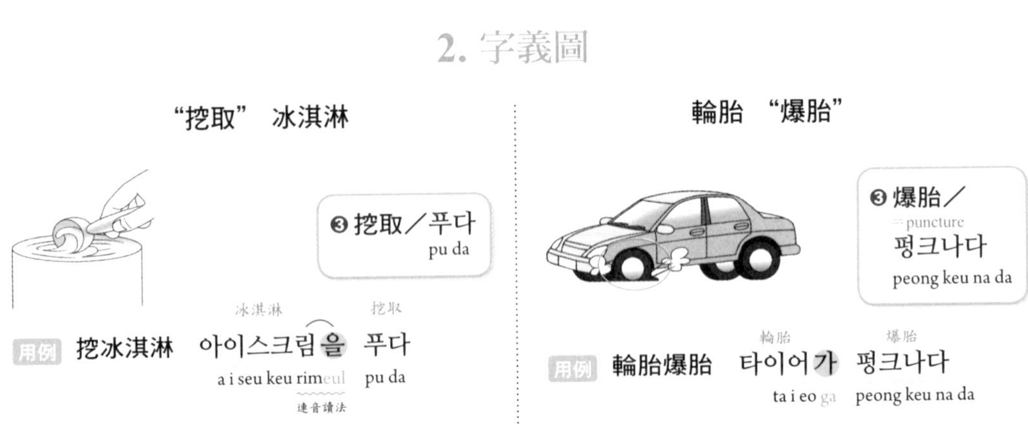

3. 步驟圖

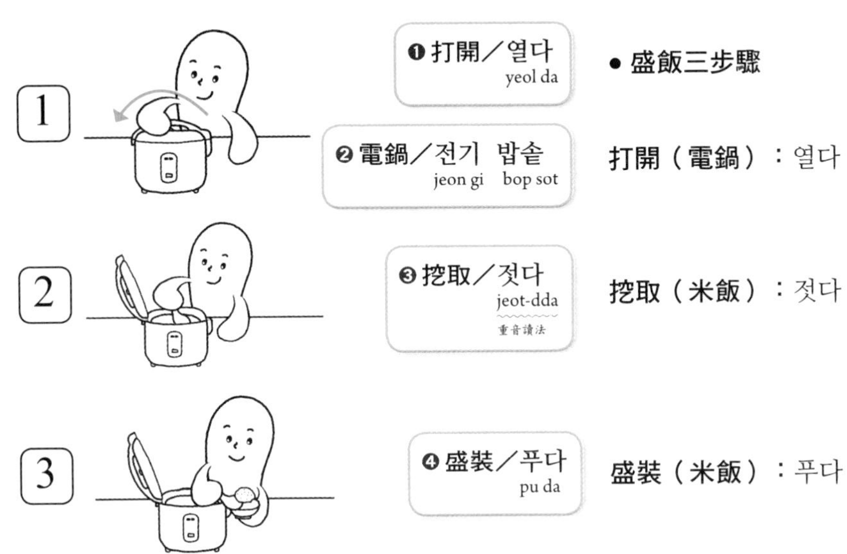

● 盛飯三步驟

打開（電鍋）：열다

挖取（米飯）：젓다

盛裝（米飯）：푸다

4. 實景圖

機 艙 內

❷靠窗的座位／창가 자리（窗邊 座位）
chang-gga ja ri
重音讀法

❸機位／자리
ja ri

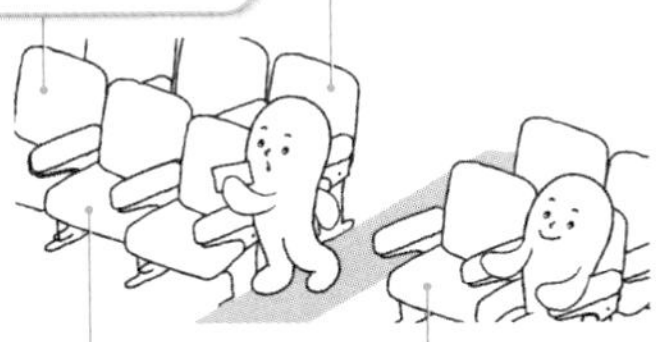

❹中間的座位／중간자리（中間）
jung gan ja ri

❺靠走道的座位／복도자리（走道）
bok-ddo ja ri
重音讀法

用例　找機位　자리를 찾다（機位 尋找）
ja ri reul chat-dda
重音讀法

測 速 照 相

❸測速照相機／속도위반카메라（速度 違規 相機 = camera）
sok do wi ban ka me ra

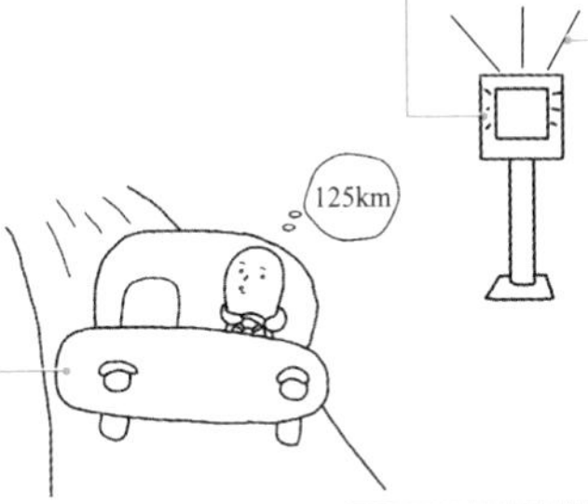

125km

❹飆車／과속
gwa sok

❺被拍照／찍히다
jjiki da
連音讀法

本書學習特色 2 —— 身歷其境、將韓語融入生活來學習！

本書將「生活情境」和「韓語學習」巧妙結合，學習情境鉅細靡遺、深入生活百態，徹底落實「將韓語融入生活」。每天的生活點滴都變成「關鍵單字」，並結合「解釋單字的圖片」來引導你學習。

拍照

相片 拍攝

사진을 찍다

sa jineul jjik-dda

連音讀法 重音讀法

逐字解說，
每一個　都是一個詞彙

聽音樂

音樂 聽

음악을 듣다

eum ageul deut-dda

連音讀法 重音讀法

逐字加註“羅馬拼音”

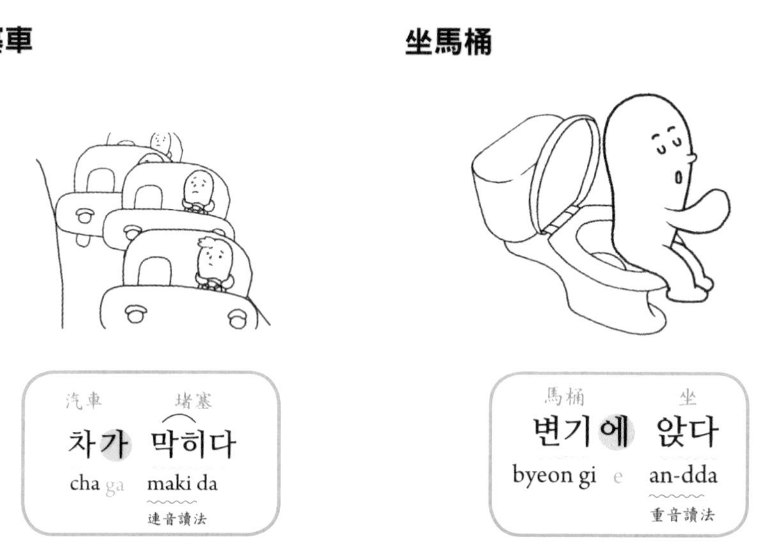

內容取材日常生活，非常實用！
是韓劇常用的生活詞彙、韓國人天天說的生活韓語！

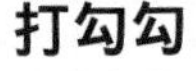

打勾勾

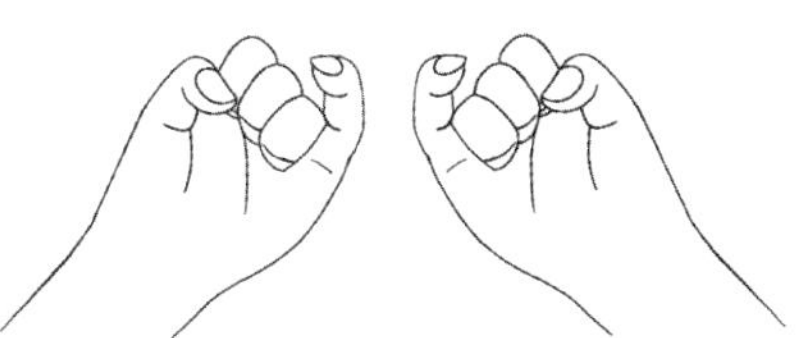

手指 交叉 約定
손가락 걸고 약속하다
son-gga rak geol go yak-ssok ha da
重音讀法 重音讀法

數鈔票

鈔票 點算
지폐를 세다
ji pye reul se da

本書學習特色 3 —— 解說韓語發音指南、助詞用法

1. 解說【韓語發音指南】

韓語文字是由子音和母音所組成的，如果不熟悉子音和母音，就唸不出每一個字。不過別擔心，書中的單字都有編號，可根據編號查詢這個字是如何組成的，拆解出所構成的子音和母音，就可以知道該如何發音了！

2. 解說【助詞用法】

「助詞」是韓語句子中用來「連接受詞和動詞」、或表示「特定意義」的詞彙，幾乎每一個句子都有助詞，掌握助詞用法，就等於掌握了初級韓語文法。就因為「助詞」如此重要，所以書中每一個例句所出現的助詞，皆有醒目標示，並以淺顯易懂的文字解說用法。

本書學習特色 4 —— 標示【連音化、重音化、外來語詞源】

1.【連音化】、【重音化】是「發音宛如韓國人」的關鍵！

就像中文不能完全按照注音符號的四聲來唸，有時候要稍微改變一樣，韓語也有「連音化」、「重音化」的獨特發音規則（字與字組合後要稍微改變發音），這算是「道地母語化」的發音特色，教科書無法交代得非常仔細，可是韓國人都是這麼唸的！在本書裡，有「連音化」及「重音化」的單字，都一一標示出「連音化」、「重音化」之後的羅馬拼音，就算初學時還搞不清楚什麼時候會有連音、什麼時候該唸重音也沒關係，只要照著書中的標示大聲唸出來，你的發音就能像韓國人一樣！* 連音&重音的詳細說明請參考 p279、p280的【附錄2、3】。

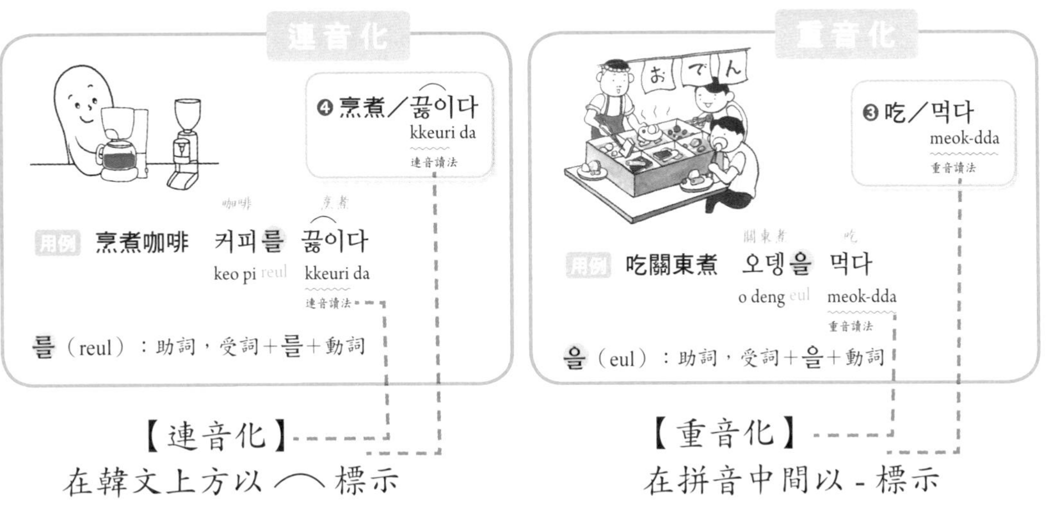

2. 標示【外來語詞源】

韓語中有許多源自英語的「外來語」，這些外來語的發音都非常接近英語。針對這樣的詞彙，書中會特別列出英語原文，藉由英語的輔助，應該更容易記住韓語發音。

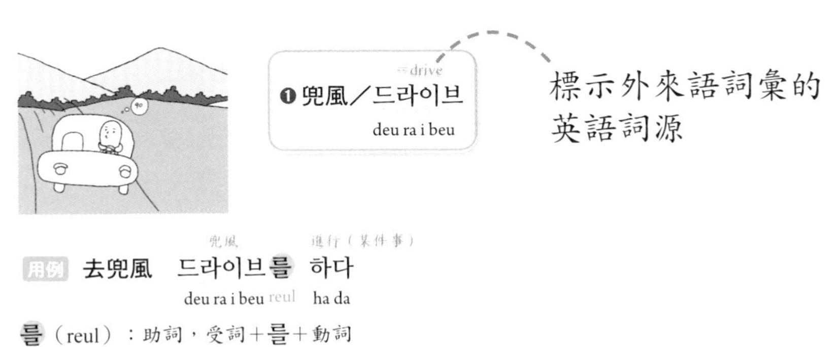

目錄

目錄

食物

專門替華人寫的圖解韓語單字

- 手機・電話
- 汽車
- 金融事物
- 捷運・火車
- 電腦
- 交通設施
- 機車・腳踏車
- 公車・飛機
- 便利商店
- 醫療相關
- 衛浴用品
- 人體
- 休閒娛樂
- 工具・材料
- 文書用具
- 桌椅・寢具
- 打掃用具
- 郵件
- 大自然
- 冰品・飲料
- 食物

1 手機 (1) 휴대폰／휴대전화

hyu dae pon／hyu dae jeon hwa

001

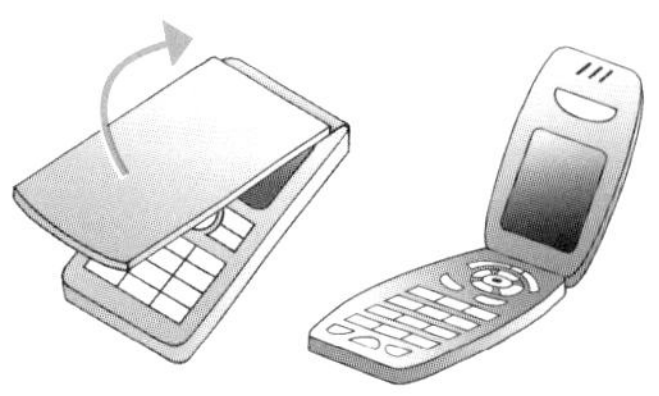

❶ 掀開／열다
yeol da

手機　掀開

用例 掀開手機　휴대폰을 열다
hyu dae poneul　yeol da
連音讀法

을（eul）：助詞，受詞＋을＋動詞

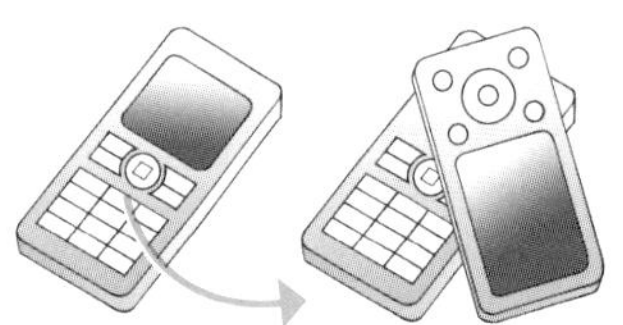

❷ 滑開／돌려서 열다
dol ryeo seo　yeol da

手機　滑開

用例 滑開手機　휴대폰을 돌려서 열다
hyu dae poneul　dol ryeo seo　yeol da
連音讀法

을（eul）：助詞，受詞＋을＋動詞

❸ 推開／밀다
mil da

手機　推開

用例 推開手機　휴대폰을 밀다
hyu dae poneul　mil da
連音讀法

을（eul）：助詞，受詞＋을＋動詞

韓語發音指南

❶ 열 yeol = ㅇ x + ㅕ yeo + ㄹ l
다 da = ㄷ d + ㅏ a
用例
휴 hyu = ㅎ h + ㅠ yu
대 dae = ㄷ d + ㅐ ae
폰 pon = ㅍ p + ㅗ o + ㄴ n

❷ 돌 dol = ㄷ d + ㅗ o + ㄹ l
려 ryeo = ㄹ r + ㅕ yeo
서 seo = ㅅ s + ㅓ eo
열 yeol = ㅇ x + ㅕ yeo + ㄹ l
다 da = ㄷ d + ㅏ a
用例
휴 hyu = ㅎ h + ㅠ yu
대 dae = ㄷ d + ㅐ ae
폰 pon = ㅍ p + ㅗ o + ㄴ n

❸ 밀 mil = ㅁ m + ㅣ i + ㄹ l
다 da = ㄷ d + ㅏ a
用例
휴 hyu = ㅎ h + ㅠ yu
대 dae = ㄷ d + ㅐ ae
폰 pon = ㅍ p + ㅗ o + ㄴ n

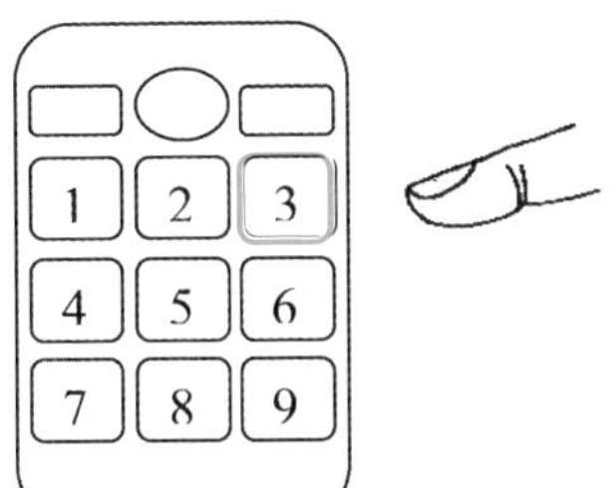

❶ 按／누르다
nu reu da

按鍵＝button　按

 按按鍵　버튼을　누르다
beo teuneul　nu reu da
連音讀法

을（eul）：助詞，受詞＋을＋動詞

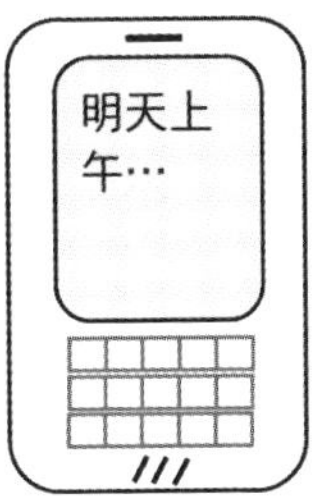

❷ 文字／글자
geul-jja
重音讀法

文字　鍵入

 鍵入文字　글자를 입력하다
geul-jja reul　im nyeoka da
重音讀法　連音讀法

를（reul）：助詞，受詞＋를＋動詞

❸ 講／통화하다
tong hwa ha da

手機　講（電話）

用例 講手機　휴대폰으로　통화하다
hyu dae poneu ro　tong hwa ha da
連音讀法

으로（eu ro）：助詞，用某種工具

韓語發音指南

❶ 누 nu = ㄴ n + ㅜ u
르 reu = ㄹ r + ㅡ eu
다 da = ㄷ d + ㅏ a

用例
버 beo = ㅂ b + ㅓ eo
튼 teun = ㅌ t + ㅡ eu + ㄴ n

❷ 글 geul = ㄱ g + ㅡ eu + ㄹ l
자 ja = ㅈ j + ㅏ a

用例
입 ip = ㅇ x + ㅣ i + ㅂ p
력 ryeok = ㄹ r + ㅕ yeo + ㄱ k
하 ha = ㅎ h + ㅏ a
다 da = ㄷ d + ㅏ a

❸ 통 tong = ㅌ t + ㅗ o + ㅇ ng
화 hwa = ㅎ h + ㅘ wa
하 ha = ㅎ h + ㅏ a
다 da = ㄷ d + ㅏ a

用例
휴 hyu = ㅎ h + ㅠ yu
대 dae = ㄷ d + ㅐ ae
폰 pon = ㅍ p + ㅗ o + ㄴ n

1 手機 (2) 휴대폰／휴대전화 hyu dae pon／hyu dae jeon hwa

002

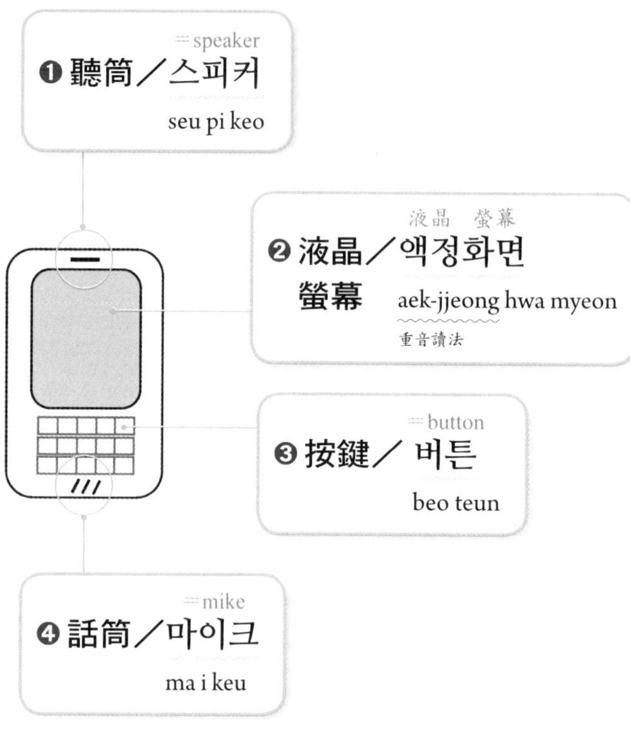

❶ 聽筒／스피커 ≒speaker
seu pi keo

❷ 液晶螢幕／액정화면 (液晶 螢幕)
aek-jjeong hwa myeon
重音讀法

❸ 按鍵／버튼 ≒button
beo teun

❹ 話筒／마이크 ≒mike
ma i keu

❺ 鈴聲／벨소리
bel-sso ri
重音讀法

❻ 手機吊飾／휴대폰걸이
hyu dae pon geori
連音讀法

韓語發音指南

❶ 스 seu = ㅅ s + ㅡ eu
피 pi = ㅍ p + ㅣ i
커 keo = ㅋ k + ㅓ eo

❷ 액 aek = ㅇ x + ㅐ ae + ㄱ k
정 jeong = ㅈ j + ㅓ eo + ㅇ ng
화 hwa = ㅎ h + ㅘ wa
면 myeon = ㅁ m + ㅕ yeo + ㄴ n

❸ 버 beo = ㅂ b + ㅓ eo
튼 teun = ㅌ t + ㅡ eu + ㄴ n

❹ 마 ma = ㅁ m + ㅏ a
이 i = ㅇ x + ㅣ i
크 keu = ㅋ k + ㅡ eu

❺ 벨 bel = ㅂ b + ㅔ e + ㄹ l
소 so = ㅅ s + ㅗ o
리 ri = ㄹ r + ㅣ i

❻ 휴 hyu = ㅎ h + ㅠ yu
대 dae = ㄷ d + ㅐ ae
폰 pon = ㅍ p + ㅗ o + ㄴ n
걸 geol = ㄱ g + ㅓ eo + ㄹ l
이 i = ㅇ x + ㅣ i

= straight
❶ 直式／스트레이트형
seu teu re i teu hyeong

❷ 折疊式／폴더형
pol deo hyeong

= slide
❸ 滑蓋式／슬라이드형
seul ra i deu hyeong

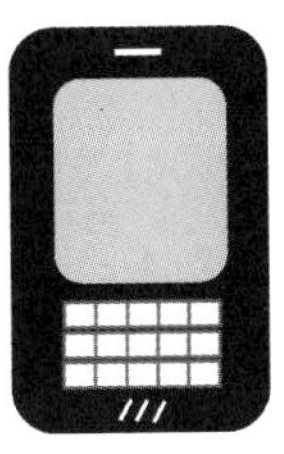

= smartphone
❹ 智慧型手機／스마트폰
seu ma teu pon

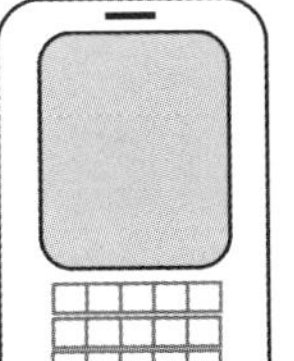

❺ 發送訊號／
發送 訊號
발송신호
bal song sin ho

❻ 接收訊號／
接收
수신신호
su sin sin ho

韓語發音指南

❶ 스 seu = ㅅ s + ㅡ eu
트 teu = ㅌ t + ㅡ eu
레 re = ㄹ r + ㅔ e
이 i = ㅇ x + ㅣ i
트 teu = ㅌ t + ㅡ eu
형 hyeong = ㅎ h + ㅕ yeo + ㅇ ng

❷ 폴 pol = ㅍ p + ㅗ o + ㄹ l
더 deo = ㄷ d + ㅓ eo
형 hyeong = ㅎ h + ㅕ yeo + ㅇ ng

❸ 슬 seul = ㅅ s + ㅡ eu + ㄹ l
라 ra = ㄹ r + ㅏ a
이 i = ㅇ x + ㅣ i
드 deu = ㄷ d + ㅡ eu
형 hyeong = ㅎ h + ㅕ yeo + ㅇ ng

❹ 스 seu = ㅅ s + ㅡ eu
마 ma = ㅁ m + ㅏ a
트 teu = ㅌ t + ㅡ eu
폰 pon = ㅍ p + ㅗ o + ㄴ n

❺ 발 bal = ㅂ b + ㅏ a + ㄹ l
송 song = ㅅ s + ㅗ o + ㅇ ng
신 sin = ㅅ s + ㅣ i + ㄴ n
호 ho = ㅎ h + ㅗ o

❻ 수 su = ㅅ s + ㅜ u
신 sin = ㅅ s + ㅣ i + ㄴ n
신 sin = ㅅ s + ㅣ i + ㄴ n
호 ho = ㅎ h + ㅗ o

1 手機 (3) 휴대폰／휴대전화

hyu dae pon／hyu dae jeon hwa

003

❶ 撥打／걸다
geol da

用例 打電話 전화를(電話) 걸다(撥打)
jeon hwa reul geol da

를（reul）：助詞，受詞＋를＋動詞

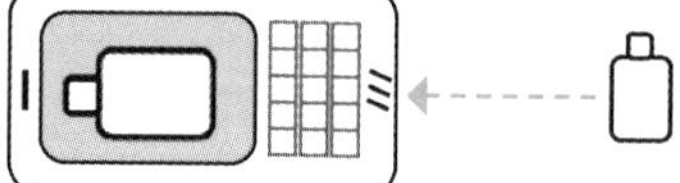

❷ 裝上／끼우다
kki u da

用例 裝上電池 배터리를(電池＝battery) 끼우다(裝上)
bae teo ri reul kki u da

를（reul）：助詞，受詞＋를＋動詞

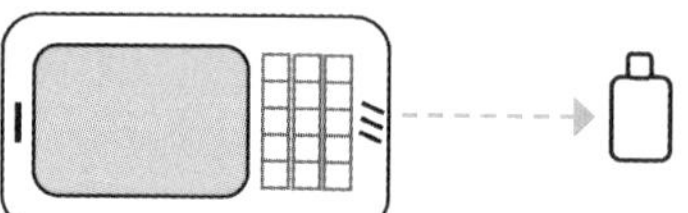

❸ 卸除／빼내다
ppae nae da

用例 卸除電池 배터리를(電池) 빼내다(卸除)
bae teo ri reul ppae nae da

를（reul）：助詞，受詞＋를＋動詞

韓語發音指南

❶ 걸 geol = ㄱ g + ㅓ eo + ㄹ l
다 da = ㄷ d + ㅏ a
用例
전 jeon = ㅈ j + ㅓ eo + ㄴ n
화 hwa = ㅎ h + ㅘ wa

❷ 끼 kki = ㄲ kk + ㅣ i
우 u = ㅇ x + ㅜ u
다 da = ㄷ d + ㅏ a
用例
배 bae = ㅂ b + ㅐ ae
터 teo = ㅌ t + ㅓ eo
리 ri = ㄹ r + ㅣ i

❸ 빼 ppae = ㅃ pp + ㅐ ae
내 nae = ㄴ n + ㅐ ae
다 da = ㄷ d + ㅏ a
用例
배 bae = ㅂ b + ㅐ ae
터 teo = ㅌ t + ㅓ eo
리 ri = ㄹ r + ㅣ i

❶ 放入／넣다
neota
連音讀法

用例 放入手機袋 휴대폰케이스에 넣다
（手機袋）（放入）
hyu dae pon ke i seu e neota
連音讀法

에（e）：助詞，到某物

❷ 取出／꺼내다
kkeo nae da

用例 從手機袋取出
휴대폰케이스에서 꺼내다
（手機袋）（取出）
hyu dae pon ke i seu e seo kkeo nae da

에서（e seo）：助詞，從某物

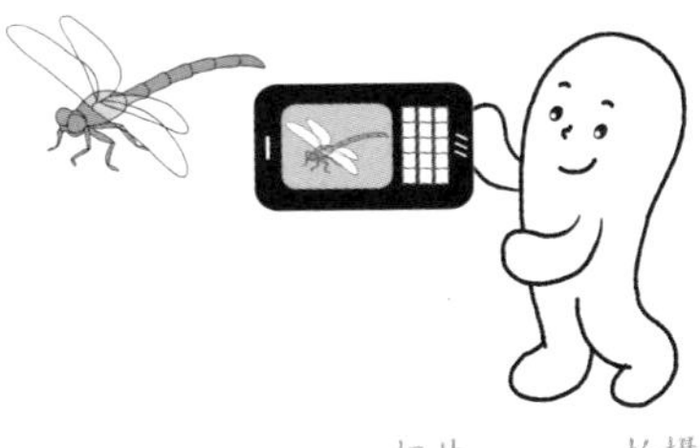

❸ 拍攝／찍다
jjik-dda
重音讀法

用例 拍照 사진을 찍다
（相片）（拍攝）
sa jineul jjik-dda
連音讀法 重音讀法

을（eul）：助詞，受詞＋을＋動詞

韓語發音指南

❶ 넣 neot = ㄴ n + ㅓ eo + ㅎ t
다 da = ㄷ d + ㅏ a
用例
휴 hyu = ㅎ h + ㅠ yu
대 dae = ㄷ d + ㅐ ae
폰 pon = ㅍ p + ㅗ o + ㄴ n
케 ke = ㅋ k + ㅔ e
이 i = ㅇ x + ㅣ i
스 seu = ㅅ s + ㅡ eu

❷ 꺼 kkeo = ㄲ kk + ㅓ eo
내 nae = ㄴ n + ㅐ ae
다 da = ㄷ d + ㅏ a
用例
휴 hyu = ㅎ h + ㅠ yu
대 dae = ㄷ d + ㅐ ae
폰 pon = ㅍ p + ㅗ o + ㄴ n
케 ke = ㅋ k + ㅔ e
이 i = ㅇ x + ㅣ i
스 seu = ㅅ s + ㅡ eu

❸ 찍 jjik = ㅉ jj + ㅣ i + ㄱ k
다 da = ㄷ d + ㅏ a
用例
사 sa = ㅅ s + ㅏ a
진 jin = ㅈ j + ㅣ i + ㄴ n

1 手機 (4) 휴대폰／휴대전화

hyu dae pon／hyu dae jeon hwa

004

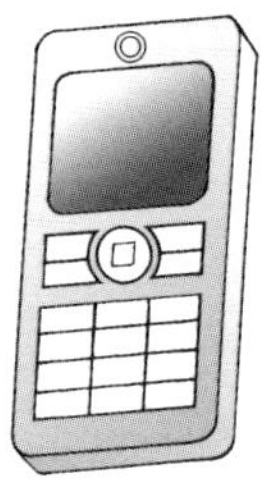

❶ 電源開關／전원

jeonwon

連音讀法

用例 開機 전원을 켜다（開關 開啟）

jeonwoneul kyeo da

連音讀法

을（eul）：助詞，受詞＋을＋動詞

用例 關機 전원을 끄다（開關 關閉）

jeonwoneul kkeu da

連音讀法

을（eul）：助詞，受詞＋을＋動詞

❷ 簡訊／문자메세지（文字 訊息，＝message）

mun-jja me se ji

重音讀法

用例 發送簡訊 문자메세지를 보내다（文字 訊息 發送）

mun-jja me se ji reul bo nae da

重音讀法

를（reul）：助詞，受詞＋를＋動詞

用例 接收簡訊 문자메세지를 받다（文字 訊息 接收）

mun-jja me se ji reul bat-dda

重音讀法 重音讀法

를（reul）：助詞，受詞＋를＋動詞

韓語發音指南

❶ 전 jeon = ㅈ j + ㅓ eo + ㄴ n

원 won = ㅇ x + ㅝ wo + ㄴ n

用例

켜 kyeo = ㅋ k + ㅕ yeo

다 da = ㄷ d + ㅏ a

用例

끄 kkeu = ㄲ kk + ㅡ eu

다 da = ㄷ d + ㅏ a

❷ 문 mun = ㅁ m + ㅜ u + ㄴ n

자 ja = ㅈ j + ㅏ a

메 me = ㅁ m + ㅔ e

세 se = ㅅ s + ㅔ e

지 ji = ㅈ j + ㅣ i

用例

보 bo = ㅂ b + ㅗ o

내 nae = ㄴ n + ㅐ ae

다 da = ㄷ d + ㅏ a

用例

받 bat = ㅂ b + ㅏ a + ㄷ t

다 da = ㄷ d + ㅏ a

❶ 聽／듣다

deut-dda

重音讀法

用例 **聽音樂** 음악을 듣다

音樂 聽

eum ageul deut-dda

連音讀法 重音讀法

을（eul）：助詞，受詞＋을＋動詞

❷ 繫上／걸다

geol da

用例 **繫手機吊飾** 휴대폰걸이를 걸다

手機 吊飾 繫上

hyu dae pon geori reul geol da

連音讀法

를（reul）：助詞，受詞＋를＋動詞

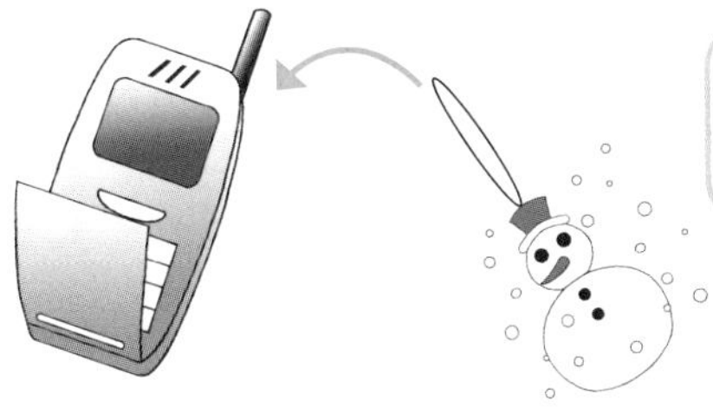

❸ 拆下／빼다

ppae da

用例 **拆手機吊飾** 휴대폰걸이를 빼다

手機 吊飾 拆下

hyu dae pon geori reul ppae da

連音讀法

를（reul）：助詞，受詞＋를＋動詞

韓語發音指南

❶ 듣 deut = ㄷ d + ㅡ eu + ㄷ t

다 da = ㄷ d + ㅏ a

用例

음 eum = ㅇ x + ㅡ eu + ㅁ m

악 ak = ㅇ x + ㅏ a + ㄱ k

❷ 걸 geol = ㅈ g + ㅓ eo + ㄹ l

다 da = ㄷ d + ㅏ a

用例

휴 hyu = ㅎ h + ㅠ yu

대 dae = ㄷ d + ㅐ ae

폰 pon = ㅍ p + ㅗ o + ㄴ n

걸 geol = ㅈ g + ㅓ eo + ㄹ l

이 i = ㅇ x + ㅣ i

❸ 빼 ppae = ㅃ pp + ㅐ ae

다 da = ㄷ d + ㅏ a

用例

휴 hyu = ㅎ h + ㅠ yu

대 dae = ㄷ d + ㅐ ae

폰 pon = ㅍ p + ㅗ o + ㄴ n

걸 geol = ㅈ g + ㅓ eo + ㄹ l

이 i = ㅇ x + ㅣ i

2 電話 (1) 전화
jeon hwa

❶ 話筒／수화기
su hwa gi

話筒 線
❷ 話筒線／수화기선
su hwa gi seon

"電話"的相關字

惡作劇 電話
❸ 惡作劇電話／장난전화
jang nan jeon hwa

無聲
❹ 來電卻不出聲的電話／무언전화
mu yeon jeon hwa

猥褻
❺ 猥褻電話／음란전화
eum ran jeon hwa

❻ 轉交／바꿔주다
ba kkwo ju da

用例 轉交電話 전화를 바꿔주다
電話 轉交
jeon hwa reul ba kkwo ju da

를（reul）：助詞，受詞＋를＋動詞

韓語發音指南

❶ 수 su = ㅅ s + ㅜ u
화 hwa = ㅎ h + ㅘ wa
기 gi = ㄱ g + ㅣ i

❷ 수 su = ㅅ s + ㅜ u
화 hwa = ㅎ h + ㅘ wa
기 gi = ㄱ g + ㅣ i
선 seon = ㅅ s + ㅓ eo + ㄴ n

❸ 장 jang = ㅈ j + ㅏ a + ㅇ ng
난 nan = ㄴ n + ㅏ a + ㄴ n
전 jeon = ㅈ j + ㅓ eo + ㄴ n
화 hwa = ㅎ h + ㅘ wa

❹ 무 mu = ㅁ m + ㅜ u
언 yeon = ㅇ x + ㅓ yeo + ㄴ n
전 jeon = ㅈ j + ㅓ eo + ㄴ n
화 hwa = ㅎ h + ㅘ wa

❺ 음 eum = ㅇ x + ㅡ eu + ㅁ m
란 ran = ㄹ r + ㅏ a + ㄴ n
전 jeon = ㅈ j + ㅓ e + ㄴ on
화 hwa = ㅎ h + ㅘ wa

❻ 바 ba = ㅂ b + ㅏ a
꿔 kkwo = ㄲ kk + ㅝ wo
주 ju = ㅈ j + ㅜ u
다 da = ㄷ d + ㅏ a

用例
전 jeon = ㅈ j + ㅓ eo + ㄴ n
화 hwa = ㅎ h + ㅘ wa

❶ 拿起／들다
deul da

用例　**拿起話筒**　수화기를（話筒）　들다（拿起）
su hwa gi reul　deul da

를（reul）：助詞，受詞＋를＋動詞

❷ 掛上／내려놓다
nae ryeo nota
連音讀法

用例　**掛話筒**　수화기를（話筒）　내려놓다（掛上）
su hwa gi reul　nae ryeo nota
連音讀法

를（reul）：助詞，受詞＋를＋動詞

❸ 通話中／통화중
tong hwa jung

用例　**對方通話中**　상대방이（對方）　통화중이다（通話中）
sang dae bang i　tong hwa jung i　da

이（i）：助詞，接在主詞之後
이다（i da）：語尾助詞，無義

韓語發音指南

❶ 들 deul = ㄷ d + ㅡ eu + ㄹ l
다 da = ㄷ d + ㅏ a

用例
수 su = ㅅ s + ㅜ u
화 hwa = ㅎ h + ㅘ wa
기 gi = ㄱ g + ㅣ i

❷ 내 nae = ㄴ n + ㅐ ae
려 ryeo = ㄹ r + ㅕ yeo
놓 not = ㄴ n + ㅗ o + ㅎ t
다 da = ㄷ d + ㅏ a

用例
수 su = ㅅ s + ㅜ u
화 hwa = ㅎ h + ㅘ wa
기 gi = ㄱ g + ㅣ i

❸ 통 tong = ㅌ t + ㅗ o + ㅇ ng
화 hwa = ㅎ h + ㅘ wa
중 jung = ㅈ j + ㅜ u + ㅇ ng

用例
상 sang = ㅅ s + ㅏ a + ㅇ ng
대 dae = ㄷ d + ㅐ ae
방 bang = ㅂ b + ㅏ a + ㅇ ng

2 電話 (2) 전화 jeon hwa

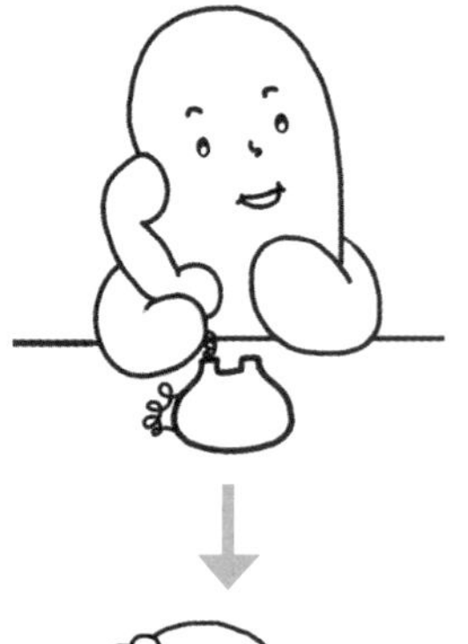

❶ 來電者／
電話 人
전화 건사람
jeon hwa geon sa ram

❷ 總機／
＝operator
오퍼레이터
o peo re i teo

❸ 分機／내선
nae seon

韓語發音指南

❶ 전 jeon = ㅈ j + ㅓ eo + ㄴ n
화 hwa = ㅎ h + ㅘ wa
건 geon = ㄱ g + ㅓ eo + ㄴ n
사 sa = ㅅ s + ㅏ a
람 ram = ㄹ r + ㅏ a + ㅁ m

❷ 오 o = ㅇ x + ㅗ o
퍼 peo = ㅍ p + ㅓ eo
레 re = ㄹ r + ㅔ e
이 i = ㅇ x + ㅣ i
터 teo = ㅌ t + ㅓ eo

❸ 내 nae = ㄴ n + ㅐ ae
선 seon = ㅅ s + ㅓ eo + ㄴ n

用例

번 beon = ㅂ b + ㅓ eo + ㄴ n
호 ho = ㅎ h + ㅗ o

돌 dol = ㄷ d + ㅗ o + ㄹ l
리 ri = ㄹ r + ㅣ i
다 da = ㄷ d + ㅏ a

分機 號碼 轉接

用例 轉接分機 내선번호를 돌리다
nae seon beono reul dol ri da
連音讀法

를（reul）：助詞，受詞＋를＋動詞

*번호（beono）：號碼
*돌리다（dol ri da）：轉接

❶ 撥打／걸다
geol da

用例 打電話 전화를 걸다
（電話 撥打）
jeon hwa reul geol da

를（reul）：助詞，受詞＋를＋動詞

❷ 接聽／받다
bat-dda
重音讀法

用例 接電話 전화를 받다
（電話 接聽）
jeon hwa reul bat-dda
重音讀法

를（reul）：助詞，受詞＋를＋動詞

❸ 撥錯／잘못 걸다
（錯誤 撥打）
jal mot geol da

用例 打錯電話 전화를 잘못 걸다
（電話 錯誤 撥打）
jeon hwa reul jal mot geol da

를（reul）：助詞，受詞＋를＋動詞

韓語發音指南

❶ 걸 geol = ㄱ g + ㅓ eo + ㄹ l
다 da = ㄷ d + ㅏ a
用例
전 jeon = ㅈ j + ㅓ eo + ㄴ n
화 hwa = ㅎ h + ㅘ wa

❷ 받 bat = ㅂ b + ㅏ a + ㄷ t
다 da = ㄷ d + ㅏ a
用例
전 jeon = ㅈ j + ㅓ eo + ㄴ n
화 hwa = ㅎ h + ㅘ wa

❸ 잘 jal = ㅈ j + ㅏ a + ㄹ l
못 mot = ㅁ m + ㅗ o + ㅅ t
걸 geol = ㄱ g + ㅓ eo + ㄹ l
다 da = ㄷ d + ㅏ a
用例
전 jeon = ㅈ j + ㅓ eo + ㄴ n
화 hwa = ㅎ h + ㅘ wa

3 汽車 (1) 차／자동차 cha／ja dong cha

007

❶ 一輛／한대
han dae

用例 一輛汽車 차 한대 (汽車 一輛)
cha han dae

❷ 兩輛／두대
du dae

用例 兩輛汽車 차 두대 (汽車 兩輛)
cha du dae

❸ 後座／뒷자리 (後面)
dwit-jja ri
重音讀法

❹ 前座／앞자리 (前面)
ap-jja ri
重音讀法

❺ 車門／차문 (門)
cha mun

❻ 輪胎／타이어 (= tire)
ta i eo

❼ 窗戶／유리창
yu ri chang

韓語發音指南

❶ 한 han = ㅎ h + ㅏ a + ㄴ n
대 dae = ㄷ d + ㅐ ae
用例
차 cha = ㅊ ch + ㅏ a

❷ 두 du = ㄷ d + ㅜ u
대 dae = ㄷ d + ㅐ ae
用例
차 cha = ㅊ ch + ㅏ a

❸ 뒷 dwit = ㄷ d + ㅟ wi + ㅅ t
자 ja = ㅈ j + ㅏ a
리 ri = ㄹ r + ㅣ i

❹ 앞 ap = ㅇ x + ㅏ a + ㅍ p
자 ja = ㅈ j + ㅏ a
리 ri = ㄹ r + ㅣ i

❺ 차 cha = ㅊ ch + ㅏ a
문 mun = ㅁ m + ㅜ u + ㄴ n

❻ 타 ta = ㅌ t + ㅏ a
이 i = ㅇ x + ㅣ i
어 eo = ㅇ x + ㅓ eo

❼ 유 yu = ㅇ x + ㅠ yu
리 ri = ㄹ r + ㅣ i
창 chang = ㅊ ch + ㅏ a + ㅇ ng

❶ 故障號誌／안전삼각대

an jeon sam gak-ddae

重音讀法

故障號誌　放置

用例 放故障號誌 안전삼각대를 설치하다

an jeon sam gak-ddae reul seol chi ha da

重音讀法

를（reul）：助詞，受詞＋를＋動詞

❷ 異常／이상하다

i sang ha da

汽車　狀況　異常

用例 車況異常 차의 상태가 이상하다

cha e sang tae ga i sang ha da

의（e）：助詞，…的

가（ga）：助詞，接在主詞之後

❸ 車禍／차사고

cha sa go

車禍　發生

用例 發生車禍 차사고가 발생하다

cha sa go ga bal-ssaeng ha da

重音讀法

가（ga）：助詞，接在主詞之後

韓語發音指南

❶ 안 an = ㅇ x + ㅏ a + ㄴ n
전 jeon = ㅈ j + ㅓ eo + ㄴ n
삼 sam = ㅅ s + ㅏ a + ㅁ m
각 gak = ㄱ g + ㅏ a + ㄱ k
대 dae = ㄷ d + ㅐ ae

用例

설 seol = ㅅ s + ㅓ eo + ㄹ l
치 chi = ㅊ ch + ㅣ i
하 ha = ㅎ h + ㅏ a
다 da = ㄷ d + ㅏ a

❷ 이 i = ㅇ x + ㅣ i
상 sang = ㅅ s + ㅏ a + ㅇ ng
하 ha = ㅎ h + ㅏ a
다 da = ㄷ d + ㅏ a

用例

차 cha = ㅊ ch + ㅏ a

상 sang = ㅅ s + ㅏ a + ㅇ ng
태 tae = ㅌ t + ㅐ ae

❸ 차 cha = ㅊ ch + ㅏ a
사 sa = ㅅ s + ㅏ a
고 go = ㄱ g + ㅗ o

用例

발 bal = ㅂ b + ㅏ a + ㄹ l
생 saeng = ㅅ s + ㅐ ae + ㅇ ng
하 ha = ㅎ h + ㅏ a
다 da = ㄷ d + ㅏ a

3 汽車 (2) 차／자동차 cha／ja dong cha

008

❶ 駕駛／운전하다
un jeon ha da

用例 駕駛汽車　차를 운전하다（汽車 駕駛）
cha reul　un jeon ha da

를（reul）：助詞，受詞＋를＋動詞

"駕駛"的相關字

❷ 酒後駕車／음주운전（喝酒 開車）
eum ju un jeon

❸ 駕駛執照／운전 면허증（執照）
un jeon　myeoneo jeung（連音讀法）

❹ 無照駕駛／무면허 운전（無執照）
mu myeoneo　un jeon（連音讀法）

❺ 停放車輛／주차
ju cha

用例 禁止停放車輛　주차금지（停放車輛 禁止）
ju cha geum ji

韓語發音指南

❶ 운 un = ㅇ x + ㅜ u + ㄴ n
전 jeon = ㅈ j + ㅓ eo + ㄴ n
하 ha = ㅎ h + ㅏ a
다 da = ㄷ d + ㅏ a
用例
차 cha = ㅊ ch + ㅏ a

❷ 음 eum = ㅇ x + ㅡ eu + ㅁ m
주 ju = ㅈ j + ㅜ u
운 un = ㅇ x + ㅜ u + ㄴ n
전 jeon = ㅈ j + ㅓ eo + ㄴ n

❸ 운 un = ㅇ x + ㅜ u + ㄴ n
전 jeon = ㅈ j + ㅓ eo + ㄴ n
면 myeon = ㅁ m + ㅕ yeo + ㄴ n
허 heo = ㅎ h + ㅓ eo
증 jeung = ㅈ j + ㅡ eu + ㅇ ng

❹ 무 mu = ㅁ m + ㅜ u
면 myeon = ㅁ m + ㅕ yeo + ㄴ n
허 heo = ㅎ h + ㅓ eo
운 un = ㅇ x + ㅜ u + ㄴ n
전 jeon = ㅈ j + ㅓ eo + ㄴ n

❺ 주 ju = ㅈ j + ㅜ u
차 cha = ㅊ ch + ㅏ a
用例
금 geum = ㄱ g + ㅡ eu + ㅁ m
지 ji = ㅈ j + ㅣ i

❶ 被撞／치이다
chi i da

用例 被汽車撞　차에 치이다
（汽車　被…衝撞）
cha e　chi i da

에（e）：助詞，（被…）

❷ 方向燈／방향등
bang hyang deung

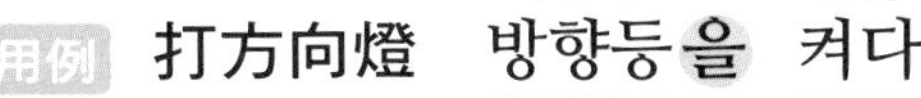

用例 打方向燈　방향등을 켜다
（方向燈　點亮）
bang hyang deung eul　kyeo da

을（eul）：助詞，受詞＋을＋動詞

❸ 停／멈추다
meom chu da

用例 停車　차를 멈추다
（汽車　停止）
cha reul　meom chu da

를（reul）：助詞，受詞＋를＋動詞

韓語發音指南

❶ 치 chi = ㅊ ch + ㅣ i
이 i = ㅇ x + ㅣ i
다 da = ㄷ d + ㅏ a
用例
차 cha = ㅊ ch + ㅏ a

❷ 방 bang = ㅂ b + ㅏ a + ㅇ ng
향 hyang = ㅎ h + ㅑ ya + ㅇ ng
등 deung = ㄷ d + ㅡ eu + ㅇ ng
用例
켜 kyeo = ㅋ k + ㅕ yeo
다 da = ㄷ d + ㅏ a

❸ 멈 meom = ㅁ m + ㅓ eo + ㅁ m
추 chu = ㅊ ch + ㅜ u
다 da = ㄷ d + ㅏ a
用例
차 cha = ㅊ ch + ㅏ a

3 汽車 (3) 차／자동차 cha／ja dong cha

009

❶ 駕駛座／운전석
un jeon seok

用例 坐進駕駛座 운전석에 앉다
(駕駛座 坐)
un jeon seoge an-dda
(連音讀法 重音讀法)

에（e）：助詞，到某地點

*운전（un jeon）：駕駛
*석（seok）：…座位

❷ 安全帶／안전벨트 (=belt)
an jeon bel teu

用例 繫安全帶 안전벨트를 메다
(安全帶 繫上)
an jeon bel teu reul me da

를（reul）：助詞，受詞＋를＋動詞

用例 解開安全帶 안전벨트를 풀다
(安全帶 解開)
an jeon bel teu reul pul da

를（reul）：助詞，受詞＋를＋動詞

韓語發音指南

❶ 운 un = ㅇ x + ㅜ u + ㄴ n
전 jeon = ㅈ j + ㅓ eo + ㄴ n
석 seok = ㅅ s + ㅓ eo + ㄱ k
用例
앉 an = ㅇ x + ㅏ a + ㄵ n
다 da = ㄷ d + ㅏ a

❷ 안 an = ㅇ x + ㅏ a + ㄴ n
전 jeon = ㅈ j + ㅓ eo + ㄴ n
벨 bel = ㅂ b + ㅔ e + ㄹ l
트 teu = ㅌ t + ㅡ eu
用例
메 me = ㅁ m + ㅔ e
다 da = ㄷ d + ㅏ a
用例
풀 pul = ㅍ p + ㅜ u + ㄹ l
다 da = ㄷ d + ㅏ a

❶ 油門／엑셀레이터

＝accelertor

ek se re i teo

用例 踩油門 엑셀레이터를 밟다

油門 踩踏

ek se re i teo reul bal-dda

重音讀法

를（reul）：助詞，受詞＋를＋動詞

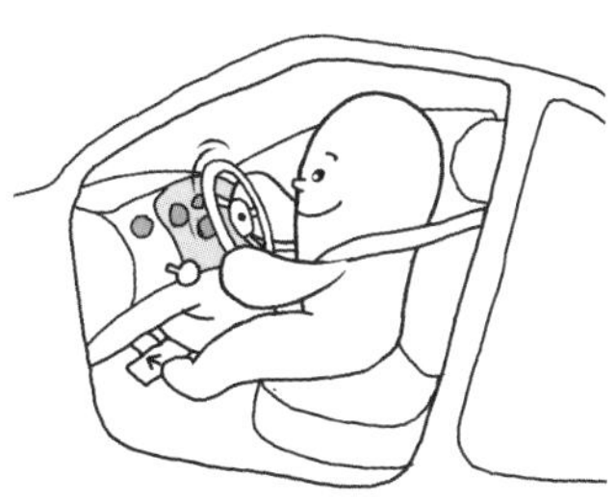

❷ 方向盤／핸들

＝handle

haen deul

用例 轉方向盤 핸들을 돌리다

方向盤 轉動

haen deureul dol ri da

連音讀法

을（eul）：助詞，受詞＋을＋動詞

❸ 超速／과속

gwa sok

用例 超速行駛 과속운전하다

超速 行駛

gwa sok un jeon ha da

韓語發音指南

❶ 엑 ek = ㅇ x + ㅔ e + ㄱ k
셀 se = ㅅ s + ㅔ e + ㄹ l
레 re = ㄹ r + ㅔ e
이 i = ㅇ x + ㅣ i
터 teo = ㅌ t + ㅓ eo

用例

밟 bal = ㅂ b + ㅏ a + ㄼ l
다 da = ㄷ d + ㅏ a

❷ 핸 haen = ㅎ h + ㅐ ae + ㄴ n
들 deul = ㄷ d + ㅡ eu + ㄹ l

用例

돌 dol = ㄷ d + ㅗ o + ㄹ l
리 ri = ㄹ r + ㅣ i
다 da = ㄷ d + ㅏ a

❸ 과 gwa = ㄱ g + ㅘ wa
속 sok = ㅅ s + ㅗ o + ㄱ k

用例

운 un = ㅇ x + ㅜ u + ㄴ n
전 jeon = ㅈ j + ㅓ eo + ㄴ n
하 ha = ㅎ h + ㅏ a
다 da = ㄷ d + ㅏ a

3 汽車(4) 차／자동차

cha／ja dong cha

010

❶ 超越／추월하다

chu wol ha da

用例 超車 차를 추월하다
(汽車 超越)
cha reul chu wol ha da

를（reul）：助詞，受詞＋를＋動詞

❷ 堵塞／막히다

maki da
連音讀法

用例 塞車 차가 막히다
(汽車 堵塞)
cha ga maki da
連音讀法

가（ga）：助詞，接在主詞之後

❸ 停車場／주차장

ju cha jang

用例 免費停車場 무료주차장
(免費 停車場)
mu ryo ju cha jang

韓語發音指南

❶ 추 chu = ㅊ ch + ㅜ u
월 wol = ㅇ x + ㅝ wo + ㄹ l
하 ha = ㅎ h + ㅏ a
다 da = ㄷ d + ㅏ a
用例
차 cha = ㅊ ch + ㅏ a

❷ 막 mak = ㅁ m + ㅏ a + ㄱ k
히 hi = ㅎ h + ㅣ i
다 da = ㄷ d + ㅏ a
用例
차 cha = ㅊ ch + ㅏ a

❸ 주 ju = ㅈ j + ㅜ u
차 cha = ㅊ ch + ㅏ a
장 jang = ㅈ j + ㅏ a + ㅇ ng
用例
무 mu = ㅁ m + ㅜ u
료 ryo = ㄹ r + ㅛ yo

❶ 兜風／드라이브 ＝drive
deu ra i beu

用例 去兜風 드라이브를 하다
（兜風 드라이브；進行（某件事） 하다）
deu ra i beu reul ha da

를（reul）：助詞，受詞＋를＋動詞

❷ 倒退／후진하다
hu jin ha da

用例 倒車 차를 후진하다
（汽車 차；倒退 후진하다）
cha reul hu jin ha da

를（reul）：助詞，受詞＋를＋動詞

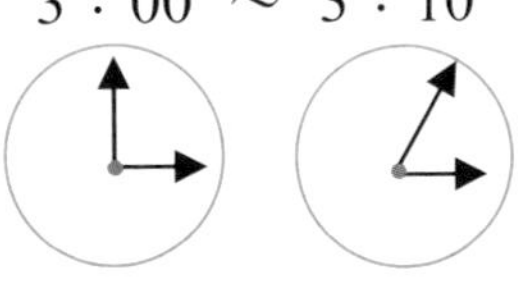

❸ 暫時／일시
il si

用例 暫時停車 일시정차
（暫時 일시；停車 정차）
il si jeong cha

韓語發音指南

❶ 드 deu = ㄷ d + ㅡ eu
라 ra = ㄹ r + ㅏ a
이 i = ㅇ x + ㅣ i
브 beu = ㅂ b + ㅡ eu
用例
하 ha = ㅎ h + ㅏ a
다 da = ㄷ d + ㅏ a

❷ 후 hu = ㅎ h + ㅜ u
진 jin = ㅈ j + ㅣ i + ㄴ n
하 ha = ㅎ h + ㅏ a
다 da = ㄷ d + ㅏ a
用例
차 cha = ㅊ ch + ㅏ a

❸ 일 il = ㅇ x + ㅣ i + ㄹ l
시 si = ㅅ s + ㅣ i
用例
정 jeong = ㅈ j + ㅓ eo + ㅇ ng
차 cha = ㅊ ch + ㅏ a

4 計程車 택시 taek si

011

❶ 司機／기사
gi sa

用例 計程車司機 택시기사
(計程車＝taxi 司機)
taek si gi sa

❷ 等候／기다리다
gi da ri da

用例 等計程車 택시를 기다리다
(計程車 等候)
taek si reul gi da ri da

를（reul）：助詞，受詞＋를＋動詞

❸ 招來…／부르다
bu reu da

用例 招來計程車 택시를 부르다
(計程車 招來)
taek si reul bu reu da

를（reul）：助詞，受詞＋를＋動詞

韓語發音指南

❶ 기 gi = ㄱ g + ㅣ i
사 sa = ㅅ s + ㅏ a
用例
택 taek = ㅌ t + ㅐ ae + ㄱ k
시 si = ㅅ s + ㅣ i

❷ 기 gi = ㄱ g + ㅣ i
다 da = ㄷ d + ㅏ a
리 ri = ㄹ r + ㅣ i
다 da = ㄷ d + ㅏ a
用例
택 taek = ㅌ t + ㅐ ae + ㄱ k
시 si = ㅅ s + ㅣ i

❸ 부 bu = ㅂ b + ㅜ u
르 reu = ㄹ r + ㅡ eu
다 da = ㄷ d + ㅏ a
用例
택 taek = ㅌ t + ㅐ ae + ㄱ k
시 si = ㅅ s + ㅣ i

❶ 搭乘／탑승하다
tap seung ha da

用例 搭乘計程車 택시에 탑승하다
計程車=taxi 搭乘
taek si e tap seung ha da

에（e）：助詞，表示…的對象

❷ 一起／함께
ham kke

用例 共乘計程車 택시에 함께 타다
計程車 一起 搭乘
taek si e ham kke ta da

에（e）：助詞，表示…的對象

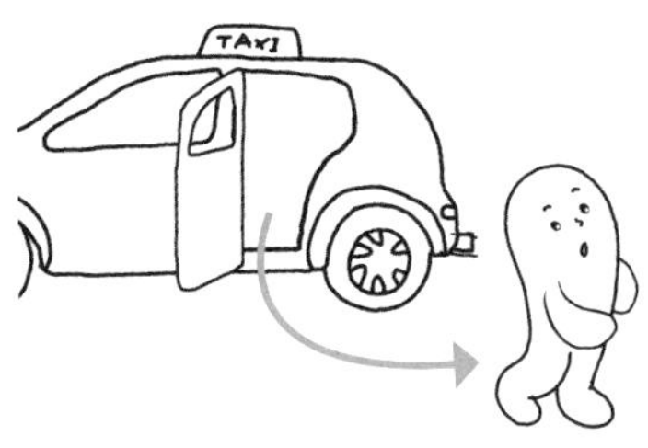

❸ 離開／내리다
nae ri da

用例 下計程車 택시에서 내리다
計程車 離開
taek si e seo nae ri da

에서（e seo）：助詞，從某地點

韓語發音指南

❶ 탑 tap = ㅌ t + ㅏ a + ㅂ p
승 seung = ㅅ s + ㅡ eu + ㅇ ng
하 ha = ㅎ h + ㅏ a
다 da = ㄷ d + ㅏ a

用例
택 taek = ㅌ t + ㅐ ae + ㄱ k
시 si = ㅅ s + ㅣ i

❷ 함 ham = ㅎ h + ㅏ a + ㅁ m
께 kke = ㄲ kk + ㅔ e

用例
택 taek = ㅌ t + ㅐ ae + ㄱ k
시 si = ㅅ s + ㅣ i

타 ta = ㅌ t + ㅏ a
다 da = ㄷ d + ㅏ a

❸ 내 nae = ㄴ n + ㅐ ae
리 ri = ㄹ r + ㅣ i
다 da = ㄷ d + ㅏ a

用例
택 taek = ㅌ t + ㅐ ae + ㄱ k
시 si = ㅅ s + ㅣ i

5 輪胎 타이어
ta i eo

012

❶ 更換／바꾸다
ba kku da

用例 換輪胎 타이어를 바꾸다
(輪胎＝tire 更換)
ta i eo reul ba kku da

를（reul）：助詞，受詞＋를＋動詞

❷ 打入／넣다
neota
連音讀法

用例 打氣到輪胎裡 타이어에 공기를 넣다
(輪胎 空氣 打入)
ta i eo e gong gi reul neota
連音讀法

에（e）：助詞，到某物
를（reul）：助詞，受詞＋를＋動詞

*공기（gong gi）：空氣

韓語發音指南

❶ 바 ba = ㅂ b + ㅏ a
꾸 kku = ㄲ kk + ㅜ u
다 da = ㄷ d + ㅏ a

用例
타 ta = ㅌ t + ㅏ a
이 i = ㅇ x + ㅣ i
어 eo = ㅇ x + ㅓ eo

❷ 넣 neot = ㄴ n + ㅓ eo + ㅎ t
다 da = ㄷ d + ㅏ a

用例
타 ta = ㅌ t + ㅏ a
이 i = ㅇ x + ㅣ i
어 eo = ㅇ x + ㅓ eo

공 gong = ㄱ g + ㅗ o + ㅇ ng
기 gi = ㄱ g + ㅣ i

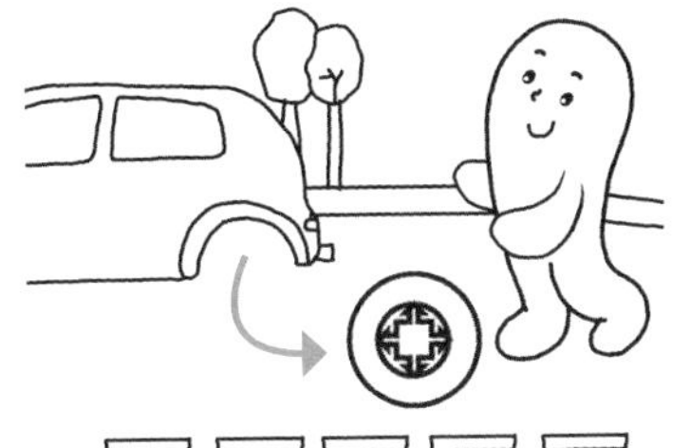

❶ 卸除／빼다
ppae da

用例 卸除輪胎　타이어를 빼다
輪胎＝tire　卸除
ta i eo reul　ppae da

를（reul）：助詞，受詞＋를＋動詞

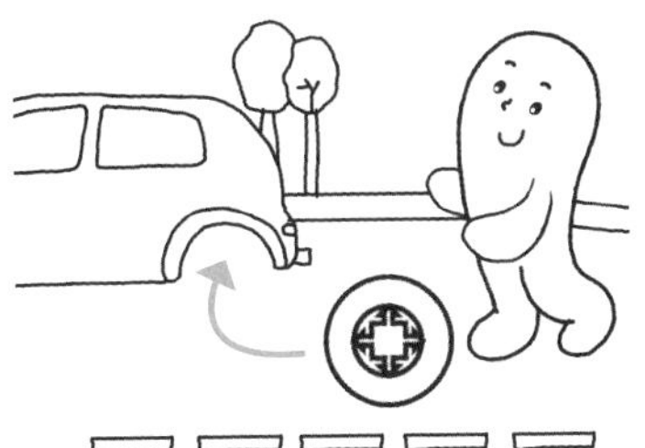

❷ 裝上／끼우다
kki u da

用例 裝輪胎　타이어를 끼우다
輪胎　裝上
ta i eo reul　kki u da

를（reul）：助詞，受詞＋를＋動詞

❸ 爆胎／펑크나다
＝puncture
peong keu na da

用例 輪胎爆胎　타이어가 펑크나다
輪胎　爆胎
ta i eo ga　peong keu na da

가（ga）：助詞，接在主詞之後

韓語發音指南

❶ 빼 ppae = ㅃ pp + ㅐ ae
다 da = ㄷ d + ㅏ a

用例

타 ta = ㅌ t + ㅏ a
이 i = ㅇ x + ㅣ i
어 eo = ㅇ x + ㅓ eo

❷ 끼 kki = ㄲ kk + ㅣ i
우 u = ㅇ x + ㅜ u
다 da = ㄷ d + ㅏ a

用例

타 ta = ㅌ t + ㅏ a
이 i = ㅇ x + ㅣ i
어 eo = ㅇ x + ㅓ eo

❸ 펑 peong = ㅍ p + ㅓ eo + ㅇ ng
크 keu = ㅋ k + ㅡ eu
나 na = ㄴ n + ㅏ a
다 da = ㄷ d + ㅏ a

用例

타 ta = ㅌ t + ㅏ a
이 i = ㅇ x + ㅣ i
어 eo = ㅇ x + ㅓ eo

6 汽油 휘발유 hwi bal yu

013

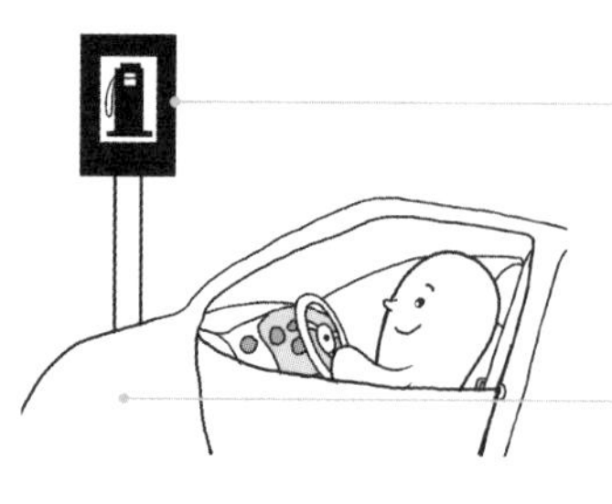

❶ 加油站／주유소（場所）
ju yu so

❷ 汽車／차
cha

汽油的計量單位

❸ 一桶汽油：한통의 휘발유（一桶 汽油）
han tong e hwi bal yu

❹ 一公升汽油：일리터의 휘발유（一公升）
il ri teo e hwi bal yu

❺ 一加侖汽油：일갤론의 휘발유（一加侖）
il gael ron e hwi bal yu

의（e）：助詞，…的

*통（tong）：桶
*리터（ri teo）：公升＝liter
*갤론（gael ron）：加侖＝gallon

韓語發音指南

❶ 주 ju = ㅈ j + ㅜ u
유 yu = ㅇ x + ㅠ yu
소 so = ㅅ s + ㅗ o

❷ 차 cha = ㅊ ch + ㅏ a

❸ 한 han = ㅎ h + ㅏ a + ㄴ n
통 tong = ㅌ t + ㅗ o + ㅇ ng

휘 hwi = ㅎ h + ㅟ wi
발 bal = ㅂ b + ㅏ a + ㄹ l
유 yu = ㅇ x + ㅠ yu

❹ 일 il = ㅇ x + ㅣ i + ㄹ l
리 ri = ㄹ r + ㅣ i
터 teo = ㅌ t + ㅓ eo

휘 hwi = ㅎ h + ㅟ wi
발 bal = ㅂ b + ㅏ a + ㄹ l
유 yu = ㅇ x + ㅠ yu

❺ 일 il = ㅇ x + ㅣ i + ㄹ l
갤 gael = ㄱ g + ㅐ ae + ㄹ l
론 ron = ㄹ r + ㅗ o + ㄴ n

휘 hwi = ㅎ h + ㅟ wi
발 bal = ㅂ b + ㅏ a + ㄹ l
유 yu = ㅇ x + ㅠ yu

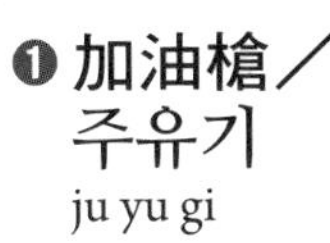

❷ 油箱／
기름통
gi reum tong

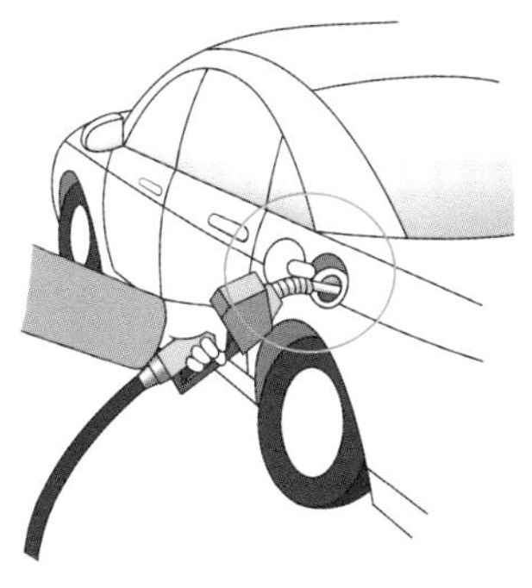

❸ 添加／넣다
neota
連音讀法

汽油 添加

用例 加汽油 휘발유를 넣다

hwi bal yu reul neota

連音讀法

를（reul）：助詞，受詞＋를＋動詞

張價・降價

汽油 價格 上漲

❹ 汽油價格上漲：휘발유값이 오르다

hwi bal yu gapsi o reu da

連音讀法

下跌

❺ 汽油價格下跌：휘발유값이 내리다

hwi bal yu gapsi nae ri da

連音讀法

이（i）：助詞，接在主詞之後

韓語發音指南

❶ 주 ju = ㅈ j + ㅜ u
유 yu = ㅇ x + ㅠ yu
기 gi = ㄱ g + ㅣ i

❷ 기 gi = ㄱ g + ㅣ i
름 reum = ㄹ r + ㅡ eu + ㅁ m
통 tong = ㅌ t + ㅗ o + ㅇ ng

❸ 넣 neot = ㄴ n + ㅓ eo + ㅎ t
다 da = ㄷ d + ㅏ a

用例

휘 hwi = ㅎ h + ㅟ wi
발 bal = ㅂ b + ㅏ a + ㄹ l
유 yu = ㅇ x + ㅠ yu

❹ 휘 hwi = ㅎ h + ㅟ wi
발 bal = ㅂ b + ㅏ a + ㄹ l
유 yu = ㅇ x + ㅠ yu
값 gap = ㄱ g + ㅏ a + ㅄ p

오 o = ㅇ x + ㅗ o
르 reu = ㄹ r + ㅡ eu
다 da = ㄷ d + ㅏ a

❺ 휘 hwi = ㅎ h + ㅟ wi
발 bal = ㅂ b + ㅏ a + ㄹ l
유 yu = ㅇ x + ㅠ yu
값 gap = ㄱ g + ㅏ a + ㅄ p

내 nae = ㄴ n + ㅐ ae
리 ri = ㄹ r + ㅣ i
다 da = ㄷ d + ㅏ a

7 銀行 (1) 은행 eun haeng

014

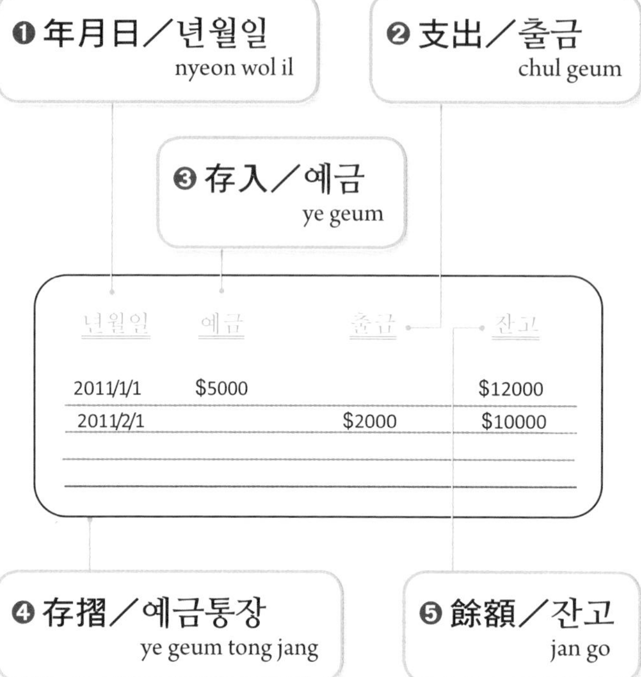

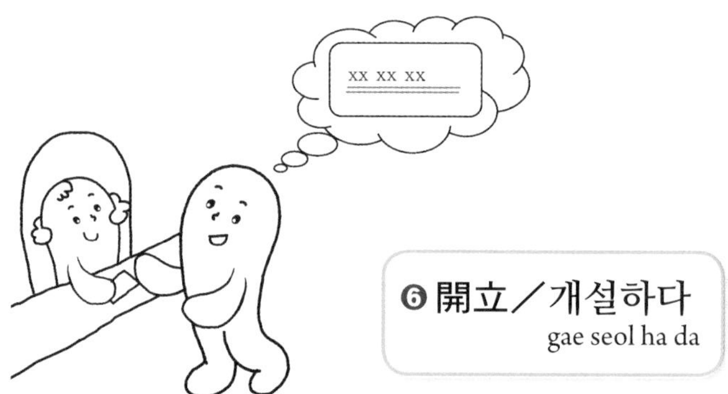

用例 開立帳戶 계좌를(帳戶) 개설하다(開立)

gye jwa reul gae seol ha da

를（reul）：助詞，受詞＋를＋動詞

韓語發音指南

❶ 년 nyeon = ㄴ n + ㅕ yeo + ㄴ n
월 wol = ㅇ x + ㅝ wo + ㄹ l
일 il = ㅇ x + ㅣ i + ㄹ l

❷ 출 chul = ㅊ ch + ㅜ u + ㄹ l
금 geum = ㄱ g + ㅡ eu + ㅁ m

❸ 예 ye = ㅇ x + ㅖ ye
금 geum = ㄱ g + ㅡ eu + ㅁ m

❹ 예 ye = ㅇ x + ㅖ ye
금 geum = ㄱ g + ㅡ eu + ㅁ m
통 tong = ㅌ t + ㅗ o + ㅇ ng
장 jang = ㅈ j + ㅏ a + ㅇ ng

❺ 잔 jan = ㅈ j + ㅏ a + ㄴ n
고 go = ㄱ g + ㅗ o

❻ 개 gae = ㄱ g + ㅐ ae
설 seol = ㅅ s + ㅓ eo + ㄹ l
하 ha = ㅎ h + ㅏ a
다 da = ㄷ d + ㅏ a

用例
계 gye = ㄱ g + ㅖ ye
좌 jwa = ㅈ j + ㅘ wa

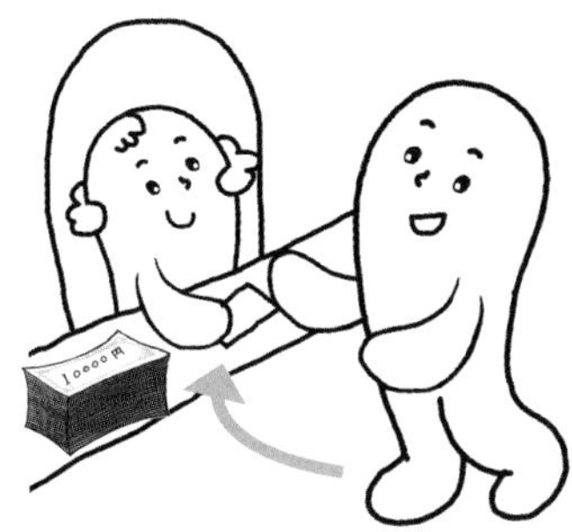

❶存入／입금
ip-ggeum
重音讀法

存入　金額

用例　**存款金額**　입금금액
ip-ggeum geumaek
重音讀法　連音讀法

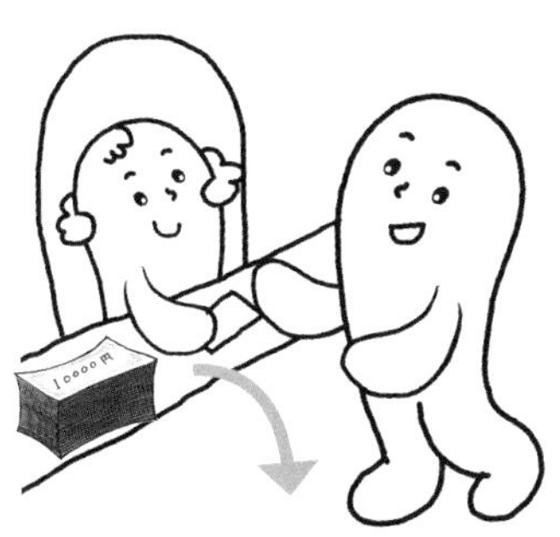

❷提領／출금
chul geum

提領　金額

用例　**提款金額**　출금금액
chul geum geumaek
連音讀法

❸繳交／내다
nae da

費用　繳交

用例　**繳費**　돈을 내다
doneul nae da
連音讀法

을（eul）：助詞，受詞＋을＋動詞

韓語發音指南

❶ 입 ip = ㅇ x + ㅣ i + ㅂ p
금 geum = ㄱ g + ㅡ eu + ㅁ m

用例
금 geum = ㄱ g + ㅡ eu + ㅁ m
액 aek = ㅇ x + ㅐ ae + ㄱ k

❷ 출 chul = ㅊ ch + ㅜ u + ㄹ l
금 geum = ㄱ g + ㅡ eu + ㅁ m

用例
금 geum = ㄱ g + ㅡ eu + ㅁ m
액 aek = ㅇ x + ㅐ ae + ㄱ k

❸ 내 nae = ㄴ n + ㅐ ae
다 da = ㄷ d + ㅏ a

用例
돈 don = ㄷ d + ㅗ o + ㄴ n

7 銀行(2) 은행 eun haeng

015

❶ 自動提款機／현금자동인출기
hyeon geum ja dong in chul gi

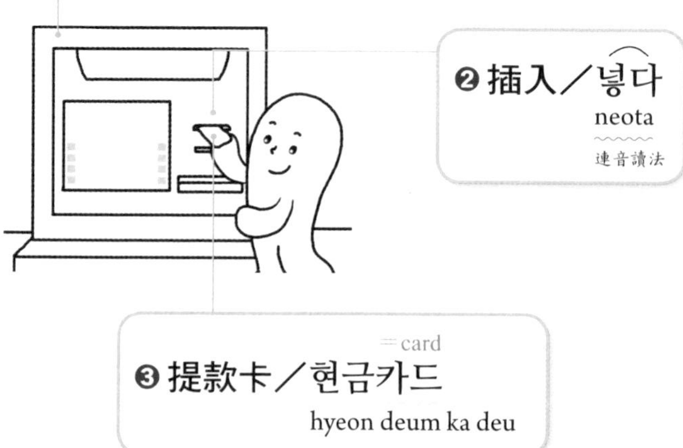

❷ 插入／넣다
neota
連音讀法

❸ 提款卡／현금카드
＝card
hyeon deum ka deu

❹ 輸入／입력하다
im nyeoka da
連音讀法

❺ 取出／꺼내다
kkeo nae da

用例 取出現金 현금을 꺼내다
現金 取出
hyeon geumeul kkeo nae da
連音讀法

을（eul）：助詞，受詞＋을＋動詞

韓語發音指南

❶ 현 hyeon = ㅎ h + ㅕ yeo + ㄴ n
금 geum = ㄱ g + ㅡ eu + ㅁ m
자 ja = ㅈ j + ㅏ a
동 dong = ㄷ d + ㅗ o + ㅇ ng
인 in = ㅇ x + ㅣ i + ㄴ n
출 chul = ㅊ ch + ㅜ u + ㄹ l
기 gi = ㄱ g + ㅣ i

❷ 넣 neot = ㄴ n + ㅓ eo + ㅎ t
다 da = ㄷ d + ㅏ a

❸ 현 hyeon = ㅎ h + ㅕ yeo + ㄴ n
금 deum = ㄱ d + ㅡ eu + ㅁ m
카 ka = ㅋ k + ㅏ a
드 deu = ㄷ d + ㅡ eu

❹ 입 ip = ㅇ x + ㅣ i + ㅂ p
력 ryeok = ㄹ r + ㅕ yeo + ㄱ k
하 ha = ㅎ h + ㅏ a
다 da = ㄷ d + ㅏ a

❺ 꺼 kkeo = ㄲ kk + ㅓ eo
내 nae = ㄴ n + ㅐ ae
다 da = ㄷ d + ㅏ a
用例
현 hyeon = ㅎ h + ㅕ yeo + ㄴ n
금 geum = ㄱ g + ㅡ eu + ㅁ m

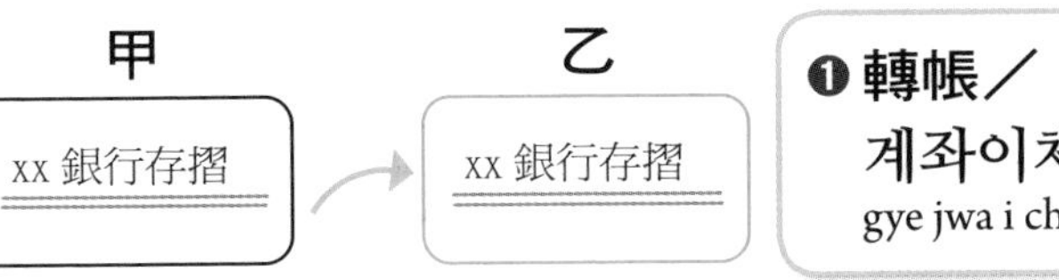

❶ 轉帳／계좌이체
gye jwa i che

用例 去轉帳 계좌이체를 하다
轉帳 / 進行（某件事）
gye jwa i che reul ha da

를（reul）：助詞，受詞＋를＋動詞

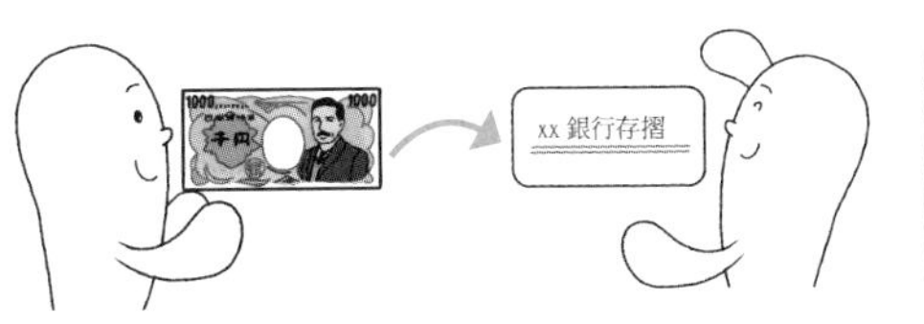

❷ 匯款／송금
song geum

用例 去匯款 송금을 하다
匯款 / 進行（某件事）
song geumeul ha da
連音讀法

를（eul）：助詞，受詞＋을＋動詞

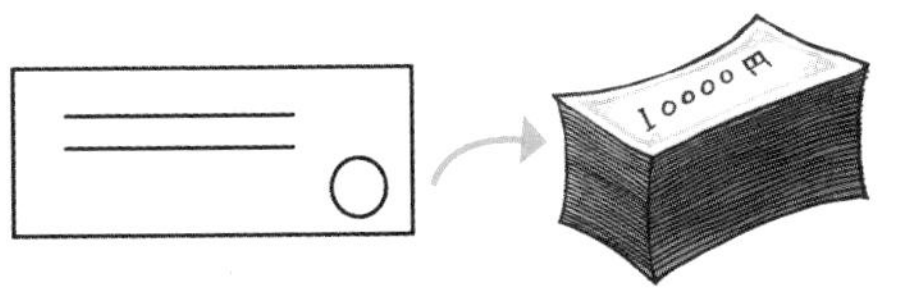

❸ 兌換／바꾸다
ba kku da

用例 兌現 현금으로 바꾸다
現金 / 兌換
hyeon geumeu ro ba kku da
連音讀法

으로（eu ro）：結果助詞，成為…

用例 兌現支票 수표를 현금으로 바꾸다
支票 / 現金 / 兌換
su pyo reul hyeon geumeu ro ba kku da
連音讀法

를（reul）：助詞，受詞＋를＋動詞
으로（eu ro）：結果助詞，成為…

韓語發音指南

❶ 계 gye = ㄱ g + ㅖ ye
좌 jwa = ㅈ j + ㅘ wa
이 i = ㅇ x + ㅣ i
체 che = ㅊ ch + ㅔ e

用例

하 ha = ㅎ h + ㅏ a
다 da = ㄷ d + ㅏ a

❷ 송 song = ㅅ s + ㅗ o + ㅇ ng
금 geum = ㄱ g + ㅡ eu + ㅁ m

用例

하 ha = ㅎ h + ㅏ a
다 da = ㄷ d + ㅏ a

❸ 바 ba = ㅂ b + ㅏ a
꾸 kku = ㄲ kk + ㅜ u
다 da = ㄷ d + ㅏ a

用例

현 hyeon = ㅎ h + ㅕ yeo + ㄴ n
금 geum = ㄱ g + ㅡ eu + ㅁ m

用例

수 su = ㅅ s + ㅜ u
표 pyo = ㅍ p + ㅛ yo

현 hyeon = ㅎ h + ㅕ yeo + ㄴ n
금 geum = ㄱ g + ㅡ eu + ㅁ m

8 信用卡 신용카드 sin yong ka deu

016

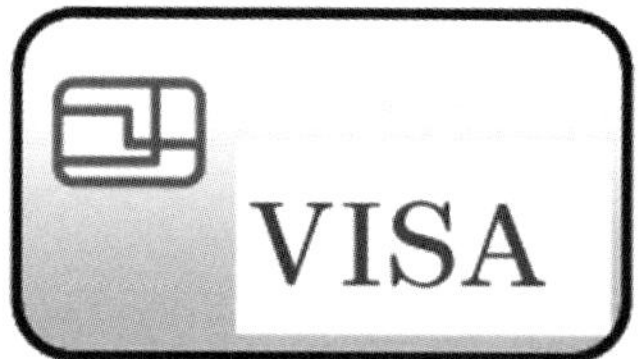

❶ 一張／한장
han jang

用例 一張信用卡 한장의 신용카드
(一張) (信用卡)
han jang e sin yong ka deu

의（e）：助詞，…的

*카드（ka deu）：卡片＝card

❷ 遺失／분실하다
bun sil ha da

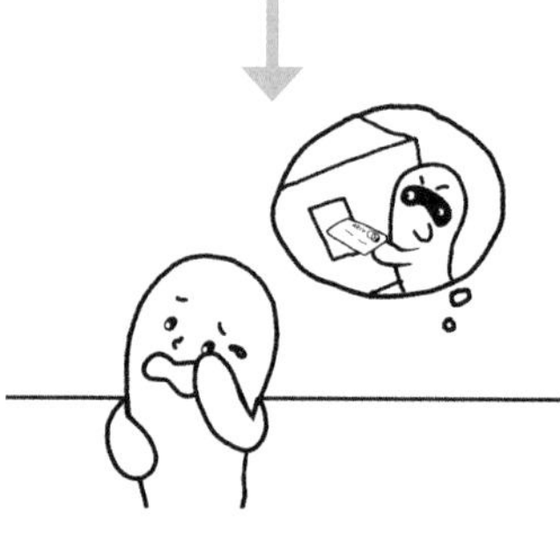

❸ 盜用／도용되다
do yong doe da

用例 遺失信用卡 신용카드를 분실하다
(信用卡) (遺失)
sin yong ka deu reul bun sil ha da

를（reul）：助詞，受詞＋를＋動詞

韓語發音指南

❶ 한 han = ㅎ h + ㅏ a + ㄴ n
장 jang = ㅈ j + ㅏ a + ㅇ ng

用例
신 sin = ㅅ s + ㅣ i + ㄴ n
용 yong = ㅇ x + ㅛ yo + ㅇ ng
카 ka = ㅋ k + ㅏ a
드 deu = ㄷ d + ㅡ eu

❷ 분 bun = ㅂ b + ㅜ u + ㄴ n
실 sil = ㅅ s + ㅣ i + ㄹ l
하 ha = ㅎ h + ㅏ a
다 da = ㄷ d + ㅏ a

❸ 도 do = ㄷ d + ㅗ o
용 yong = ㅇ x + ㅛ yo + ㅇ ng
되 doe = ㄷ d + ㅚ oe
다 da = ㄷ d + ㅏ a

用例
신 sin = ㅅ s + ㅣ i + ㄴ n
용 yong = ㅇ x + ㅛ yo + ㅇ ng
카 ka = ㅋ k + ㅏ a
드 deu = ㄷ d + ㅡ eu

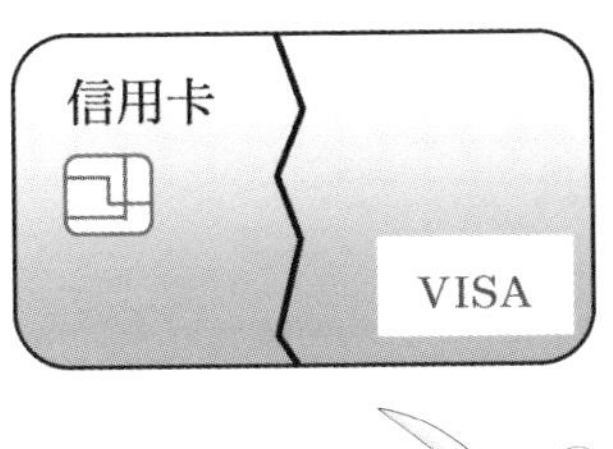

❶剪開／자르다
ja reu da

用例 剪信用卡 신용카드(信用卡)를 자르다(剪開)
sin yong ka deu reul ja reu da

를（reul）：助詞，受詞＋를＋動詞

❷使用／사용하다
sa yong ha da

用例 使用信用卡 신용카드(信用卡)를 사용하다(使用)
sin yong ka deu reul sa yong ha da

를（reul）：助詞，受詞＋를＋動詞

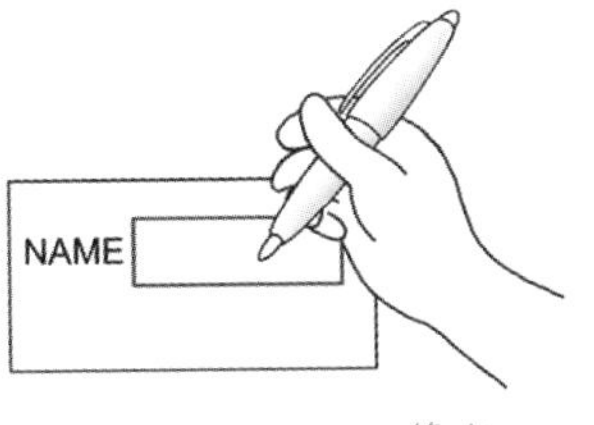

❸簽名／사인
＝sign
ssa in

用例 簽名 사인(簽名)을 하다(進行(某件事))
ssa ineul ha da
連音讀法

을（eul）：助詞，受詞＋을＋動詞

韓語發音指南

❶ 자 ja = ㅈ j + ㅏ a
르 reu = ㄹ r + ㅡ eu
다 da = ㄷ d + ㅏ a

用例
신 sin = ㅅ s + ㅣ i + ㄴ n
용 yong = ㅇ x + ㅛ yo + ㅇ ng
카 ka = ㅋ k + ㅏ a
드 deu = ㄷ d + ㅡ eu

❷ 사 sa = ㅅ s + ㅏ a
용 yong = ㅇ x + ㅛ yo + ㅇ ng
하 ha = ㅎ h + ㅏ a
다 da = ㄷ d + ㅏ a

用例
신 sin = ㅅ s + ㅣ i + ㄴ n
용 yong = ㅇ x + ㅛ yo + ㅇ ng
카 ka = ㅋ k + ㅏ a
드 deu = ㄷ d + ㅡ eu

❸ 사 sa = ㅅ s + ㅏ a
인 in = ㅇ x + ㅣ i + ㄴ n

用例
하 ha = ㅎ h + ㅏ a
다 da = ㄷ d + ㅏ a

9 鈔票 지폐 ji pye

017

❶ 一張／한장
han jang

用例 一張鈔票 지폐 한장
鈔票 一張
ji pye han jang

❷ 一疊／한묶음
han muggeum
連音讀法

用例 一疊鈔票 지폐 한묶음
鈔票 一疊
ji pye han muggeum
連音讀法

❸ 付款／지불하다
ji bul ha da

用例 用紙鈔付款 지폐로 지불하다
鈔票 付款
ji pye ro ji bul ha da

로（ro）：助詞，用某種工具

韓語發音指南

❶ 한 han = ㅎ h + ㅏ a + ㄴ n
장 jang = ㅈ j + ㅏ a + ㅇ ng
用例
지 ji = ㅈ j + ㅣ i
폐 pye = ㅍ p + ㅖ ye

❷ 한 han = ㅎ h + ㅏ a + ㄴ n
묶 muk = ㅁ m + ㅜ u + ㄲ k
음 eum = ㅇ x + ㅡ eu + ㅁ m
用例
지 ji = ㅈ j + ㅣ i
폐 pye = ㅍ p + ㅖ ye

❸ 지 ji = ㅈ j + ㅣ i
불 bul = ㅂ b + ㅜ u + ㄹ l
하 ha = ㅎ h + ㅏ a
다 da = ㄷ d + ㅏ a
用例
지 ji = ㅈ j + ㅣ i
폐 pye = ㅍ p + ㅖ ye

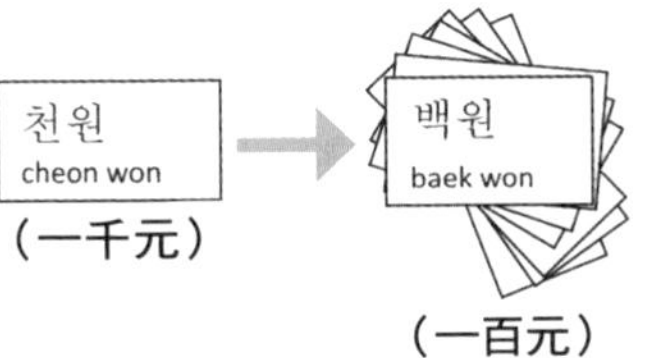

❶ 更換／교환하다
gyo hwan ha da

用例 換成百元鈔票 백원으로 교환하다
(百元 / 更換)
baekwoneu ro gyo hwan ha da
連音讀法

으로（eu ro）：結果助詞，成為…

❷ 拿出／꺼내다
kkeo nae da

用例 拿出千元鈔票 천원짜리를 꺼내다
(千元鈔票 / 拿出)
cheon won jja ri reul kkeo nae da

를（reul）：助詞，受詞＋를＋動詞

*천원（cheon won）：一千
*짜리（jja ri）：價值…的東西

❸ 點算／세다
se da

用例 數鈔票 지폐를 세다
(鈔票 / 點算)
ji pye reul se da

를（reul）：助詞，受詞＋를＋動詞

韓語發音指南

❶ 교 gyo = ㄱ g + ㅛ yo
환 hwan = ㅎ h + ㅏ wa + ㄴ n
하 ha = ㅎ h + ㅏ a
다 da = ㄷ d + ㅏ a
用例
백 baek = ㅂ b + ㅐ ae + ㄱ k
원 won = ㅇ x + ㅝ wo + ㄴ n

❷ 꺼 kkeo = ㄲ kk + ㅓ eo
내 nae = ㄴ n + ㅐ ae
다 da = ㄷ d + ㅏ a
用例
천 cheon = ㅊ ch + ㅓ eo + ㄴ n
원 won = ㅇ x + ㅝ wo + ㄴ n
짜 jja = ㅉ jj + ㅏ a
리 ri = ㄹ r + ㅣ i

❸ 세 se = ㅅ s + ㅔ e
다 da = ㄷ d + ㅏ a
用例
지 ji = ㅈ j + ㅣ i
폐 pye = ㅍ p + ㅖ ye

10 捷運 (1) 지하철 ji ha cheol

018

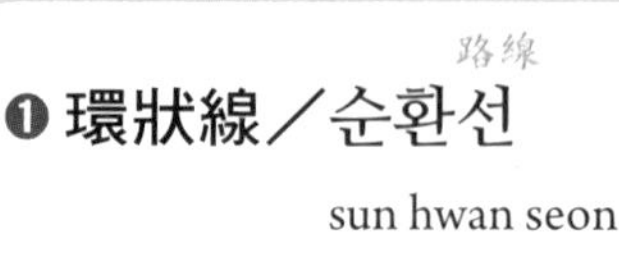

❶ 環狀線／순환선（路線）
sun hwan seon

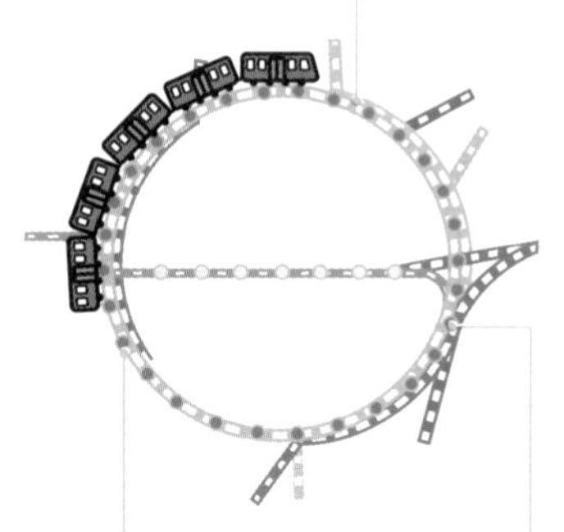

❷ 車站／역
yeok

❸ 轉乘站／환승역（轉乘）
hwan seung yeok

❹ 讓座／좌석（座位） 양보（禮讓）
jwa seok yang bo

❺ 老年人／고령자
go ryeong ja

❻ 博愛座／경로석（…座位）
gyeong no seok

韓語發音指南

❶ 순 sun = ㅅ s + ㅜ u + ㄴ n
환 hwan = ㅎ h + ㅏ wa + ㄴ n
선 seon = ㅅ s + ㅓ eo + ㄴ n

❷ 역 yeok = ㅇ x + ㅕ yeo + ㄱ k

❸ 환 hwan = ㅎ h + ㅏ wa + ㄴ n
승 seung = ㅅ s + ㅡ eu + ㅇ ng
역 yeok = ㅇ x + ㅕ yeo + ㄱ k

❹ 좌 jwa = ㅈ j + ㅘ wa
석 seok = ㅅ s + ㅓ eo + ㄱ k
양 yang = ㅇ x + ㅑ ya + ㅇ ng
보 bo = ㅂ b + ㅗ o

❺ 고 go = ㄱ g + ㅗ o
령 ryeong = ㄹ r + ㅕ yeo + ㅇ ng
자 ja = ㅈ j + ㅏ a

❻ 경 gyeong = ㄱ g + ㅕ yeo + ㅇ ng
로 ro = ㄹ r + ㅗ o
석 seok = ㅅ s + ㅓ eo + ㄱ k

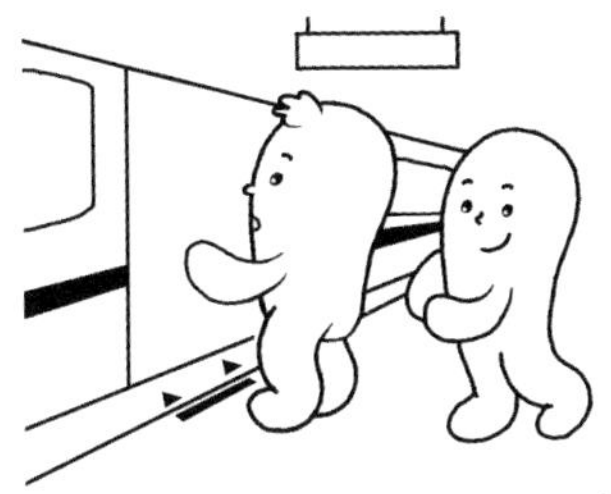

❶ 搭乘／탑승하다
tap seung ha da

用例 **搭乘捷運** 지하철에 탑승하다
（捷運 지하철；搭乘 탑승하다）
ji ha cheore tap seung ha da
（連音讀法）

에（e）：助詞，表示…的對象

❷ 坐過頭／지나치다
ji na chi da

用例 **搭過站** 역을 지나치다
（車站 역；坐過頭 지나치다）
yeogeul ji na chi da
（連音讀法）

을（eul）：助詞，受詞＋을＋動詞

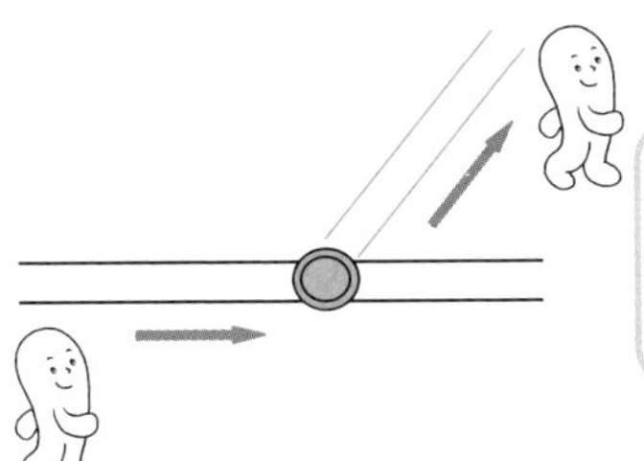

❸ 轉乘／갈아 타다
gara ta da
（連音讀法）

用例 **轉搭別線** 다른 노선으로 갈아 타다
（其他的 다른；路線 노선；轉乘 갈아 타다）
da reun no seoneu ro gara ta da
（連音讀法）（連音讀法）

으로（eu ro）：助詞，往某方向

韓語發音指南

❶ 탑 tap = ㅌ t + ㅏ a + ㅂ p
승 seung = ㅅ s + ㅡ eu + ㅇ ng
하 ha = ㅎ h + ㅏ a
다 da = ㄷ d + ㅏ a

用例

지 ji = ㅈ j + ㅣ i
하 ha = ㅎ h + ㅏ a
철 cheol = ㅊ ch + ㅓ eo + ㄹ l

❷ 지 ji = ㅈ j + ㅣ i
나 na = ㄴ n + ㅏ a
치 chi = ㅊ ch + ㅣ i
다 da = ㄷ d + ㅏ a

用例

역 yeok = ㅇ x + ㅕ yeo + ㄱ k

❸ 갈 gal = ㄱ g + ㅏ a + ㄹ l
아 a = ㅇ x + ㅏ a
타 ta = ㅌ t + ㅏ a
다 da = ㄷ d + ㅏ a

用例

다 da = ㄷ d + ㅏ a
른 reun = ㄹ r + ㅡ eu + ㄴ n

노 no = ㄴ n + ㅗ o
선 seon = ㅅ s + ㅓ eo + ㄴ n

10 捷運 (2) 지하철
ji ha cheol

019

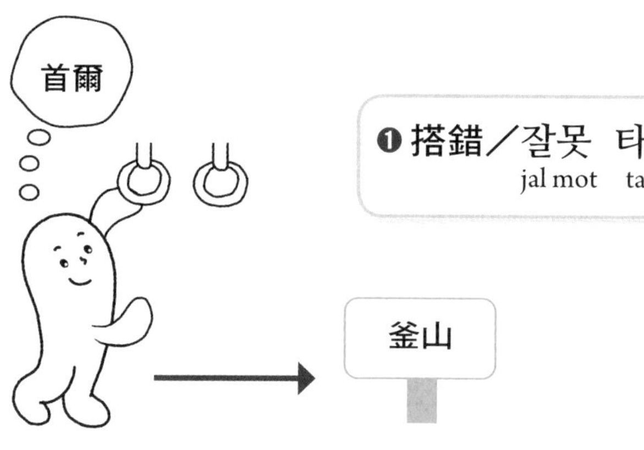

❶ 搭錯／잘못 타다
jal mot ta da

用例 搭錯捷運 지하철을 잘못 타다
(捷運 / 搭錯)
ji ha cheoreul jal mot ta da
連音讀法

을（eul）：助詞，受詞＋을＋動詞

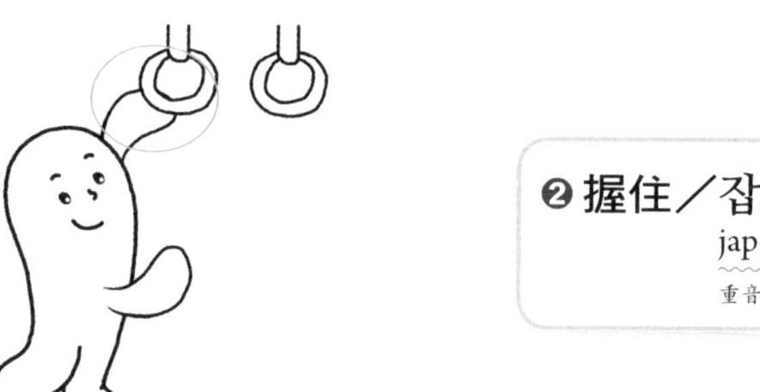

❷ 握住／잡다
jap-dda
重音讀法

用例 握住拉環 손잡이를 잡다
(拉環 / 抓住)
son jabi reul jap-dda
連音讀法 重音讀法

를（reul）：助詞，受詞＋를＋動詞

*손잡이（son jabi）：拉環

韓語發音指南

❶ 잘 jal = ㅈ j + ㅏ a + ㄹ l
못 mot = ㅁ m + ㅗ o + ㅅ t
타 ta = ㅌ t + ㅏ a
다 da = ㄷ d + ㅏ a

用例
지 ji = ㅈ j + ㅣ i
하 ha = ㅎ h + ㅏ a
철 cheol = ㅊ ch + ㅓ eo + ㄹ l

❷ 잡 jap = ㅈ j + ㅏ a + ㅂ p
다 da = ㄷ d + ㅏ a

用例
손 son = ㅅ s + ㅗ o + ㄴ n
잡 jap = ㅈ j + ㅏ a + ㅂ p
이 i = ㅇ x + ㅣ i

❶ 排列／줄을 서다

jureul seo da

連音讀法

警戒線 後方 行、列 排列

用例 在警戒線後方排隊 경계선뒤에 서 줄을 서다

gyeong ge seon dwi e seo jureul seo da

連音讀法

에 서（e seo）：助詞，在某地點

을（eul）：助詞，受詞＋을＋動詞

*경계선（gyeong ge seon）：警戒線

*뒤（dwi）：後方

*줄（jul）：行、列

"車票"的種類

票

❷ 車票：차표

cha pyo

❸ 一日券：일일권

iril-ggwon

連音讀法 重音讀法

單程

❹ 單程票：편도차표

pyeon do cha pyo

來回

❺ 來回票：왕복차표

wang bok cha pyo

韓語發音指南

❶ 줄 jul = ㅈ j + ㅜ u + ㄹ l

을 eul = ㅇ x + ㅡ eu + ㄹ l

서 seo = ㅅ s + ㅓ eo

다 da = ㄷ d + ㅏ a

用例

경 gyeong = ㄱ g + ㅕ yeo + ㅇ ng

계 ge = ㄱ g + ㅖ e

선 seon = ㅅ s + ㅓ eo + ㄴ n

뒤 dwi = ㄷ d + ㅟ wi

❷ 차 cha = ㅊ ch + ㅏ a

표 pyo = ㅍ p + ㅛ yo

❸ 일 il = ㅇ x + ㅣ i + ㄹ l

일 il = ㅇ x ++ ㅣ i + ㄹ l

권 gwon = ㄱ g + ㅝ wo + ㄴ n

❹ 편 pyeon = ㅍ p + ㅕ yeo + ㄴ n

도 do = ㄷ d + ㅗ o

차 cha = ㅊ ch + ㅏ a

표 pyo = ㅍ p + ㅛ yo

❺ 왕 wang = ㅇ x + ㅘ wa + ㅇ ng

복 bok = ㅂ b + ㅗ o + ㄱ k

차 cha = ㅊ ch + ㅏ a

표 pyo = ㅍ p + ㅛ yo

11 車廂 차량 cha ryang

020

"車廂"的相關字

❶ 第一節車廂：첫번째칸 차량
第一節 車廂
cheot beon jjaw kan cha ryang

❷ 最後一節車廂：마지막칸 차량
最後一節
ma ji mak kan cha ryang

❸ 開啟／열린다
yeol rin da

用例 車門即將開啟 차문이 곧 열린다
車門 即將 開啟
cha muni got yeol rin da
連音讀法

이（i）：助詞，接在主詞之後

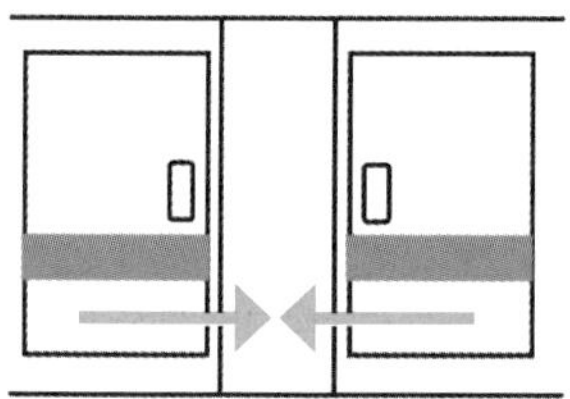

❹ 關閉／닫힌다
dachin da
連音讀法

用例 車門即將關閉 차문이 곧 닫힌다
車門 即將 關閉
cha muni got dachin da
連音讀法 連音讀法

이（i）：助詞，接在主詞之後

韓語發音指南

❶ 첫 cheot = ㅊ ch + ㅓ eo + ㅅ t
번 beon = ㅂ b + ㅓ eo + ㄴ n
째 jjaw = ㅉ jj + ㅐ aw
칸 kan = ㅋ k + ㅏ a + ㄴ n
차 cha = ㅊ ch + ㅏ a
량 ryang = ㄹ r + ㅑ ya + ㅇ ng

❷ 마 ma = ㅁ m + ㅏ a
지 ji = ㅈ j + ㅣ i
막 mak = ㅁ m + ㅏ a + ㄱ k
칸 kan = ㅋ k + ㅏ a + ㄴ n
차 cha = ㅊ ch + ㅏ a
량 ryang = ㄹ r + ㅑ ya + ㅇ ng

❸ 열 yeol = ㅇ x + ㅕ yeo + ㄹ l
린 rin = ㄹ r + ㅣ i + ㄴ n
다 da = ㄷ d + ㅏ a
用例
차 cha = ㅈ ch + ㅏ a
문 mun = ㅁ m + ㅜ u + ㄴ n

곧 got = ㄱ g + ㅗ o + ㄷ t

❹ 닫 dat = ㄷ d + ㅏ a + ㄷ t
힌 hin = ㅎ h + ㅣ i + ㄴ n
다 da = ㄷ d + ㅏ a
用例
차 cha = ㅈ ch + ㅏ a
문 mun = ㅁ m + ㅜ u + ㄴ n

곧 got = ㄱ g + ㅗ o + ㄷ t

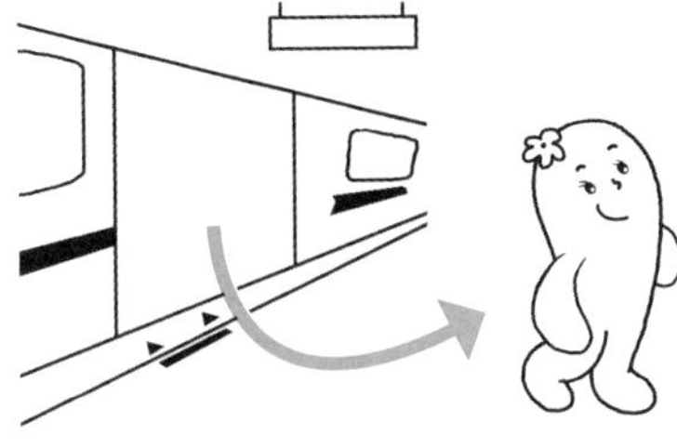

❶走出／나오다
na o da

用例 走出捷運車廂 지하철에서 나오다
(捷運車廂：지하철；走出：나오다)
ji ha cheol e seo na o da

에서（e seo）：助詞，從某地點

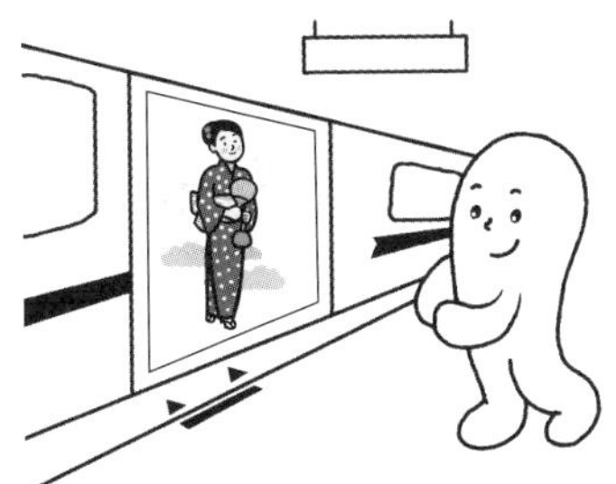

❷車廂廣告／차량 광고
cha ryang gwang go

用例 看車廂廣告 차량 광고를 보다
(車廂：차량；廣告：광고；看：보다)
cha ryang gwang go reul bo da

를（reul）：助詞，受詞＋를＋動詞

❸車內廣告／차내 광고
cha nae gwang go

用例 看車內廣告 차내 광고를 보다
(車內：차내；廣告：광고；看：보다)
cha nae gwang go reul bo da

를（reul）：助詞，受詞＋를＋動詞

韓語發音指南

❶ 나 na = ㄴ n + ㅏ a
오 o = ㅇ x + ㅗ o
다 da = ㄷ d + ㅏ a

用例

지 ji = ㅈ j + ㅣ i
하 ha = ㅎ h + ㅏ a
철 cheol = ㅊ ch + ㅓ eo + ㄹ l

❷ 차 cha = ㅊ ch + ㅏ a
량 ryang = ㄹ r + ㅑ ya + ㅇ ng
광 gwang = ㄱ g + ㅘ wa + ㅇ ng
고 go = ㄱ g + ㅗ o

用例

보 bo = ㅂ b + ㅗ o
다 da = ㄷ d + ㅏ a

❸ 차 cha = ㅊ ch + ㅏ a
내 nae = ㄴ n + ㅐ ae
광 gwang = ㄱ g + ㅘ wa + ㅇ ng
고 go = ㄱ g + ㅗ o

用例

보 bo = ㅂ b + ㅗ o
다 da = ㄷ d + ㅏ a

12 捷運站 (1) 지하철역

ji ha cheoryeok

021

"捷運站" 相關字

❶ 入口：입구
ip-ggu
重音讀法

❷ 出口：출구
chul gu

❸ 自動售票機：자동 매표기 (自動 售票機)
ja dong mae pyo gi

❹ 路線圖：노선도 (路線 圖)
no seon do

夜間婦女候車區

❺ 月台／
=platform
플랫폼
peul raet pom

❻ 夜間婦女候車區／
심야여성전용칸 (深夜 女性 專用)
sim ya yeo seong jeon yong kan

韓語發音指南

❶ 입 ip = ㅇ x + ㅣ i + ㅂ p
구 gu = ㄱ g + ㅜ u

❷ 출 chul = ㅊ ch + ㅜ u + ㄹ l
구 gu = ㄱ g + ㅜ u

❸ 자 ja = ㅈ j + ㅏ a
동 dong = ㄷ d + ㅗ o + ㅇ ng
매 mae = ㅁ m + ㅐ ae
표 pyo = ㅍ p + ㅛ yo
기 gi = ㄱ g + ㅣ i

❹ 노 no = ㄴ n + ㅗ o
선 seon = ㅅ s + ㅓ eo + ㄴ n
도 do = ㄷ d + ㅗ o

❺ 플 peul = ㅍ p + ㅡ eu + ㄹ l
랫 raet = ㄹ r + ㅐ ae + ㅅ t
폼 pom = ㅍ p + ㅗ o + ㅁ m

❻ 심 sim = ㅅ s + ㅣ i + ㅁ m
야 ya = ㅇ x + ㅑ ya
여 yeo = ㅇ x + ㅕ yeo
성 seong = ㅅ s + ㅓ eo + ㅇ ng
전 jeon = ㅈ j + ㅓ eo + ㄴ n
용 yong = ㅇ x + ㅛ yo + ㅇ ng
칸 kan = ㅋ k + ㅏ a + ㄴ n

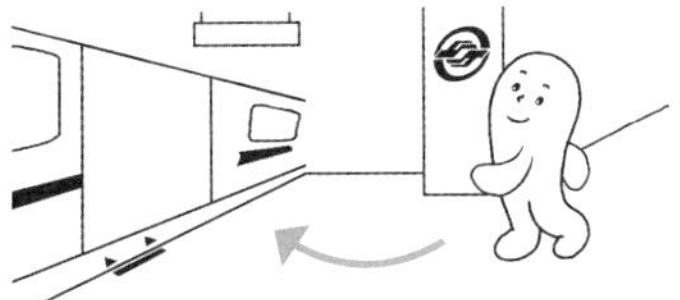

❶ 走進／들어가다
deureo ga da
連音讀法

		捷運站	走進
用例	走進捷運站	지하철역으로	들어가다
		ji ha cheoryeogeu ro	deureo ga da
		連音讀法	連音讀法

으로（eu ro）：助詞，往某方向

❷ 經過／지나가다
ji na ga da

		捷運站	經過
用例	經過捷運站	지하철역을	지나가다
		ji ha cheoryeogeul	ji na ga da
		連音讀法	

을（eul）：助詞，受詞＋을＋動詞

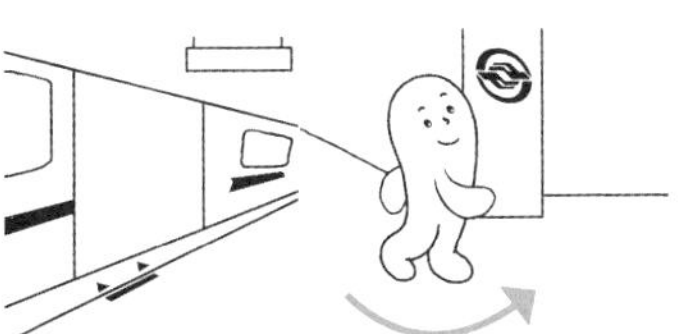

❸ 離開／나오다
na o da

		捷運站	離開
用例	走出捷運站	지하철역에서	나오다
		ji ha cheoryeoge seo	na o da
		連音讀法	

에서（e seo）：助詞，從某地點

韓語發音指南

❶ 들 deul = ㄷ d + ㅡ eu + ㄹ l
어 eo = ㅇ x + ㅓ eo
가 ga = ㄱ g + ㅏ a
다 da = ㄷ d + ㅏ a

用例

지 ji = ㅈ j + ㅣ i
하 ha = ㅎ h + ㅏ a
철 cheol = ㅊ ch + ㅓ eo + ㄹ l
역 yeok = ㅇ x + ㅕ yeo + ㄱ k

❷ 지 ji = ㅈ j + ㅣ i
나 na = ㄴ n + ㅏ a
가 ga = ㄱ g + ㅏ a
다 da = ㄷ d + ㅏ a

用例

지 ji = ㅈ j + ㅣ i
하 ha = ㅎ h + ㅏ a
철 cheol = ㅊ ch + ㅓ eo + ㄹ l
역 yeok = ㅇ x + ㅕ yeo + ㄱ k

❸ 나 na = ㄴ n + ㅏ a
오 o = ㅇ x + ㅗ o
다 da = ㄷ d + ㅏ a

用例

지 ji = ㅈ j + ㅣ i
하 ha = ㅎ h + ㅏ a
철 cheol = ㅊ ch + ㅓ eo + ㄹ l
역 yeok = ㅇ x + ㅕ yeo + ㄱ k

12 捷運站 (2) 지하철역 ji ha cheoryeok

022

❶ 加值／충전하다
chung jeon ha da

用例 加值悠遊卡　교통카드를 충전하다
（悠遊卡：교통카드；加值：충전하다）
gyo tong ka deu reul　chung jeon ha da

를（reul）：助詞，受詞＋를＋動詞

*교통카드（gyo tong ka deu）：悠遊卡，카드＝card

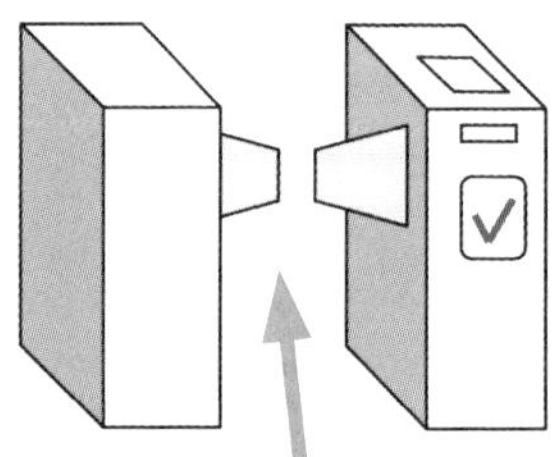

❷ 通過／통과하다
tong gwa ha da

用例 通過票札口　개찰구를 통과하다
（票札口：개찰구；通過：통과하다）
gae chal gu reul　tong gwa ha da

를（reul）：助詞，受詞＋를＋動詞

*개찰구（gae chal gu）：票札口

韓語發音指南

❶ 충 chung = ㅊ ch + ㅜ u + ㅇ ng
전 jeon = ㅈ j + ㅓ eo + ㄴ n
하 ha = ㅎ h + ㅏ a
다 da = ㄷ d + ㅏ a

用例
교 gyo = ㄱ g + ㅛ yo
통 tong = ㅌ t + ㅗ o + ㅇ ng
카 ka = ㅋ k + ㅏ a
드 deu = ㄷ d + ㅡ eu

❷ 통 tong = ㅌ t + ㅗ o + ㅇ ng
과 gwa = ㄱ g + ㅘ wa
하 ha = ㅎ h + ㅏ a
다 da = ㄷ d + ㅏ a

用例
개 gae = ㄱ g + ㅐ ae
찰 chal = ㅊ ch + ㅏ a + ㄹ l
구 gu = ㄱ g + ㅜ u

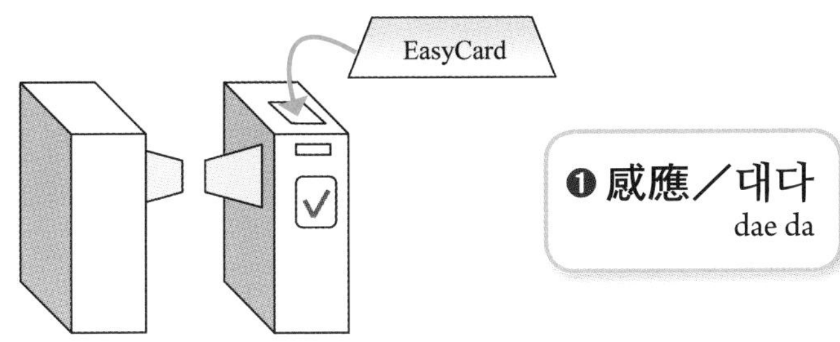

❶ 感應／대다
dae da

用例 **感應悠遊卡　교통카드를 대다**
（悠遊卡　感應）
gyo tong ka deu reul　dae da

를（reul）：助詞，受詞＋를＋動詞

❷ 手扶梯／에스컬레이터
＝escalator
e seu keol re i teo

用例 **搭手扶梯　에스컬레이터를 타다**
（手扶梯　搭乘）
e seu keol re i teo reul　ta da

를（reul）：助詞，受詞＋를＋動詞

❸ 升降電梯／엘리베이터
＝elevator
el ri be i teo

用例 **搭升降梯　엘리베이터를 타다**
（升降梯　搭乘）
el ri be i teo reul　ta da

를（reul）：助詞，受詞＋를＋動詞

韓語發音指南

❶ 대 dae = ㄷ d + ㅐ ae
다 da = ㄷ d + ㅏ a
用例
교 gyo = ㄱ g + ㅛ yo
통 tong = ㅌ t + ㅗ o + ㅇ ng
카 ka = ㅋ k + ㅏ a
드 deu = ㄷ d + ㅡ eu

❷ 에 e = ㅇ x + ㅔ e
스 seu = ㅅ s + ㅡ eu
컬 keol = ㅋ k + ㅓ eo + ㄹ l
레 re = ㄹ r + ㅔ e
이 i = ㅇ x + ㅣ i
터 teo = ㅌ t + ㅓ eo
用例
타 ta = ㅌ t + ㅏ a
다 da = ㄷ d + ㅏ a

❸ 엘 el = ㅇ x + ㅔ e + ㄹ l
리 ri = ㄹ r + ㅣ i
베 be = ㅂ b + ㅔ e
이 i = ㅇ x + ㅣ i
터 teo = ㅌ t + ㅓ eo
用例
타 ta = ㅌ t + ㅏ a
다 da = ㄷ d + ㅏ a

13 火車 (1) 기차 gi cha

023

"火車"的相關字

車站
❶ 火車站：기차역
gi cha yeok

❷ 車票：차표
cha pyo

=rail
❸ 鐵軌：레일
re il

=platform
❹ 月台：플랫폼
peul raet pom

❺ 驗票員：검표원
geom pyo won

時間
❻ 時刻表：시간표
si gan pyo

❼ 搭乘／타다
ta da

用例 搭乘火車　기차에 타다
火車 搭乘
gi cha e　ta da

에（e）：助詞，表示…的對象

韓語發音指南

❶ 기 gi = ㄱ g + ㅣ i
차 cha = ㅊ ch + ㅏ a
역 yeok = ㅇ x + ㅕ yeo + ㄱ k

❷ 차 cha = ㅊ ch + ㅏ a
표 pyo = ㅍ p + ㅛ yo

❸ 레 re = ㄹ r + ㅔ e
일 il = ㅇ x + ㅣ i + ㄹ l

❹ 플 peul = ㅍ p + ㅡ eu + ㄹ l
랫 raet = ㄹ r + ㅐ ae + ㅅ t
폼 pom = ㅍ p + ㅗ o + ㅁ m

❺ 검 geom = ㄱ g + ㅓ eo + ㅁ m
표 pyo = ㅍ p + ㅛ yo
원 won = ㅇ x + ㅝ wo + ㄴ n

❻ 시 si = ㅅ s + ㅣ i
간 gan = ㄱ g + ㅏ a + ㄴ n
표 pyo = ㅍ p + ㅛ yo

❼ 타 ta = ㅌ t + ㅏ a
다 da = ㄷ d + ㅏ a
用例
기 gi = ㄱ g + ㅣ i
차 cha = ㅊ ch + ㅏ a

❶趕搭上／맞춰 타다
ma chwo ta da

用例 趕搭上火車 기차시간에 맞춰 타다
（火車 時刻 符合 搭乘）
gi cha si gane ma chwo ta da
連音讀法

에（e）：助詞，在某時間

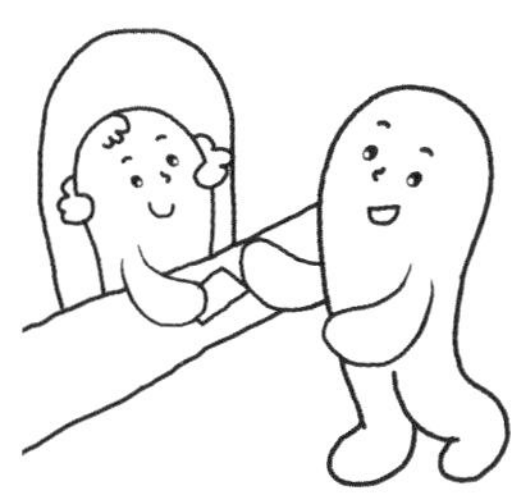

❷購買／사다
sa da

用例 買車票 차표를 사다
（車票 購買）
cha pyo reul sa da

를（reul）：助詞，受詞＋를＋動詞

❸預購／예매하다
ye mae ha da

用例 預購車票 차표를 예매하다
（車票 預購）
cha pyo reul ye mae ha da

를（reul）：助詞，受詞＋를＋動詞

韓語發音指南

❶ 맞 ma = ㅁ m + ㅏ a
취 chwo = ㅊ ch + ㅝ wo
타 ta = ㅌ t + ㅏ a
다 da = ㄷ d + ㅏ a

用例

기 gi = ㄱ g + ㅣ i
차 cha = ㅊ ch + ㅏ a
시 si = ㅅ s + ㅣ i
간 gan = ㄱ g + ㅏ a + ㄴ n

❷ 사 sa = ㅅ s + ㅏ a
다 da = ㄷ d + ㅏ a

用例

차 cha = ㅊ ch + ㅏ a
표 pyo = ㅍ p + ㅛ yo

❸ 예 ye = ㅇ x + ㅖ ye
매 mae = ㅁ m + ㅐ ae
하 ha = ㅎ h + ㅏ a
다 da = ㄷ d + ㅏ a

用例

차 cha = ㅊ ch + ㅏ a
표 pyo = ㅍ p + ㅛ yo

13 火車(2) 기차 gi cha

024

❶ 退還／반환하다
ban hwan ha da

用例 退票 표를 반환하다
(票) (退還)
pyo reul ban hwan ha da

를（reul）：助詞，受詞＋를＋動詞

❷ 出示／보여주다
bo yeo ju da

❸ 車票／차표
cha pyo

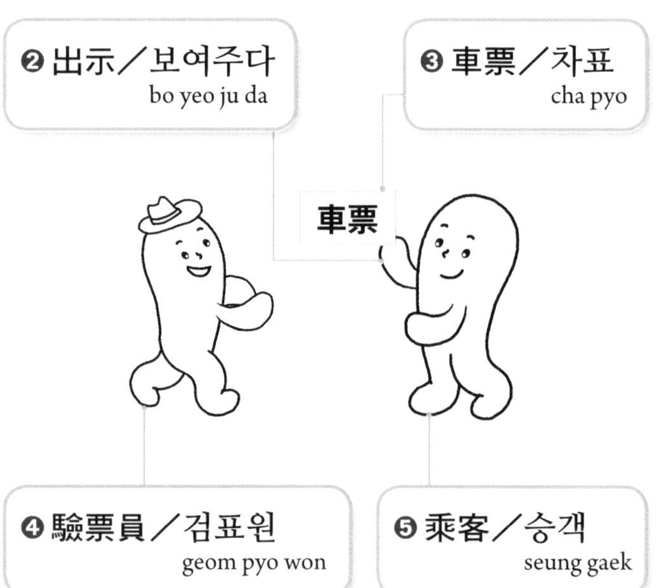

❹ 驗票員／검표원
geom pyo won

❺ 乘客／승객
seung gaek

用例 出示車票 차표를 보여주다
(車票) (出示)
cha pyo reul bo yeo ju da

를（reul）：助詞，受詞＋를＋動詞

韓語發音指南

❶ 반 ban = ㅂ b + ㅏ a + ㄴ n
환 hwan = ㅎ h + ㅘ wa + ㄴ n
하 ha = ㅎ h + ㅏ a
다 da = ㄷ d + ㅏ a
用例
표 pyo = ㅍ p + ㅛ yo

❷ 보 bo = ㅂ b + ㅗ o
여 yeo = ㅇ x + ㅕ yeo
주 ju = ㅈ j + ㅜ u
다 da = ㄷ d + ㅏ a

❸ 차 cha = ㅊ ch + ㅏ a
표 pyo = ㅍ p + ㅛ yo

❹ 검 geom = ㄱ g + ㅓ eo + ㅁ m
표 pyo = ㅍ p + ㅛ yo
원 won = ㅇ x + ㅝ wo + ㄴ n

❺ 승 seung = ㅅ s + ㅡ eu + ㅇ ng
객 gaek = ㄱ g + ㅐ ae + ㄱ k
用例
차 cha = ㅊ ch + ㅏ a
표 pyo = ㅍ p + ㅛ yo

❶ 查驗／검사하다
geom sa ha da

用例 查驗車票　차표를 검사하다
(車票 / 查驗)
cha pyo reul　geom sa ha da

를（reul）：助詞，受詞＋를＋動詞

❷ 通過／통과하다
tong gwa ha da

用例 通過隧道　터널을 통과하다
(隧道＝tunnel / 通過)
teu neoreul　tong gwa ha da
連音讀法

을（eul）：助詞，受詞＋을＋動詞

❸ 絆住／걸리다
geol ri da

用例 被軌道絆住　궤도에 걸리다
(軌道 / 絆住)
gwe do e　geol ri da

에（e）：助詞，（被…）

韓語發音指南

❶ 검 geom = ㄱ g + ㅓ eo + ㅁ m
사 sa = ㅅ s + ㅏ a
하 ha = ㅎ h + ㅏ a
다 da = ㄷ d + ㅏ a
用例
차 cha = ㅊ ch + ㅏ a
표 pyo = ㅍ p + ㅛ yo

❷ 통 tong = ㅌ t + ㅗ o + ㅇ ng
과 gwa = ㄱ g + ㅘ wa
하 ha = ㅎ h + ㅏ a
다 da = ㄷ d + ㅏ a
用例
터 teu = ㅌ t + ㅓ eu
널 neol = ㄴ n + ㅓ eo + ㄹ l

❸ 걸 geol = ㄱ g + ㅓ eo + ㄹ l
리 ri = ㄹ r + ㅣ i
다 da = ㄷ d + ㅏ a
用例
궤 gwe = ㄱ g + ㅞ we
도 do = ㄷ d + ㅗ o

14 電腦 (1) 컴퓨터 keom pyu teo

025

電腦的種類

❶ 桌上型電腦：탁상용 컴퓨터 (= computer)
tak sang yong keom pyu teo

❷ 筆記型電腦：노트북 (= notebook)
no teu buk

❸ 平板電腦：태블릿 PC (= tablet)
tae beul rit

電腦周邊設備

❹ 喇叭／스피커 (= speaker)
seu pi keo

❺ 螢幕／모니터 (= moniter)
mo ni teo

❻ 鍵盤／키보드 (= keyboard)
ki bo deu

❼ 滑鼠／마우스 (= mouse)
ma u seu

韓語發音指南

❶ 탁 tak = ㅌ t + ㅏ a + ㄱ k
상 sang = ㅅ s + ㅏ a + ㅇ ng
용 yong = ㅇ x + ㅛ yo + ㅇ ng

컴 keom = ㅋ k + ㅓ eo + ㅁ m
퓨 pyu = ㅍ p + ㅠ yu
터 teo = ㅌ t + ㅓ eo

❷ 노 no = ㄴ n + ㅗ o
트 teu = ㅌ t + ㅡ eu
북 buk = ㅂ b + ㅜ u + ㄱ k

❸ 태 tae = ㅌ t + ㅐ ae
블 beul = ㅂ b + ㅡ eu + ㄹ l
릿 rit = ㄹ r + ㅣ i + ㅅ t

❹ 스 seu = ㅅ s + ㅡ eu
피 pi = ㅍ p + ㅣ i
커 keo = ㅋ k + ㅓ eo

❺ 모 mo = ㅁ m + ㅗ o
니 ni = ㄴ n + ㅣ i
터 teo = ㅌ t + ㅓ eo

❻ 키 ki = ㅋ k + ㅣ i
보 bo = ㅂ b + ㅗ o
드 deu = ㄷ d + ㅡ eu

❼ 마 ma = ㅁ m + ㅏ a
우 u = ㅇ x + ㅜ u
스 seu = ㅅ s + ㅡ eu

❶ 啟動／켜다
kyeo da

電腦＝computer　啟動

用例 **啟動電腦　컴퓨터를 켜다**

keom pyu teo reul　kyeo da

를（reul）：助詞，受詞＋를＋動詞

❷ 關閉／끄다
kkeu da

電腦＝computer　關閉

用例 **關閉電腦　컴퓨터를 끄다**

keom pyu teo reul　kkeu da

를（reul）：助詞，受詞＋를＋動詞

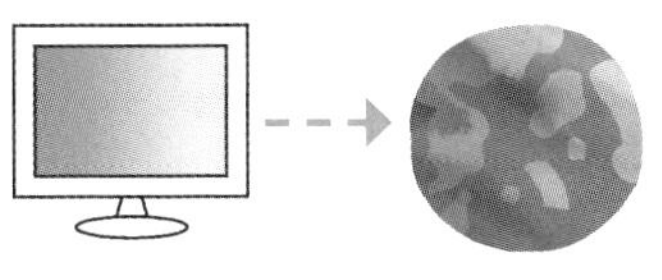

❸ 連接／연결하다
yeon gyeol ha da

網路＝Internet　連接

用例 **連接到網路　인터넷에 연결하다**

in teo nese　yeon gyeol ha da

連音讀法

에（e）：助詞，到某物

*인터넷（in teo net）：網路＝Internet

韓語發音指南

❶ 켜 kyeo = ㅋ k + ㅕ yeo
다 da = ㄷ d + ㅏ a

用例

컴 keom = ㅋ k + ㅓ eo + ㅁ m
퓨 pyu = ㅍ p + ㅠ yu
터 teo = ㅌ t + ㅓ eo

❷ 끄 kkeu = ㄲ kk + ㅡ eu
다 da = ㄷ d + ㅏ a

用例

컴 keom = ㅋ k + ㅓ eo + ㅁ m
퓨 pyu = ㅍ p + ㅠ yu
터 teo = ㅌ t + ㅓ eo

❸ 연 yeon = ㅇ x + ㅕ yeo + ㄴ n
결 gyeol = ㄱ g + ㅕ yeo + ㄹ l
하 ha = ㅎ h + ㅏ a
다 da = ㄷ d + ㅏ a

用例

인 in = ㅇ x + ㅣ i + ㄴ n
터 teo = ㅌ t + ㅓ eo
넷 net = ㄴ n + ㅔ e + ㅅ t

14 電腦 (2) 컴퓨터 keom pyu teo

026

❶ 圖片／그림
geu rim

圖片 尋找

用例 尋找圖片 그림을 찾다
geu rimeul chat-dda
連音讀法 重音讀法

을（eul）：助詞，受詞＋을＋動詞

*찾다（chat-dda）：尋找

"搜尋"的相關字

搜尋 引擎
❷ 搜尋引擎：검색엔진
geom saek en jin

工具列＝tool bar
❸ 搜尋工具列：검색툴바
geom saek tul ba

網站＝site
❹ 搜尋網站：검색사이트
geom saek sa i teu

*검색（geom saek）：名詞，搜尋

韓語發音指南

❶ 그 geu = ㄱ g + ㅡ eu
림 rim = ㄹ r + ㅣ i + ㅁ m

用例
찾 chat = ㅈ ch + ㅏ a + ㅈ t
다 da = ㄷ d + ㅏ a

❷ 검 geom = ㄱ g + ㅓ eo + ㅁ m
색 saek = ㅅ s + ㅐ ae + ㄱ k
엔 en = ㅇ x + ㅔ e + ㄴ n
진 jin = ㅈ j + ㅣ i + ㄴ n

❸ 검 geom = ㄱ g + ㅓ eo + ㅁ m
색 saek = ㅅ s + ㅐ ae + ㄱ k
툴 tul = ㅌ t + ㅜ u + ㄹ l
바 ba = ㅂ b + ㅏ a

❹ 검 geom = ㄱ g + ㅓ eo + ㅁ m
색 saek = ㅅ s + ㅐ ae + ㄱ k
사 sa = ㅅ s + ㅏ a
이 i = ㅇ x + ㅣ i
트 teu = ㅌ t + ㅡ eu

❶ 下載／다운로드 (=download)
da un ro deu

用例 下載音樂 음악을 다운로드 하다
音樂 / 下載 / 進行(某件事)
eumageul (連音讀法) da un ro deu ha da

을（eul）：助詞，受詞＋을＋動詞

下載各種“檔案”

❷ 影片：영화
yeong hwa

❸ 軟體：소프트웨어 (=software)
so peu teu we eo

❹ 資料：자료
ja ryo

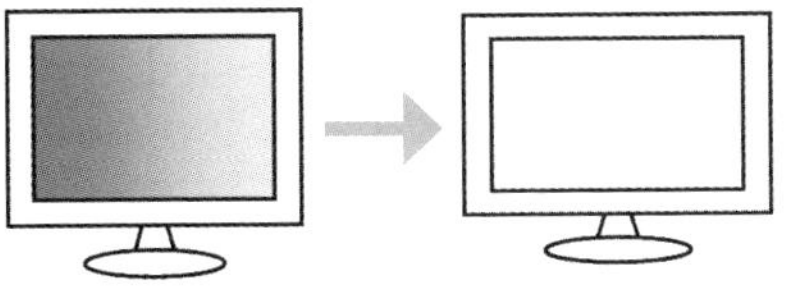

❺ 調整／조정하다
jo jeong ha da

用例 調整螢幕亮度 모니터의 밝기를 조정하다
螢幕=moniter / 亮度 / 調整
mo ni teo e bal-ggi reul (重音讀法) jo jeong ha da

의（e）：助詞，…的
를（reul）：助詞，受詞＋를＋動詞

韓語發音指南

❶ 다 da = ㄷ d + ㅏ a
운 un = ㅇ x + ㅜ u + ㄴ n
로 ro = ㄹ r + ㅗ o
드 deu = ㄷ d + ㅡ eu

用例
음 eum = ㅇ x + ㅡ eu + ㅁ m
악 ak = ㅇ x + ㅏ a + ㄱ k

하 ha = ㅎ h + ㅏ a
다 da = ㄷ d + ㅏ a

❷ 영 yeong = ㅇ x + ㅕ yeo + ㅇ ng
화 hwa = ㅎ h + ㅘ wa

❸ 소 so = ㅅ s + ㅗ o
프 peu = ㅍ p + ㅡ eu
트 teu = ㅌ t + ㅡ eu
웨 we = ㅇ x + ㅞ we
어 eo = ㅇ x + ㅓ eo

❹ 자 ja = ㅈ j + ㅏ a
료 ryo = ㄹ r + ㅛ yo

❺ 조 jo = ㅈ j + ㅗ o
정 jeong = ㅈ j + ㅓ eo + ㅇ ng
하 ha = ㅎ h + ㅏ a
다 da = ㄷ d + ㅏ a

用例
모 mo = ㅁ m + ㅗ o
니 ni = ㄴ n + ㅣ i
터 teo = ㅌ t + ㅓ eo

밝 bal = ㅂ b + ㅏ a + ㄺ l
기 gi = ㄱ g + ㅣ i

15 筆記型電腦 노트북컴퓨터

no teu buk keom pyu teo

027

❶一台／한대
han dae

韓語發音指南

❶ 한 han = ㅎ h + ㅏ a + ㄴ n
대 dae = ㄷ d + ㅐ ae
用例
노 no = ㄴ n + ㅗ o
트 teu = ㅌ t + ㅡ eu
북 buk = ㅂ b + ㅜ u + ㄱ k

用例 一台筆記型電腦 노트북(筆記型電腦) 한대(一台)
no teu buk han dae

*노트북（no teu buk）：筆記型電腦＝notebook，是노트북컴퓨터（＝notebook computer）的簡稱

❷兩台／두대
du dae

❷ 두 du = ㄷ d + ㅜ u
대 dae = ㄷ d + ㅐ ae
用例
노 no = ㄴ n + ㅗ o
트 teu = ㅌ t + ㅡ eu
북 buk = ㅂ b + ㅜ u + ㄱ k

用例 兩台筆記型電腦 노트북(筆記型電腦) 두대(兩台)
no teu buk du dae

❸掀開／열다
yeol da

❸ 열 yeol = ㅇ x + ㅕ yeo + ㄹ l
다 da = ㄷ d + ㅏ a
用例
노 no = ㄴ n + ㅗ o
트 teu = ㅌ t + ㅡ eu
북 buk = ㅂ b + ㅜ u + ㄱ k

用例 掀開筆記型電腦 노트북을(筆記型電腦) 열다(掀開)
no teu bugeul yeol da
連音讀法

을（eul）：助詞，受詞＋을＋動詞

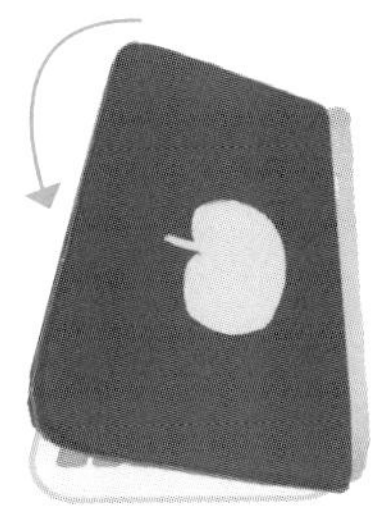

❶ 闔上／닫다
dot-dda
重音讀法

筆記型電腦 闔上

用例 闔上筆記型電腦 노트북을 닫다
no teu bugeul dot-dda
連音讀法 重音讀法

을（eul）：助詞，受詞＋을＋動詞

❷ 攜帶／가지고 가다
ga ji go ga da

筆記型電腦 拿著 前往

用例 攜帶筆記型電腦 노트북을 가지고 가다
no teu bugeul ga ji go ga da
連音讀法

을（eul）：助詞，受詞＋을＋動詞

❸ 放入／넣다
neota
連音讀法

防震袋 放入

用例 放入防震袋 보호케이스에 넣다
bo ho ke i seu e neota
連音讀法

에（e）：助詞，到某物

韓語發音指南

❶ 닫 dot = ㄷ d + ㅏ o + ㄷ t
다 da = ㄷ d + ㅏ a
用例
노 no = ㄴ n + ㅗ o
트 teu = ㅌ t + ㅡ eu
북 buk = ㅂ b + ㅜ u + ㄱ k

❷ 가 ga = ㄱ g + ㅏ a
지 ji = ㅈ j + ㅣ i
고 go = ㄱ g + ㅗ o
가 ga = ㄱ g + ㅏ a
다 da = ㄷ d + ㅏ a
用例
노 no = ㄴ n + ㅗ o
트 teu = ㅌ t + ㅡ eu
북 buk = ㅂ b + ㅜ u + ㄱ k

❸ 넣 neot = ㄴ n + ㅓ eo + ㅎ t
다 da = ㄷ d + ㅏ a
用例
보 bo = ㅂ b + ㅗ o
호 ho = ㅎ h + ㅗ o
케 ke = ㅋ k + ㅔ e
이 i = ㅇ x + ㅣ i
스 seu = ㅅ s + ㅡ eu

16 鍵盤 키보드 ki bo deu

028

鍵盤"按鍵"名稱

❶ enter鍵：엔터키（=enter 按鍵）
en teo ki

❷ 空白鍵：스페이스바（=space bar）
seu pe i seu ba

❸ 數字鍵：번호키（번호=數字）
beono ki（連音讀法）

❹ 快速鍵：단축키（단축=簡短）
dan chuk ki

*키（ki）：按鍵
*번호（beono）：數字

❺ 敲打／두드리다
du deu ri da

用例 敲打鍵盤 키보드를 두드리다（키보드=keyboard 鍵盤；두드리다=敲打）
ki bo deu reul du deu ri da

를（reul）：助詞，受詞＋를＋動詞

韓語發音指南

❶ 엔 en = ㅇ x + ㅔ e + ㄴ n
터 teo = ㅌ t + ㅓ eo
키 ki = ㅋ k + ㅣ i

❷ 스 seu = ㅅ s + ㅡ eu
페 pe = ㅍ p + ㅔ e
이 i = ㅇ x + ㅣ i
스 seu = ㅅ s + ㅡ eu
바 ba = ㅂ b + ㅏ a

❸ 번 beon = ㅂ b + ㅓ eo + ㄴ n
호 ho = ㅎ h + ㅗ o
키 ki = ㅋ k + ㅣ i

❹ 단 dan = ㄷ d + ㅏ a + ㄴ n
축 chuk = ㅊ ch + ㅜ u + ㄱ k
키 ki = ㅋ k + ㅣ i

❺ 두 du = ㄷ d + ㅜ u
드 deu = ㄷ d + ㅡ eu
리 ri = ㄹ r + ㅣ i
다 da = ㄷ d + ㅏ a

用例
키 ki = ㅋ k + ㅣ i
보 bo = ㅂ b + ㅗ o
드 deu = ㄷ d + ㅡ eu

❶ 輸入／입력하다
im nyeoka da
連音讀法

文字　輸入
用例 輸入文字　글자를　입력하다
geul-jja reul　im nyeoka da
重音讀法　連音讀法

를（reul）：助詞，受詞＋를＋動詞

輸入不同"語言"

韓國 …語
❷ 韓文：한국어
han gugeo
連音讀法

中國
❸ 中文：중국어
jung gugeo
連音讀法

英，영국（英國）的簡稱
❹ 英文：영어
yeong eo

日，일본（日本）的簡稱
❺ 日文：일어
ireo
連音讀法

❻ 打字／타자
ta ja

打字　打（字）
用例 打字　타자를　치다
ta ja reul　chi da

를（reul）：助詞，受詞＋를＋動詞

韓語發音指南

❶ 입 ip = ㅇ x + ㅣ i + ㅂ p
력 ryeok = ㄹ r + ㅕ yeo + ㄱ k
하 ha = ㅎ h + ㅏ a
다 da = ㄷ d + ㅏ a
用例
글 geul = ㄱ g + ㅡ eu + ㄹ l
자 ja = ㅈ j + ㅏ a

❷ 한 han = ㅎ h + ㅏ a + ㄴ n
국 guk = ㄱ g + ㅜ u + ㄱ k
어 eo = ㅇ x + ㅓ eo

❸ 중 jung = ㅈ j + ㅜ u + ㅇ ng
국 guk = ㄱ g + ㅜ u + ㄱ k
어 eo = ㅇ x + ㅓ eo

❹ 영 yeong = ㅇ x + ㅕ yeo + ㅇ ng
어 eo = ㅇ x + ㅓ eo

❺ 일 il = ㅇ x + ㅣ i + ㄹ l
어 eo = ㅇ x + ㅓ eo

❻ 타 ta = ㅌ t + ㅏ a
자 ja = ㅈ j + ㅏ a
用例
치 chi = ㅊ ch + ㅣ i
다 da = ㄷ d + ㅏ a

17 滑鼠 마우스 ma u seu

029

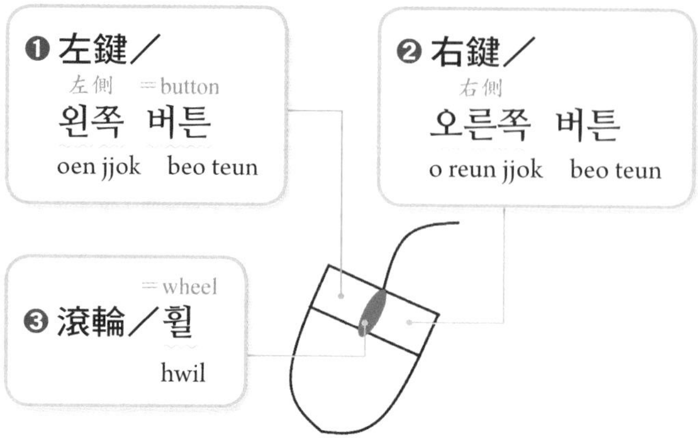

滑鼠的相關字

=mouse =pad
❹ 滑鼠墊：마우스패드
ma u seu pae deu

手腕 保護墊
❺ 手腕護墊：손목보호대
son mok bo ho dae

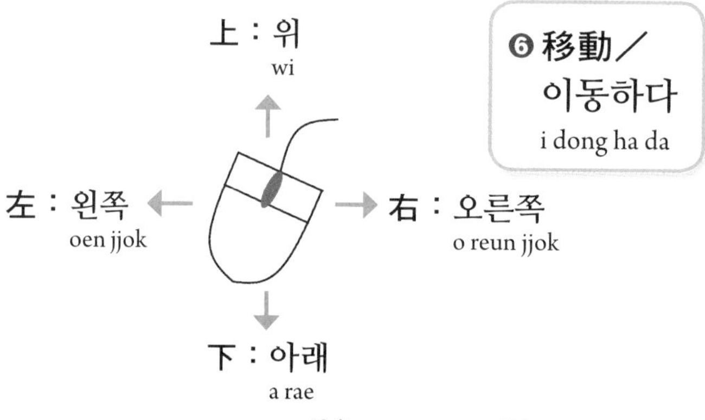

❻ 移動／
이동하다
i dong ha da

用例 移動滑鼠 마우스를 이동하다
滑鼠 移動
ma u seu reul i dong ha da

를（reul）：助詞，受詞＋를＋動詞

韓語發音指南

❶ 왼 oen = ㅇ x + ㅚ oe + ㄴ n
쪽 jjok = ㅉ jj + ㅗ o + ㄱ k
버 beo = ㅂ b + ㅓ eo
튼 teun = ㅌ t + ㅡ eu + ㄴ n

❷ 오 o = ㅇ x + ㅗ o
른 reun = ㄹ r + ㅡ eu + ㄴ n
쪽 jjok = ㅉ jj + ㅗ o + ㄱ k
버 beo = ㅂ b + ㅓ eo
튼 teun = ㅌ t + ㅡ eu + ㄴ n

❸ 휠 hwil = ㅎ h + ㅟ wi + ㄹ l

❹ 마 ma = ㅁ m + ㅏ a
우 u = ㅇ x + ㅜ u
스 seu = ㅅ s + ㅡ eu
패 pae = ㅍ p + ㅐ ae
드 deu = ㄷ d + ㅡ eu

❺ 손 son = ㅅ s + ㅗ o + ㄴ n
목 mok = ㅁ m + ㅗ o + ㄱ k
보 bo = ㅂ b + ㅗ o
호 ho = ㅎ h + ㅗ o
대 dae = ㄷ d + ㅐ ae

❻ 이 i = ㅇ x + ㅣ i
동 dong = ㄷ d + ㅗ o + ㅇ ng
하 ha = ㅎ h + ㅏ a
다 da = ㄷ d + ㅏ a

用例
마 ma = ㅁ m + ㅏ a
우 u = ㅇ x + ㅜ u
스 seu = ㅅ s + ㅡ eu

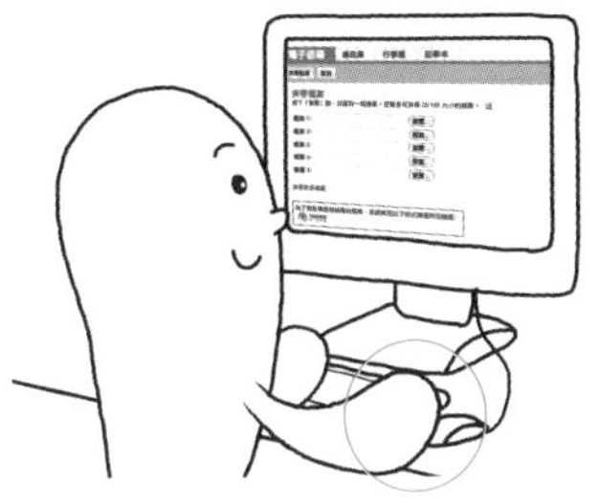

❶ 握住／쥐다
jwi da

用例 握住滑鼠 마우스를 쥐다

(滑鼠＝mouse) (握住)

ma u seu reul jwi da

를（reul）：助詞，受詞＋를＋動詞

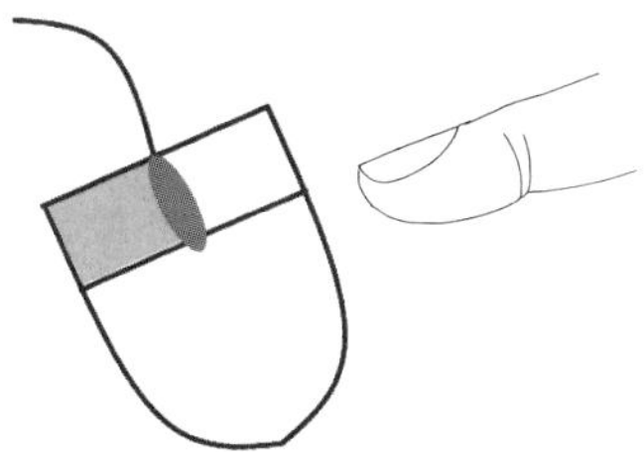

❷ 點擊／누르다
nu reu da

用例 點擊左鍵 왼쪽 버튼을 누르다

(左鍵) (點擊)

oen jjok beo teuneul nu reu da

(連音讀法)

을（eul）：助詞，受詞＋을＋動詞

用例 點擊右鍵 오른쪽 버튼을 누르다

(右鍵) (點擊)

o reun jjok beo teuneul nu reu da

(連音讀法)

을（eul）：助詞，受詞＋을＋動詞

*왼쪽（oen jjok）：左側
*오른쪽（o reun jjok）：右側
*버튼（beo teun）：按鍵＝button

韓語發音指南

❶ 쥐 jwi = ㅈ j + ㅟ wi
다 da = ㄷ d + ㅏ a

用例

마 ma = ㅁ m + ㅏ a
우 u = ㅇ x + ㅜ u
스 seu = ㅅ s + ㅡ eu

❷ 누 nu = ㄴ n + ㅜ u
르 reu = ㄹ r + ㅡ eu
다 da = ㄷ d + ㅏ a

用例

왼 oen = ㅇ x + ㅚ oe + ㄴ n
쪽 jjok = ㅉ jj + ㅗ o + ㄱ k
버 beo = ㅂ b + ㅓ eo
튼 teun = ㅌ t + ㅡ eu + ㄴ n

用例

오 o = ㅇ x + ㅗ o
른 reun = ㄹ r + ㅡ eu + ㄴ n
쪽 jjok = ㅉ jj + ㅗ o + ㄱ k
버 beo = ㅂ b + ㅓ eo
튼 teun = ㅌ t + ㅡ eu + ㄴ n

18 光碟機 시디롬 드라이브

si di rom deu ra i beu

030

❶ 光碟機／
=CD-ROM drive
시디롬 드라이브
si di rom deu ra i beu

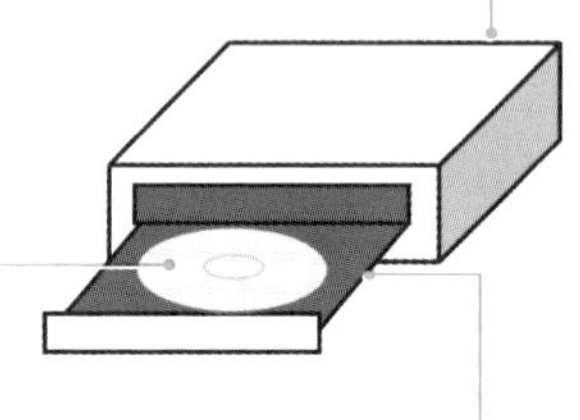

❷ 光碟片／디스크
=disc
di seu keu

❸ 托盤／시디롬
si di rom

❹ 放在上面／
올려 놓다
ol ryeo nota
連音讀法

用例 放在托盤上 시디롬에 올려 놓다

(托盤 放在上面)

si di rome ol ryeo nota

(連音讀法 連音讀法)

에（e）：助詞，在某地點

韓語發音指南

❶ 시 si = ㅅ s + ㅣ i
디 di = ㄷ d + ㅣ i
롬 rom = ㄹ r + ㅗ o + ㅁ m
드 deu = ㄷ d + ㅡ eu
라 ra = ㄹ r + ㅏ a
이 i = ㅇ x + ㅣ i
브 beu = ㅂ b + ㅡ eu

❷ 디 di = ㄷ d + ㅣ i
스 seu = ㅅ s + ㅡ eu
크 keu = ㅋ k + ㅡ eu

❸ 시 si = ㅅ s + ㅣ i
디 di = ㄷ d + ㅣ i
롬 rom = ㄹ r + ㅗ o + ㅁ m

❹ 올 ol = ㅇ x + ㅗ o + ㄹ l
려 ryeo = ㄹ r + ㅕ yeo
놓 not = ㄴ n + ㅗ o + ㅎ t
다 da = ㄷ d + ㅏ a

用例

시 si = ㅅ s + ㅣ i
디 di = ㄷ d + ㅣ i
롬 rom = ㄹ r + ㅗ o + ㅁ m

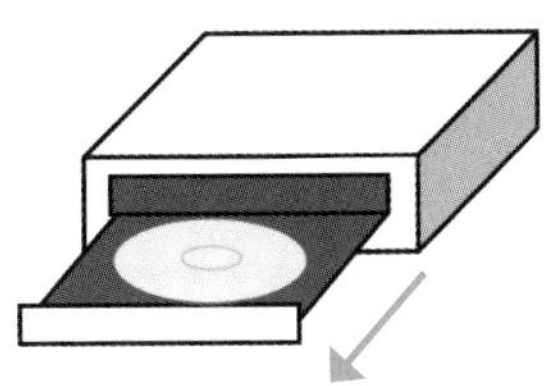

❶彈出／나오다
na o da

托盤 彈出

用例 **托盤彈出** 시디롬이 나오다
si di romi na o da
連音讀法

이（i）：助詞，接在主詞之後

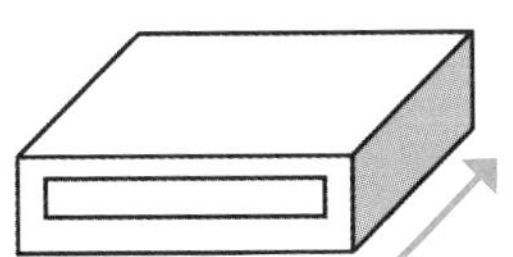

❷收回／들어가다
deureo ga da
連音讀法

托盤 收回

用例 **托盤收回** 시디롬이 들어가다
si di romi deureo ga da
連音讀法 連音讀法

이（i）：助詞，接在主詞之後

❸播放／재생하다
jae saeng ha da

光碟片＝disc 播放

用例 **播放光碟片** 디스크를 재생하다
di seu keu reul jae saeng ha da

를（reul）：助詞，受詞＋를＋動詞

韓語發音指南

❶나 na = ㄴ n + ㅏ a
오 o = ㅇ x + ㅗ o
다 da = ㄷ d + ㅏ a
用例
시 si = ㅅ s + ㅣ i
디 di = ㄷ d + ㅣ i
롬 rom = ㄹ r + ㅗ o + ㅁ m

❷들 deul = ㄷ d + ㅡ eu + ㄹ l
어 eo = ㅇ x + ㅓ eo
가 ga = ㄱ g + ㅏ a
다 da = ㄷ d + ㅏ a
用例
시 si = ㅅ s + ㅣ i
디 di = ㄷ d + ㅣ i
롬 rom = ㄹ r + ㅗ o + ㅁ m

❸재 jae = ㅈ j + ㅐ ae
생 saeng = ㅅ s + ㅐ ae + ㅇ ng
하 ha = ㅎ h + ㅏ a
다 da = ㄷ d + ㅏ a
用例
디 di = ㄷ d + ㅣ i
스 seu = ㅅ s + ㅡ eu
크 keu = ㅋ k + ㅡ eu

19 光碟片 디스크

di seu keu

031

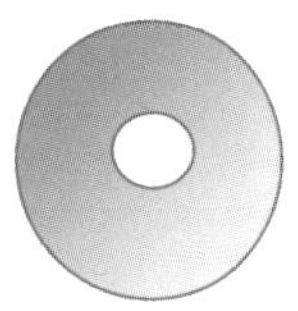

❶ 一片／한장
han jang

用例 一片光碟片　한장의 디스크
(一片 = 한장, 光碟片 = disc = 디스크)
han jang e　di seu keu

의（e）：助詞，…的

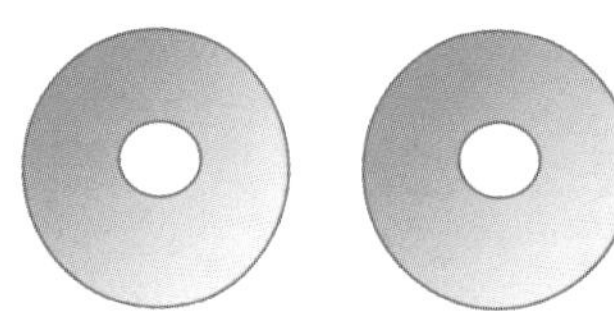

❷ 兩片／두장
du jang

用例 兩片光碟片　두장의 디스크
(兩片 = 두장, 光碟片 = 디스크)
du jang e　di seu keu

의（e）：助詞，…的

*장（jang）：…張、…片等，扁平物品的量詞

燒錄・複製・盜拷

❸ 燒錄、複製：복제하다
bok je ha da

❹ 盜拷：불법복제하다
(非法 = 불법)
bul beop bok je ha da

韓語發音指南

❶ 한 han = ㅎ h + ㅏ a + ㄴ n
장 jang = ㅈ j + ㅏ a + ㅇ ng
用例
디 di = ㄷ d + ㅣ i
스 seu = ㅅ s + ㅡ eu
크 keu = ㅋ k + ㅡ eu

❷ 두 du = ㄷ d + ㅜ u
장 jang = ㅈ j + ㅏ a + ㅇ ng
用例
디 di = ㄷ d + ㅣ i
스 seu = ㅅ s + ㅡ eu
크 keu = ㅋ k + ㅡ eu

❸ 복 bok = ㅂ b + ㅗ o + ㄱ k
제 je = ㅈ j + ㅔ e
하 ha = ㅎ h + ㅏ a
다 da = ㄷ d + ㅏ a

❹ 불 bul = ㅂ b + ㅜ u + ㄹ l
법 beop = ㅂ b + ㅓ eo + ㅂ p
복 bok = ㅂ b + ㅗ o + ㄱ k
제 je = ㅈ j + ㅔ e
하 ha = ㅎ h + ㅏ a
다 da = ㄷ d + ㅏ a

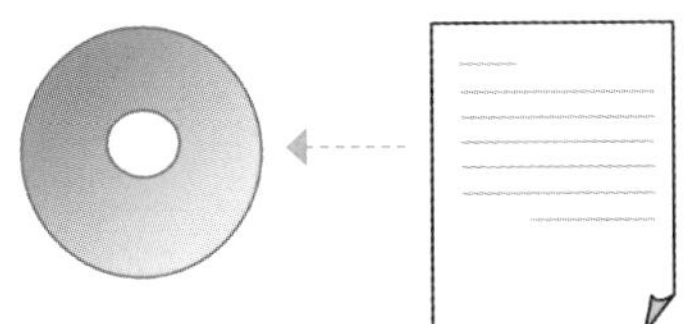

❶ 存入／저장하다
jeo jang ha da

用例 存入資料　자료를 저장하다
(資料) (存入)
ja ryo reul　jeo jang ha da

를（reul）：助詞，受詞＋를＋動詞

*자료（ja ryo）：資料

❷ 刮痕／흠
heum

用例 光碟片有刮痕　디스크에 흠이 나다
(光碟片) (刮痕) (出現)
di seu keu e　heumi　na da
(連音讀法)

에（e）：助詞，在某物
이（i）：助詞，接在主詞之後

*나다（na da）：出現

空白光碟片・藍光光碟片

❸ 空白光碟片：공 디스크
(空白) (＝disc)
gong　di seu keu

❹ 藍光光碟片：블루 레이 디스크
(＝blue ray)
beul ru　re i　di seu keu

韓語發音指南

❶ 저 jeo = ㅈ j + ㅓ eo
장 jang = ㅈ j + ㅏ a + ㅇ ng
하 ha = ㅎ h + ㅏ a
다 da = ㄷ d + ㅏ a
用例
자 ja = ㅈ j + ㅏ a
료 ryo = ㄹ r + ㅛ yo

❷ 흠 heum = ㅎ h + ㅡ eu + ㅁ m
用例
디 di = ㄷ d + ㅣ i
스 seu = ㅅ s + ㅡ eu
크 keu = ㅋ k + ㅡ eu

나 na = ㄴ n + ㅏ a
다 da = ㄷ d + ㅏ a

❸ 공 gong = ㄱ g + ㅗ o + ㅇ ng
디 di = ㄷ d + ㅣ i
스 seu = ㅅ s + ㅡ eu
크 keu = ㅋ k + ㅡ eu

❹ 블 beul = ㅂ b + ㅡ eu + ㄹ l
루 ru = ㄹ r + ㅜ u
레 re = ㄹ r + ㅔ e
이 i = ㅇ x + ㅣ i
디 di = ㄷ d + ㅣ i
스 seu = ㅅ s + ㅡ eu
크 keu = ㅋ k + ㅡ eu

20 隨身碟 USB

032

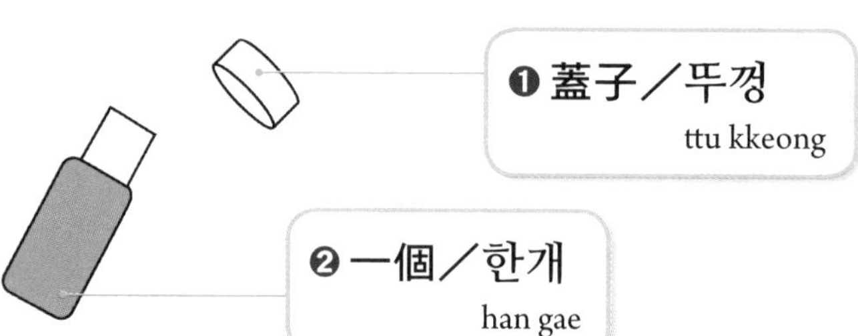

用例 一個隨身碟　한개의 USB（一個 隨身碟）

han gae e

의（e）：助詞，…的

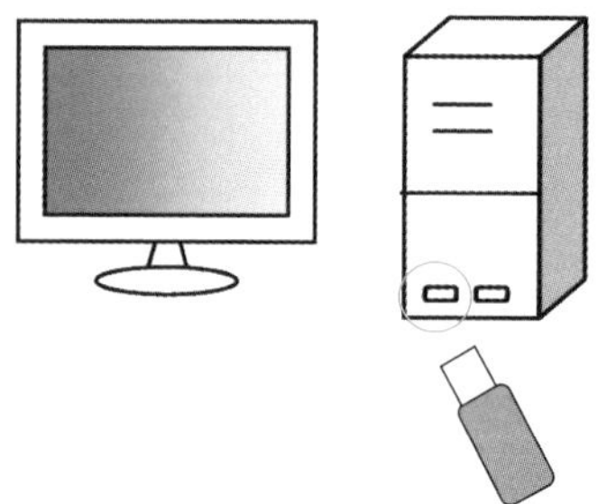

❸ USB插槽／USB단자
dan ja

用例 把隨身碟插入USB插槽

USB를 USB단자에 넣다（隨身碟 USB插槽 插入）

reul　dan ja e　neota（連音讀法）

를（reul）：助詞，受詞＋를＋動詞

에（e）：助詞，到某地點

用例 從USB插槽拔出

USB단자에서 뽑다（USB插槽 拔出）

dan ja　e　seo　ppop-dda（重音讀法）

에서（e seo）：助詞，從某地點

韓語發音指南

❶ 뚜 ttu = ㄸ tt + ㅜ u

껑 kkeong = ㄲ kk + ㅓ eo + ㅇ ng

❷ 한 han = ㅎ h + ㅏ a + ㄴ n

개 gae = ㄱ g + ㅐ ae

❸ 단 dan = ㄷ d + ㅏ a + ㄴ n

자 ja = ㅈ j + ㅏ a

用例

넣 neot = ㄴ n + ㅓ eo + ㅎ t

다 da = ㄷ d + ㅏ a

用例

뽑 ppop = ㅃ pp + ㅗ o + ㅂ p

다 da = ㄷ d + ㅏ a

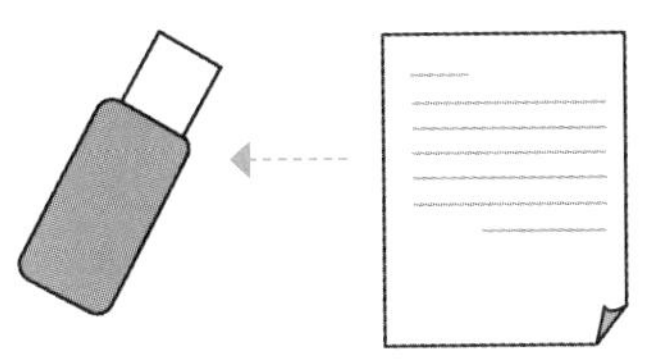

❶ 存入／저장하다
jeo jang ha da

用例 **在隨身碟存入資料**

隨身碟 資料 存入

USB**에** 자료**를** 저장하다

e ja ryo reul jeo jang ha da

에（e）：助詞，在某物

를（reul）：助詞，受詞＋를＋動詞

用例 **在隨身碟存入檔案**

隨身碟 檔案＝file 存入

USB**에** 파일**을** 저장하다

e pa ireul jeo jang ha da

連音讀法

에（e）：助詞，在某物

을（eul）：助詞，受詞＋을＋動詞

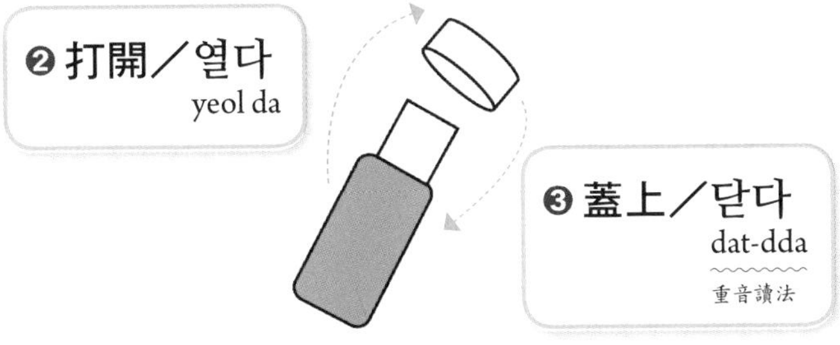

❷ 打開／열다
yeol da

❸ 蓋上／닫다
dat-dda
重音讀法

用例 **打開隨身碟護蓋**

隨身碟護蓋 打開

USB뚜껑**을** 열다

ttu kkeong eul yeol da

을（eul）：助詞，受詞＋을＋動詞

用例 **蓋上隨身碟護蓋**

隨身碟護蓋 蓋上

USB뚜껑**을** 닫다

ttu kkeong eul dot-dda
重音讀法

을（eul）：助詞，受詞＋을＋動詞

韓語發音指南

❶ 저 jeo = ㅈ j + ㅓ eo
장 jang = ㅈ j + ㅏ a + ㅇ ng
하 ha = ㅎ h + ㅏ a
다 da = ㄷ d + ㅏ a

用例

자 ja = ㅈ j + ㅏ a
료 ryo = ㄹ r + ㅛ yo

用例

파 pa = ㅍ p + ㅏ a
일 il = ㅇ x + ㅣ i + ㄹ l

❷ 열 yeol = ㅇ x + ㅕ yeo + ㄹ l
다 da = ㄷ d + ㅏ a

❸ 닫 dat = ㄷ d + ㅏ a + ㄷ t
다 da = ㄷ d + ㅏ a

用例

뚜 ttu = ㄸ tt + ㅜ u
껑 kkeong = ㄲ kk + ㅓ eo + ㅇ ng

21 印表機 프린트기
peu rin teu gi

033

"印表機"相關字

=laser =print

❶ 雷射印表機：레이저프린트기
re i jeo peu rin teu gi

❷ 紙張：용지
yong ji

啟動 程式=program

❸ 驅動程式：작동 프로그램
jak dong peu ro geu raem

=ink cartridge

❹ 墨水匣：잉크 카트리지
ing keu ka teu ri ji

❺ 卡住／걸렸다
geol ryeot-dda
重音讀法

紙張 卡住

用例 卡紙 용지가 걸렸다
yong ji ga geol ryeot-dda
重音讀法

가（ga）：助詞，接在主詞之後

韓語發音指南

❶ 레 re = ㄹ r + ㅔ e
이 i = ㅇ x + ㅣ i
저 jeo = ㅈ j + ㅓ eo
프 peu = ㅍ p + ㅡ eu
린 rin = ㄹ r + ㅣ i + ㄴ n
트 teu = ㅌ t + ㅡ eu
기 gi = ㄱ g + ㅣ i

❷ 용 yong = ㅇ x + ㅛ yo + ㅇ ng
지 ji = ㄱ j + ㅣ i

❸ 작 jak = ㅈ j + ㅏ a + ㄱ k
동 dong = ㄷ d + ㅗ o + ㅇ ng
프 peu = ㅍ p + ㅡ eu
로 ro = ㄹ r + ㅗ o
그 geu = ㄱ g + ㅡ eu
램 raem = ㄹ r + ㅐ ae + ㅁ m

❹ 잉 ing = ㅇ x + ㅣ i + ㅇ ng
크 keu = ㅋ k + ㅡ eu
카 ka = ㅋ k + ㅏ a
트 teu = ㅌ t + ㅡ eu
리 ri = ㄹ r + ㅣ i
지 ji = ㅈ j + ㅣ i

❺ 걸 geol = ㄱ g + ㅓ eo + ㄹ l
렸 ryeot = ㄹ r + ㅕ yeo + ㅆ t
다 da = ㄷ d + ㅏ a

用例
용 yong = ㅇ x + ㅛ yo + ㅇ ng
지 ji = ㄱ j + ㅣ i

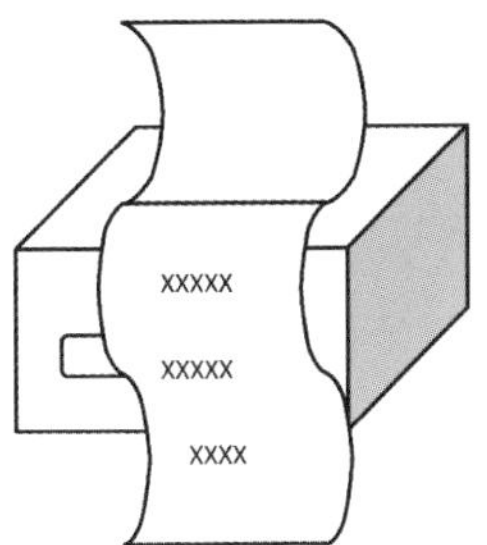

❶ 列印／프린트하다 (=print)
peu rin teu ha da

用例 列印資料 자료를 프린트하다
(資料) (列印)
ja ryo reul peu rin teu ha da

를（reul）：助詞，受詞＋를＋動詞

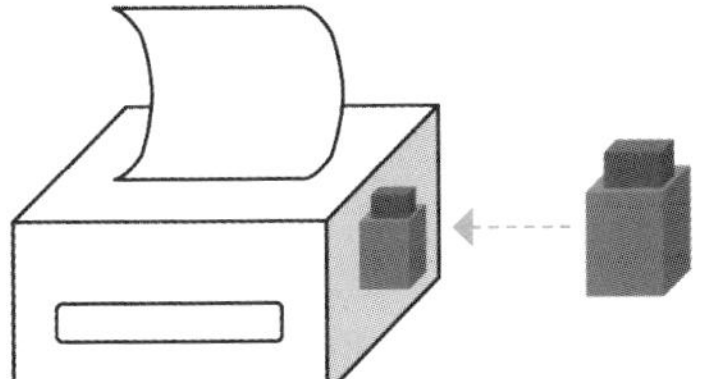

❷ 裝上／끼우다
kki u da

用例 裝上墨水匣 잉크를 끼우다
(墨水匣) (裝上)
ing keu reul kki u da

를（reul）：助詞，受詞＋를＋動詞

*잉크（ing keu）：墨水匣，是잉크 카트리지的簡稱

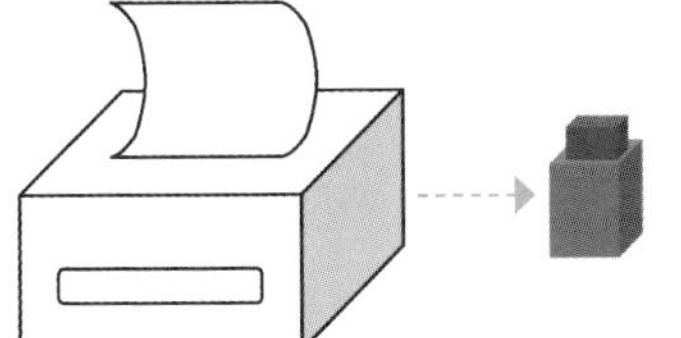

❸ 卸除／빼내다
ppae nae da

用例 卸除墨水匣 잉크를 빼내다
(墨水匣) (裝上)
ing keu reul ppae nae da

를（reul）：助詞，受詞＋를＋動詞

韓語發音指南

❶ 프 peu = ㅍ p + ㅡ eu
린 rin = ㄹ r + ㅣ i + ㄴ n
트 teu = ㅌ t + ㅡ eu
하 ha = ㅎ h + ㅏ a
다 da = ㄷ d + ㅏ a

用例
자 ja = ㅈ j + ㅏ a
료 ryo = ㄹ r + ㅛ yo

❷ 끼 kki = ㄲ kk + ㅣ i
우 u = ㅇ x + ㅜ u
다 da = ㄷ d + ㅏ a

用例
잉 ing = ㅇ x + ㅣ i + ㅇ ng
크 keu = ㅋ k + ㅡ eu

❸ 빼 ppae = ㅃ pp + ㅐ ae
내 nae = ㄴ n + ㅐ ae
다 da = ㄷ d + ㅏ a

用例
잉 ing = ㅇ x + ㅣ i + ㅇ ng
크 keu = ㅋ k + ㅡ eu

22 道路(1) 길 gil

034

大馬路・小路

❶ 大馬路：큰길（寬大）
keun gil

❷ 窄路、小路：골목길（狹窄）
gol mok gil

用例 一條大馬路 한개의 큰길（一條 大馬路）
han gae e keun gil

의（e）：助詞，…的

❸ 測速照相機／속도위반카메라（速度 違規 相機＝camera）
sok do wi ban ka me ra

❹ 飆車／과속
gwa sok

❺ 被拍照／찍히다
jjiki da
連音讀法

韓語發音指南

❶ 큰 keun = ㅋ k + ㅡ eu + ㄴ n
길 gil = ㄱ g + ㅣ i + ㄹ l

❷ 골 gol = ㄱ g + ㅗ o + ㄹ l
목 mok = ㅁ m + ㅗ o + ㄱ k
길 gil = ㄱ g + ㅣ i + ㄹ l
用例
한 han = ㅎ h + ㅏ a + ㄴ n
개 gae = ㄱ g + ㅐ ae

❸ 속 sok = ㅅ s + ㅗ o + ㄱ k
도 do = ㄷ d + ㅗ o
위 wi = ㅇ x + ㅟ wi
반 ban = ㅂ b + ㅏ a + ㄴ n
카 ka = ㅋ k + ㅏ a
메 me = ㅁ m + ㅔ e
라 ra = ㄹ r + ㅏ a

❹ 과 gwa = ㄱ g + ㅘ wa
속 sok = ㅅ s + ㅗ o + ㄱ k

❺ 찍 jjk = ㅉ jj + ㅣ i + ㄱ k
히 hi = ㅎ h + ㅣ i
다 da = ㄷ d + ㅏ a

用例 牽小孩子的手　아이의 손을 잡다

(小孩　手　牽)

a i e soneul jap-dda

(連音讀法　重音讀法)

의（e）：助詞，…的

을（eul）：助詞，受詞＋을＋動詞

*손（son）：手

❹ 通過／지나가다
ji na ga da

用例 過斑馬線　횡단보도를 지나가다

(斑馬線　通過)

hoeng dan bo do reul ji na ga da

를（reul）：助詞，受詞＋를＋動詞

*횡단보도（hoeng dan bo do）：斑馬線

韓語發音指南

❶ 잡 jap = ㅈ j + ㅏ a + ㅂ p

다 da = ㄷ d + ㅏ a

❷ 어 eo = ㅇ x + ㅓ eo

른 reun = ㄹ r + ㅡ eu + ㄴ n

❸ 아 a = ㅇ x + ㅏ a

이 i = ㅇ x + ㅣ i

用例

손 son = ㅅ s + ㅗ o + ㄴ n

❹ 지 ji = ㅈ j + ㅣ i

나 na = ㄴ n + ㅏ a

가 ga = ㄱ g + ㅏ a

다 da = ㄷ d + ㅏ a

用例

횡 hoeng = ㅎ h + ㅚ oe + ㅇ ng

단 dan = ㄷ d + ㅏ a + ㄴ n

보 bo = ㅂ b + ㅗ o

도 do = ㄷ d + ㅗ o

22 道路 (2) 길 gil

035

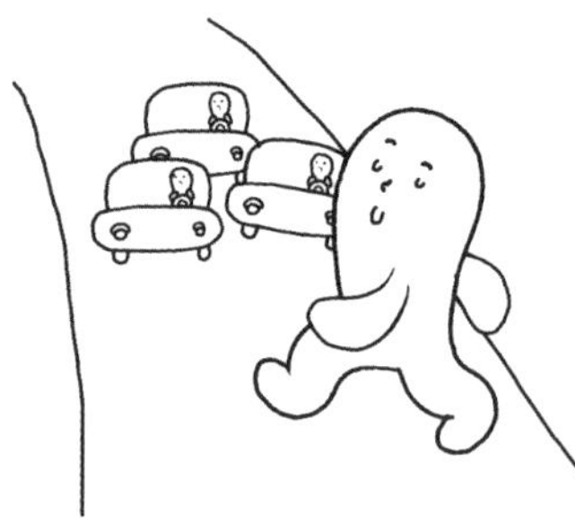

❶ 穿越／건너다
geon neo da

用例 穿越馬路 길을 건너다
(馬路 穿越)
gireul geon neo da
連音讀法

을（eul）：助詞，受詞＋을＋動詞

❷ 交通標誌／도로표지
(道路 標誌)
do ro pyo ji

❸ 行人禁止穿越／
(行人 穿越 禁止)
보행자횡단금지
bo haeng ja hoeng dan geum ji

❹ 車輛禁止駛入／
(車輛 進入)
차량진입금지
cha ryang jinip geum ji
連音讀法

韓語發音指南

❶ 건 geon = ㄱ g + ㅓ eo + ㄴ n
너 neo = ㄴ n + ㅓ eo
다 da = ㄷ d + ㅏ a
用例
길 gil = ㄱ g + ㅣ i + ㄹ l

❷ 도 do = ㄷ d + ㅗ o
로 ro = ㄹ r + ㅗ o
표 pyo = ㅍ p + ㅛ yo
지 ji = ㅈ j + ㅣ i

❸ 보 bo = ㅂ b + ㅗ o
행 haeng = ㅎ h + ㅐ ae + ㅇ ng
자 ja = ㅈ j + ㅏ a
횡 hoeng = ㅎ h + ㅚ oe + ㅇ ng
단 dan = ㄷ d + ㅏ a + ㄴ n
금 geum = ㄱ g + ㅡ eu + ㅁ m
지 ji = ㅈ j + ㅣ i

❹ 차 cha = ㅊ ch + ㅏ a
량 ryang = ㄹ r + ㅑ ya + ㅇ ng
진 jin = ㅈ j + ㅣ i + ㄴ n
입 ip = ㅇ x + ㅣ i + ㅂ p
금 geum = ㄱ g + ㅡ eu + ㅁ m
지 ji = ㅈ j + ㅣ i

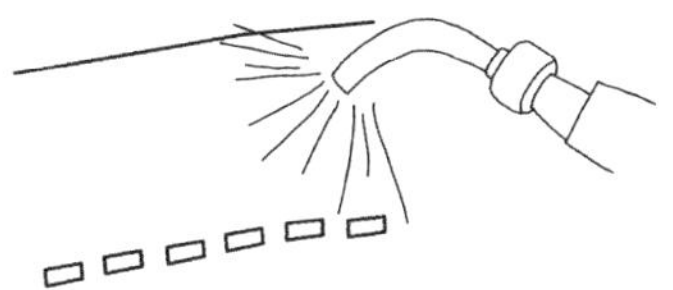

❶ 灑／뿌리다
ppu ri da

路上　水　灑

用例 在路上灑水　길위에 물을 뿌리다

gil wi e　mureul　ppu ri da

連音讀法

에（e）：助詞，在某地點

을（eul）：助詞，受詞＋을＋動詞

*길위（gil wi）：路面上

*물（mul）：水

❷ 通過／건너다
geon neo da

天橋　通過

用例 過天橋　육교를 건너다

yuk gyo reul　geon neo da

를（reul）：助詞，受詞＋를＋動詞

*육교（yuk gyo）：天橋

馬路　通過

用例 過馬路　길을 건너다

gireul　geon neo da

連音讀法

을（eul）：助詞，受詞＋을＋動詞

韓語發音指南

❶ 뿌 ppu = ㅃ pp + ㅜ u

리 ri = ㄹ r + ㅣ i

다 da = ㄷ d + ㅏ a

用例

길 gil = ㄱ g + ㅣ i + ㄹ l

위 wi = ㅇ x + ㅟ wi

물 mul = ㅁ m + ㅗ u + ㄹ l

❷ 건 geon = ㄱ g + ㅓ eo + ㄴ n

너 neo = ㄴ n + ㅓ eo

다 da = ㄷ d + ㅏ a

用例

육 yuk = ㅇ x + ㅠ yu + ㄱ k

교 gyo = ㄱ g + ㅛ yo

用例

길 gil = ㄱ g + ㅣ i + ㄹ l

22 道路 (3) 길 gil

036

❶ 注意／주의하다
ju ui ha da

用例 注意左右來車

좌우로（左右） 오는（駛來） 차를（車） 주의하다（注意）
jwa u ro o neun cha reul ju ui ha da

로（ro）：助詞，接在副詞之後
를（reul）：助詞，受詞＋를＋動詞

*좌우（jwa u）：左右
*오는（o neun）：來、前來、駛來
*차（cha）：汽車

❷ 行走／보행하다
bo haeng ha da

用例 行走人行道 인도를（人行道） 보행하다（行走）
in do reul bo haeng ha da

를（reul）：助詞，受詞＋를＋動詞

*인도（in do）：人行道

韓語發音指南

❶ 주 ju = ㅈ j + ㅜ u
의 ui = ㅇ x + ㅢ ui
하 ha = ㅎ h + ㅏ a
다 da = ㄷ d + ㅏ a

用例

좌 jwa = ㅈ j + ㅘ wa
우 u = ㅇ x + ㅜ u

오 o = ㅇ x + ㅗ o
는 neun = ㄴ n + ㅡ eu + ㄴ n

차 cha = ㅊ ch + ㅏ a

❷ 보 bo = ㅂ b + ㅗ o
행 haeng = ㅎ h + ㅐ ae + ㅇ ng
하 ha = ㅎ h + ㅏ a
다 da = ㄷ d + ㅏ a

用例

인 in = ㅇ x + ㅣ i + ㄴ n
도 do = ㄷ d + ㅗ o

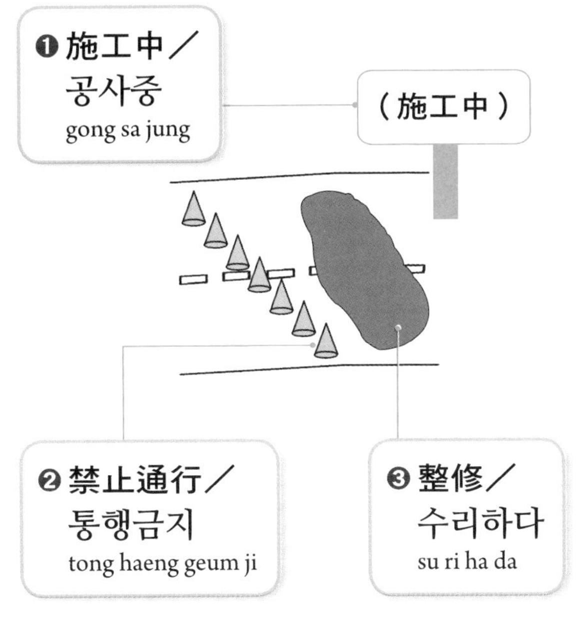

用例 整修道路 길을 수리하다

馬路 整修

gireul su ri ha da

連音讀法

을（eul）：助詞，受詞＋을＋動詞

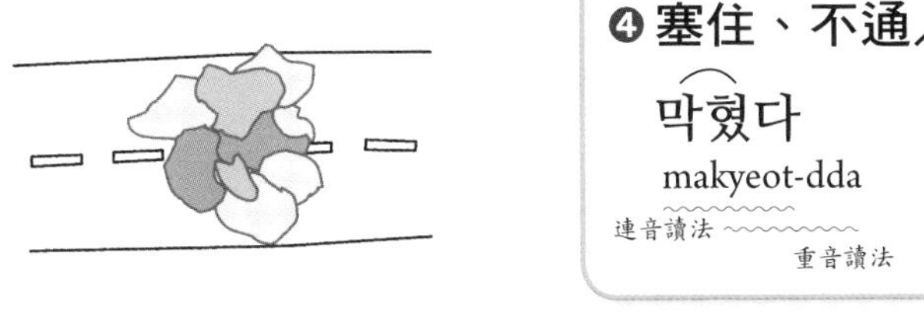

❹塞住、不通／
막혔다
makyeot-dda
連音讀法 重音讀法

用例 道路不通 길이 막혔다

道路 不通

giri makyeot-dda

連音讀法 連音讀法 重音讀法

이（i）：助詞，接在主詞之後

韓語發音指南

❶공 gong = ㄱ g + ㅗ o + ㅇ ng
사 sa = ㅅ s + ㅏ a
중 jung = ㅈ j + ㅜ u + ㅇ ng

❷통 tong = ㅌ t + ㅗ o + ㅇ ng
행 haeng = ㅎ h + ㅐ ae + ㅇ ng
금 geum = ㄱ g + ㅡ eu + ㅁ m
지 ji = ㅈ j + ㅣ i

❸수 su = ㅅ s + ㅜ u
리 ri = ㄹ r + ㅣ i
하 ha = ㅎ h + ㅏ a
다 da = ㄷ d + ㅏ a

用例

길 gil = ㄱ g + ㅣ i + ㄹ l

❹막 mak = ㅁ m + ㅏ a + ㄱ k
혔 hyeot = ㅎ h + ㅕ yeo + ㅆ t
다 da = ㄷ d + ㅏ a

用例

길 gil = ㄱ g + ㅣ i + ㄹ l

23 紅綠燈 신호등 sin ho deung

037

紅燈・黃燈・綠燈

❶ 紅燈：빨간 신호등（紅色的 號誌燈）
ppal gan sin ho deung

❷ 黃燈：노란 신호등（黃色的）
no ran sin ho deung

❸ 綠燈：초록 신호등（綠色的）
cho rok sin ho deung

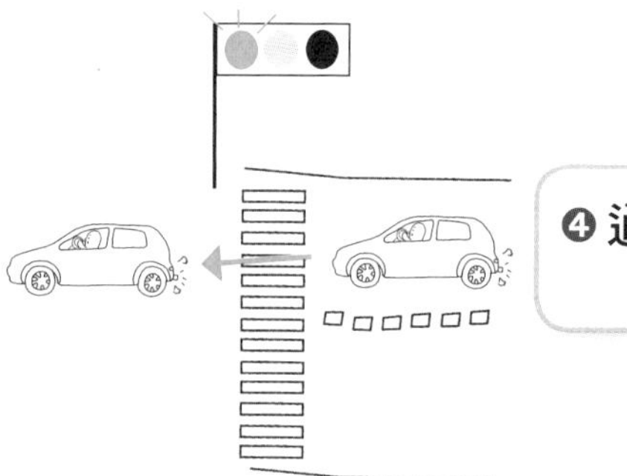

❹ 通行／건너다
geon neo da

用例 綠燈通行 초록 신호등을 건너다（綠燈 通行）
cho rok sin ho deung eul geon neo da

을（eul）：助詞，受詞＋을＋動詞

韓語發音指南

❶ 빨 ppal = ㅃ pp + ㅏ a + ㄹ l
간 gan = ㄱ g + ㅏ a + ㄴ n
신 sin = ㅅ s + ㅣ i + ㄴ n
호 ho = ㅎ h + ㅗ o
등 deung = ㄷ d + ㅡ eu + ㅇ ng

❷ 노 no = ㄴ n + ㅗ o
란 ran = ㄹ r + ㅏ a + ㄴ n
신 sin = ㅅ s + ㅣ i + ㄴ n
호 ho = ㅎ h + ㅗ o
등 deung = ㄷ d + ㅡ eu + ㅇ ng

❸ 초 cho = ㅊ ch + ㅗ o
록 rok = ㄹ r + ㅗ o + ㄱ k
신 sin = ㅅ s + ㅣ i + ㄴ n
호 ho = ㅎ h + ㅗ o
등 deung = ㄷ d + ㅡ eu + ㅇ ng

❹ 건 geon = ㄱ g + ㅓ eo + ㄴ n
너 neo = ㄴ n + ㅓ eo
다 da = ㄷ d + ㅏ a

用例
초 cho = ㅊ ch + ㅗ o
록 rok = ㄹ r + ㅗ o + ㄱ k
신 sin = ㅅ s + ㅣ i + ㄴ n
호 ho = ㅎ h + ㅗ o
등 deung = ㄷ d + ㅡ eu + ㅇ ng

❶ 等候／기다리다
gi da ri da

用例 等紅燈 빨간신호등을 기다리다
紅燈 等候
ppal gan sin ho deung eul gi da ri da

을（eul）：助詞，受詞＋을＋動詞

❷ 變成／바뀌다
ba kkwi da

用例 變綠燈 초록신호등으로 바뀌다
綠燈 變成
cho rok sin ho deung eu ro ba kkwi da

으로（eu ro）：結果助詞，成為…

❸ 快步／
빠른 걸음
ppa reun georeum
連音讀法

用例 快步過馬路
快步 馬路 走過
빠른 걸음으로 길을 가다
ppa reun georeumeu ro gireul ga da
連音讀法 連音讀法

으로（eu ro）：助詞，用某種方法
을（eul）：助詞，受詞＋을＋動詞

韓語發音指南

❶ 기 gi = ㄱ g + ㅣ i
다 da = ㄷ d + ㅏ a
리 ri = ㄹ r + ㅣ i
다 da = ㄷ d + ㅏ a
用例
빨 ppal = ㅃ pp + ㅏ a + ㄹ l
간 gan = ㄱ g + ㅏ a + ㄴ n
신 sin = ㅅ s + ㅣ i + ㄴ n
호 ho = ㅎ h + ㅗ o
등 deung = ㄷ d + ㅡ eu + ㅇ ng

❷ 바 ba = ㅂ b + ㅏ a
뀌 kkwi = ㄲ kk + ㅟ wi
다 da = ㄷ d + ㅏ a
用例
초 cho = ㅊ ch + ㅗ o
록 rok = ㄹ r + ㅗ o + ㄱ k
신 sin = ㅅ s + ㅣ i + ㄴ n
호 ho = ㅎ h + ㅗ o
등 deung = ㄷ d + ㅡ eu + ㅇ ng

❸ 빠 ppa = ㅃ pp + ㅏ a
른 reun = ㄹ r + ㅡ eu + ㄴ n
걸 geol = ㄱ g + ㅓ eo + ㄹ l
음 eum = ㅇ x + ㅡ eu + ㅁ m
用例
길 gil = ㄱ g + ㅣ i + ㄹ l

가 ga = ㄱ g + ㅏ a
다 da = ㄷ d + ㅏ a

24 十字路口 사거리
sa geo ri

❶ 斑馬線／횡단보도
hoeng dan bo do

❷ 車道／차도
cha do

❸ 十字路口／사거리
sa geo ri

❹ 人行道／인도
in do

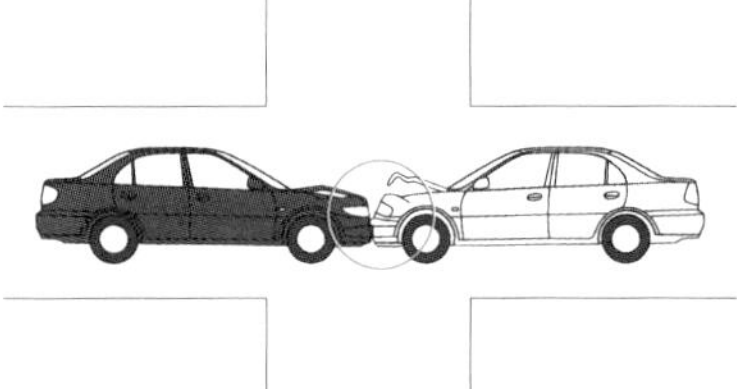

❺ 車禍／차사고
cha sa go

用例 發生車禍 차사고가 나다
(車禍 차사고 / 發生 나다)
cha sa go ga na da

가（ga）：助詞，接在主詞之後

韓語發音指南

❶ 횡 hoeng = ㅎ h + ㅚ oe + ㅇ ng
단 dan = ㄷ d + ㅏ a + ㄴ n
보 bo = ㅂ b + ㅗ o
도 do = ㄷ d + ㅗ o

❷ 차 cha = ㅊ ch + ㅏ a
도 do = ㄷ d + ㅗ o

❸ 사 sa = ㅅ s + ㅏ a
거 geo = ㄱ g + ㅓ eo
리 ri = ㄹ r + ㅣ i

❹ 인 in = ㅇ x + ㅣ i + ㄴ n
도 do = ㄷ d + ㅗ o

❺ 차 cha = ㅊ ch + ㅏ a
사 sa = ㅅ s + ㅏ a
고 go = ㄱ g + ㅗ o
用例
나 na = ㄴ n + ㅏ a
다 da = ㄷ d + ㅏ a

❶ 左側／왼쪽
左
oen jjok

❷ 右側／오른쪽
右
o reun jjok

❸ 轉彎／돌다
dol da

用例 在十字路口轉彎 사거리를 돌다
十字路口 轉彎
sa geo ri reul dol da

를（reul）：助詞，受詞＋를＋動詞

用例 左轉 왼쪽으로 돌다
左側 轉彎
oen jjogeu ro dol da
連音讀法

으로（eu ro）：助詞，往某方向

用例 右轉 오른쪽으로 돌다
右側 轉彎
o reun jjogeu ro dol da
連音讀法

으로（eu ro）：助詞，往某方向

❹ 指揮交通／교통지휘하다
交通 指揮
gyo tong ji hwi ha da

❺ 交通阻塞／교통정체
阻塞
gyo tong jeong che

韓語發音指南

❶ 왼 oen = ㅇ x + ㅚ oe + ㄴ n
쪽 jjok = ㅉ jj + ㅜ o + ㄱ k

❷ 오 o = ㅇ x + ㅗ o
른 reun = ㄹ r + ㅡ eu + ㄴ n
쪽 jjok = ㅉ jj + ㅜ o + ㄱ k

❸ 돌 dol = ㄷ d + ㅗ o + ㄹ l
다 da = ㄷ d + ㅏ a

用例
사 sa = ㅅ s + ㅏ a
거 geo = ㄱ g + ㅓ eo
리 ri = ㄹ r + ㅣ i

❹ 교 gyo = ㄱ g + ㅛ yo
통 tong = ㅌ t + ㅗ o + ㅇ ng
지 ji = ㅈ j + ㅣ i
휘 hwi = ㅎ h + ㅟ wi
하 ha = ㅎ h + ㅏ a
다 da = ㄷ d + ㅏ a

❺ 교 gyo = ㄱ g + ㅛ yo
통 tong = ㅌ t + ㅗ o + ㅇ ng
정 jeong = ㅈ j + ㅓ eo + ㅇ ng
체 che = ㅊ ch + ㅔ e

25 隧道 터널 teo neol

039

韓語發音指南

❶ 들 deul = ㄷ d + ㅡ eu + ㄹ l
어 eo = ㅇ x + ㅓ eo
가 ga = ㄱ g + ㅏ a
다 da = ㄷ d + ㅏ a

❷ 통 tong = ㅌ t + ㅗ o + ㅇ ng
과 gwa = ㄱ g + 과 wa
하 ha = ㅎ h + ㅏ a
다 da = ㄷ d + ㅏ a

❸ 나 na = ㄴ n + ㅏ a
오 o = ㅇ x + ㅗ o
다 da = ㄷ d + ㅏ a

❹ 터 teo = ㅌ t + ㅓ eo
널 neol = ㄴ n + ㅓ eo + ㄹ l

用例 駛入隧道 터널을（隧道） 들어가다（駛入）
teo neoreul（連音讀法） deureo ga da（連音讀法）

을（eul）：助詞，受詞＋을＋動詞

用例 通過隧道 터널을（隧道） 통과하다（通過）
teo neoreul（連音讀法） tong gwa ha da

을（eul）：助詞，受詞＋을＋動詞

用例 駛出隧道 터널을（隧道） 나오다（駛出）
teo neoreul（連音讀法） na o da

을（eul）：助詞，受詞＋을＋動詞

❶點亮／켜다
kyeo da

車大燈＝headlight　點亮

用例 點亮車大燈　헤드라이트를 켜다
he deu ra i teu reul　kyeo da

를（reul）：助詞，受詞＋를＋動詞

❷變換車道／
車道　變更
차선변경
cha seon byeon gyeong

車道　變更　禁止

用例 禁止變換車道　차선변경금지
cha seon byeon gyeong geum ji

❸超車／추월
chu wol

超車　禁止

用例 禁止超車　추월금지
chu wol geum ji

韓語發音指南

❶ 켜 kyeo = ㅋ k + ㅕ yeo
다 da = ㄷ d + ㅏ a

用例

헤 he = ㅎ h + ㅔ e
드 deu = ㄷ d + ㅡ eu
라 ra = ㄹ r + ㅏ a
이 i = ㅇ x + ㅣ i
트 teu = ㅌ t + ㅡ eu

❷ 차 cha = ㅊ ch + ㅏ a
선 seon = ㅅ s + ㅓ eo + ㄴ n
변 byeon = ㅂ b + ㅕ yeo + ㄴ n
경 gyeong = ㄱ g + ㅕ yeo + ㅇ ng

用例

금 geum = ㄱ g + ㅡ eu + ㅁ m
지 ji = ㅈ j + ㅣ i

❸ 추 chu = ㅊ ch + ㅜ u
월 wol = ㅇ x + ㅝ wo + ㄹ l

用例

금 geum = ㄱ g + ㅡ eu + ㅁ m
지 ji = ㅈ j + ㅣ i

26 高速公路 (1) 고속도로 go sok do ro

040

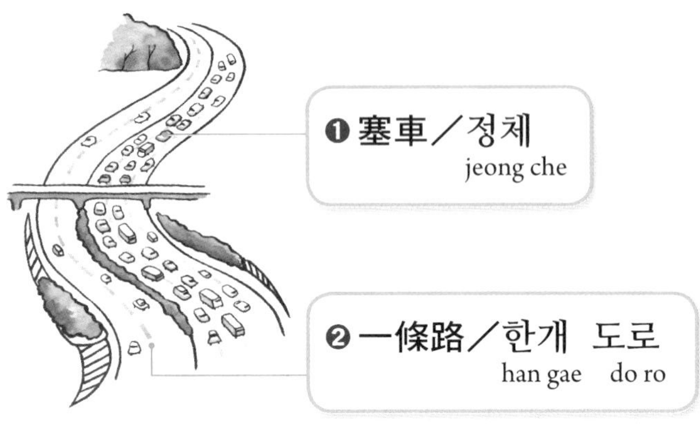

❶ 塞車／정체
jeong che

❷ 一條路／한개 도로
han gae do ro

用例 大塞車 극심한 정체 (極大 塞車)
geuk sim han jeong che

用例 一條高速公路 한개 고속도로 (一條 高速公路)
han gae go sok do ro

❸ 行駛／달리다
dal ri da

用例 行駛高速公路 고속도로를 달리다 (高速公路 行駛)
go sok do ro reul dal ri da

를（reul）：助詞，受詞＋를＋動詞

韓語發音指南

❶ 정 jeong = ㅈ j + ㅓ eo + ㅇ ng
체 che = ㅊ ch + ㅔ e

❷ 한 han = ㅎ h + ㅏ a + ㄴ n
개 gae = ㄱ g + ㅐ ae
도 do = ㄷ d + ㅗ o
로 ro = ㄹ r + ㅗ o

用例
극 geuk = ㄱ g + ㅡ eu + ㄱ k
심 sim = ㅅ s + ㅣ i + ㅁ m
한 han = ㅎ h + ㅏ a + ㄴ n

用例
고 go = ㄱ g + ㅗ o
속 sok = ㅅ s + ㅗ o + ㄱ k
도 do = ㄷ d + ㅗ o
로 ro = ㄹ r + ㅗ o

❸ 달 dal = ㄷ d + ㅏ a + ㄹ l
리 ri = ㄹ r + ㅣ i
다 da = ㄷ d + ㅏ a

用例
고 go = ㄱ g + ㅗ o
속 sok = ㅅ s + ㅗ o + ㄱ k
도 do = ㄷ d + ㅗ o
로 ro = ㄹ r + ㅗ o

≒interchange

❶ 交流道／인터체인지

in teo che in ji

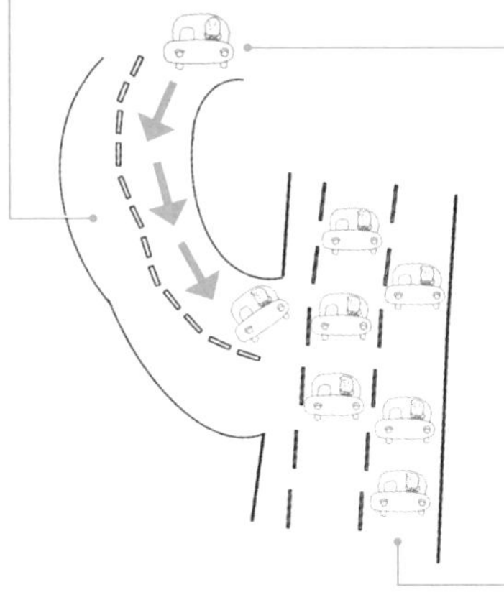

❷ 開車上…／

진입하다

jinipa da

連音讀法

❸ 高速公路／

高速 道路

고속도로

go sok do ro

用例 開上高速公路 고속도로로 진입하다

go sok do ro ro jinipa da

連音讀法

로（ro）：助詞，往某方向

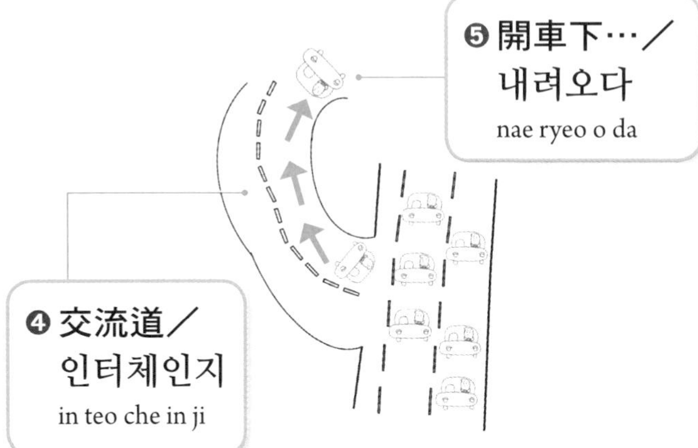

❺ 開車下…／

내려오다

nae ryeo o da

❹ 交流道／

인터체인지

in teo che in ji

用例 開下高速公路 고속도로에 서 내려오다

go sok do ro e seo nae ryeo o da

에 서（e seo）：助詞，從某地點

韓語發音指南

❶ 인 in = ㅇ x + ㅣ i + ㄴ n

터 teo = ㅌ t + ㅓ eo

체 che = ㅊ ch + ㅔ e

인 in = ㅇ x + ㅣ i + ㄴ n

지 ji = ㅈ j + ㅣ i

❷ 진 jin = ㅈ j + ㅣ i + ㄴ n

입 ip = ㅇ x + ㅣ i + ㅂ p

하 ha = ㅎ h + ㅏ a

다 da = ㄷ d + ㅏ a

❸ 고 go = ㄱ g + ㅗ o

속 sok = ㅅ s + ㅗ o + ㄱ k

도 do = ㄷ d + ㅗ o

로 ro = ㄹ r + ㅗ o

❹ 인 in = ㅇ x + ㅣ i + ㄴ n

터 teo = ㅌ t + ㅓ eo

체 che = ㅊ ch + ㅔ e

인 in = ㅇ x + ㅣ i + ㄴ n

지 ji = ㅈ j + ㅣ i

❺ 내 nae = ㄴ n + ㅐ ae

려 ryeo = ㄹ r + ㅕ yeo

오 o = ㅇ x + ㅗ o

다 da = ㄷ d + ㅏ a

用例

고 go = ㄱ g + ㅗ o

속 sok = ㅅ s + ㅗ o + ㄱ k

도 do = ㄷ d + ㅗ o

로 ro = ㄹ r + ㅗ o

26 高速公路 (2) 고속도로
go sok do ro

041

收費站・國道休息站

❶ 收費站：톨게이트
tol ge i teu

❷ 回數票：회수표
hoe su pyo

❸ 國道休息站：국도 휴게소
guk do hyu ge so

❹ 安全距離／
安全 距離
안전거리
an jeon geo ri

用例 保持安全距離 안전거리를 유지하다
安全距離 保持
an jeon geo ri reul yu ji ha da

를（reul）：助詞，受詞＋를＋動詞

❺ 追撞事故／
追撞 事故
추돌사고
chu dol sa go

用例 發生追撞事故 추돌사고가 나다
追撞 事故 發生
chu dol sa go ga na da

가（ga）：助詞，接在主詞之後

韓語發音指南

❶ 톨 tol = ㅌ t + ㅗ o + ㄹ l
게 ge = ㄱ g + ㅔ e
이 i = ㅇ x + ㅣ i
트 teu = ㅌ t + ㅡ eu

❷ 회 hoe = ㅎ h + ㅚ oe
수 su = ㅅ s + ㅜ u
표 pyo = ㅍ p + ㅛ yo

❸ 국 guk = ㄱ g + ㅜ u + ㄱ k
도 do = ㄷ d + ㅗ o
휴 hyu = ㄹ h + ㅠ yu
게 ge = ㄱ g + ㅔ e
소 so = ㅅ s + ㅗ o

❹ 안 an = ㅇ x + ㅏ a + ㄴ n
전 jeon = ㅈ j + ㅓ eo + ㄴ n
거 geo = ㄱ g + ㅓ eo
리 ri = ㄹ r + ㅣ i
用例
유 yu = ㅇ x + ㅠ yu
지 ji = ㅈ j + ㅣ i
하 ha = ㅎ h + ㅏ a
다 da = ㄷ d + ㅏ a

❺ 추 chu = ㅊ ch + ㅜ u
돌 dol = ㄷ d + ㅗ o + ㄹ l
사 sa = ㅅ s + ㅏ a
고 go = ㄱ g + ㅗ o
用例
나 na = ㄴ n + ㅏ a
다 da = ㄷ d + ㅏ a

在"國道休息站"時…

❶ 吃／먹다
meok-dda
重音讀法

用例 吃東西 음식을 먹다

食物 吃
음식을 먹다
eum sigeul meok-dda
連音讀法 重音讀法

을（eul）：助詞，受詞＋을＋動詞

❷ 廁所／화장실
hwa jang sil

用例 上廁所 화장실을 가다

廁所 去
화장실을 가다
hwa jang sireul ga da
連音讀法

을（eul）：助詞，受詞＋을＋動詞

❸ 加油／주유하다
ju yu ha da

韓語發音指南

❶ 먹 meok = ㅁ m + ㅓ eo + ㄱ k
다 da = ㄷ d + ㅏ a

用例

음 eum = ㅇ x + ㅡ eu + ㅁ m
식 sik = ㅅ s + ㅣ i + ㄱ k

❷ 화 hwa = ㅎ h + ㅘ wa
장 jang = ㅈ j + ㅏ a + ㅇ ng
실 sil = ㅅ s + ㅣ i + ㄹ l

用例

가 ga = ㄱ g + ㅏ a
다 da = ㄷ d + ㅏ a

❸ 주 ju = ㅈ j + ㅜ u
유 yu = ㅇ x + ㅠ yu
하 ha = ㅎ h + ㅏ a
다 da = ㄷ d + ㅏ a

26 高速公路 (3) 고속도로 go sok do ro

042

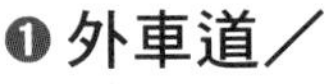

❶ 外車道／
外側
바깥차선
ba kkat cha seon

❷ 內車道／
內側
안쪽차선
an jjok cha seon

❸ 路肩／갓길
gat-ggil
重音讀法

用例 行駛外車道 바깥차선으로 달리다
外車道 行駛
ba kkat cha seoneu ro dal ri da
連音讀法

으로（eu ro）：助詞，經由某地

用例 行駛內車道 안쪽차선으로 달리다
內車道 行駛
an jjok cha seoneu ro dal ri da
連音讀法

으로（eu ro）：助詞，經由某地

用例 行駛路肩 갓길로 달리다
路肩 行駛
gat-ggil ro dal ri da
重音讀法

로（ro）：助詞，經由某地

韓語發音指南

❶ 바 ba = ㅂ b + ㅏ a
깥 kkat = ㄲ kk + ㅏ a + ㅌ t
차 cha = ㅊ ch + ㅏ a
선 seon = ㅅ s + ㅓ eo + ㄴ n

❷ 안 an = ㅇ x + ㅏ a + ㄴ n
쪽 jjok = ㅉ jj + ㅗ o + ㄱ k
차 cha = ㅊ ch + ㅏ a
선 seon = ㅅ s + ㅓ eo + ㄴ n

❸ 갓 gat = ㄱ g + ㅏ a + ㅅ t
길 gil = ㄱ g + ㅣ i + ㄹ l
用例
달 dal = ㄷ d + ㅏ a + ㄹ l
리 ri = ㄹ r + ㅣ i
다 da = ㄷ d + ㅏ a

❶ 時速限制100km／제한속도100킬로

(限速 제한속도 / 公里 킬로)

je han sok do baek kil ro

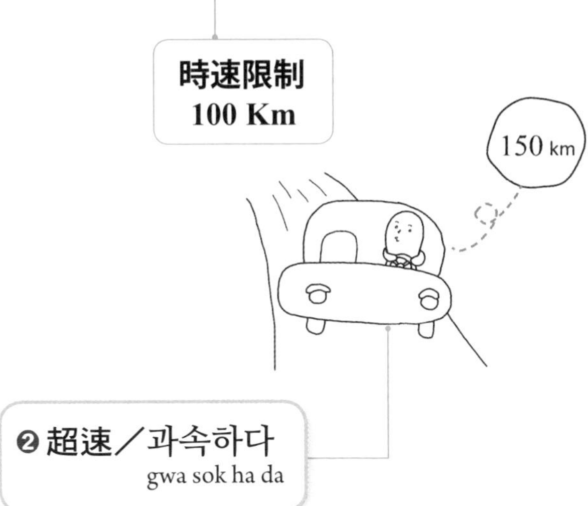

❷ 超速／과속하다

gwa sok ha da

用例 在高速公路超速

고속도로(高速公路) 에 서 과속하다(超速)

go sok do ro e seo gwa sok ha da

에 서 (e seo)：助詞，在某地點

❸ 拋錨／고장나다

go jang na da

用例 汽車拋錨 차가(汽車) 고장나다(拋錨)

cha ga go jang na da

가 (ga)：助詞，接在主詞之後

*차 (cha)：汽車

韓語發音指南

❶ 제 je = ㅈ j + ㅔ e

한 han = ㅎ h + ㅏ a + ㄴ n

속 sok = ㅅ s + ㅗ o + ㄱ k

도 do = ㄷ d + ㅗ o

백 bak = ㅂ b + ㅐ ae + ㄱ k

킬 kil = ㅋ k + ㅣ i + ㄹ l

로 ro = ㄹ r + ㅗ o

❷ 과 gwa = ㄱ g + ㅘ wa

속 sok = ㅅ s + ㅗ o + ㄱ k

하 ha = ㅎ h + ㅏ a

다 da = ㄷ d + ㅏ a

用例

고 go = ㄱ g + ㅗ o

속 sok = ㅅ s + ㅗ o + ㄱ k

도 do = ㄷ d + ㅗ o

로 ro = ㄹ r + ㅗ o

❸ 고 go = ㄱ g + ㅗ o

장 jang = ㅈ j + ㅏ a + ㅇ ng

나 na = ㄴ n + ㅏ a

다 da = ㄷ d + ㅏ a

用例

차 cha = ㅊ ch + ㅏ a

27 機車 (1) 오토바이
o to ba i

043

用例 戴上安全帽 헬멧을 쓰다（安全帽 戴上）
hel meseul sseu da
連音讀法

을（eul）：助詞，受詞＋을＋動詞

用例 脫下安全帽 헬멧을 벗다（安全帽 脫下）
hel meseul beot-dda
連音讀法 重音讀法

을（eul）：助詞，受詞＋을＋動詞

韓語發音指南

❶ 핸 haen = ㅎ h + ㅐ ae + ㄴ n
들 deul = ㄷ d + ㅡ eu + ㄹ l

❷ 배 bae = ㅂ b + ㅐ ae
기 gi = ㄱ g + ㅣ i
관 gwan = ㄱ g + ㅘ wa + ㄴ n

❸ 앞 ap = ㅇ x + ㅏ a + ㅍ p
바 ba = ㅂ b + ㅏ a
퀴 kwi = ㅋ k + ㅟ wi

❹ 뒷 dwit = ㄷ d + ㅟ wi + ㅅ t
바 ba = ㅂ b + ㅏ a
퀴 kwi = ㅋ k + ㅟ wi

❺ 헬 hel = ㅎ h + ㅔ e + ㄹ l
멧 met = ㅁ m + ㅔ e + ㅅ t

用例
쓰 sseu = ㅆ ss + ㅡ eu
다 da = ㄷ d + ㅏ a

用例
벗 beot = ㅂ b + ㅓ eo + ㅅ t
다 da = ㄷ d + ㅏ a

❶騎乘／타다
ta da

		機車	騎乘
用例	**騎機車**	**오토바이를**	**타다**
		o to ba i reul	ta da

를（reul）：助詞，受詞＋를＋動詞

❷發動／시동을 걸다
si dong eul geol da

		引擎＝engine	開關	發動
用例	**發動引擎**	**엔진에**	**시동을**	**걸다**
		en jine（連音讀法）	si dong eul	geol da

에（e）：助詞，表示…的對象
을（eul）：助詞，受詞＋을＋動詞

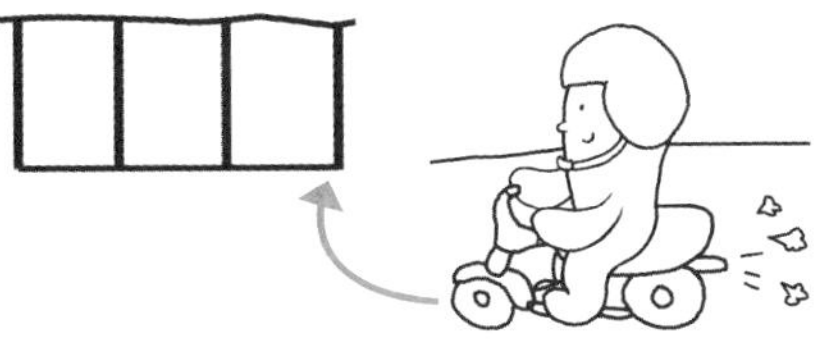

❸停車格／주차칸
ju cha kan

		停車格內	停車
用例	**停入停車格**	**주차칸안에**	**주차하다**
		ju cha kan ane（連音讀法）	ju cha ha da

에（e）：助詞，在某地方

韓語發音指南

❶ 타 ta = ㅌ t + ㅏ a
다 da = ㄷ d + ㅏ a
用例
오 o = ㅇ x + ㅗ o
토 to = ㅌ t + ㅗ o
바 ba = ㅂ b + ㅏ a
이 i = ㅇ x + ㅣ i

❷ 시 si = ㅅ s + ㅣ i
동 dong = ㄷ d + ㅗ o + ㅇ ng
을 eul = ㅇ x + ㅡ eu + ㄹ l
걸 geol = ㄱ g + ㅓ eo + ㄹ l
다 da = ㄷ d + ㅏ a
用例
엔 en = ㅇ x + ㅔ e + ㄴ n
진 jin = ㅈ j + ㅣ i + ㄴ n

❸ 주 ju = ㅈ j + ㅜ u
차 cha = ㅊ ch + ㅏ a
칸 kan = ㅋ k + ㅏ a + ㄴ n
用例
안 an = ㅇ x + ㅏ a + ㄴ n

주 ju = ㅈ j + ㅜ u
차 cha = ㅊ ch + ㅏ a
하 ha = ㅎ h + ㅏ a
다 da = ㄷ d + ㅏ a

27 機車 (2) 오토바이

o to ba i

044

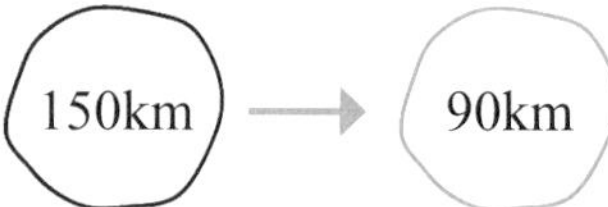

❶ 減速／감속하다
gam sok ha da

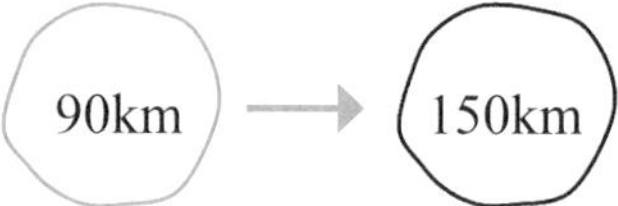

❷ 加速／가속하다
ga sok ha da

用例 減速 속도를 감속하다
(速度) (減速)
sok do reul gam sok ha da

를（reul）：助詞，受詞＋를＋動詞

用例 加速 속도를 가속하다
(速度) (加速)
sok do reul ga sok ha da

를（reul）：助詞，受詞＋를＋動詞

❸ 停放／정차하다
jeong cha ha da

用例 停放機車 오토바이를 정차하다
(機車) (停放)
o to ba i reul jeong cha ha da

를（reul）：助詞，受詞＋를＋動詞

韓語發音指南

❶ 감 gam = ㄱ g + ㅏ a + ㅁ m
속 sok = ㅅ s + ㅗ o + ㄱ k
하 ha = ㅎ h + ㅏ a
다 da = ㄷ d + ㅏ a

❷ 가 ga = ㄱ g + ㅏ a
속 sok = ㅅ s + ㅗ o + ㄱ k
하 ha = ㅎ h + ㅏ a
다 da = ㄷ d + ㅏ a

用例
속 sok = ㅅ s + ㅗ o + ㄱ k
도 do = ㄷ d + ㅗ o

❸ 정 jeong = ㅈ j + ㅓ eo + ㅇ ng
차 cha = ㅊ ch + ㅏ a
하 ha = ㅎ h + ㅏ a
다 da = ㄷ d + ㅏ a

用例
오 o = ㅇ x + ㅗ o
토 to = ㅌ t + ㅗ o
바 ba = ㅂ b + ㅏ a
이 i = ㅇ x + ㅣ i

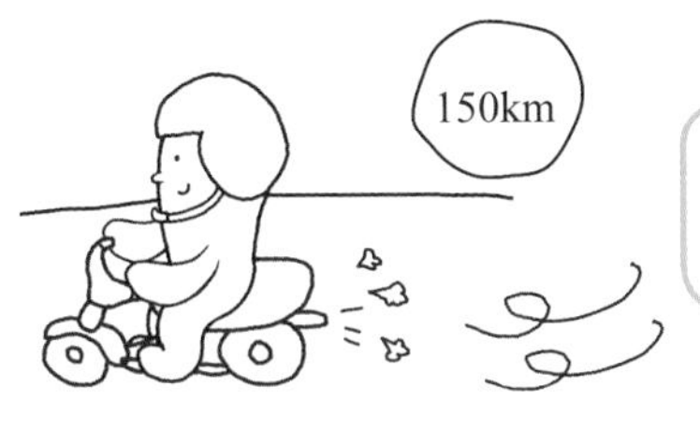

❶ 飆車／폭주하다
pok ju ha da

用例 騎機車飆車

機車 騎著 飆車
오토바이를 타고 폭주하다
o to ba i reul ta go pok ju ha da

를（reul）：助詞，受詞＋를＋動詞

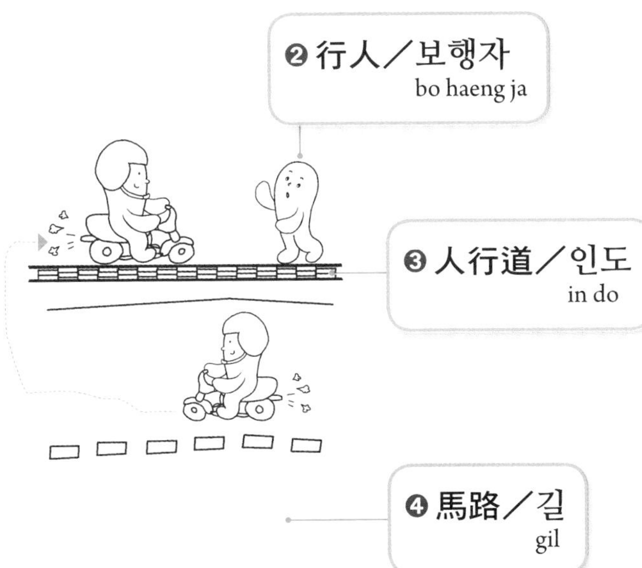

❷ 行人／보행자
bo haeng ja

❸ 人行道／인도
in do

❹ 馬路／길
gil

用例 騎在人行道上

人行道上 騎乘
인도위에서 타다
in do wi e seo ta da

에서（e seo）：助詞，在某地點

用例 騎在馬路上

馬路 騎乘
길에서 타다
gire seo ta da
連音讀法

에서（e seo）：助詞，在某地點

韓語發音指南

❶ 폭 pok = ㅍ p + ㅗ o + ㄱ k
주 ju = ㅈ j + ㅜ u
하 ha = ㅎ h + ㅏ a
다 da = ㄷ d + ㅏ a

用例

오 o = ㅇ x + ㅗ o
토 to = ㅌ t + ㅗ o
바 ba = ㅂ b + ㅏ a
이 i = ㅇ x + ㅣ i

타 ta = ㅌ t + ㅏ a
고 go = ㄱ g + ㅗ o

❷ 보 bo = ㅂ b + ㅗ o
행 haeng = ㅎ h + ㅐ ae + ㅇ ng
자 ja = ㅈ j + ㅏ a

❸ 인 in = ㅇ x + ㅣ i + ㄴ n
도 do = ㄷ d + ㅗ o

❹ 길 gil = ㄱ g + ㅣ i + ㄹ l

用例

위 wi = ㅇ x + ㅟ wi

타 ta = ㅌ t + ㅏ a
다 da = ㄷ d + ㅏ a

28 腳踏車 자전거

ja jeon geo

045

用例 鳴車鈴 벨을 울리다

(車鈴 벨 / 鳴 울리다)

bereul ul ri da

連音讀法

을（eul）：助詞，受詞＋을＋動詞

❺ 停放／정차하다

jeong cha ha da

用例 停放腳踏車 자전거를 정차하다

(腳踏車 자전거 / 停放 정차하다)

ja jeon geo reul jeong cha ha da

를（reul）：助詞，受詞＋를＋動詞

韓語發音指南

❶ 벨 bel = ㅂ b + ㅔ e + ㄹ l

❷ 안 an = ㅇ x + ㅏ a + ㄴ n
　장 jang = ㅈ j + ㅏ a + ㅇ ng

❸ 페 pe = ㅍ p + ㅔ e
　달 dal = ㄷ d + ㅏ a + ㄹ l

❹ 체 che = ㅊ ch + ㅔ e
　인 in = ㅇ x + ㅣ i + ㄴ n

用例

울 ul = ㅇ x + ㅜ u + ㄹ l
리 ri = ㄹ r + ㅣ i
다 da = ㄷ d + ㅏ a

❺ 정 jeong = ㅈ j + ㅓ eo + ㅇ ng
　차 cha = ㅊ ch + ㅏ a
　하 ha = ㅎ h + ㅏ a
　다 da = ㄷ d + ㅏ a

用例

자 ja = ㅈ j + ㅏ a
전 jeon = ㅈ j + ㅓ eo + ㄴ n
거 geo = ㄱ g + ㅓ eo

❶ 牽動／끌고 가다
kkeul go ga da

用例 牽腳踏車 자전거(腳踏車)를 끌고(牽動) 가다
ja jeon geo reul kkeul go ga da

를（reul）：助詞，受詞＋를＋動詞

❷ 騎乘／타다
ta da

用例 騎腳踏車 자전거(腳踏車)를 타다(騎乘)
ja jeon geo reul ta da

를（reul）：助詞，受詞＋를＋動詞

❸ 支架／받침대
bachim-dda
連音讀法 重音讀法

用例 放下支架 받침대(支架)를 내리다(放下)
bachim-dda reul nae ri da
連音讀法 重音讀法

를（reul）：助詞，受詞＋를＋動詞

韓語發音指南

❶ 끌 kkeul = ㄲ kk + ㅡ eu + ㄹ l
고 go = ㄱ g + ㅗ o
가 ga = ㄱ g + ㅏ a
다 da = ㄷ d + ㅏ a

用例
자 ja = ㅈ j + ㅏ a
전 jeon = ㅈ j + ㅓ eo + ㄴ n
거 geo = ㄱ g + ㅓ eo

❷ 타 ta = ㅌ t + ㅏ a
다 da = ㄷ d + ㅏ a

用例
자 ja = ㅈ j + ㅏ a
전 jeon = ㅈ j + ㅓ eo + ㄴ n
거 geo = ㄱ g + ㅓ eo

❸ 받 bat = ㅂ b + ㅏ a + ㄷ t
침 chim = ㅊ ch + ㅣ i + ㅁ m
대 dae = ㄷ d + ㅐ ae

用例
내 nae = ㄴ n + ㅐ ae
리 ri = ㄹ r + ㅣ i
다 da = ㄷ d + ㅏ a

29 公車 (1) 버스 beo seu

046

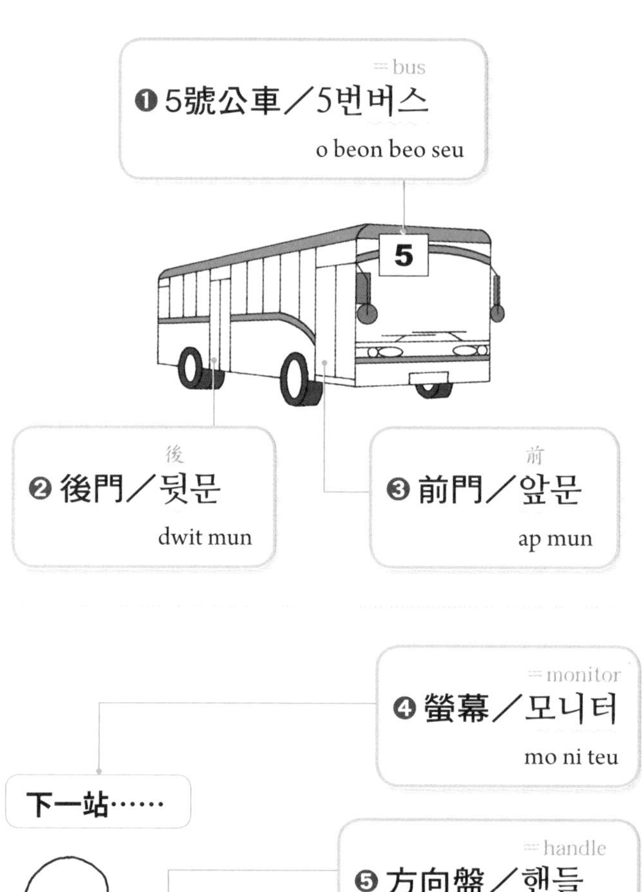

韓語發音指南

❶ 번 beon = ㅂ b + ㅓ eo + ㄴ n
버 beo = ㅂ b + ㅓ eo
스 seu = ㅅ s + ㅡ eu

❷ 뒷 dwit = ㄷ d + ㅟ wit
문 mun = ㅁ m + ㅜ u + ㄴ n

❸ 앞 ap = ㅇ x + ㅏ a + ㅍ p
문 mun = ㅁ m + ㅜ u + ㄴ n

❹ 모 mo = ㅁ m + ㅗ o
니 ni = ㄴ n + ㅣ i
터 teu = ㅌ t + ㅓ eu

❺ 운 un = ㅇ x + ㅜ u + ㄴ n
전 jeon = ㅈ j + ㅓ eo + ㄴ n
기 gi = ㄱ g + ㅣ i
사 sa = ㅅ s + ㅏ a

❻ 핸 haen = ㅎ h + ㅐ ae + ㄴ n
들 deul = ㄷ d + ㅡ eu + ㄹ l

❼ 동 dong = ㄷ d + ㅗ o + ㅇ ng
전 jeon = ㅈ j + ㅓ eo + ㄴ n
투 tu = ㅌ t + ㅜ u
입 ip = ㅇ x + ㅣ i + ㅂ p
함 ham = ㅎ h + ㅏ a + ㅁ m

用例 讓座 좌석（座位） 양보（禮讓）
jwa seok yang bo

*양보（yang bo）：禮讓

❻ 公車站牌／
버스（＝bus）정류장
beo seu jeong ryu jang

用例 在公車站牌等候
버스정류장（公車站牌）에 서 기다리다（等候）
beo seu jeong ryu jang e seo gi da ri da

에 서（e seo）：助詞，在某地點

韓語發音指南

❶ 손 son = ㅅ s + ㅗ o + ㄴ n
잡 jap = ㅈ j + ㅏ a + ㅂ p
이 i = ㅇ x + ㅣ i

❷ 하 ha = ㅎ h + ㅏ a
차 cha = ㅊ ch + ㅏ a
벨 bel = ㅂ b + ㅔ e + ㄹ l

❸ 좌 jwa = ㅈ j + ㅘ wa
석 seok = ㅅ s + ㅓ eo + ㄱ k

❹ 승 seung = ㅅ s + ㅡ eu + ㅇ ng
객 gaek = ㄱ g + ㅐ ae + ㄱ k

❺ 경 gyeong = ㄱ g + ㅕ yeo + ㅇ ng
로 ro = ㄹ r + ㅗ o
석 seok = ㅅ s + ㅓ eo + ㄱ k

用例

양 yang = ㅇ x + ㅑ ya + ㅇ ng
보 bo = ㅂ b + ㅗ o

❻ 버 beo = ㅂ b + ㅓ eo
스 seu = ㅅ s + ㅡ eu
정 jeong = ㅈ j + ㅓ eo + ㅇ ng
류 ryu = ㄹ r + ㅠ yu
장 jang = ㅈ j + ㅏ a + ㅇ ng

用例

기 gi = ㄱ g + ㅣ i
다 da = ㄷ d + ㅏ a
리 ri = ㄹ r + ㅣ i
다 da = ㄷ d + ㅏ a

29 公車 (2) 버스 beo seu

047

❶ 上車／타다
ta da

用例 搭公車 버스를 타다
公車＝bus 上車
beo seu reul ta da

를（reul）：助詞，受詞＋를＋動詞

用例 從前門上車 앞문으로 타다
前門 上車
ap muneu ro ta da
連音讀法

으로（eu ro）：助詞，經由某地

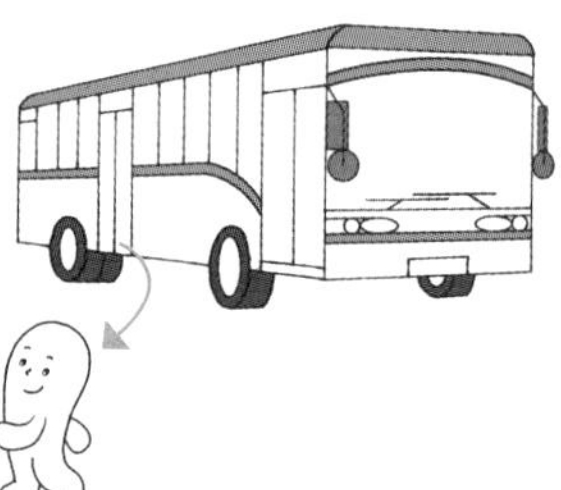

❷ 下車／내리다
nae ri da

用例 下公車 버스에서 내리다
公車＝bus 下車
beo seu e seo nae ri da

에서（e seo）：助詞，從某地點

用例 從後門下車 뒷문으로 내리다
後門 下車
dwit muneu ro nae ri da
連音讀法

으로（eu ro）：助詞，經由某地

韓語發音指南

❶ 타 ta = ㅌ t + ㅏ a
다 da = ㄷ d + ㅏ a
用例
버 beo = ㅂ b + ㅓ eo
스 seu = ㅅ s + ㅡ eu
用例
앞 ap = ㅇ x + ㅏ a + ㅍ p
문 mun = ㅁ m + ㅜ u + ㄴ n

❷ 내 nae = ㄴ n + ㅐ ae
리 ri = ㄹ r + ㅣ i
다 da = ㄷ d + ㅏ a
用例
버 beo = ㅂ b + ㅓ eo
스 seu = ㅅ s + ㅡ eu
用例
뒷 dwit = ㄷ d + ㅟ wi + ㅅ t
문 mun = ㅁ m + ㅜ u + ㄴ n

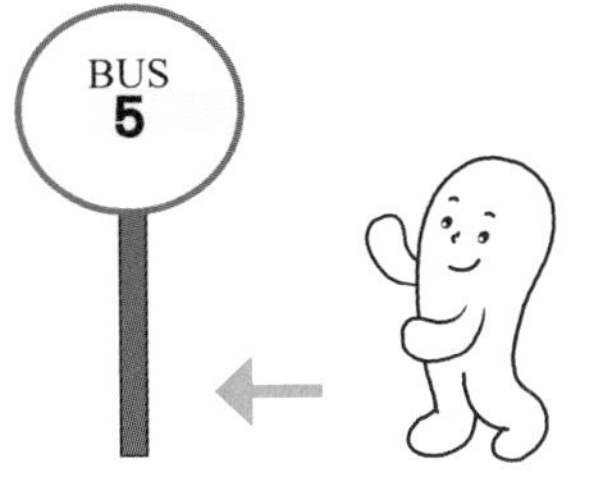

❶ 行走／걸어가다
georeo ga da
連音讀法

韓語發音指南

❶ 걸 geol = ㄱ g + ㅓ eo + ㄹ l
어 eo = ㅇ x + ㅓ eo
가 ga = ㄱ g + ㅏ a
다 da = ㄷ d + ㅏ a

用例
버 beo = ㅂ b + ㅓ eo
스 seu = ㅅ s + ㅡ eu
정 jeong = ㅈ j + ㅓ eo + ㅇ ng
류 ryu = ㄹ r + ㅠ yu
장 jang = ㅈ j + ㅏ a + ㅇ ng

用例 走到公車站牌

公車站牌 行走
버스정류장으로 걸어가다
beo seu jeong ryu jang eu ro georeo ga da
連音讀法

으로（eu ro）：助詞，往某方向

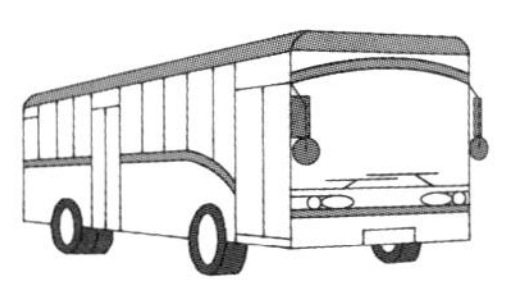

❷ 招停／세우다
se u da

❷ 세 se = ㅅ s + ㅔ e
우 u = ㅇ x + ㅜ u
다 da = ㄷ d + ㅏ a

用例
버 beo = ㅂ b + ㅓ eo
스 seu = ㅅ s + ㅡ eu

用例 招停公車

公車＝bus 招停
버스를 세우다
beo seu reul se u da

를（reul）：助詞，受詞＋를＋動詞

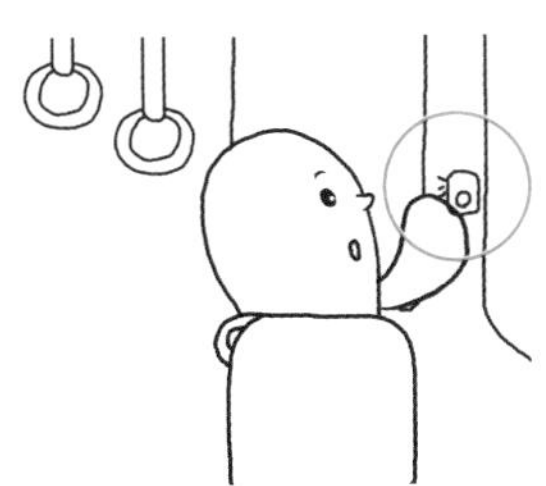

❸ 下車鈴／하차벨
ha cha bel

❸ 하 ha = ㅎ h + ㅏ a
차 cha = ㅊ ch + ㅏ a
벨 bel = ㅂ b + ㅔ e + ㄹ l

用例
누 nu = ㄴ n + ㅜ u
루 ru = ㄹ r + ㅜ u
다 da = ㄷ d + ㅏ a

用例 按響下車鈴

下車鈴 按響
하차벨을 누루다
ha cha bereul nu ru da
連音讀法

을（eul）：助詞，受詞＋을＋動詞

30 飛機 (1) 비행기 bi haeng gi

048

❶ 搭乘／탑승하다
tap seung ha da

用例 搭飛機 비행기(飛機)에 탑승하다(搭乘)
bi haeng gi e tap seung ha da

에（e）：助詞，表示…的對象

❷ 靠窗的座位／
창가(窗邊) 자리(座位)
chang-gga ja ri
重音讀法

❸ 機位／자리
ja ri

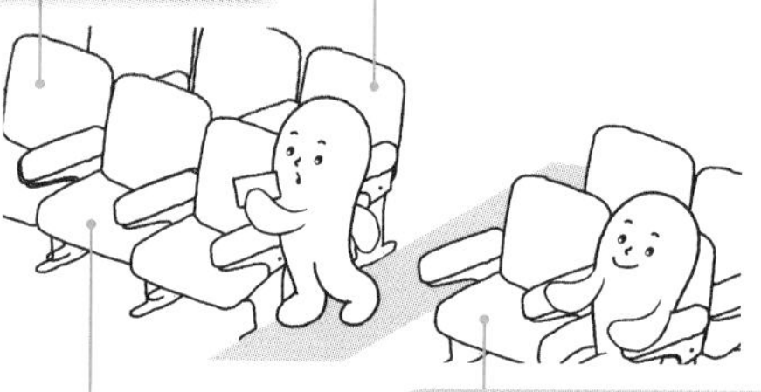

❹ 中間的座位／
중간(中間)자리
jung gan ja ri

❺ 靠走道的座位／
복도(走道)자리
bok-ddo ja ri
重音讀法

用例 找機位 자리(機位)를 찾다(尋找)
ja ri reul chat-dda
重音讀法

를（reul）：助詞，受詞＋를＋動詞

韓語發音指南

❶ 탑 tap = ㅌ t + ㅏ a + ㅂ p
승 seung = ㅅ s + ㅡ eu + ㅇ ng
하 ha = ㅎ h + ㅏ a
다 da = ㄷ d + ㅏ a

用例
비 bi = ㅂ b + ㅣ i
행 haeng = ㅎ h + ㅐ ae + ㅇ ng
기 gi = ㄱ g + ㅣ i

❷ 창 chang = ㅊ ch + ㅏ a + ㅇ ng
가 ga = ㄱ g + ㅏ a
자 ja = ㅈ j + ㅏ a
리 ri = ㄹ r + ㅣ i

❸ 자 ja = ㅈ j + ㅏ a
리 ri = ㄹ r + ㅣ i

❹ 중 jung = ㅈ j + ㅜ u + ㅇ ng
간 gan = ㄱ g + ㅏ a + ㄴ n
자 ja = ㅈ j + ㅏ a
리 ri = ㄹ r + ㅣ i

❺ 복 bok = ㅂ b + ㅜ o + ㄱ k
도 do = ㄷ d + ㅗ o
자 ja = ㅈ j + ㅏ a
리 ri = ㄹ r + ㅣ i

用例
찾 chat = ㅊ ch + ㅏ a + ㅈ t
다 da = ㄷ d + ㅏ a

❶ 起飛／이륙하다
i ryuka da
連音讀法

用例 飛機起飛 비행기가 이륙하다
飛機 起飛
bi haeng gi ga i ryuka da
連音讀法

가（ga）：助詞，接在主詞之後

❷ 降落／착륙하다
chak ryuka da
連音讀法

用例 飛機降落 비행기가 착륙하다
飛機 降落
bi haeng gi ga chak ryuka da
連音讀法

가（ga）：助詞，接在主詞之後

搭飛機的相關字

❸ 行李：수화물
su hwa mul

❹ 護照：여권
yeo-ggwan
重音讀法

❺ 機票：항공권
hang gong-ggwan
重音讀法

❻ 簽證：비자 =visa
bi ja

❼ 登機證：탑승권
tap seung-ggwan
重音讀法

韓語發音指南

❶ 이 i = ㅇ x + ㅣ i
륙 ryuk = ㄹ r + ㅠ yu + ㄱ k
하 ha = ㅎ h + ㅏ a
다 da = ㄷ d + ㅏ a
用例
비 bi = ㅂ b + ㅣ i
행 haeng = ㅎ h + ㅐ ae + ㅇ ng
기 gi = ㄱ g + ㅣ i

❷ 착 chak = ㅊ ch + ㅏ a + ㄱ k
륙 ryuk = ㄹ r + ㅠ yu + ㄱ k
하 ha = ㅎ h + ㅏ a
다 da = ㄷ d + ㅏ a
用例
비 bi = ㅂ b + ㅣ i
행 haeng = ㅎ h + ㅐ ae + ㅇ ng
기 gi = ㄱ g + ㅣ i

❸ 수 su = ㅅ s + ㅜ u
화 hwa = ㅎ h + ㅘ wa
물 mul = ㅁ m + ㅜ u + ㄹ l

❹ 여 yeo = ㅇ x + ㅕ yeo
권 gwan = ㄱ g + ㅝ wa + ㄴ n

❺ 항 hang = ㅎ h + ㅏ a + ㅇ ng
공 gong = ㄱ g + ㅗ o + ㅇ ng
권 gwan = ㄱ g + ㅝ wa + ㄴ n

❻ 비 bi = ㅂ b + ㅣ i
자 ja = ㅈ j + ㅏ a

❼ 탑 tap = ㅌ t + ㅏ a + ㅂ p
승 seung = ㅅ s + ㅡ eu + ㅇ ng
권 gwan = ㄱ g + ㅝ wa + ㄴ n

30 飛機 (2) 비행기 bi haeng gi

049

❶ 暈眩／멀미
meol mi

用例 暈機 비행기(飛機) 멀미(暈眩)
bi haeng gi meol mi

各種機艙

❷ 經濟艙：이코노미(=economy) 클래스(=class)
i ko no mi keul rae seu

❸ 商務艙：비즈니스(=business) 클래스
bi jeu ni seu keul rae seu

❹ 頭等艙：퍼스트(=first) 클래스／일등석(最高級)
peo seu teu keul rae seu／il deung seok

*클래스（keul rae seu）：等級＝class
*석（seok）：…座位

韓語發音指南

❶ 멀 meol = ㅁ m + ㅓ eo + ㄹ l
미 mi = ㅁ m + ㅣ i
用例
비 bi = ㅂ b + ㅣ i
행 haeng = ㅎ h + ㅐ ae + ㅇ ng
기 gi = ㄱ g + ㅣ i

❷ 이 i = ㅇ x + ㅣ i
코 ko = ㅋ k + ㅗ o
노 no = ㄴ n + ㅗ o
미 mi = ㅁ m + ㅣ i
클 keul = ㅋ k + ㅡ eu + ㄹ l
래 rae = ㄹ r + ㅐ ae
스 seu = ㅅ s + ㅡ eu

❸ 비 bi = ㅂ b + ㅣ i
즈 jeu = ㅈ j + ㅡ eu
니 ni = ㄴ n + ㅣ i
스 seu = ㅅ s + ㅡ eu
클 keul = ㅋ k + ㅡ eu + ㄹ l
래 rae = ㄹ r + ㅐ ae
스 seu = ㅅ s + ㅡ eu

❹ 퍼 peo = ㅍ p + ㅓ eo
스 seu = ㅅ s + ㅡ eu
트 teu = ㅌ t + ㅡ eu
클 keul = ㅋ k + ㅡ eu + ㄹ l
래 rae = ㄹ r + ㅐ ae
스 seu = ㅅ s + ㅡ eu

일 il = ㅇ x + ㅣ i + ㄹ l
등 deung = ㄷ d + ㅡ eu + ㅇ ng
석 seok = ㅅ s + ㅓ eo + ㄱ k

❶ 等候／기다리다
gi da ri da

用例 等飛機 비행기를 기다리다
(飛機 / 等候)
bi haeng gi reul gi da ri da

를（reul）：助詞，受詞＋를＋動詞

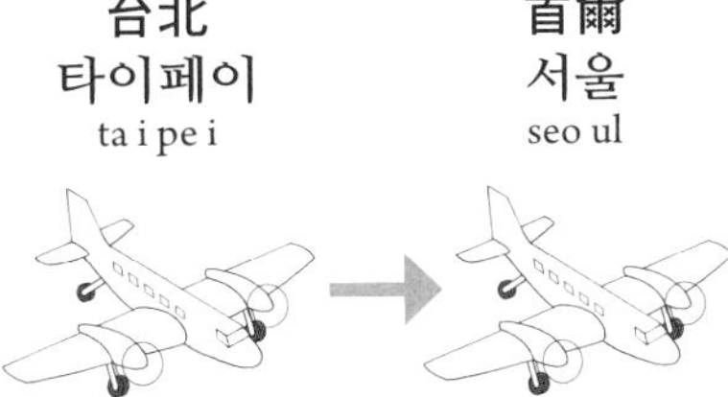

❷ 直達航班／직항편
jik hang pyeon

用例 搭乘直達航班 직항편으로 탑승하다
(直達航班 / 搭乘)
jik hang pyeoneu ro tap seung ha da
連音讀法

으로（eu ro）：助詞，用某種方法

台北
타이페이
ta i pe i

首爾
서울
seo ul

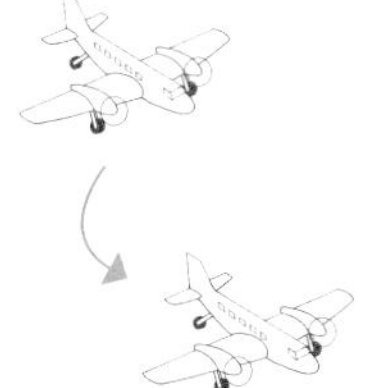

香港
홍콩
hong kong

❸ 轉機航班／경유편
gyeong yu pyeon

用例 搭乘轉機航班 경유편으로 탑승하다
(轉機航班 / 搭乘)
gyeong yu pyeoneu ro tap seung ha da
連音讀法

으로（eu ro）：助詞，用某種方法

韓語發音指南

❶ 기 gi = ㄱ g + ㅣ i
다 da = ㄷ d + ㅏ a
리 ri = ㄹ r + ㅣ i
다 da = ㄷ d + ㅏ a
用例
비 bi = ㅂ b + ㅣ i
행 haeng = ㅎ h + ㅐ ae + ㅇ ng
기 gi = ㄱ g + ㅣ i

❷ 직 jik = ㅈ j + ㅣ i + ㄱ k
항 hang = ㅎ h + ㅏ a + ㅇ ng
편 pyeon = ㅍ p + ㅕ yeo + ㄴ n
用例
탑 tap = ㅌ t + ㅏ a + ㅂ p
승 seung = ㅅ s + ㅡ eu + ㅇ ng
하 ha = ㅎ h + ㅏ a
다 da = ㄷ d + ㅏ a

❸ 경 gyeong = ㄱ g + ㅕ yeo + ㅇ ng
유 yu = ㅇ x + ㅠ yu
편 pyeon = ㅍ p + ㅕ yeo + ㄴ n
用例
탑 tap = ㅌ t + ㅏ a + ㅂ p
승 seung = ㅅ s + ㅡ eu + ㅇ ng
하 ha = ㅎ h + ㅏ a
다 da = ㄷ d + ㅏ a

31 便利商店 (1) 편의점 pyeoni jeom

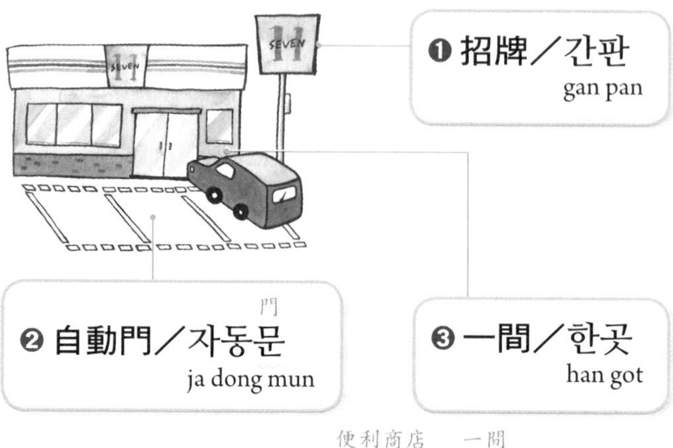

❶ 招牌／간판
gan pan

門
❷ 自動門／자동문
ja dong mun

❸ 一間／한곳
han got

用例 一間便利商店 편의점 한곳
便利商店 一間
pyeoni jeom han got
連音讀法

便利商店的設備

❹ 冷藏櫃：냉장진열대
冷藏 陳列櫃
naeng jang jin yeol dae

❺ 雜誌架：잡지가판대
雜誌
jap-jji ga pan dae
重音讀法

❻ 報紙架：신문가판대
報紙
sin mun ga pan dae

❼ 收銀機：계산대
gye san dae

韓語發音指南

❶ 간 gan = ㄱ g + ㅏ a + ㄴ n
판 pan = ㅍ p + ㅏ a + ㄴ n

❷ 자 ja = ㅈ j + ㅏ a
동 dong = ㄷ d + ㅗ o + ㅇ ng
문 mun = ㅁ m + ㅜ u + ㄴ m

❸ 한 han = ㅎ h + ㅏ a + ㄴ n
곳 got = ㄱ g + ㅗ o + ㅅ t

用例
편 pyeon = ㅍ p + ㅕ yeo + ㄴ n
의 ui = ㅇ x + ㅢ ui
점 jeom = ㅈ j + ㅓ eo + ㅁ m

❹ 냉 naeng = ㄴ n + ㅐ ae + ㅇ ng
장 jang = ㅈ j + ㅏ a + ㅇ ng
진 jin = ㅈ j + ㅣ i + ㄴ n
열 yeol = ㅇ x + ㅕ yeo + ㄹ l
대 dae = ㄷ d + ㅐ ae

❺ 잡 jap = ㅈ j + ㅏ a + ㅂ p
지 ji = ㅈ j + ㅣ i
가 ga = ㄱ g + ㅏ a
판 pan = ㅍ p + ㅏ a + ㄴ n
대 dae = ㄷ d + ㅐ ae

❻ 신 sin = ㅅ s + ㅣ i + ㄴ n
문 mun = ㅁ m + ㅜ u + ㄴ n
가 ga = ㄱ g + ㅏ a
판 pan = ㅍ p + ㅏ a + ㄴ n
대 dae = ㄷ d + ㅐ ae

❼ 계 gye = ㄱ g + ㅖ ye
산 san = ㅅ s + ㅏ a + ㄴ n
대 dae = ㄷ d + ㅐ ae

❶ 報紙／신문
sin mun

用例 一份報紙 신문 한부 (報紙 一份)
sin mun han bu

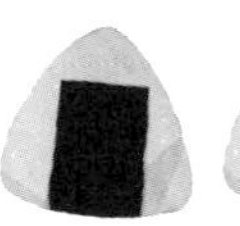

❷ 御飯糰／삼각김밥
sam gak gim bap

用例 兩個御飯糰 삼각김밥 두개 (御飯糰 兩個)
sam gak gim bap du gae

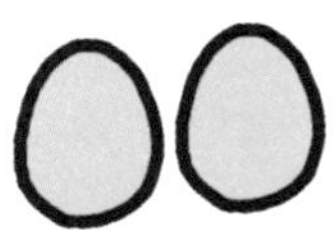

❸ 茶葉蛋／계란조림
gyeo ran jo rim

用例 兩顆茶葉蛋 계란조림 두개 (茶葉蛋 兩顆)
gyeo ran jo rim du gae

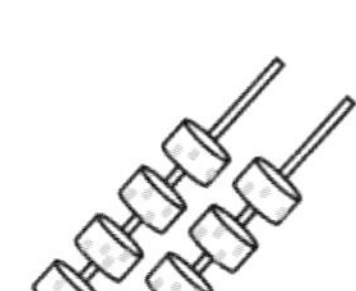

❹ 關東煮／오뎅
o deng

用例 兩串關東煮 두줄의 오뎅 (兩串 關東煮)
du jul e o deng

의（e）：助詞，…的

韓語發音指南

❶ 신 sin = ㅅ s + ㅣ i + ㄴ n
문 mun = ㅁ m + ㅜ u + ㄴ n
用例
한 han = ㅎ h + ㅏ a + ㄴ n
부 bu = ㅂ b + ㅜ u

❷ 삼 sam = ㅅ s + ㅏ a + ㅁ m
각 gak = ㄱ g + ㅏ a + ㄱ k
김 gim = ㄱ g + ㅣ i + ㅁ m
밥 bap = ㅂ b + ㅏ a + ㅂ p
用例
두 du = ㄷ d + ㅜ u
개 gae = ㄱ g + ㅐ ae

❸ 계 gye = ㄱ g + ㅖ ye
란 ran = ㄹ r + ㅏ a + ㄴ n
조 jo = ㅈ j + ㅗ o
림 rim = ㄹ r + ㅣ i + ㅁ m
用例
두 du = ㄷ d + ㅜ u
개 gae = ㄱ g + ㅐ ae

❹ 오 o = ㅇ x + ㅗ o
뎅 deng = ㄷ d + ㅔ e + ㅇ ng
用例
두 du = ㄷ d + ㅜ u
줄 jul = ㅈ j + ㅜ u + ㄹ l

31 便利商店 (2) 편의점

pyeoni jeom

051

❶ 進入／들어가다

deureo ga da

連音讀法

用例 走進便利商店　편의점에 들어가다（便利商店／進入）

pyeoni jeome deureo ga da

連音讀法 連音讀法 連音讀法

에（e）：助詞，到某地點

❷ 出來／나오다

na o da

用例 從便利商店出來　편의점에서 나오다（便利商店／出來）

pyeoni jeome seo na o da

連音讀法 連音讀法

에서（e seo）：助詞，從某地點

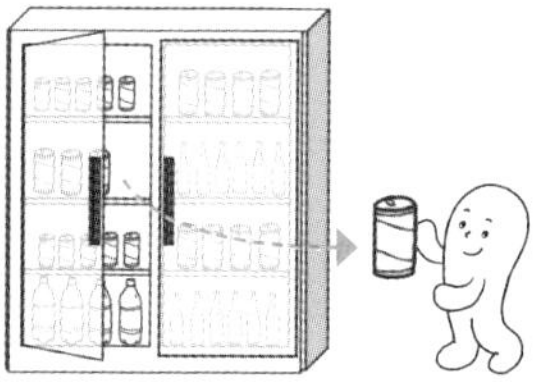

❸ 取出／꺼내다

kkeo nae da

用例 取出飲料　음료수를 꺼내다（飲料／取出）

eum ryo su reul kkeo nae da

를（reul）：助詞，受詞＋를＋動詞

韓語發音指南

❶ 들 deul = ㄷ d + ㅡ eu + ㄹ l

어 eo = ㅇ x + ㅓ eo

가 ga = ㄱ g + ㅏ a

다 da = ㄷ d + ㅏ a

用例

편 pyeon = ㅍ p ++ ㅕ yeo + ㄴ n

의 ui = ㅇ x + ㅢ ui

점 jeom = ㅈ j + ㅓ eo + ㅁ m

❷ 나 na = ㄴ n + ㅏ a

오 o = ㅇ x + ㅗ o

다 da = ㄷ d + ㅏ a

用例

편 pyeon = ㅍ p + ㅕ yeo + ㄴ n

의 ui = ㅇ x + ㅢ ui

점 jeom = ㅈ j + ㅓ eo + ㅁ m

❸ 꺼 kkeo = ㄲ kk + ㅓ eo

내 nae = ㄴ n + ㅐ ae

다 da = ㄷ d + ㅏ a

用例

음 eum = ㅇ x + ㅡ eu + ㅁ m

료 ryo = ㄹ r + ㅛ yo

수 su = ㅅ s + ㅜ u

❶ 提領／인출하다
in chul ha da

用例 提領金錢 현금을 인출하다

金錢 提領

hyeon geumeul in chul ha da

連音讀法

을（eul）：助詞，受詞＋을＋動詞

❷ 閱讀／보다
bo da

用例 站著閱讀雜誌 서서 잡지를 보다

站著 雜誌 閱讀

seo seo jap-jji reul bo da

重音讀法

을（reul）：助詞，受詞＋를＋動詞

❸ 結帳／계산하다
gye san ha da

用例 在櫃檯結帳 카운터에 서 계산하다

櫃檯＝counter 結帳

ka un teu e seo gye san ha da

에 서（e seo）：助詞，在某地點

韓語發音指南

❶ 인 in = ㅇ x + ㅣ i + ㄴ n
출 chul = ㅊ ch + ㅜ u + ㄹ l
하 ha = ㅎ h + ㅏ a
다 da = ㄷ d + ㅏ a

用例
현 hyeon = ㅎ h ++ ㅕ yeo + ㄴ n
금 geum = ㄱ g + ㅡ eu + ㅁ m

❷ 보 bo = ㅂ b + ㅗ o
다 da = ㄷ d + ㅏ a

用例
서 seo = ㅅ s + ㅓ eo
서 seo = ㅅ s + ㅓ eo

잡 jap = ㅈ j + ㅏ a + ㅂ p
지 ji = ㅈ j + ㅣ i

❸ 계 gye = ㄱ g + ㅖ ye
산 san = ㅅ s + ㅏ a + ㄴ n
하 ha = ㅎ h + ㅏ a
다 da = ㄷ d + ㅏ a

用例
카 ka = ㅋ k + ㅏ a
운 un = ㅇ x + ㅜ u + ㄴ n
터 teu = ㅌ t + ㅓ eu

31 便利商店(3) 편의점 pyeoni jeom

052

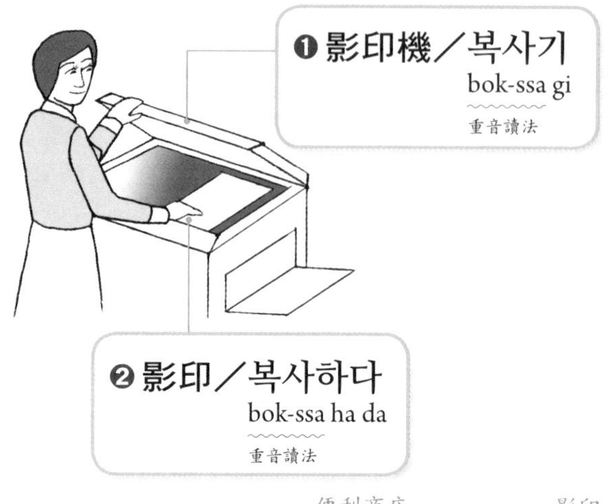

用例 在便利商店影印 편의점에서 복사하다

便利商店 影印

pyeoni jeome seo bok-ssa ha da

連音讀法 連音讀法 重音讀法

에서（e seo）：助詞，在某地點

用例 發送傳真 팩스를 보내다

傳真 發送

paek seu reul bo nae da

를（reul）：助詞，受詞＋를＋動詞

*보내다（bo nae da）：發送

韓語發音指南

❶ 복 bok = ㅂ b + ㅗ o + ㄱ k
사 sa = ㅅ s + ㅏ a
기 gi = ㄱ g + ㅣ i

❷ 복 bok = ㅂ b + ㅗ o + ㄱ k
사 sa = ㅅ s + ㅏ a
하 ha = ㅎ h + ㅏ a
다 da = ㄷ d + ㅏ a

用例

편 pyeon = ㅍ p + ㅕ yeo + ㄴ n
의 ui = ㅇ x + ㅢ ui
점 jeom = ㅈ j + ㅓ eo + ㅁ m

❸ 팩 paek = ㅍ p + ㅐ ae + ㄱ k
스 seu = ㅅ s + ㅡ eu

❹ 팩 paek = ㅍ p + ㅐ ae + ㄱ k
스 seu = ㅅ s + ㅡ eu
기 gi = ㄱ g + ㅣ i

用例

보 bo = ㅂ b + ㅗ o
내 nae = ㄴ n + ㅐ ae
다 da = ㄷ d + ㅏ a

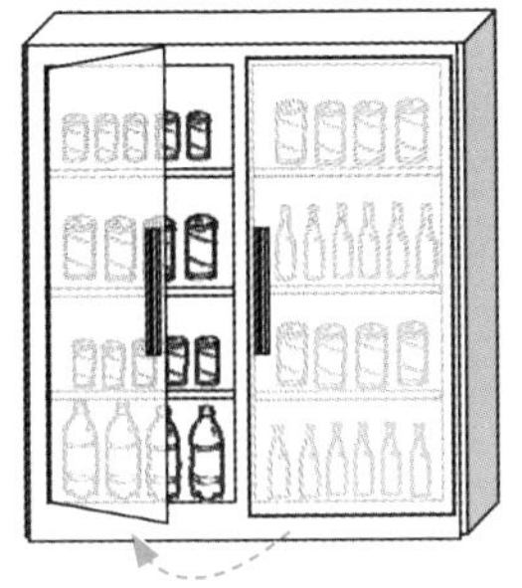

❶ 打開／열다
yeol da

冷藏櫃 打開

用例 打開冷藏櫃 냉장진열대를 열다

naeng jang jinyeol-ddae reul yeol da

連音讀法 重音讀法

를（reul）：助詞，受詞＋를＋動詞

❷ 關閉／닫다
dat-dda
重音讀法

冷藏櫃 關閉

用例 關上冷藏櫃 냉장진열대를 닫다

naeng jang jinyeol-ddae reul dat-dda

連音讀法 重音讀法 重音讀法

를（reul）：助詞，受詞＋를＋動詞

❸ 領取／받다
bat-dda
重音讀法

寄送 物品 領取

用例 取貨 배달된 물건을 받다

bae dal doen mul geoneul bat-dda

連音讀法 重音讀法

을（eul）：助詞，受詞＋을＋動詞

韓語發音指南

❶ 열 yeol = ㅇ x + ㅕ yeo + ㄹ l
다 da = ㄷ d + ㅏ a

用例

냉 naeng = ㄴ n + ㅐ ae + ㅇ ng
장 jang = ㅈ j + ㅏ a + ㅇ ng
진 jin = ㅈ j + ㅣ i + ㄴ n
열 yeol = ㅇ x + ㅕ yeo + ㄹ l
대 dae = ㄷ d + ㅐ ae

❷ 닫 dat = ㄷ d + ㅏ a + ㄷ t
다 da = ㄷ d + ㅏ a

用例

냉 naeng = ㄴ n + ㅐ ae + ㅇ ng
장 jang = ㅈ j + ㅏ a + ㅇ ng
진 jin = ㅈ j + ㅣ i + ㄴ n
열 yeol = ㅇ x + ㅕ yeo + ㄹ l
대 dae = ㄷ d + ㅐ ae

❸ 받 bat = ㅂ b + ㅏ a + ㄷ t
다 da = ㄷ d + ㅏ a

用例

배 bae = ㅂ b + ㅐ ae
달 dal = ㄷ d + ㅏ a + ㄹ l
된 doen = ㄷ d + ㅚ oe + ㄴ n

물 mul = ㅁ m + ㅜ u + ㄹ l
건 geon = ㄱ g + ㅓ eo + ㄴ n

32 關東煮 오뎅 o deng

053

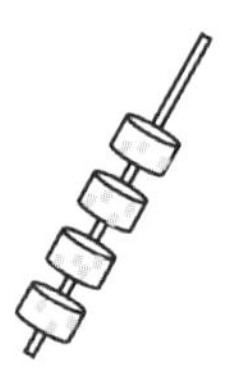

❶ 一支／한줄
han jul

一支 關東煮

用例 一支關東煮 한줄의 오뎅
han jure o deng
連音讀法

의（e）：助詞，…的

❷ 一桶／한그릇
han geu reut

一桶 關東煮

用例 一桶關東煮 한그릇의 오뎅
han geu reude o deng
連音讀法

의（e）：助詞，…的

❸ 吃／먹다
meok-dda
重音讀法

關東煮 吃

用例 吃關東煮 오뎅을 먹다
o deng eul meok-dda
重音讀法

을（eul）：助詞，受詞＋을＋動詞

韓語發音指南

❶ 한 han = ㅎ h + ㅏ a + ㄴ n
줄 jul = ㅈ j + ㅜ u + ㄹ l
用例
오 o = ㅇ x + ㅗ o
뎅 deng = ㄷ d + ㅔ e + ㅇ ng

❷ 한 han = ㅎ h + ㅏ a + ㄴ n
그 geu = ㄱ g + ㅡ eu
릇 reut = ㄹ r + ㅡ eu + ㅅ t
用例
오 o = ㅇ x + ㅗ o
뎅 deng = ㄷ d + ㅔ e + ㅇ ng

❸ 먹 meok = ㅁ m + ㅓ eo + ㄱ k
다 da = ㄷ d + ㅏ a
用例
오 o = ㅇ x + ㅗ o
뎅 deng = ㄷ d + ㅔ e + ㅇ ng

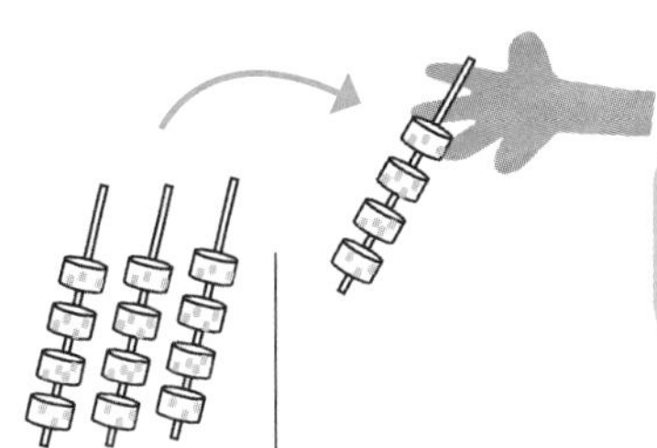

❶ 拿出／꺼내다
kkeo nae da

❷ 放入／넣다
neota
連音讀法

❸ 舀入／넣다
neota
連音讀法

韓語發音指南

❶ 꺼 kkeo = ㄲ kk + ㅓ eo
내 nae = ㄴ n + ㅐ ae
다 da = ㄷ d + ㅏ a

❷ 넣 neot = ㄴ n + ㅓ eo + ㅎ t
다 da = ㄷ d + ㅏ a

❸ 넣 neot = ㄴ n + ㅓ eo + ㅎ t
다 da = ㄷ d + ㅏ a

用例

오 o = ㅇ x + ㅗ o
뎅 deng = ㄷ d + ㅔ e + ㅇ ng

用例

국 guk = ㄱ g + ㅜ u + ㄱ k
물 mul = ㅁ m + ㅜ u + ㄹ l

用例 **拿出關東煮** 오뎅을（關東煮） 꺼내다（拿出）
o deng eul　kkeo nae da

을（eul）：助詞，受詞＋을＋動詞

用例 **舀入湯汁** 국물을（湯汁） 넣다（舀入）
guk mureul（連音讀法）　neota（連音讀法）

을（eul）：助詞，受詞＋을＋動詞

*국물（guk mul）：湯汁

33 茶葉蛋 계란조림 gyeo ran jo rim

054

❶ 一個／한개
han gae

用例 一個茶葉蛋 계란조림(茶葉蛋) 한개(一個)
gyeo ran jo rim han gae

❷ 一鍋／한 솥
han sot

用例 一鍋茶葉蛋 한 솥의(一鍋) 계란조림(茶葉蛋)
han sose gyeo ran jo rim
連音讀法

의（e）：助詞，…的

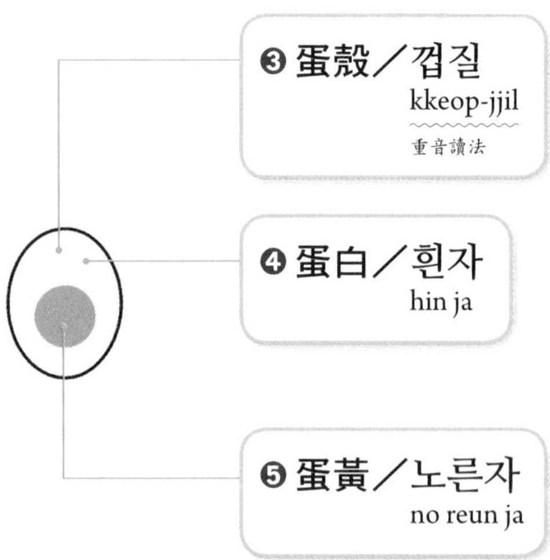

❸ 蛋殼／껍질
kkeop-jjil
重音讀法

❹ 蛋白／흰자
hin ja

❺ 蛋黃／노른자
no reun ja

韓語發音指南

❶ 한 han = ㅎ h + ㅏ a + ㄴ n
개 gae = ㄱ g + ㅐ ae

用例
계 gye = ㄱ g + ㅖ ye
란 ran = ㄹ r + ㅏ a + ㄴ n
조 jo = ㅈ j + ㅗ o
림 rim = ㄹ r + ㅣ i + ㅁ m

❷ 한 han = ㅎ h + ㅏ a + ㄴ n
솥 sot = ㅅ s + ㅗ o + ㅌ t

用例
계 gye = ㄱ g + ㅖ ye
란 ran = ㄹ r + ㅏ a + ㄴ n
조 jo = ㅈ j + ㅗ o
림 rim = ㄹ r + ㅣ i + ㅁ m

❸ 껍 kkeop = ㄲ kk + ㅓ eo + ㅂ p
질 jil = ㅈ j + ㅣ i + ㄹ l

❹ 흰 hin = ㅎ h + ㅢ i + ㄴ n
자 ja = ㅈ j + ㅏ a

❺ 노 no = ㄴ n + ㅗ o
른 reun = ㄹ r + ㅡ eu + ㄴ n
자 ja = ㅈ j + ㅏ a

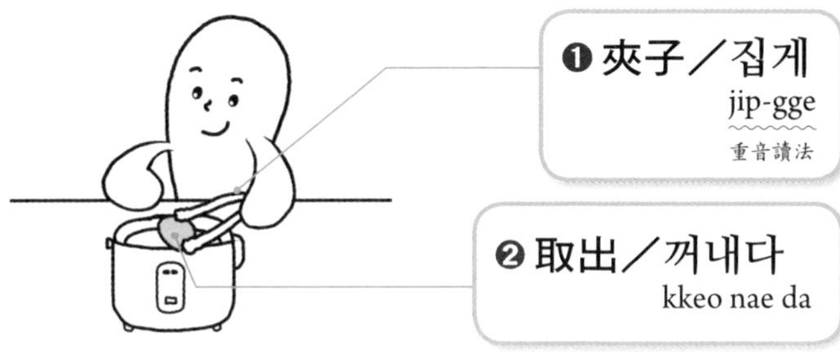

用例 夾出茶葉蛋

茶葉蛋 夾子 取出

계란조림을 집게로 꺼내다

gyeo ran jo rimeul jip-gge ro kkeo nae da

連音讀法 重音讀法

을（eul）：助詞，受詞＋을＋動詞

로（ro）：助詞，用某種工具

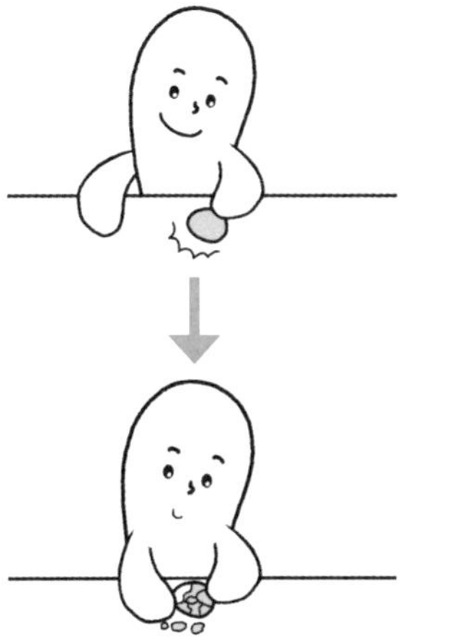

茶葉蛋 敲擊

用例 敲一敲茶葉蛋 계란조림을 두드리다

gyeo ran jo rimeul du deu ri da

連音讀法

을（eul）：助詞，受詞＋을＋動詞

蛋殼 剝除

用例 剝除外殼 껍질을 벗기다

kkeop-jjireul beo-ggi da

重音讀法 連音讀法 重音讀法

을（eul）：助詞，受詞＋을＋動詞

韓語發音指南

❶ 집 jip = ㅈ j + ㅣ i + ㅂ p

게 ge = ㄱ g + ㅔ e

❷ 꺼 kkeo = ㄲ kk + ㅓ eo

내 nae = ㄴ n + ㅐ ae

다 da = ㄷ d + ㅏ a

用例

계 gye = ㄱ g + ㅖ ye

란 ran = ㄹ r + ㅏ a + ㄴ n

조 jo = ㅈ j + ㅗ o

림 rim = ㄹ r + ㅣ i + ㅁ m

❸ 두 du = ㄷ d + ㅜ u

드 deu = ㄷ d + ㅡ eu

리 ri = ㄹ r + ㅣ i

다 da = ㄷ d + ㅏ a

❹ 벗 beo = ㅂ b + ㅓ eo + ㅅ x

기 gi = ㄱ g + ㅣ i

다 da = ㄷ d + ㅏ a

用例

계 gye = ㄱ g + ㅖ ye

란 ran = ㄹ r + ㅏ a + ㄴ n

조 jo = ㅈ j + ㅗ o

림 rim = ㄹ r + ㅣ i + ㅁ m

用例

껍 kkeop = ㄲ kk + ㅓ eo + ㅂ p

질 jil = ㅈ j + ㅣ i + ㄹ l

34 醫院 (1) 병원 byeong won

055

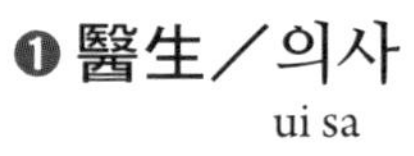

❶ 醫生／의사
ui sa

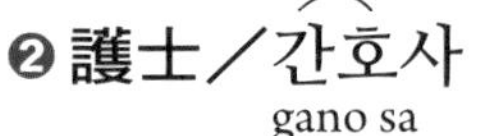

❷ 護士／간호사
gano sa
連音讀法

❸ 病人／환자
hwan ja

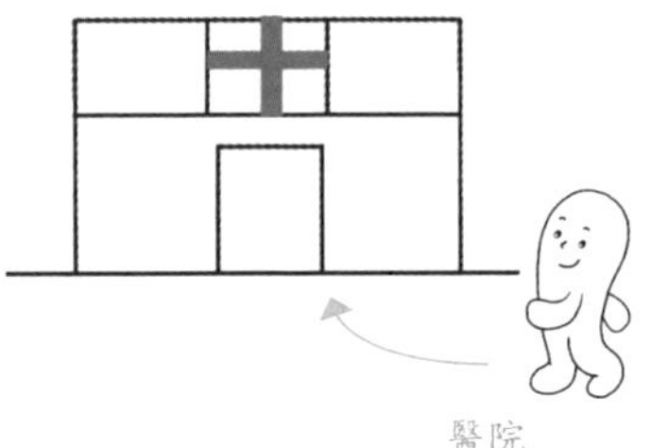

❹ 前往／가다
ga da

用例 去醫院 병원에 가다
(醫院) (前往)
byeong wone ga da
連音讀法

에（e）：助詞，到某地點

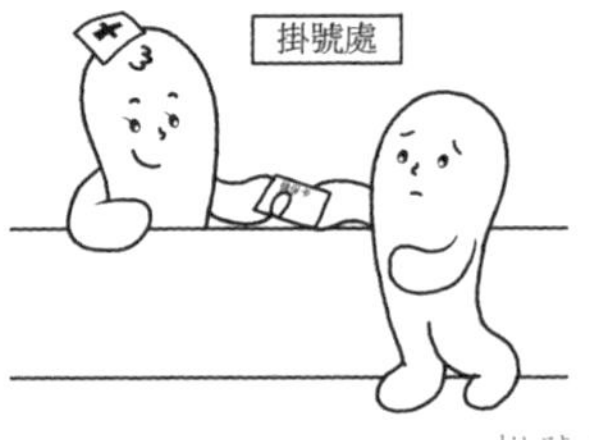

❺ 掛號手續／진찰수속
jin chal su sok

用例 辦掛號 진찰수속을 하다
(掛號手續) (進行(某件事))
jin chal su sogeul ha da
連音讀法

을（eul）：助詞，受詞＋을＋動詞

韓語發音指南

❶ 의 ui = ㅇ x + ㅢ ui
사 sa = ㅅ s + ㅏ a

❷ 간 gan = ㄱ g + ㅏ a + ㄴ n
호 ho = ㅎ h + ㅗ o
사 sa = ㅅ s + ㅏ a

❸ 환 hwan = ㅎ h + ㅘ wa + ㄴ n
자 ja = ㅈ j + ㅏ a

❹ 가 ga = ㄱ g + ㅏ a
다 da = ㄷ d + ㅏ a
用例
병 byeong = ㅂ b + ㅕ yeo + ㅇ ng
원 won = ㅇ x + ㅝ wo + ㄴ n

❺ 진 jin = ㅈ j + ㅣ i + ㄴ n
찰 chal = ㅊ ch + ㅏ a + ㄹ l
수 su = ㅅ s + ㅜ u
속 sok = ㅅ s + ㅗ o + ㄱ k
用例
하 ha = ㅎ h + ㅏ a
다 da = ㄷ d + ㅏ a

❶ 疼痛／아프다
a peu da

用例 頭痛　머리가 아프다
（頭部 / 疼痛）
meo ri ga　a peu da

가（ga）：助詞，接在主詞之後

用例 腹痛　배가 아프다
（腹部 / 疼痛）
bae ga　a peu da

가（ga）：助詞，接在主詞之後

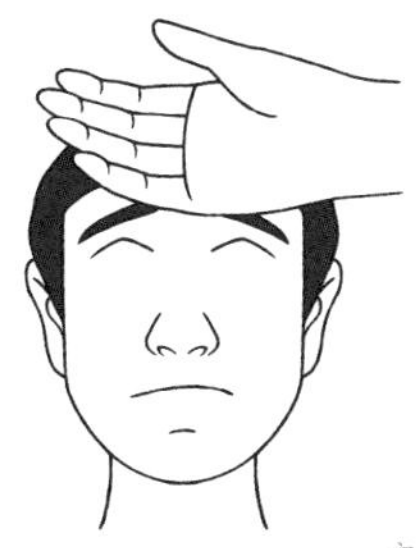

❷ 高燒／열
yeol

用例 發燒　열이 나다
（高燒 / 發作）
yeori　na da
連音讀法

이（i）：助詞，接在主詞之後

❸ 鼻涕／콧물
kot mul

用例 流鼻涕　콧물이 나다
（鼻涕 / 流）
kot muri　na da
連音讀法

이（i）：助詞，接在主詞之後

韓語發音指南

❶ 아 a = ㅇ x + ㅏ a
프 peu = ㅍ p + ㅡ eu
다 da = ㄷ d + ㅏ a
用例
머 meo = ㅁ m + ㅓ eo
리 ri = ㄹ r + ㅣ i
用例
배 bae = ㅂ b + ㅐ ae

❷ 열 yeol = ㅇ x + ㅕ yeo + ㄹ l
用例
나 na = ㄴ n + ㅏ a
다 da = ㄷ d + ㅏ a

❸ 콧 kot = ㅋ k + ㅗ o + ㅅ t
물 mul = ㅁ m + ㅜ u + ㄹ l
用例
나 na = ㄴ n + ㅏ a
다 da = ㄷ d + ㅏ a

34 醫院 (2) 병원

byeong won

056

❶ 暈眩的／어지럽다

eo ji reop-dda

重音讀法

用例 頭暈 머리가 어지럽다（頭部 暈眩的）

meo ri ga eo ji reop-dda

重音讀法

가（ga）：助詞，接在主詞之後

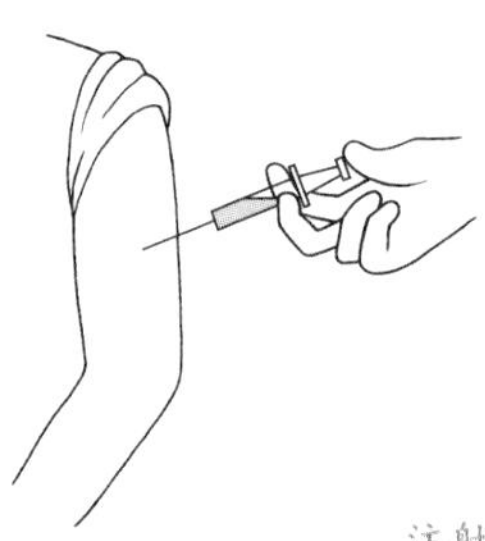

❷ 注射／주사

ju sa

用例 打針 주사 맞다（注射 接受）

ju sa mat-dda

重音讀法

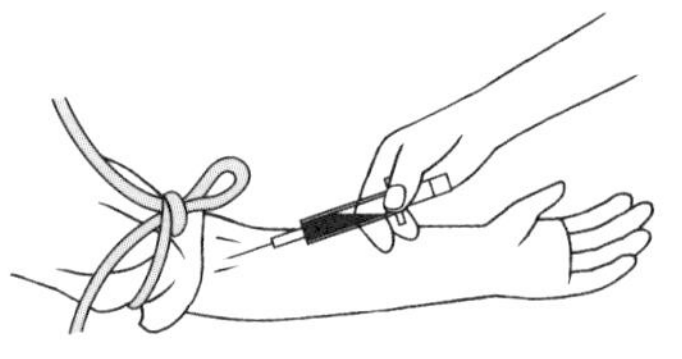

❸ 抽出／뽑다

ppop-dda

重音讀法

用例 抽血 피를 뽑다（血 抽出）

pi reul ppop-dda

重音讀法

를（reul）：助詞，受詞＋를＋動詞

韓語發音指南

❶ 어 eo = ㅇ x + ㅓ eo

지 ji = ㅈ j + ㅣ i

럽 reop = ㄹ r + ㅓ eo + ㅂ p

다 da = ㄷ d + ㅏ a

用例

머 meo = ㅁ m + ㅓ eo

리 ri = ㄹ r + ㅣ i

❷ 주 ju = ㅈ j + ㅜ u

사 sa = ㅅ s + ㅏ a

用例

맛 mat = ㅁ m + ㅏ a + ㅈ t

다 da = ㄷ d + ㅏ a

❸ 뽑 ppop = ㅃ pp + ㅗ o + ㅂ p

다 da = ㄷ d + ㅏ a

用例

피 pi = ㅍ p + ㅣ i

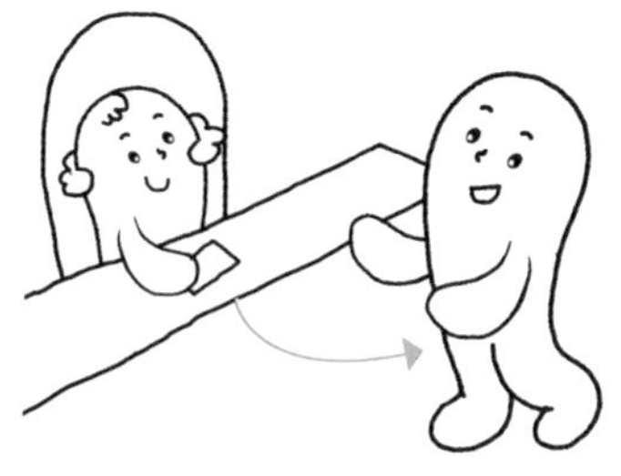

❶ 領取／받다
bat-dda
重音讀法

用例 領藥 약을 받다
(藥 약 / 領取 받다)
yageul bat-dda
連音讀法 重音讀法

을（eul）：助詞，受詞＋을＋動詞

❷ 服用／먹다
meok-dda
重音讀法

用例 吃藥 약을 먹다
(藥 약 / 服用 먹다)
yageul meok-dda
連音讀法 重音讀法

을（eul）：助詞，受詞＋을＋動詞

藥丸・藥水

❸ 藥丸：알약
al yak

❹ 藥水：물약
mul yak

韓語發音指南

❶ 받 bat = ㅂ b + ㅏ a + ㄷ t
다 da = ㄷ d + ㅏ a
用例
약 yak = ㅇ x + ㅑ ya + ㄱ k

❷ 먹 meok = ㅁ m + ㅓ eo + ㄱ k
다 da = ㄷ d + ㅏ a
用例
약 yak = ㅇ x + ㅑ ya + ㄱ k

❸ 알 al = ㅇ x + ㅏ a + ㄹ l
약 yak = ㅇ x + ㅑ ya + ㄱ k

❹ 물 mul = ㅁ m + ㅜ u + ㄹ l
약 yak = ㅇ x + ㅑ ya + ㄱ k

34 醫院 (3) 병원
byeong won

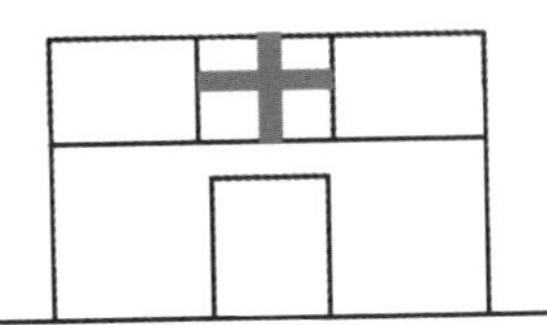

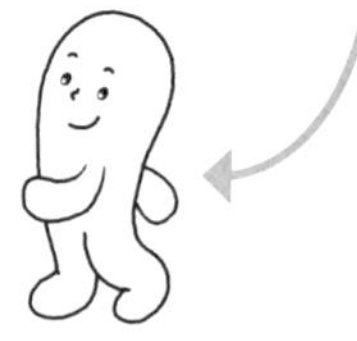

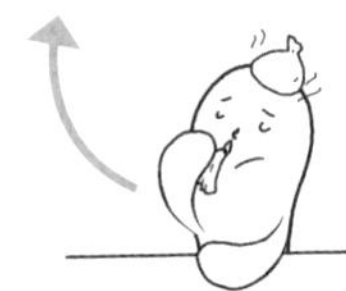

❶ 出院／퇴원하다
toe won ha da

❷ 住院／입원하다
ip won ha da

❸ 探病／병문안
byeong mun an

用例 去探病 병문안（探病） 가다（去做(某件事)）
byeong mun an ga da

*가다（ga da）：去做（某件事）

醫院的服務項目

❹ 手術：수술
su sul

❺ 健康檢查：건강검진
geon gang geom jin

❻ 生產：출산하다
chul-ssan ha da
重音讀法

韓語發音指南

❶ 퇴 toe = ㅌ t + ㅚ oe
원 won = ㅇ x + ㅝ wo + ㄴ n
하 ha = ㅎ h + ㅏ a
다 da = ㄷ d + ㅏ a

❷ 입 ip = ㅇ x + ㅣ i + ㅂ p
원 won = ㅇ x + ㅝ wo + ㄴ n
하 ha = ㅎ h + ㅏ a
다 da = ㄷ d + ㅏ a

❸ 병 byeong = ㅂ b + ㅕ yeo + ㅇ ng
문 mun = ㅁ m + ㅜ u + ㄴ n
안 an = ㅇ x + ㅏ a + ㄴ n
用例
가 ga = ㄱ g + ㅏ a
다 da = ㄷ d + ㅏ a

❹ 수 su = ㅅ s + ㅜ u
술 sul = ㅅ s + ㅜ u + ㄹ l

❺ 건 geon = ㄱ g + ㅓ eo + ㄴ n
강 gang = ㄱ g + ㅏ a + ㅇ ng
검 geom = ㄱ g + ㅓ eo + ㅁ m
진 jin = ㅈ j + ㅣ i + ㄴ n

❻ 출 chul = ㅊ ch + ㅜ u + ㄹ l
산 san = ㅅ s + ㅏ a + ㄴ n
하 ha = ㅎ h + ㅏ a
다 da = ㄷ d + ㅏ a

❶ 呼叫／부르다
bu reu da

❷ 救護車／구급차
gu geup cha

用例 **打電話叫救護車**

電話 救護車 呼叫
전화로 구급차를 부르다
jeon hwa ro gu geup cha reul bu reu da

로（ro）：助詞，用某種工具
를（reul）：助詞，受詞＋를＋動詞

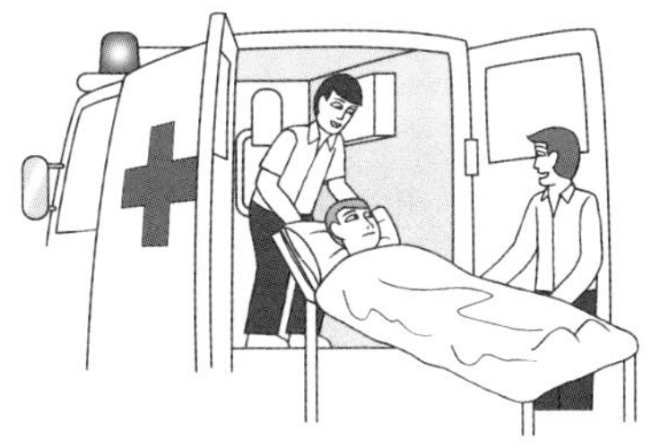

❸ 搬運／옮기다
om gi da

用例 **搬運傷患**

傷患 搬運
환자를 옮기다
hwan ja reul om gi da

를（reul）：助詞，受詞＋를＋動詞

❹ 診療、看病／진찰받다
jin chal bat-dda
重音讀法

用例 **到醫院看病**

醫院 看病
병원에서 진찰받다
byeong wone seo jin chal bat-dda
連音讀法 重音讀法

에서（e seo）：助詞，在某地點

韓語發音指南

❶ 부 bu = ㅂ b + ㅜ u
르 reu = ㄹ r + ㅡ eu
다 da = ㄷ d + ㅏ a

❷ 구 gu = ㄱ g + ㅜ u
급 geup = ㄱ g + ㅡ eu + ㅂ p
차 cha = ㅊ ch + ㅏ a
用例
전 jeo = ㅈ j + ㅓ eo + ㄴ n
화 hwa = ㅎ h + ㅘ wa

❸ 옮 om = ㅇ x + ㅗ o + ㄻ m
기 gi = ㄱ g + ㅣ i
다 da = ㄷ d + ㅏ a
用例
환 hwan = ㅎ h + ㅘ wa + ㄴ n
자 ja = ㅈ j + ㅏ a

❹ 진 jin = ㅈ j + ㅣ i + ㄴ n
찰 chal = ㅊ ch + ㅏ a + ㄹ l
받 bat = ㅂ b + ㅏ a + ㄷ t
다 da = ㄷ d + ㅏ a
用例
병 byeong = ㅂ b + ㅕ yeo + ㅇ ng
원 won = ㅇ x + ㅝ wo + ㄴ n

34 醫院 (4) 병원 byeong won

058

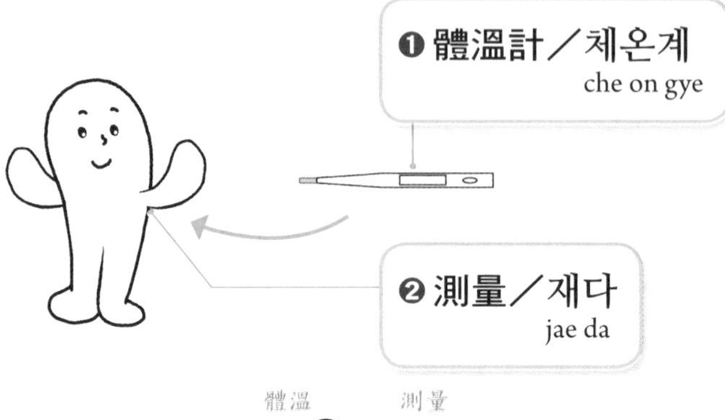

體溫 測量

用例 量體溫 체온을 재다

che oneul jae da

連音讀法

을（eul）：助詞，受詞＋을＋動詞

血壓 測量

用例 量血壓 혈압을 재다

hyeorabeul jae da

連音讀法

을（eul）：助詞，受詞＋을＋動詞

韓語發音指南

❶ 체 che = ㅊ ch + ㅔ e
온 on = ㅇ x + ㅗ o + ㄴ n
계 gye = ㄱ g + ㅖ ye

❷ 재 jae = ㅈ j + ㅐ ae
다 da = ㄷ d + ㅏ a

❸ 혈 hyeol = ㅎ h + ㅕ yeo + ㄹ l
압 ap = ㅇ x + ㅏ a + ㅂ p
계 gye = ㄱ g + ㅖ ye

❹ 혈 hyeol = ㅎ h + ㅕ yeo + ㄹ l
압 ap = ㅇ x + ㅏ a + ㅂ p

用例

재 jae = ㅈ j + ㅐ ae
다 da = ㄷ d + ㅏ a

❶ 口罩／마스크 ＝mask
ma seu teu

用例 戴上口罩 마스크를 쓰다
(口罩 / 戴上)
ma seu teu reul sseu da

를（reul）：助詞，受詞＋를＋動詞

用例 拿下口罩 마스크를 벗다
(口罩 / 拿下)
ma seu teu reul beot-dda
重音讀法

를（reul）：助詞，受詞＋를＋動詞

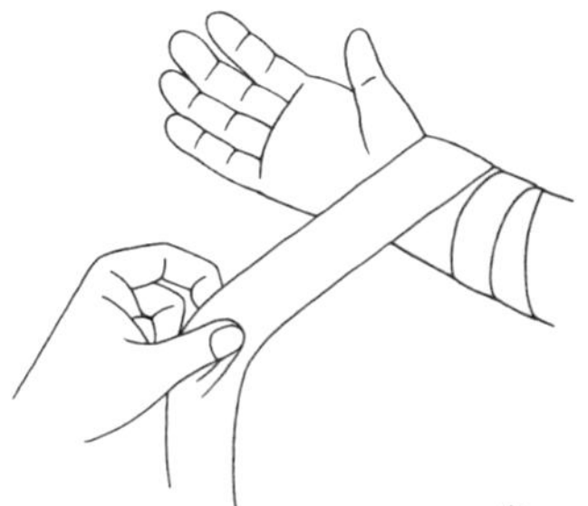

❷ 包紮／감싸다
gam ssa da

用例 包紮傷口 상처를 감싸다
(傷口 / 包紮)
sang cheo reul gam ssa da

를（reul）：助詞，受詞＋를＋動詞

家庭常見醫療用品

❸ OK繃：반창고
ban chang-ggo
重音讀法

❺ 棉花棒：면봉
myeon bong

❹ 碘酒：요오드팅크
yo o deu teong keu

韓語發音指南

❶ 마 ma = ㅁ m + ㅏ a
스 seu = ㅅ s + ㅡ eu
크 teu = ㅋ t + ㅡ eu

用例
쓰 sseu = ㅆ ss + ㅡ eu
다 da = ㄷ d + ㅏ a

用例
벗 beot = ㅂ b + ㅓ eo + ㅅ t
다 da = ㄷ d + ㅏ a

❷ 감 gam = ㄱ g + ㅏ a + ㅁ m
싸 ssa = ㅆ ss + ㅏ a
다 da = ㄷ d + ㅏ a

用例
상 sang = ㅅ s + ㅏ a + ㅇ ng
처 cheo = ㅊ ch + ㅓ eo

❸ 반 ban = ㅂ b + ㅏ a + ㄴ n
창 chang = ㅊ ch + ㅏ a + ㅇ ng
고 go = ㄱ g + ㅗ o

❹ 요 yo = ㅇ x + ㅛ yo
오 o = ㅇ x + ㅗ o
드 deu = ㄷ d + ㅡ eu
팅 teong = ㅌ t + ㅓ eo + ㅇ ng
크 keu = ㅋ k + ㅡ eu

❺ 면 myeon = ㅁ m + ㅕ yeo + ㄴ n
봉 bong = ㅂ b + ㅗ o + ㅇ ng

35 藥膏 연고
yeon go

059

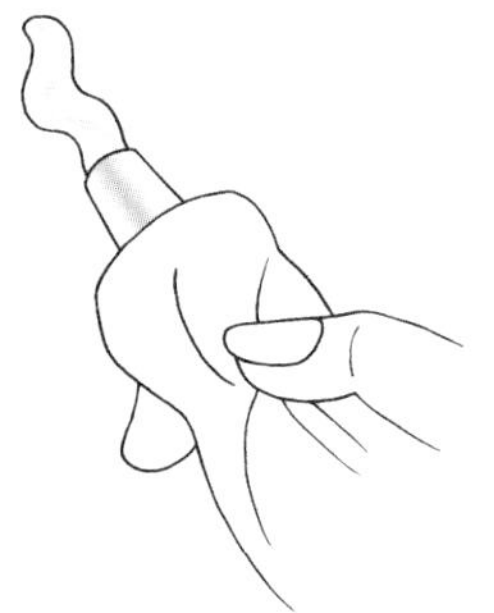

❶ 擠出／짜다
jja da

用例 擠出藥膏　연고를（藥膏） 짜다（擠出）
yeon go reul　jja da

를（reul）：助詞，受詞＋를＋動詞

❷ 沾取／묻히다
muchi da
連音讀法

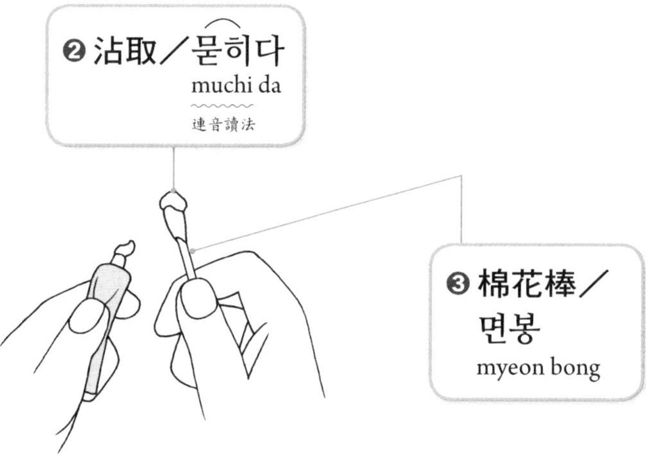

❸ 棉花棒／면봉
myeon bong

用例 沾取藥膏　연고를（藥膏） 묻히다（沾取）
yeon go reul　muchi da
連音讀法

를（reul）：助詞，受詞＋를＋動詞

韓語發音指南

❶ 짜 jja = ㅉ jj + ㅏ a
다 da = ㄷ d + ㅏ a
用例
연 yeon = ㅇ x + ㅕ yeo + ㄴ n
고 go = ㄱ g + ㅗ o

❷ 묻 mut = ㅁ m + ㅜ u + ㄷ t
히 hi = ㅎ h + ㅣ i
다 da = ㄷ d + ㅏ a

❸ 면 myeon = ㅁ m + ㅕ yeo + ㄴ n
봉 bong = ㅂ b + ㅗ o + ㅇ ng
用例
연 yeon = ㅇ x + ㅕ yeo + ㄴ n
고 go = ㄱ g + ㅗ o

❶ 塗抹／바르다
ba reu da

用例 塗抹藥膏 연고를 바르다

(藥膏 연고, 塗抹 바르다)

yeon go reul ba reu da

를（reul）：助詞，受詞＋를＋動詞

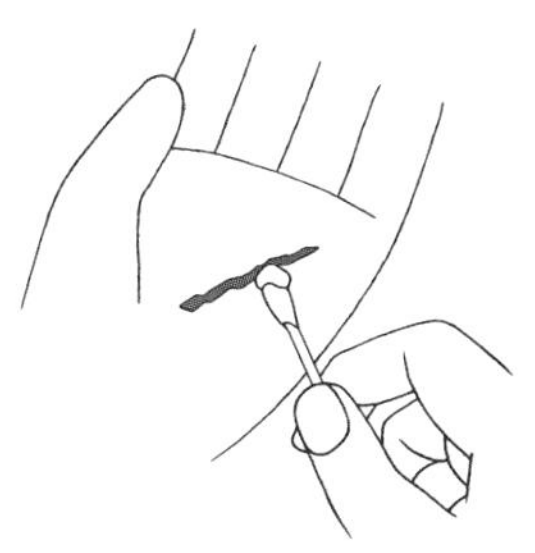

❷ 傷口／상처
sang cheo

用例 塗抹在傷口上 상처에 바르다

(傷口 상처, 塗抹 바르다)

sang cheo e ba reu da

에（e）：助詞，在某處

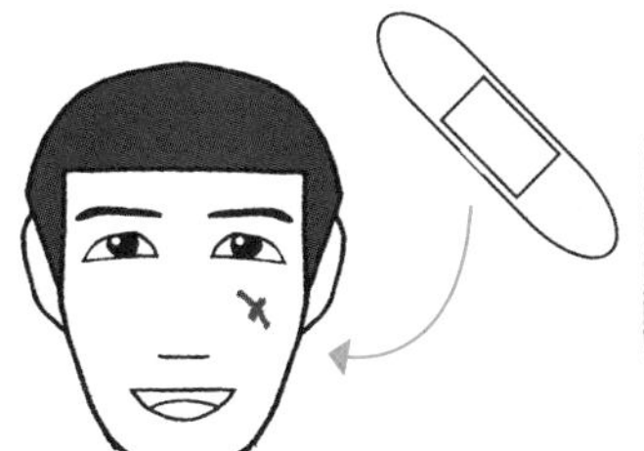

❸ OK繃／반창고
ban chang-ggo
重音讀法

用例 貼上OK繃 반창고를 붙이다

(OK繃 반창고, 貼上 붙이다)

ban chang-ggo reul buchi da

(ban chang-ggo：重音讀法；buchi da：連音讀法)

를（reul）：助詞，受詞＋를＋動詞

韓語發音指南

❶ 바 ba = ㅂ b + ㅏ a
르 reu = ㄹ r + ㅡ eu
다 da = ㄷ d + ㅏ a
用例
연 yeon = ㅇ x + ㅕ yeo + ㄴ n
고 go = ㄱ g + ㅗ o

❷ 상 sang = ㅅ s + ㅏ a + ㅇ ng
처 cheo = ㅊ ch + ㅓ eo
用例
바 ba = ㅂ b + ㅏ a
르 reu = ㄹ r + ㅡ eu
다 da = ㄷ d + ㅏ a

❸ 반 ban = ㅂ b + ㅏ a + ㄴ n
창 chang = ㅊ ch + ㅏ a + ㅇ ng
고 go = ㄱ g + ㅗ o
用例
붙 but = ㅂ b + ㅗ u + ㅌ t
이 i = ㅇ x + ㅣ i
다 da = ㄷ d + ㅏ a

36 牙刷 칫솔 chi-ssol

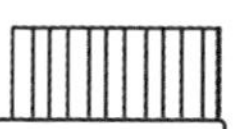

❶ 一支／한개
han gae

用例 一支牙刷 칫솔 한개
(牙刷 一支)
chi-ssol han gae
重音讀法

❷ 刷乾淨／닦다
dak -dda
重音讀法

用例 刷牙 이를 닦다
(牙 刷乾淨)
i reul dak-dda
重音讀法

를（reul）：助詞，受詞＋를＋動詞

用例 用牙膏刷牙 치약으로 이를 닦다
(牙膏 牙 刷乾淨)
chi yageu ro i reul dak-dda
連音讀法 重音讀法

으로（eu ro）：助詞，用某種工具
를（reul）：助詞，受詞＋를＋動詞

*치약（chi yak）：牙膏

韓語發音指南

❶ 한 han = ㅎ h + ㅏ a + ㄴ n
개 gae = ㄱ g + ㅐ ae
用例
칫 chit = ㅊ ch + ㅣ i + ㅅ t
솔 sol = ㅅ s + ㅗ o + ㄹ l

❷ 닦 dak = ㄷ d + ㅏ a + ㄲ k
다 da = ㄷ d + ㅏ a
用例
이 i = ㅇ x + ㅣ i
用例
치 chi = ㅊ ch + ㅣ i
약 yak = ㅇ x + ㅑ ya + ㄱ k

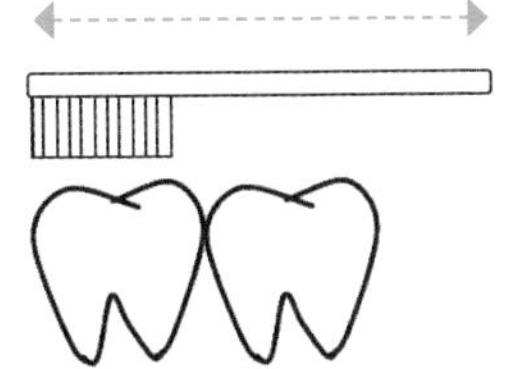

❶ 左右／좌우
jwa u

用例 左右移動牙刷

左右 移動牙刷 進行(某件事)

좌우로 칫솔질을 하다

jwa u ro chi-ssol jireul ha da

重音讀法 連音讀法

로（ro）：助詞，接在副詞之後

을（eul）：助詞，受詞＋을＋動詞

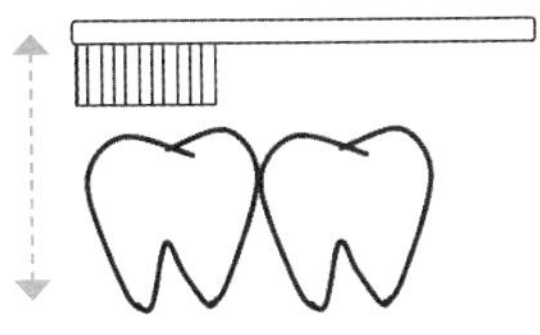

❷ 上下／상하
sang ha

用例 上下移動牙刷

上下 移動牙刷 進行(某件事)

상하로 칫솔질을 하다

sang ha ro chi-ssol jireul ha da

重音讀法 連音讀法

로（ro）：助詞，接在副詞之後

을（eul）：助詞，受詞＋을＋動詞

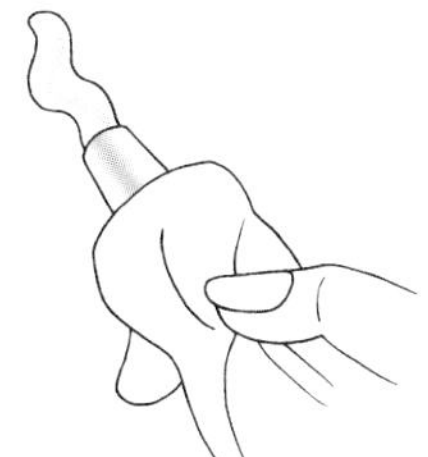

❸ 擠出／짜다
jja da

牙膏 擠出

用例 擠牙膏 치약을 짜다

chi yageul jja da

連音讀法

을（eul）：助詞，受詞＋을＋動詞

韓語發音指南

❶ 좌 jwa = ㅈ j + ㅘ wa

우 u = ㅇ x + ㅜ u

用例

칫 chit = ㅊ ch + ㅣ i + ㅅ t

솔 sol = ㅅ s + ㅗ o + ㄹ l

질 jil = ㅈ j + ㅣ i + ㄹ l

하 ha = ㅎ h + ㅏ a

다 da = ㄷ d + ㅏ a

❷ 상 sang = ㅅ s + ㅏ a + ㅇ ng

하 ha = ㅎ h + ㅏ a

用例

칫 chit = ㅊ ch + ㅣ i + ㅅ t

솔 sol = ㅅ s + ㅗ o + ㄹ l

질 jil = ㅈ j + ㅣ i + ㄹ l

하 ha = ㅎ h + ㅏ a

다 da = ㄷ d + ㅏ a

❸ 짜 jja = ㅉ jj + ㅏ a

다 da = ㄷ d + ㅏ a

用例

치 chi = ㅊ ch + ㅣ i

약 yak = ㅇ x + ㅑ ya + ㄱ k

37 盥洗臺　세수대
se su ddae

061

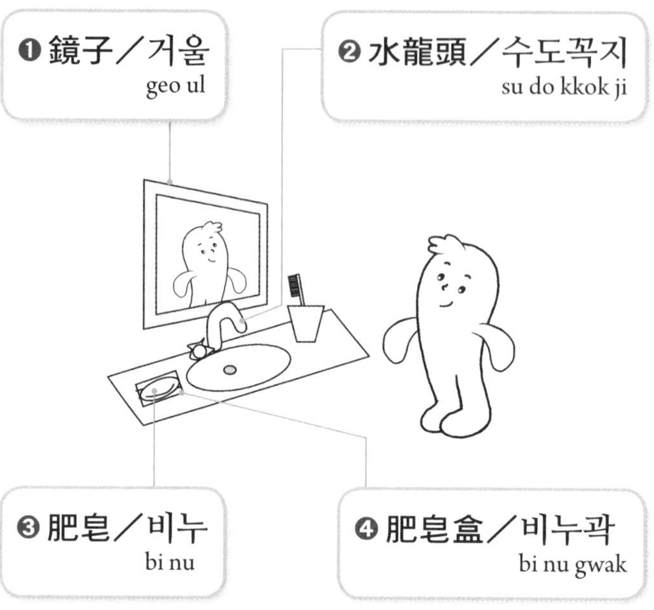

用例 打開水龍頭 수도꼭지(水龍頭)를 틀다(打開)
su do kkok ji reul teul da

를（reul）：助詞，受詞＋를＋動詞

*틀다（teul da）：打開

用例 關上水龍頭 수도꼭지(水龍頭)를 잠그다(關閉)
su do kkok ji reul jam geu da

를（reul）：助詞，受詞＋를＋動詞

*잠그다（jam geu da）：關閉

韓語發音指南

❶ 거 geo = ㄱ g + ㅓ eo
울 ul = ㅇ x + ㅜ u + ㄹ l

❷ 수 su = ㅅ s + ㅜ u
도 do = ㄷ d + ㅗ o
꼭 kkok = ㄲ kk + ㅗ o + ㄱ k
지 ji = ㅈ j + ㅣ i

❸ 비 bi = ㅂ b + ㅣ i
누 nu = ㄴ n + ㅜ u

❹ 비 bi = ㅂ b + ㅣ i
누 nu = ㄴ n + ㅜ u
곽 gwak = ㄱ g + ㅘ wa + ㄱ k

用例
틀 teul = ㅌ t + ㅡ eu + ㄹ l
다 da = ㄷ d + ㅏ a

用例
잠 jam = ㅈ j + ㅏ a + ㅁ m
그 geu = ㄱ g + ㅡ eu
다 da = ㄷ d + ㅏ a

❶ 清洗／씻다
ssit-dda
重音讀法

用例 **在洗臉臺洗手**

洗臉臺　手　清洗
세수대에서 손을 씻다
se su ddae e seo soneul ssit-dda
連音讀法　重音讀法

에서（e seo）：助詞，在某地點

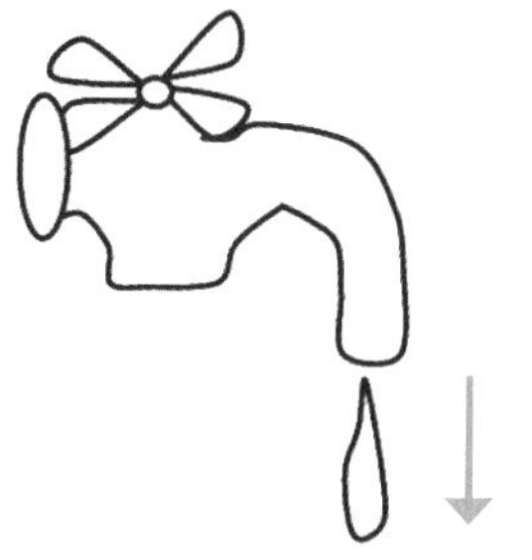

❷ 滴下／떨어지다
tteoreo ji da
連音讀法

用例 **滴下水滴**

水滴　滴下
물이 떨어지다
muri tteoreo ji da
連音讀法　連音讀法

이（i）：助詞，接在主詞之後

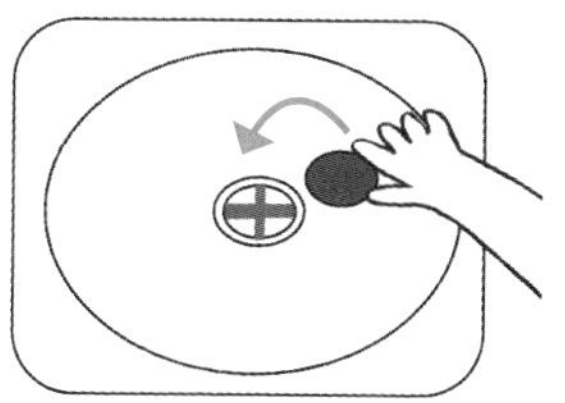

❸ 塞住／닫다
dat-dda
重音讀法

用例 **塞上塞子**

塞子　塞住
마개를 닫다
ma gae reul dat-dda
重音讀法

를（reul）：助詞，受詞＋를＋動詞

韓語發音指南

❶ 씻 ssit = ㅆ ss + ㅣ i + ㅅ t
다 da = ㄷ d + ㅏ a
用例
세 se = ㅅ s + ㅔ e
수 su = ㅅ s + ㅜ u
대 dae = ㄷ d + ㅐ ae

손 son = ㅅ s + ㅗ o + ㄴ n

❷ 떨 tteol = ㄸ tt + ㅓ eo + ㄹ l
어 eo = ㅇ x + ㅓ eo
지 ji = ㅈ j + ㅣ i
다 da = ㄷ d + ㅏ a
用例
물 mul = ㅁ m + ㅜ u + ㄹ l

❸ 닫 dat = ㄷ d + ㅏ a + ㄷ t
다 da = ㄷ d + ㅏ a
用例
마 ma = ㅁ m + ㅏ a
개 gae = ㄱ g + ㅐ ae

38 馬桶(1) 변기 byeon gi

062

❶ 如廁用紙／휴지
hyu ji

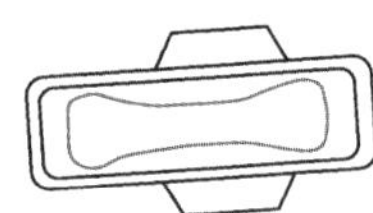

❷ 衛生棉／생리대
saeng ri dae

❸ 掀起／올리다
ol ri da

用例 掀起馬桶蓋 변기뚜껑(馬桶蓋)을 올리다(掀起)

byeon gi ttu kkeong eul ol ri da

을（eul）：助詞，受詞＋을＋動詞

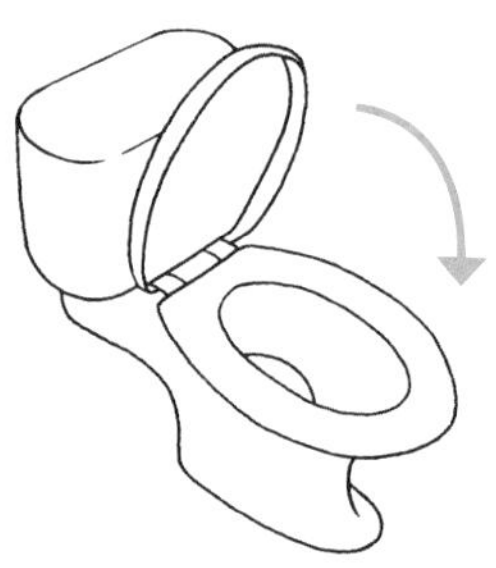

❹ 放下／내리다
nae ri da

用例 放下馬桶蓋 변기뚜껑(馬桶蓋)을 내리다(放下)

byeon gi ttu kkeong eul nae ri da

을（eul）：助詞，受詞＋을＋動詞

韓語發音指南

❶ 휴 hyu = ㅎ h + ㅠ yu
지 ji = ㅈ j + ㅣ i

❷ 생 saeng = ㅅ s + ㅐ ae + ㅇ ng
리 ri = ㄹ r + ㅣ i
대 dae = ㄷ d + ㅐ ae

❸ 올 ol = ㅇ x + ㅗ o + ㄹ l
리 ri = ㄹ r + ㅣ i
다 da = ㄷ d + ㅏ a

用例
변 byeon = ㅂ b + ㅕ yeo + ㄴ n
기 gi = ㄱ g + ㅣ i
뚜 ttu = ㄸ tt + ㅜ u
껑 kkeong = ㄲ kk + ㅓ eo + ㅇ ng

❹ 내 nae = ㄴ n + ㅐ ae
리 ri = ㄹ r + ㅣ i
다 da = ㄷ d + ㅏ a

用例
변 byeon = ㅂ b + ㅕ yeo + ㄴ n
기 gi = ㄱ g + ㅣ i
뚜 ttu = ㄸ tt + ㅜ u
껑 kkeong = ㄲ kk + ㅓ eo + ㅇ ng

❶ 坐／앉다
an-dda
重音讀法

用例 坐在馬桶上 변기에 앉다
馬桶 坐
byeon gi e an-dda
重音讀法

에（e）：助詞，在某物

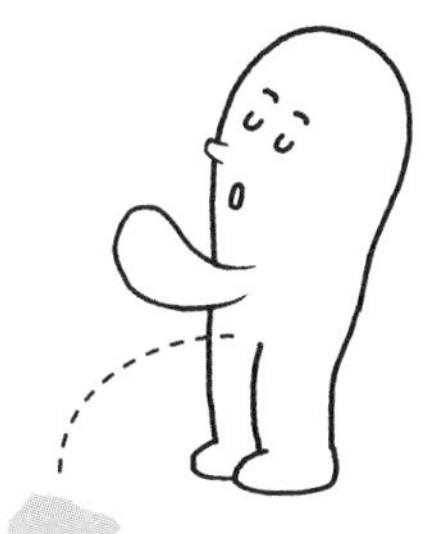

❷ 小號／소변
so byeon

用例 上小號 소변을 보다
小號 上（小號）
so byeoneul bo da
連音讀法

을（eul）：助詞，受詞＋을＋動詞

❸ 大號／대변
dae byeon

用例 上大號 대변을 보다
大號 上（大號）
dae byeoneul bo da
連音讀法

을（eul）：助詞，受詞＋을＋動詞

韓語發音指南

❶ 앉 an = ㅇ x + ㅏ a + ㄵ n
다 da = ㄷ d + ㅏ a
用例
변 byeon = ㅂ b + ㅕ yeo + ㄴ n
기 gi = ㄱ g + ㅣ i

❷ 소 so = ㅅ s + ㅗ o
변 byeon = ㅂ b + ㅕ yeo + ㄴ n
用例
보 bo = ㅂ b + ㅗ o
다 da = ㄷ d + ㅏ a

❸ 대 dae = ㄷ d + ㅐ ae
변 byeon = ㅂ b + ㅕ yeo + ㄴ n
用例
보 bo = ㅂ b + ㅗ o
다 da = ㄷ d + ㅏ a

38 馬桶 (2) 변기 byeon gi

063

❶ 隨地小便／
노상방뇨
no sang bang nyo

用例 隨地小便 노상방뇨를 하다 (隨地小便 / 進行(某件事))
no sang bang nyo reul ha da

를 (reul) ：助詞，受詞＋를＋動詞

❷ 女廁／
여자화장실 (女性 洗手間)
yeo ja hwa jang sil

❸ 男廁／
남자화장실 (男性)
nam ja hwa jang sil

用例 上洗手間 화장실을 가다 (洗手間 / 去做(某件事))
hwa jang sireul ga da
連音讀法

을 (eul) ：助詞，受詞＋을＋動詞

韓語發音指南

❶ 노 no = ㄴ n + ㅗ o
상 sang = ㅅ s + ㅏ a + ㅇ ng
방 bang = ㅂ b + ㅏ a + ㅇ ng
뇨 nyo = ㄴ n + ㅛ yo
用例
하 ha = ㅎ h + ㅏ a
다 da = ㄷ d + ㅏ a

❷ 여 yeo = ㅇ x + ㅕ yeo
자 ja = ㅈ j + ㅏ a
화 hwa = ㅎ h + ㅘ wa
장 jang = ㅈ j + ㅏ a + ㅇ ng
실 sil = ㅅ s + ㅣ i + ㄹ l

❸ 남 nam = ㄴ n + ㅏ a + ㅁ m
자 ja = ㅈ j + ㅏ a
화 hwa = ㅎ h + ㅘ wa
장 jang = ㅈ j + ㅏ a + ㅇ ng
실 sil = ㅅ s + ㅣ i + ㄹ l
用例
가 ga = ㄱ g + ㅏ a
다 da = ㄷ d + ㅏ a

❶ 馬桶吸盤／

변기 흡입기

byeon gi heubip-ggi

連音讀法 重音讀法

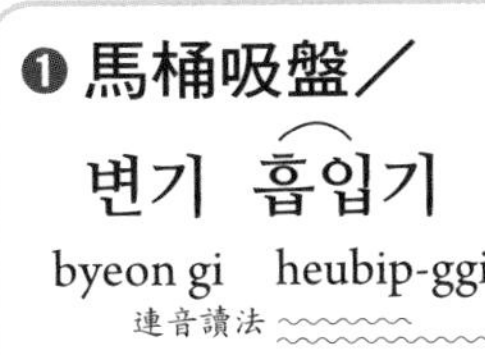

❷ 暢通／뚫다

ttul-dda

重音讀法

用例 通馬桶 변기를(馬桶) 뚫다(暢通)

byeon gi reul ttul-dda

重音讀法

를（reul）：助詞，受詞＋를＋動詞

❸ 馬桶刷／

변기 청소솔

byeon gi cheong so sol

❹ 刷亮／닦다

dat-dda

重音讀法

用例 刷亮馬桶 변기를(馬桶) 닦다(刷亮)

byeon gi reul dat-dda 重音讀法

를（reul）：助詞，受詞＋를＋動詞

❺ 蹲坐／

쪼그리고 앉다

jjo geu ri go an-dda

重音讀法

用例 蹲馬桶 변기에(馬桶) 쪼그리고 앉다(蹲坐)

byeon gi e jjo geu ri go an-dda 重音讀法

에（e）：助詞，在某地點

韓語發音指南

❶ 변 byeon = ㅂ b + ㅕ yeo + ㄴ n

기 gi = ㄱ g + ㅣ i

흡 heup = ㅎ h + ㅡ eu + ㅂ p

입 ip = ㅇ x + ㅣ i + ㅂ p

기 gi = ㄱ g + ㅣ i

❷ 뚫 ttul = ㄸ tt + ㅜ u + ㅀ l

다 da = ㄷ d + ㅏ a

用例

변 byeon = ㅂ b + ㅕ yeo + ㄴ n

기 gi = ㄱ g + ㅣ i

❸ 변 byeon = ㅂ b + ㅕ yeo + ㄴ n

기 gi = ㄱ g + ㅣ i

청 cheong = ㅊ ch + ㅓ eo + ㅇ ng

소 so = ㅅ s + ㅗ o

솔 sol = ㅅ s + ㅗ o + ㄹ l

❹ 닦 dat = ㄷ d + ㅏ a + ㄲ t

다 da = ㄷ d + ㅏ a

用例

변 byeon = ㅂ b + ㅕ yeo + ㄴ n

기 gi = ㄱ g + ㅣ i

❺ 쪼 jjo = ㅉ jj + ㅗ o

그 geu = ㄱ g + ㅡ eu

리 ri = ㄹ r + ㅣ i

고 go = ㄱ g + ㅗ o

앉 an = ㅇ x + ㅏ a + ㄵ n

다 da = ㄷ d + ㅏ a

用例

변 byeon = ㅂ b + ㅕ yeo + ㄴ n

기 gi = ㄱ g + ㅣ i

39 頭 머리 meo ri

064

❶ 疼痛／아프다
a peu da

用例 頭痛 머리가 아프다 (頭 / 疼痛)
meo ri ga a peu da

가（ga）：助詞，接在主詞之後

❷ 搖動、甩動／끄덕이다
kkeu deogi da
連音讀法

用例 搖頭、甩頭 머리를 끄덕이다 (頭 / 搖動、甩動)
meo ri reul kkeu deogi da
連音讀法

를（reul）：助詞，受詞＋를＋動詞

頭腦好・頭腦不好

❸ 頭腦好：머리가 좋다
meo ri ga jota
連音讀法

❹ 頭腦不好：머리가 나쁘다
meo ri ga na ppeu da

가（ga）：助詞，接在主詞之後

韓語發音指南

❶ 아 a = ㅇ x + ㅏ a
프 peu = ㅍ p + ㅡ eu
다 da = ㄷ d + ㅏ a
用例
머 meo = ㅁ m + ㅓ eo
리 ri = ㄹ r + ㅣ i

❷ 끄 kkeu = ㄲ kk + ㅡ eu
덕 deok = ㄷ d + ㅓ eo + ㄱ k
이 i = ㅇ x + ㅣ i
다 da = ㄷ d + ㅏ a
用例
머 meo = ㅁ m + ㅓ eo
리 ri = ㄹ r + ㅣ i

❸ 머 meo = ㅁ m + ㅓ eo
리 ri = ㄹ r + ㅣ i

좋 jot = ㅈ j + ㅗ o + ㅎ t
다 da = ㄷ d + ㅏ a

❹ 머 meo = ㅁ m + ㅓ eo
리 ri = ㄹ r + ㅣ i

나 na = ㄴ n + ㅏ a
쁘 ppeu = ㅃ pp + ㅡ eu
다 da = ㄷ d + ㅏ a

❶ 低下／숙이다
sugi da
連音讀法

❷ 抬起／들다
deul da

用例 低頭 머리를 숙이다
頭 低下
meo ri reul sugi da
連音讀法

를（reul）：助詞，受詞＋를＋動詞

用例 抬頭 머리를 들다
頭 抬起
meo ri reul deul da

를（reul）：助詞，受詞＋를＋動詞

❸ 撫摸／쓰다듬다
sseu da deum-dda
重音讀法

用例 撫摸頭 머리를 쓰다듬다
頭 撫摸
meo ri reul sseu da deum-dda
重音讀法

를（reul）：助詞，受詞＋를＋動詞

用例 摸小孩的頭
아이의 머리를 쓰다듬다
小孩 頭 撫摸
a i e meo ri reul sseu da deum-dda
重音讀法

의（e）：助詞，…的
를（reul）：助詞，受詞＋를＋動詞

韓語發音指南

❶ 숙 suk = ㅅ s + ㅜ u + ㄱ k
이 i = ㅇ x + ㅣ i
다 da = ㄷ d + ㅏ a

❷ 들 deul = ㄷ d + ㅡ eu + ㄹ l
다 da = ㄷ d + ㅏ a
用例
머 meo = ㅁ m + ㅓ eo
리 ri = ㄹ r + ㅣ i

❸ 쓰 sseu = ㅆ ss + ㅡ eu
다 da = ㄷ d + ㅏ a
듬 deum = ㄷ d + ㅡ eu + ㅁ m
다 da = ㄷ d + ㅏ a
用例
머 meo = ㅁ m + ㅓ eo
리 ri = ㄹ r + ㅣ i
用例
아 a = ㅇ x + ㅏ a
이 i = ㅇ x + ㅣ i

40 頭髮 (1) 머리／머리카락

meo ri／meo ri ka rak

065

捲　頭髮

❶ 捲髮／곱슬머리

gop seul meo ri

直的＝straight

❷ 直髮／스트레이트 머리

seu teu re i teu　meo ri

長的

❸ 長髮／긴머리

gin meo ri

短的

❹ 短髮／짧은 머리

jjalbeun　meo ri

連音讀法

頭髮　燙捲

用例 燙捲頭髮　머리를 파마하다

meo ri reul　pa ma ha da

를（reul）：助詞，受詞＋를＋動詞

頭髮　剪

用例 剪頭髮　머리를 자르다

meo ri reul　ja reu da

를（reul）：助詞，受詞＋를＋動詞

韓語發音指南

❶ 곱 gop ＝ ㄱ g ＋ ㅗ o ＋ ㅂ p
슬 seul ＝ ㅅ s ＋ ㅡ eu ＋ ㄹ l
머 meo ＝ ㅁ m ＋ ㅓ eo
리 ri ＝ ㄹ r ＋ ㅣ i

❷ 스 seu ＝ ㅅ s ＋ ㅡ eu
트 teu ＝ ㅌ t ＋ ㅡ eu
레 re ＝ ㄹ r ＋ ㅔ e
이 i ＝ ㅇ x ＋ ㅣ i
트 teu ＝ ㅌ t ＋ ㅡ eu
머 meo ＝ ㅁ m ＋ ㅓ eo
리 ri ＝ ㄹ r ＋ ㅣ i

❸ 긴 gin ＝ ㄱ g ＋ ㅣ i ＋ ㄴ n
머 meo ＝ ㅁ m ＋ ㅓ eo
리 ri ＝ ㄹ r ＋ ㅣ i

❹ 짧 jjal ＝ ㅉ jj ＋ ㅏ a ＋ ㄼ l
은 eun ＝ ㅇ x ＋ ㅡ eu ＋ ㄴ n
머 meo ＝ ㅁ m ＋ ㅓ eo
리 ri ＝ ㄹ r ＋ ㅣ i

用例

파 pa ＝ ㅍ p ＋ ㅏ a
마 ma ＝ ㅁ m ＋ ㅏ a
하 ha ＝ ㅎ h ＋ ㅏ a
다 da ＝ ㄷ d ＋ ㅏ a

用例

자 ja ＝ ㅈ j ＋ ㅏ a
르 reu ＝ ㄹ r ＋ ㅡ eu
다 da ＝ ㄷ d ＋ ㅏ a

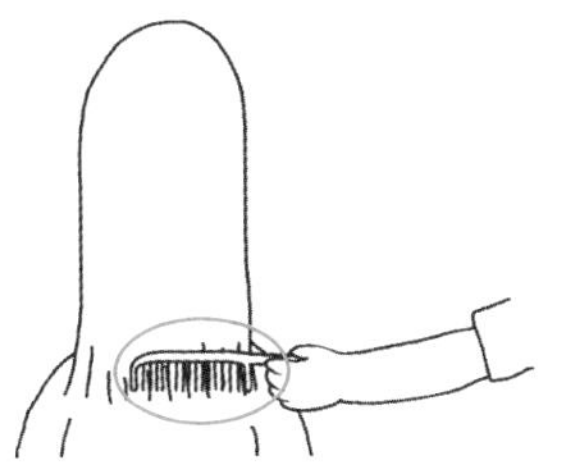

❶ 梳理／빗다
bit-dda
重音讀法

用例 **梳頭髮　머리(頭髮)를　빗다(梳理)**
meo ri reul　bit-dda
重音讀法

를（reul）：助詞，受詞＋를＋動詞

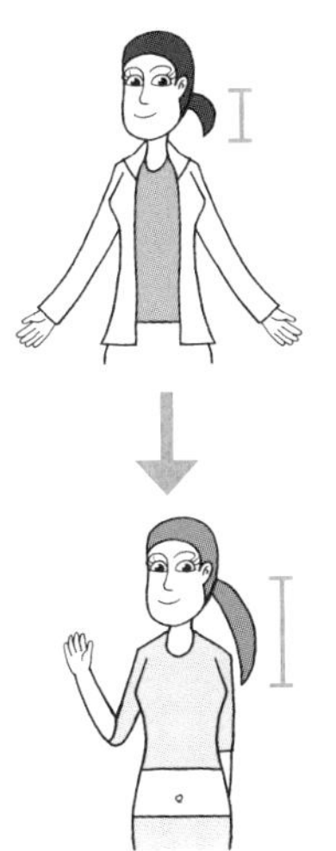

❷ 短的／짧다
jjal-dda
重音讀法

❸ 留長／기르다
gi reu da

❹ 長的／길다
gil da

用例 **把頭髮留長　머리(頭髮)를　기르다(留長)**
meo ri reul　gi reu da

를（reul）：助詞，受詞＋를＋動詞

梳子・吹風機

❺ 梳子：빗
bit

❻ 吹風機：드라이어（＝dryer）
deu ra i eo

韓語發音指南

❶ 빗 bit = ㅂ b + ㅣ i + ㅅ t
다 da = ㄷ d + ㅏ a
用例
머 meo = ㅁ m + ㅓ eo
리 ri = ㄹ r + ㅣ i

❷ 짧 jjal = ㅉ jj + ㅏ a + ㄼ l
다 da = ㄷ d + ㅏ a

❸ 기 gi = ㄱ g + ㅣ i
르 reu = ㄹ r + ㅡ eu
다 da = ㄷ d + ㅏ a

❹ 길 gil = ㄱ g + ㅣ i + ㄹ l
다 da = ㄷ d + ㅏ a
用例
머 meo = ㅁ m + ㅓ eo
리 ri = ㄹ r + ㅣ i

❺ 빗 bit = ㅂ b + ㅣ i + ㅅ t

❻ 드 deu = ㄷ d + ㅡ eu
라 ra = ㄹ r + ㅏ a
이 i = ㅇ x + ㅣ i
어 eo = ㅇ x + ㅓ eo

40 頭髮 (2) 머리／머리카락 meo ri／meo ri ka rak

❶ 吹乾／말리다
mal ri da

用例 吹乾頭髮 머리를（頭髮） 말리다（吹乾）
meo ri reul mal ri da

를（reul）：助詞，受詞＋를＋動詞

❷ 綁起／묶다
muk-dda
重音讀法

用例 綁頭髮 머리를（頭髮） 묶다（綁起）
meo ri reul muk-dda
重音讀法

를（reul）：助詞，受詞＋를＋動詞

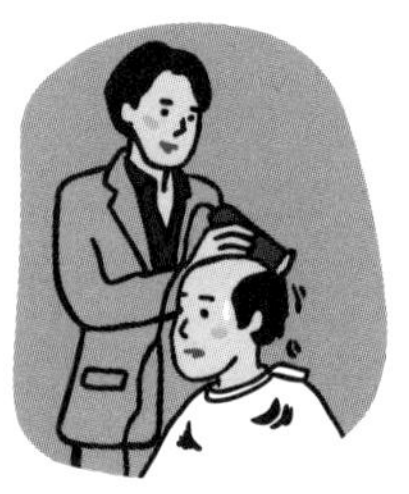

❸ 剃除／밀다
mil da

用例 剃頭髮 머리를（頭髮） 밀다（剃除）
meo ri reul mil da

를（reul）：助詞，受詞＋를＋動詞

韓語發音指南

❶ 말 mal ＝ ㅁ m ＋ ㅏ a ＋ ㄹ l
리 ri ＝ ㄹ r ＋ ㅣ i
다 da ＝ ㄷ d ＋ ㅏ a

用例
머 meo ＝ ㅁ m ＋ ㅓ eo
리 ri ＝ ㄹ r ＋ ㅣ i

❷ 묶 muk ＝ ㅁ m ＋ ㅜ u ＋ ㄲ k
다 da ＝ ㄷ d ＋ ㅏ a

用例
머 meo ＝ ㅁ m ＋ ㅓ eo
리 ri ＝ ㄹ r ＋ ㅣ i

❸ 밀 mil ＝ ㅁ m ＋ ㅣ i ＋ ㄹ l
다 da ＝ ㄷ d ＋ ㅏ a

用例
머 meo ＝ ㅁ m ＋ ㅓ eo
리 ri ＝ ㄹ r ＋ ㅣ i

美容院的服務項目

❶ 洗：감다
gam-dda
重音讀法

❷ 剪：자르다
ja reu da

❸ 染色／
염색하다
yeom saeka da
連音讀法

用例 染髮 머리를 염색하다
頭髮 染色
meo ri reul yeom saeka da
連音讀法

를（reul）：助詞，受詞＋를＋動詞

❹ 髮蠟／헤어 왁스 ＝hair wax
he eo wak seu

用例 抹髮蠟 헤어 왁스를 바르다
髮蠟 塗抹
he eo wak seu reul ba reu da

를（reul）：助詞，受詞＋를＋動詞

韓語發音指南

❶ 감 gam = ㄱ g + ㅏ a + ㅁ m
다 da = ㄷ d + ㅏ a

❷ 자 ja = ㅈ j + ㅏ a
르 reu = ㄹ r + ㅡ eu
다 da = ㄷ d + ㅏ a

❸ 염 yeom = ㅇ x + ㅕ yeo + ㅁ m
색 saek = ㅅ s + ㅐ ae + ㄱ k
하 ha = ㅎ h + ㅏ a
다 da = ㄷ d + ㅏ a

用例
머 meo = ㅁ m + ㅓ eo
리 ri = ㄹ r + ㅣ i

❹ 헤 he = ㅎ h + ㅔ e
어 eo = ㅇ x + ㅓ eo
왁 wak = ㅇ x + ㅘ wa + ㄱ k
스 seu = ㅅ s + ㅡ eu

用例
바 ba = ㅂ b + ㅏ a
르 reu = ㄹ r + ㅡ eu
다 da = ㄷ d + ㅏ a

40 頭髮 (3) 머리／머리카락

meo ri／meo ri ka rak

067

=roller

❶ 髮捲／롤러

rul reo

用例 捲上髮捲 롤러를 말다

髮捲 捲上

rul reo reul mal da

를（reul）：助詞，受詞＋를＋動詞

❷ 髮線／가르마선

ga reu ma seon

用例 分出髮線 가르마선을 나누다

髮線 劃分出

ga reu ma seoneul na nu da

連音讀法

를（eul）：助詞，受詞＋을＋動詞

洗髮精・潤絲精

=shampoo

❸ 洗髮精：샴푸

syam pu

=rinse

❹ 潤絲精：린스

rin seu

韓語發音指南

❶ 롤 rul = ㄹ r + ㅗ u + ㄹ l

러 reo = ㄹ r + ㅓ eo

用例

말 mal = ㅁ m + ㅏ a + ㄹ l

다 da = ㄷ d + ㅏ a

❷ 가 ga = ㄱ g + ㅏ a

르 reu = ㄹ r + ㅡ eu

마 ma = ㅁ m + ㅏ a

선 seon = ㅅ s + ㅓ eo + ㄴ n

用例

나 na = ㄴ n + ㅏ a

누 nu = ㄴ n + ㅜ u

다 da = ㄷ d + ㅏ a

❸ 샴 syam = ㅅ s + ㅑ ya + ㅁ m

푸 pu = ㅍ p + ㅜ u

❹ 린 rin = ㄹ r + ㅣ i + ㄴ n

스 seu = ㅅ s + ㅡ eu

❶ 抹上／묻히다
muchi da
連音讀法

❷ 清洗／감다
gam-dda
重音讀法

❸ 沖洗／헹구다
heng gu da

洗髮精＝shampoo　抹上

用例 抹上洗髮精　샴푸를 묻히다
syam pu reul　muchi da
連音讀法

를（reul）：助詞，受詞＋를＋動詞

頭髮　清洗

用例 洗頭髮　머리를 감다
meo ri reul　gam-dda
重音讀法

를（reul）：助詞，受詞＋를＋動詞

韓語發音指南

❶ 묻 mut ＝ ㅁ m ＋ ㅜ u ＋ ㄷ t
히 hi ＝ ㅎ h ＋ ㅣ i
다 da ＝ ㄷ d ＋ ㅏ a

❷ 감 gam ＝ ㄱ g ＋ ㅏ a ＋ ㅁ m
다 da ＝ ㄷ d ＋ ㅏ a

❸ 헹 heng ＝ ㅎ h ＋ ㅔ e ＋ ㅇ ng
구 gu ＝ ㄱ g ＋ ㅜ u
다 da ＝ ㄷ d ＋ ㅏ a

用例
샴 syam ＝ ㅅ s ＋ ㅑ ya ＋ ㅁ m
푸 pu ＝ ㅍ p ＋ ㅜ u

用例
머 meo ＝ ㅁ m ＋ ㅓ eo
리 ri ＝ ㄹ r ＋ ㅣ i

41 臉(1) 얼굴 eol gul

068

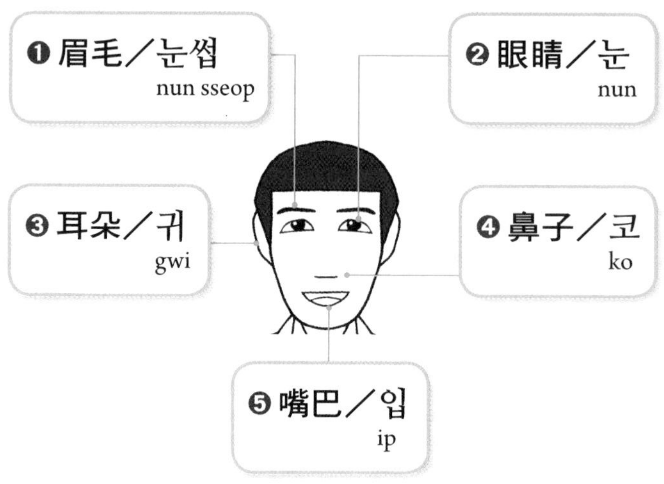

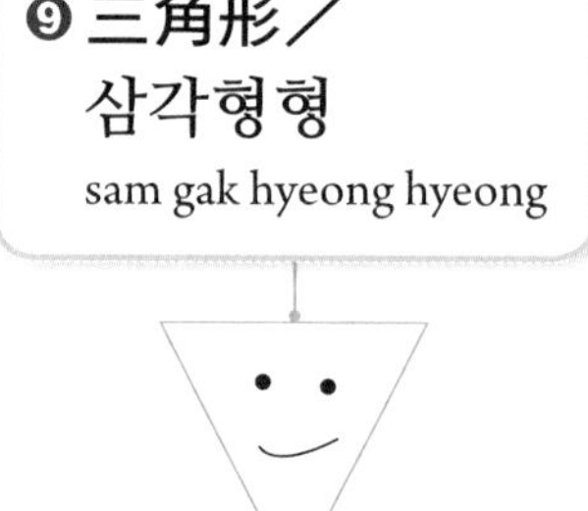

用例 圓臉 동그란(圓形) 얼굴(臉)
dong geu ran eol gul

韓語發音指南

❶ 눈 nun = ㄱ n + ㅜ u + ㄴ n
썹 sseop = ㅆ ss + ㅓ eo + ㅂ p

❷ 눈 nun = ㄴ n + ㅜ u + ㄴ n

❸ 귀 gwi = ㄱ g + ㅟ wi

❹ 코 ko = ㅋ k + ㅗ o

❺ 입 ip = ㅇ x + ㅣ i + ㅂ p

❻ 동 dong = ㄷ d + ㅗ o + ㅇ ng
그 geu = ㄱ g + ㅡ eu
란 ran = ㄹ r + ㅏ a + ㄴ n

❼ 네 ne = ㄴ n + ㅔ e
모 mo = ㅁ m + ㅗ o
난 nan = ㄴ n + ㅏ a + ㄴ n

❽ 계 gyeo = ㄱ g + ㅖ yeo
란 ran = ㄹ r + ㅏ a + ㄴ n
형 hyeong = ㅎ h + ㅕ yeo + ㅇ ng

❾ 삼 sam = ㅅ s + ㅏ a + ㅁ m
각 gak = ㄱ g + ㅏ a + ㄱ k
형 hyeong = ㅎ h + ㅕ yeo + ㅇ ng
형 hyeong = ㅎ h + ㅕ yeo + ㅇ ng

用例
얼 eol = ㅇ x + ㅓ eo + ㄹ l
굴 gul = ㄱ g + ㅜ u + ㄹ l

❶ 清洗／닦다
dat-dda
重音讀法

臉 清洗

用例 洗臉 얼굴을 닦다
eol gureul dat-dda
連音讀法 重音讀法

을（eul）：助詞，受詞＋을＋動詞

❷ 親吻／뽀뽀 하다
ppo ppo ha da

臉頰 親吻

用例 親臉頰 볼에 뽀뽀 하다
bore ppo ppo ha da
連音讀法

에（e）：助詞，在某位置

*볼（bol）：臉頰

❸ 面膜／마스크팩
=mask pack
ma seu keu paek

面膜 進行(某件事)

用例 敷面膜 마스크팩을 하다
ma seu keu paegeul ha da
連音讀法

을（eul）：助詞，受詞＋을＋動詞

韓語發音指南

❶ 닦 dat = ㄷ d + ㅏ a + ㄲ t
다 da = ㄷ d + ㅏ a

用例

얼 eol = ㅇ x + ㅓ eo + ㄹ l
굴 gul = ㄱ g + ㅜ u + ㄹ l

❷ 뽀 ppo = ㅃ pp + ㅗ o
뽀 ppo = ㅃ pp + ㅗ o
하 ha = ㅎ h + ㅏ a
다 da = ㄷ d + ㅏ a

用例

볼 bol = ㅂ b + ㅗ o + ㄹ l

❸ 마 ma = ㅁ m + ㅏ a
스 seu = ㅅ s + ㅡ eu
크 keu = ㅋ k + ㅡ eu
팩 paek = ㅍ p + ㅐ ae + ㄱ k

用例

하 ha = ㅎ h + ㅏ a
다 da = ㄷ d + ㅏ a

41 臉(2) 얼굴 eol gul

069

❶ 腮紅／볼터치
bol teo chi

用例 上腮紅　볼터치를 하다（腮紅 進行(某件事)）
bol teo chi reul　ha da

를（reul）：助詞，受詞＋를＋動詞

❷ 噴灑／뿌리다
ppu ri da

用例 噴化妝水在臉上　스킨을 얼굴에 뿌리다（化妝水 臉 噴灑）
seu kineul　eol gure　ppu ri da
（連音讀法）

을（eul）：助詞，受詞＋을＋動詞
에（e）：助詞，在某位置

❸ 塗擦／바르다
ba reu da

用例 擦防曬乳　썬크림을 바르다（防曬乳＝sun cream 塗擦）
sseon keu rimeul　ba reu da
（連音讀法）

을（eul）：助詞，受詞＋을＋動詞

韓語發音指南

❶ 볼 bol = ㅂ b + ㅗ o + ㄹ l
터 teo = ㅌ t + ㅓ eo
치 chi = ㅊ ch + ㅣ i
用例
하 ha = ㅎ h + ㅏ a
다 da = ㄷ d + ㅏ a

❷ 뿌 ppu = ㅃ pp + ㅜ u
리 ri = ㄹ r + ㅣ i
다 da = ㄷ d + ㅏ a
用例
스 seu = ㅅ s + ㅡ eu
킨 kin = ㅋ k + ㅣ i + ㄴ n

얼 eol = ㅇ x + ㅓ eo + ㄹ l
굴 gul = ㄱ g + ㅜ u + ㄹ l

❸ 바 ba = ㅂ b + ㅏ a
르 reu = ㄹ r + ㅡ eu
다 da = ㄷ d + ㅏ a
用例
썬 sseon = ㅆ ss + ㅓ eo + ㄴ n
크 keu = ㅋ k + ㅡ eu
림 rim = ㄹ r + ㅣ i + ㅁ m

常見美容保養品

❶ 乳液：로션 (=lotion)
ro syeon

❷ 眼霜：아이크림 (=eye cream)
a i keu rim

❸ 精華液：에센스 (=essence)
e sen seu

❹ 刮除／깎다
kkak-dda
重音讀法

用例 刮鬍子 수염을 깎다
鬍子 刮除
su yeomeul kkak-dda
連音讀法 重音讀法

을（eul）：助詞，受詞＋을＋動詞

❺ 八字鬍／팔자수염
鬍子
pal-jja su yeom
重音讀法

❻ 落腮鬍／턱수염
下巴
teok su yeom

韓語發音指南

❶ 로 ro = ㄹ r + ㅗ o
션 syeon = ㅅ s + ㅕ yeo + ㄴ n

❷ 아 a = ㅇ x + ㅏ a
이 i = ㅇ x + ㅣ i
크 keu = ㅋ k + ㅡ eu
림 rim = ㄹ r + ㅣ i + ㅁ m

❸ 에 e = ㅇ x + ㅔ e
센 sen = ㅅ s + ㅔ e + ㄴ n
스 seu = ㅅ s + ㅡ eu

❹ 깎 kkak = ㄲ kk + ㅏ a + ㄲ k
다 da = ㄷ d + ㅏ a
用例
수 su = ㅅ s + ㅜ u
염 yeom = ㅇ x + ㅕ yeo + ㅁ m

❺ 팔 pal = ㅍ p + ㅏ a + ㄹ l
자 ja = ㅈ j + ㅏ a
수 su = ㅅ s + ㅜ u
염 yeom = ㅇ x + ㅕ yeo + ㅁ m

❻ 턱 teok = ㅌ t + ㅓ eo + ㄱ k
수 su = ㅅ s + ㅜ u
염 yeom = ㅇ x + ㅕ yeo + ㅁ m

42 眼睛 (1) 눈 nun

070

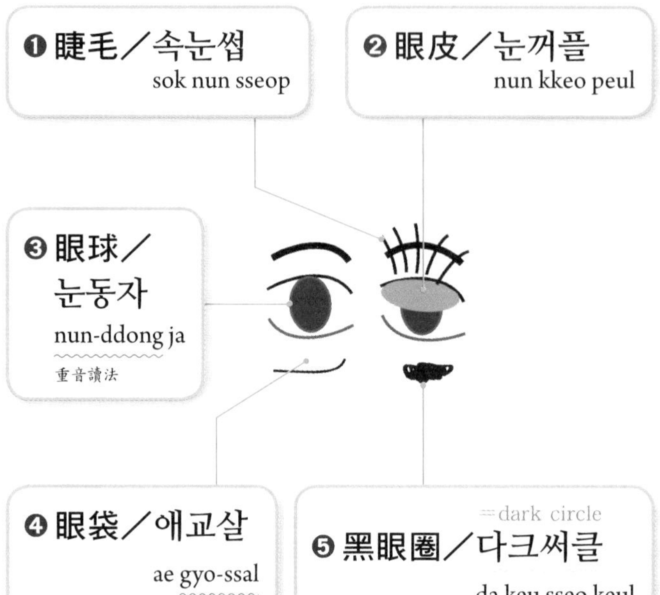

大
❻ 大眼睛／큰눈
keun nun

小
❼ 小眼睛／작은눈
jageun nun
連音讀法

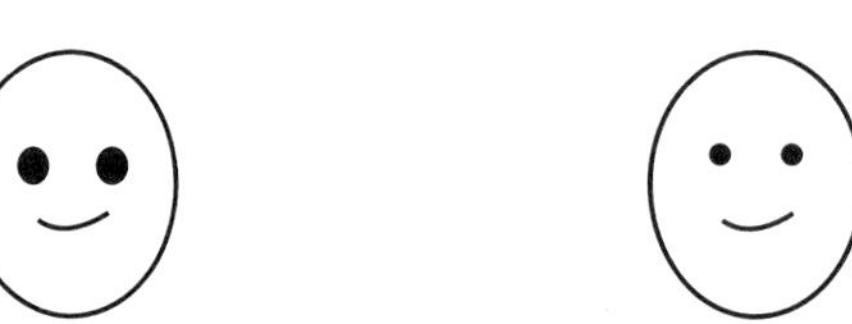

*큰（keun）：大
*작은（jageun）：小、細小

韓語發音指南

❶ 속 sok = ㅅ s + ㅗ o + ㄱ k
눈 nun = ㄴ n + ㅜ u + ㄴ n
썹 sseop = ㅆ ss + ㅓ eo + ㅂ p

❷ 눈 nun = ㄴ n + ㅜ u + ㄴ n
꺼 kkeo = ㄲ kk + ㅓ eo
풀 peul = ㅍ p + ㅡ eu + ㄹ l

❸ 눈 nun = ㄴ n + ㅜ u + ㄴ n
동 dong = ㄷ d + ㅗ o + ㅇ ng
자 ja = ㅈ j + ㅏ a

❹ 애 ae = ㅇ x + ㅐ ae
교 gyo = ㄱ g + ㅛ yo
살 sal = ㅅ s + ㅏ a + ㄹ l

❺ 다 da = ㄷ d + ㅏ a
크 keu = ㅋ k + ㅡ eu
써 sseo = ㅆ ss + ㅓ eo
클 keul = ㅋ k + ㅡ eu + ㄹ l

❻ 큰 keun = ㅋ k + ㅡ eu + ㄴ n
눈 nun = ㄴ n + ㅜ u + ㄴ n

❼ 작 jak = ㅈ j + ㅏ a + ㄱ k
은 eun = ㅇ x + ㅡ eu + ㄴ n
눈 nun = ㄴ n + ㅜ u + ㄴ n

❶ 張開／뜨다
tteu da

眼睛 張開

用例 張開眼睛 눈을 뜨다
nuneul tteu da
連音讀法

을（eul）：助詞，受詞＋을＋動詞

❷ 閉上／감다
gam-dda
重音讀法

眼睛 閉上

用例 閉眼睛 눈을 감다
nuneul gam-dda
連音讀法 重音讀法

을（eul）：助詞，受詞＋을＋動詞

❸ 斜眼／엳눈
yeop nun

斜眼 人 看

用例 斜眼看人 엳눈으로 사람을 보다
yeop nuneu ro sa rameul bo da
連音讀法 連音讀法

으로（eu ro）：助詞，用某種方法
을（eul）：助詞，受詞＋을＋動詞

韓語發音指南

❶ 뜨 tteu = ㄸ tt + ㅡ eu
다 da = ㄷ d + ㅏ a
用例
눈 nun = ㄴ n + ㅜ u + ㄴ n

❷ 감 gam = ㄱ g + ㅏ a + ㅁ m
다 da = ㄷ d + ㅏ a
用例
눈 nun = ㄴ n + ㅜ u + ㄴ n

❸ 엳 yeop = ㅇ x + ㅕ yeo + ㅍ p
눈 nun = ㄴ n + ㅜ u + ㄴ n
用例
사 sa = ㅅ s + ㅏ a
람 ram = ㄹ r + ㅏ a + ㅁ m

보 bo = ㅂ b + ㅗ o
다 da = ㄷ d + ㅏ a

42 眼睛 (2) 눈 nun

071

❶ 眼鏡／안경
an gyeong

用例 戴眼鏡 안경을 쓰다
（眼鏡 戴上）
an gyeong eul sseu da

을（eul）：助詞，受詞＋을＋動詞

隱形眼鏡・太陽眼鏡

❷ 隱形眼鏡：콘택트렌즈（＝contact lens）
kon taek teu ren jeu

❸ 太陽眼鏡：썬글라스（＝sun glass）
sseon geul ra seu

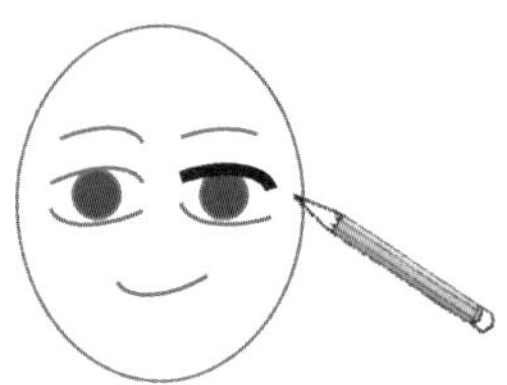

❹ 眼線／아이라인（＝eye line）
a i ra in

用例 畫眼線 아이라인을 그리다
（眼線 畫）
a i ra ineul geu ri da
（連音讀法）

을（eul）：助詞，受詞＋을＋動詞

韓語發音指南

❶ 안 an = ㅇ x + ㅏ a + ㄴ n
경 gyeong = ㄱ g + ㅕ yeo + ㅇ ng
用例
쓰 sseu = ㅆ ss + ㅡ eu
다 da = ㄷ d + ㅏ a

❷ 콘 kon = ㅋ k + ㅗ o + ㄴ n
택 taek = ㅌ t + ㅐ ae + ㄱ k
트 teu = ㅌ t + ㅡ eu
렌 ren = ㄹ r + ㅔ e + ㄴ n
즈 jeu = ㅈ j + ㅡ eu

❸ 썬 sseon = ㅆ ss + ㅓ eo + ㄴ n
글 geul = ㄱ g + ㅡ eu + ㄹ l
라 ra = ㄹ r + ㅏ a
스 seu = ㅅ s + ㅡ eu

❹ 아 a = ㅇ x + ㅏ a
이 i = ㅇ x + ㅣ i
라 ra = ㄹ r + ㅏ a
인 in = ㅇ x + ㅣ i + ㄴ n
用例
그 geu = ㄱ g + ㅡ eu
리 ri = ㄹ r + ㅣ i
다 da = ㄷ d + ㅏ a

❶ 眼影／아이섀도우 ＝eye shadow
a i syae do u

用例 塗抹眼影 아이섀도우를 칠하다
（眼影）（刷擦）
a i syae do u reul chil ha da

를（reul）：助詞，受詞＋를＋動詞

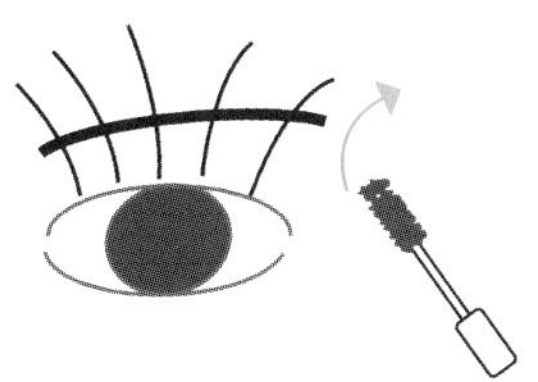

❷ 刷擦／칠하다
chil ha da

用例 擦睫毛膏 마스카라를 칠하다
（睫毛膏）（刷擦）
ma seu ka ra reul chil ha da

를（reul）：助詞，受詞＋를＋動詞

*마스카라（ma seu ka ra）：睫毛膏＝mascara

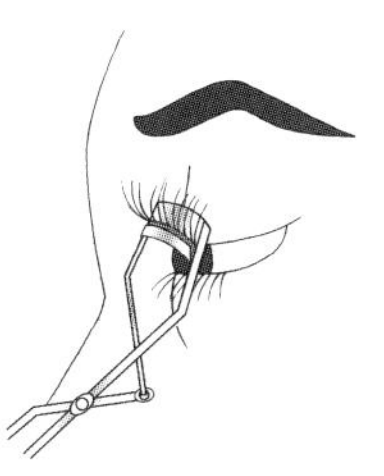

❸ 夾捲／찝다
jjip-dda
重音讀法

用例 夾捲睫毛 속눈썹을 찝다
（睫毛）（夾捲）
sok nun sseobeul jjip-dda
連音讀法 重音讀法

을（eul）：助詞，受詞＋을＋動詞

韓語發音指南

❶ 아 a = ㅇ x + ㅏ a
이 i = ㅇ x + ㅣ i
섀 syae = ㅅ s + ㅒ yae
도 do = ㄷ d + ㅗ o
우 u = ㅇ x + ㅜ u

用例

칠 chil = ㅊ ch + ㅣ i + ㄹ l
하 ha = ㅎ h + ㅏ a
다 da = ㄷ d + ㅏ a

❷ 칠 chil = ㅊ ch + ㅣ i + ㄹ l
하 ha = ㅎ h + ㅏ a
다 da = ㄷ d + ㅏ a

用例

마 ma = ㅁ m + ㅏ a
스 seu = ㅅ s + ㅡ eu
카 ka = ㅋ k + ㅏ a
라 ra = ㄹ r + ㅏ a

❸ 찝 jjip = ㅉ jj + ㅣ i + ㅂ p
다 da = ㄷ d + ㅏ a

用例

속 sok = ㅅ s + ㅗ o + ㄱ k
눈 nun = ㄴ n + ㅜ u + ㄴ n
썹 sseop = ㅆ ss + ㅓ eo + ㅂ p

43 鼻子 코 ko

072

❶ 擤出／풀다
pul da

❷ 鼻涕／콧물
kot mul

用例 擤鼻子 코를 풀다
鼻子 擤出
ko reul pul da

를（reul）：助詞，受詞＋를＋動詞

用例 流鼻涕 콧물을 흘리다
鼻涕 流出
kot mureul heul ri da
連音讀法

을（eul）：助詞，受詞＋을＋動詞

❸ 聞／맡다
mat-dda
重音讀法

用例 聞香水味 향수냄새를 맡다
香水味道 聞
hyang su naem sae reul mat-dda
重音讀法

를（reul）：助詞，受詞＋를＋動詞

*향수（hyang su）：香水
*냄새（naem sae）：味道

韓語發音指南

❶ 풀 pul = ㅍ p + ㅜ u + ㄹ l
다 da = ㄷ d + ㅏ a

❷ 콧 kot = ㅋ k + ㅗ o + ㅅ t
물 mul = ㅁ m + ㅜ u + ㄹ l
用例
코 ko = ㅋ k + ㅗ o
用例
흘 heul = ㅎ h + ㅡ eu + ㄹ l
리 ri = ㄹ r + ㅣ i
다 da = ㄷ d + ㅏ a

❸ 맡 mat = ㅁ m + ㅏ a + ㅌ t
다 da = ㄷ d + ㅏ a
用例
향 hyang = ㅎ h + ㅑ ya + ㅇ ng
수 su = ㅅ s + ㅜ u
냄 naem = ㄴ n + ㅐ ae + ㅁ m
새 sae = ㅅ s + ㅐ ae

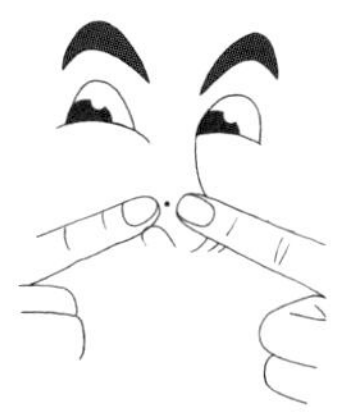

❶擠出／짜다
jja da

用例 擠出鼻頭粉刺 코의 피지를 짜다

鼻子 粉刺 擠出

ko e pi ji reul jja da

의（e）：助詞，…的

를（reul）：助詞，受詞＋를＋動詞

*피지（pi ji）：粉刺

用例 擠青春痘 여드름을 짜다

青春痘 擠出

yeo deu reumeul jja da

連音讀法

을（eul）：助詞，受詞＋을＋動詞

*여드름（yeo deu reum）：青春痘

❷挖入／파다
pa ga

用例 挖鼻屎 콧딱지를 파다

鼻屎 挖入

kot kkak ji reul pa ga

를（reul）：助詞，受詞＋를＋動詞

*콧딱지（kot kkak ji）：鼻屎

用例 挖鼻孔 콧구멍을 파다

鼻孔 挖入

kot-ggu meong eul pa ga

重音讀法

을（eul）：助詞，受詞＋을＋動詞

*콧구멍（kot-ggu meong）：鼻孔

韓語發音指南

❶ 짜 jja = ㅉ jj + ㅏ a

다 da = ㄷ d + ㅏ a

用例

코 ko = ㅋ k + ㅗ o

피 pi = ㅍ p + ㅣ i

지 ji = ㅈ j + ㅣ i

用例

여 yeo = ㅇ x + ㅕ yeo

드 deu = ㄷ d + ㅡ eu

름 reum = ㄹ r + ㅡ eu + ㅁ m

❷ 파 pa = ㅍ p + ㅏ a

다 da = ㄷ d + ㅏ a

用例

콧 kot = ㅋ k + ㅗ o + ㅅ t

딱 kkak = ㄸ kk + ㅏ a + ㄱ k

지 ji = ㅈ j + ㅣ i

用例

콧 kot = ㅋ k + ㅗ o + ㅅ t

구 gu = ㄱ g + ㅜ u

멍 meong = ㅁ m + ㅓ eo + ㅇ ng

44 耳朵 귀 gwi

073

❶ 擰／잡아 당기다
jaba dang gi da
連音讀法

耳朵 擰
用例 擰耳朵 귀를 잡아 당기다
gwi reul jaba dang gi da
連音讀法

를（reul）：助詞，受詞＋를＋動詞

❷ 穿過／뚫다
ttol da

耳洞 穿過
用例 穿過耳洞 귀를 뚫다
gwi reul ttol da

를（reul）：助詞，受詞＋를＋動詞

❸ 耳環／귀걸이
gwi geori
連音讀法

耳環 戴上
用例 戴耳環 귀걸이를 걸다
gwi geori reul geol da
連音讀法

를（reul）：助詞，受詞＋를＋動詞

韓語發音指南

❶ 잡 jap = ㅈ j + ㅏ a + ㅂ p
아 a = ㅇ x + ㅏ a
당 dang = ㄷ d + ㅏ a + ㅇ ng
기 gi = ㄱ g + ㅣ i
다 da = ㄷ d + ㅏ a
用例
귀 gwi = ㄱ g + ㅟ wi

❷ 뚫 ttol = ㄸ tt + ㅗ o + ㅀ l
다 da = ㄷ d + ㅏ a
用例
귀 gwi = ㄱ g + ㅟ wi

❸ 귀 gwi = ㄱ g + ㅟ wi
걸 geol = ㄱ g + ㅓ eo + ㄹ l
이 i = ㅇ x + ㅣ i
用例
걸 geol = ㄱ g + ㅓ eo + ㄹ l
다 da = ㄷ d + ㅏ a

45 嘴巴 (1) 입 ip

074

❶ 牙齒／치아 chi a

❷ 嘴唇／입술 ip sul

❸ 舌頭／혀 hyeo

用例 伸出舌頭 혀를 내밀다
(舌頭 伸出)
hyeo reul nae mil da

를（reul）：助詞，受詞＋를＋動詞

“牙齒”的相關單字

❹ 蛀牙：충치 chung chi

❻ 智齒：어금니 eo geum ni

❺ 假牙：틀니 teul ni

❼ 刷洗／닦다 dat-dda
重音讀法

用例 刷牙 이를 닦다
(牙齒 刷洗)
i reul dat-dda
重音讀法

를（reul）：助詞，受詞＋를＋動詞

韓語發音指南

❶ 치 chi = ㅊ ch + ㅣ i
아 a = ㅇ x + ㅏ a

❷ 입 ip = ㅇ x + ㅣ i + ㅂ p
술 sul = ㅅ s + ㅜ u + ㄹ l

❸ 혀 hyeo = ㅎ h + ㅕ yeo
用例
내 nae = ㄴ n + ㅐ ae
밀 mil = ㅁ m + ㅣ i + ㄹ l
다 da = ㄷ d + ㅏ a

❹ 충 chung = ㅊ ch + ㅜ u + ㅇ ng
치 chi = ㅊ ch + ㅣ i

❺ 틀 teul = ㅌ t + ㅡ eu + ㄹ l
니 ni = ㄴ n + ㅣ i

❻ 어 eo = ㅇ x + ㅓ eo
금 geum = ㄱ g + ㅡ eu + ㅁ m
니 ni = ㄴ n + ㅣ i

❼ 닦 dat = ㄷ d + ㅏ a + ㄲ t
다 da = ㄷ d + ㅏ a
用例
이 i = ㅇ x + ㅣ i

45 嘴巴 (2) 입 ip

075

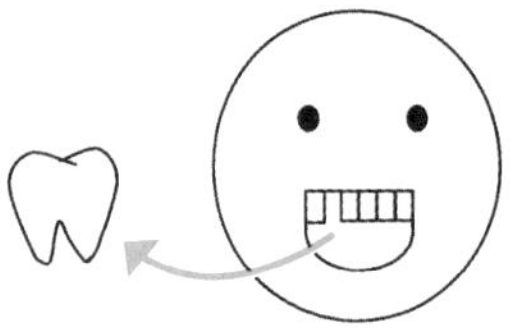

❶ 拔除／뽑다
ppop-dda
重音讀法

用例 拔一顆牙齒　이 한개를 뽑다

牙齒 一顆 拔除
i han gae reul ppop-dda
重音讀法

를（reul）：助詞，受詞＋를＋動詞

❷ 張開／벌리다
beol ri da

用例 張開嘴巴　입을 벌리다

嘴巴 張開
ibeul beol ri da
連音讀法

을（eul）：助詞，受詞＋을＋動詞

❸ 閉上／다물다
da mul da

用例 閉上嘴巴　입을 다물다

嘴巴 閉上
ibeul da mul da
連音讀法

을（eul）：助詞，受詞＋을＋動詞

韓語發音指南

❶ 뽑 ppop = ㅃ pp + ㅗ o + ㅂ p
다 da = ㄷ d + ㅏ a
用例
이 i = ㅇ x + ㅣ i
한 han = ㅎ h + ㅏ a + ㄴ n
개 gae = ㄱ g + ㅐ ae

❷ 벌 beol = ㅂ b + ㅓ eo + ㄹ l
리 ri = ㄹ r + ㅣ i
다 da = ㄷ d + ㅏ a
用例
입 ip = ㅇ x + ㅣ i + ㅂ p

❸ 다 da = ㄷ d + ㅏ a
물 mul = ㅁ m + ㅜ u + ㄹ l
다 da = ㄷ d + ㅏ a
用例
입 ip = ㅇ x + ㅣ i + ㅂ p

❶ 口水／침
chim

口水　滴下

用例　**滴口水　침을 흘리다**
chimeul　heul ri da
連音讀法

을（eul）：助詞，受詞＋을＋動詞

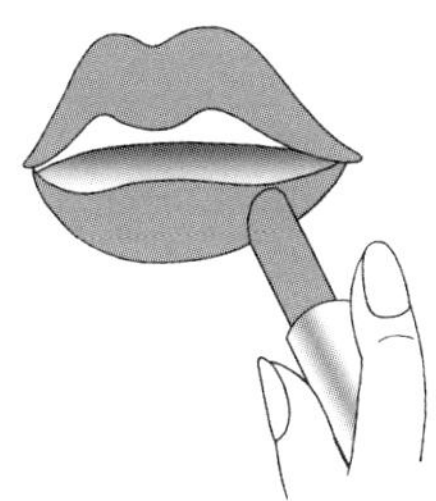

❷ 口紅／립스틱
＝lipstick
rip seu tik

口紅　擦、塗

用例　**擦口紅　립스틱을 바르다**
rip seu tigeul　ba reu da
連音讀法

을（eul）：助詞，受詞＋을＋動詞

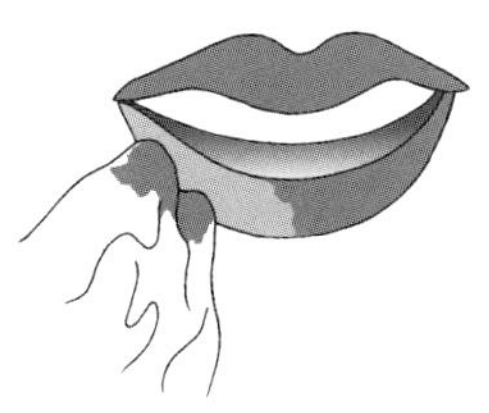

❸ 擦掉／지우다
ji u da

口紅　擦掉

用例　**擦掉口紅　립스틱을 지우다**
rip seu tigeul　ji u da
連音讀法

을（eul）：助詞，受詞＋을＋動詞

韓語發音指南

❶ 침 chim = ㅊ ch + ㅣ i + ㅁ m

用例

흘 heul = ㅎ h + ㅡ eu + ㄹ l

리 ri = ㄹ r + ㅣ i

다 da = ㄷ d + ㅏ a

❷ 립 rip = ㄹ r + ㅣ i + ㅂ p

스 seu = ㅅ s + ㅡ eu

틱 tik = ㅌ t + ㅣ i + ㄱ k

用例

바 ba = ㅂ b + ㅏ a

르 reu = ㄹ r + ㅡ eu

다 da = ㄷ d + ㅏ a

❸ 지 ji = ㅈ j + ㅣ i

우 u = ㅇ x + ㅜ u

다 da = ㄷ d + ㅏ a

用例

립 rip = ㄹ r + ㅣ i + ㅂ p

스 seu = ㅅ s + ㅡ eu

틱 tik = ㅌ t + ㅣ i + ㄱ k

46 手 (1) 손
son

076

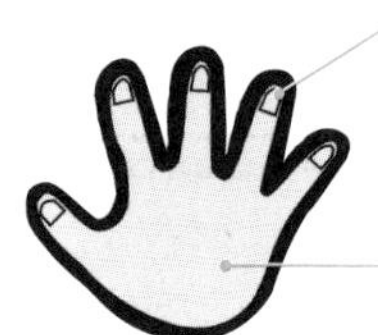

❶ 指甲／손톱
son top

❷ 手背／손등
son-ddeung
重音讀法

❸ 手指／손가락
son-gga rak
重音讀法

❹ 手掌／손바닥
son ba dak

用例 剪指甲 손톱을 깎다
指甲 剪
son tobeul kkak da
連音讀法

을（eul）：助詞，受詞＋을＋動詞

❺ 手臂／팔뚝
pal ttuk

❻ 手腕／손목
son mok

❼ 手肘／팔꿈치
pal kkum chi

韓語發音指南

❶ 손 son = ㅅ s + ㅗ o + ㄴ n
톱 top = ㅌ t + ㅗ o + ㅂ p

❷ 손 son = ㅅ s + ㅗ o + ㄴ n
등 deung = ㄷ d + ㅡ eu + ㅇ ng

❸ 손 son = ㅅ s + ㅗ o + ㄴ n
가 ga = ㄱ g + ㅏ a
락 rak = ㄹ r + ㅏ a + ㄱ k

❹ 손 son = ㅅ s + ㅗ o + ㄴ n
바 ba = ㅂ b + ㅏ a
닥 dak = ㄷ d + ㅏ a + ㄱ k

用例
깎 kkak = ㄲ kk + ㅏ a + ㄲ k
다 da = ㄷ d + ㅏ a

❺ 팔 pal = ㅍ p + ㅏ a + ㄹ l
뚝 ttuk = ㄸ tt + ㅜ u + ㄱ k

❻ 손 son = ㅅ s + ㅗ o + ㄴ n
목 mok = ㅁ m + ㅗ o + ㄱ k

❼ 팔 pal = ㅍ p + ㅏ a + ㄹ l
꿈 kkum = ㄲ kk + ㅜ u + ㅁ m
치 chi = ㅊ ch + ㅣ i

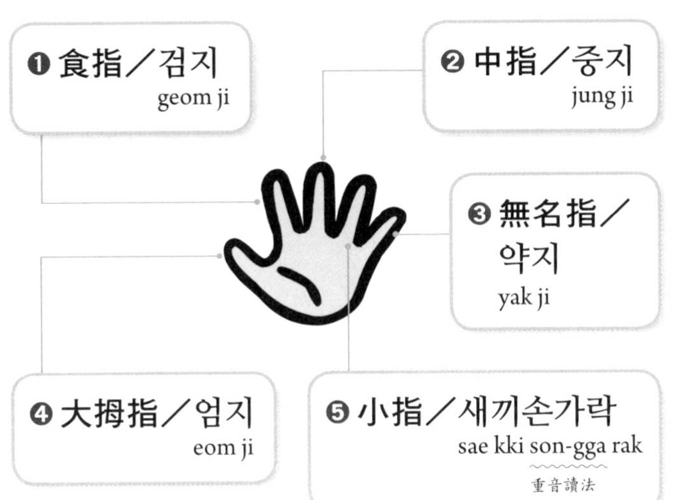

左手・右手

❻ 左手：왼손（左）
oen son

❼ 右手：오른손（右）
o reun son

❽ 洗淨／씻다
ssit-dda
重音讀法

用例 洗手　손을（手）　씻다（洗淨）
soneul（連音讀法）　ssit-dda（重音讀法）

을（eul）：助詞，受詞＋을＋動詞

韓語發音指南

❶ 검 geom = ㄱ g + ㅓ eo + ㅁ m
지 ji = ㅈ j + ㅣ i

❷ 중 jung = ㅈ j + ㅜ u + ㅇ ng
지 ji = ㅈ j + ㅣ i

❸ 약 yak = ㅇ x + ㅑ ya + ㄱ k
지 ji = ㅈ j + ㅣ i

❹ 엄 eom = ㅇ x + ㅓ eo + ㅁ m
지 ji = ㅈ j + ㅣ i

❺ 새 sae = ㅅ s + ㅐ ae
끼 kki = ㄲ kk + ㅣ i
손 son = ㅅ s + ㅗ o + ㄴ n
가 ga = ㄱ g + ㅏ a
락 rak = ㄹ r + ㅏ a + ㄱ k

❻ 왼 oen = ㅇ x + ㅚ oe + ㄴ n
손 son = ㅅ s + ㅗ o + ㄴ n

❼ 오 o = ㅇ x + ㅗ o
른 reun = ㄹ r + ㅡ eu + ㄴ n
손 son = ㅅ s + ㅗ o + ㄴ n

❽ 씻 ssit = ㅆ ss + ㅣ i + ㅅ t
다 da = ㄷ d + ㅏ a
用例
손 son = ㅅ s + ㅗ o + ㄴ n

46 手(2) 손 son

077

❶ 揮動／흔들다
heun deul da

用例 揮手 손을 흔들다
(手 揮動)
soneul heun deul da
連音讀法

을（eul）：助詞，受詞＋을＋動詞

❷ 握手／악수하다
ak su ha da

用例 和別人握手 사람과 악수하다
(別人 握手)
sa ram gwa ak su ha da

과（gwa）：助詞，和…

❸ 舉起／들다
deul da

用例 舉手 손을 들다
(手 舉起)
soneul deul da
連音讀法

을（eul）：助詞，受詞＋을＋動詞

韓語發音指南

❶ 흔 heun = ㅎ h + ㅡ eu + ㄴ n
들 deul = ㄷ d + ㅡ eu + ㄹ l
다 da = ㄷ d + ㅏ a
用例
손 son = ㅅ s + ㅗ o + ㄴ n

❷ 악 ak = ㅇ x + ㅏ a + ㄱ k
수 su = ㅅ s + ㅜ u
하 ha = ㅎ h + ㅏ a
다 da = ㄷ d + ㅏ a
用例
사 sa = ㅅ s + ㅏ a
람 ram = ㄹ r + ㅏ a + ㅁ m

❸ 들 deul = ㄷ d + ㅡ eu + ㄹ l
다 da = ㄷ d + ㅏ a
用例
손 son = ㅅ s + ㅗ o + ㄴ n

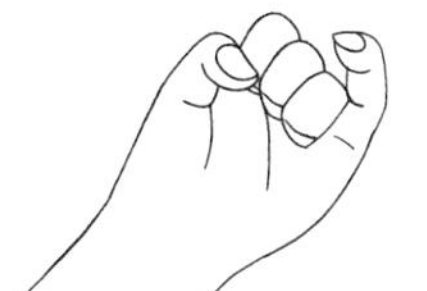
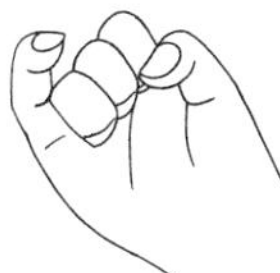

❶ 交叉／걸고
geol go

手指　交叉　約定

用例 打勾勾　손가락 걸고 약속하다

son-gga rak　geol go　yak-ssok ha da

重音讀法　重音讀法

❷ 彎曲／구부리다
gu bu ri da

手指　彎曲

用例 彎曲手指　손가락을 구부리다

son-gga rageul　gu bu ri da

重音讀法　連音讀法

을（eul）：助詞，受詞＋을＋動詞

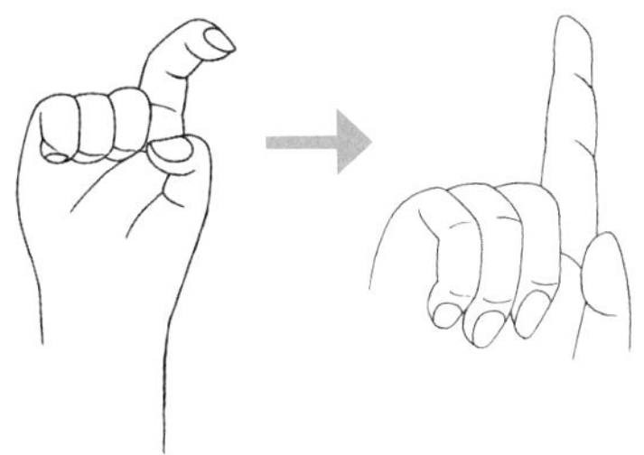

❸ 伸直／펴다
pyeo da

手指　伸直

用例 伸直手指　손가락을 펴다

son-gga rageul　pyeo da

重音讀法　連音讀法

을（eul）：助詞，受詞＋을＋動詞

韓語發音指南

❶ 걸 geol = ㄱ g + ㅓ eo + ㄹ l

고 go = ㄱ g + ㅗ o

用例

손 son = ㅅ s + ㅗ o + ㄴ n

가 ga = ㄱ g + ㅏ a

락 rak = ㄹ r + ㅏ a + ㄱ k

약 yak = ㅇ x + ㅑ ya + ㄱ k

속 sok = ㅅ s + ㅗ o + ㄱ k

하 ha = ㅎ h + ㅏ a

다 da = ㄷ d + ㅏ a

❷ 구 gu = ㄱ g + ㅜ u

부 bu = ㅂ b + ㅜ u

리 ri = ㄹ r + ㅣ i

다 da = ㄷ d + ㅏ a

用例

손 son = ㅅ s + ㅗ o + ㄴ n

가 ga = ㄱ g + ㅏ a

락 rak = ㄹ r + ㅏ a + ㄱ k

❸ 펴 pyeo = ㅍ p + ㅕ yeo

다 da = ㄷ d + ㅏ a

用例

손 son = ㅅ s + ㅗ o + ㄴ n

가 ga = ㄱ g + ㅏ a

락 rak = ㄹ r + ㅏ a + ㄱ k

46 手 (3) 손 son

078

❶ 勾住／끼다
kki da

用例 勾手臂 팔장을 끼다
手臂 勾住
pal-jjang eul kki da
重音讀法

을（eul）：助詞，受詞＋을＋動詞

❷ 推動／밀다
mil da

用例 推手推車 쇼핑카트를 밀다
手推車 推動
syo ping ka teu reul mil da

를（reul）：助詞，受詞＋를＋動詞

*쇼핑카트（syo ping ka teu）：手推車＝shopping cart

手的各種動作

❸ 捏：꼬집다
kko jip-dda
重音讀法

❹ 揍、毆打：때리다
ttae ri da

❺ 撫摸：만지다
man gi da

韓語發音指南

❶ 끼 kki = ㄲ kk + ㅣ i
다 da = ㄷ d + ㅏ a
用例
팔 pal = ㅍ p + ㅏ a + ㄹ l
장 jang = ㅈ j + ㅏ a + ㅇ ng

❷ 밀 mil = ㅁ m + ㅣ i + ㄹ l
다 da = ㄷ d + ㅏ a
用例
쇼 syo = ㅅ s + ㅛ yo
핑 ping = ㅍ p + ㅣ i + ㅇ ng
카 ka = ㅋ k + ㅏ a
트 teu = ㅌ t + ㅡ eu

❸ 꼬 kko = ㄲ kk + ㅗ o
집 jip = ㅈ j + ㅣ i + ㅂ p
다 da = ㄷ d + ㅏ a

❹ 때 ttae = ㄸ tt + ㅐ ae
리 ri = ㄹ r + ㅣ i
다 da = ㄷ d + ㅏ a

❺ 만 man = ㅁ m + ㅏ a + ㄴ n
지 gi = ㅈ g + ㅣ i
다 da = ㄷ d + ㅏ a

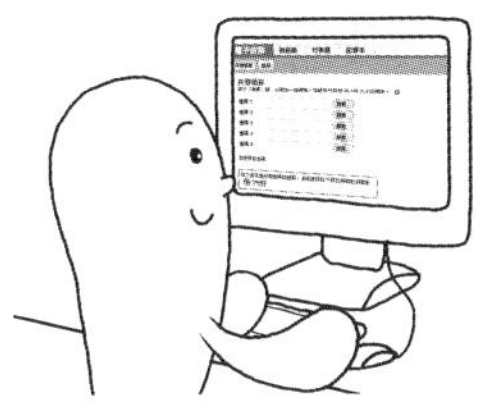

❶ 握住／쥐다
jwi da

用例 握滑鼠 마우스를 쥐다
滑鼠＝mouse 握住
ma u seu reul jwi da

를（reul）：助詞，受詞＋를＋動詞

❷ 握住／잡다
jap-dda
重音讀法

用例 握筆 펜을 잡다
筆 握住
peneul jap-dda
連音讀法 重音讀法

을（eul）：助詞，受詞＋을＋動詞

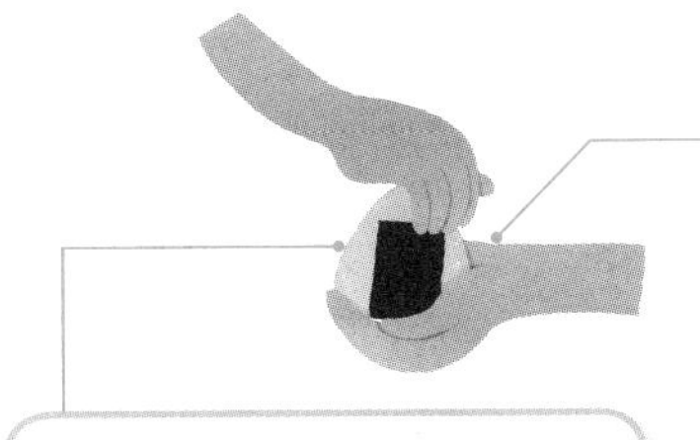

❸ 握住／잡다
jap-dda
重音讀法

❹ 御飯糰／주먹밥
ju meok bap

用例 用手握 손으로 잡다
手 握住
soneu ro jap-dda
連音讀法 重音讀法

으로（eu ro）：助詞，用某種工具

韓語發音指南

❶ 쥐 jwi = ㅈ j + ㅟ wi
다 da = ㄷ d + ㅏ a
用例
마 ma = ㅁ m + ㅏ a
우 u = ㅇ x + ㅜ u
스 seu = ㅅ s + ㅡ eu

❷ 잡 jap = ㅈ j + ㅏ a + ㅂ p
다 da = ㄷ d + ㅏ a
用例
펜 pen = ㅍ p + ㅔ e + ㄴ n

❸ 잡 jap = ㅈ j + ㅏ a + ㅂ p
다 da = ㄷ d + ㅏ a

❹ 주 ju = ㅈ j + ㅜ u
먹 meok = ㅁ m + ㅓ eo + ㄱ k
밥 bap = ㅂ b + ㅏ a + ㅂ p
用例
손 son = ㅅ s + ㅗ o + ㄴ n

46 手(4) 손
son

079

單手・雙手

❶ 單手：한손
han son

❷ 雙手：양손
yang son

❸ 指向／가르키다
ga reu ki da

用例 指向眼睛 눈을 가르키다
眼睛 指向
nuneul ga reu ki da
連音讀法

을（eul）：助詞，受詞＋을＋動詞

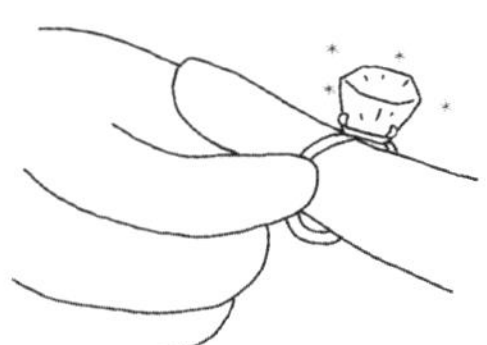

❹ 戴上／끼다
kki da

用例 戴上戒指 반지를 끼다
戒指 戴上
ban ji reul kki da

를（reul）：助詞，受詞＋를＋動詞

韓語發音指南

❶ 한 han = ㅎ h + ㅏ a + ㄴ n
손 son = ㅅ s + ㅗ o + ㄴ n

❷ 양 yang = ㅇ x + ㅑ ya + ㅇ ng
손 son = ㅅ s + ㅗ o + ㄴ n

❸ 가 ga = ㄱ g + ㅏ a
르 reu = ㄹ r + ㅡ eu
키 ki = ㅋ k + ㅣ i
다 da = ㄷ d + ㅏ a
用例
눈 nun = ㄴ n + ㅜ u + ㄴ n

❹ 끼 kki = ㄲ kk + ㅣ i
다 da = ㄷ d + ㅏ a
用例
반 ban = ㅂ b + ㅏ a + ㄴ n
지 ji = ㅈ j + ㅣ i

❶ 拔除／빼다
ppae da

用例 拔下戒指 반지를 빼다
戒指 拔下
ban ji reul ppae da

를（reul）：助詞，受詞＋를＋動詞

*반지（ban ji）：戒指

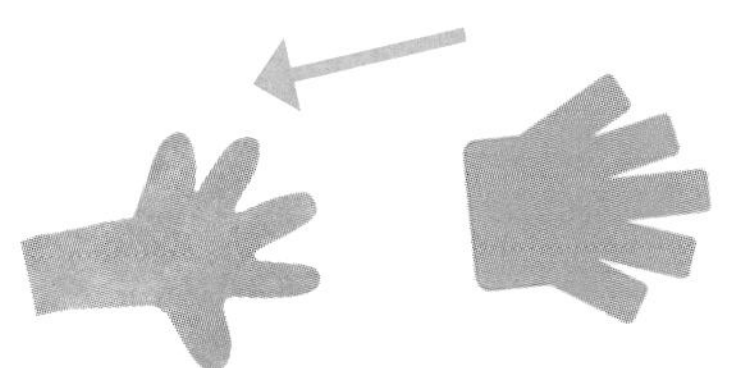

❷ 戴入／끼다
kki da

用例 戴上手套 장갑을 끼다
手套 戴上
jang gabeul kki da
連音讀法

을（eul）：助詞，受詞＋을＋動詞

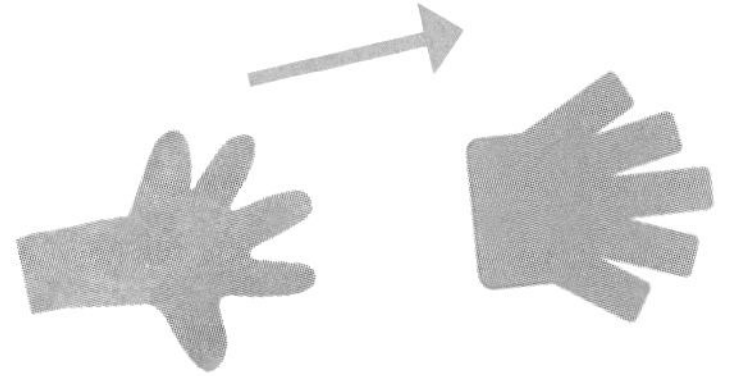

❸ 脫下／벗다
beot-dda
重音讀法

用例 脫下手套 장갑을 벗다
手套 脫下
jang gabeul beot-dda
連音讀法 重音讀法

을（eul）：助詞，受詞＋을＋動詞

* 장갑（jang gap）：手套

韓語發音指南

❶ 빼 ppae = ㅃ pp + ㅐ ae
다 da = ㄷ d + ㅏ a
用例
반 ban = ㅂ b + ㅏ a + ㄴ n
지 ji = ㅈ j + ㅣ i

❷ 끼 kki = ㄲ kk + ㅣ i
다 da = ㄷ d + ㅏ a
用例
장 jang = ㅈ j + ㅏ a + ㅇ ng
갑 gap = ㄱ g + ㅏ a + ㅂ p

❸ 벗 beot = ㅂ b + ㅓ eo + ㅅ t
다 da = ㄷ d + ㅏ a
用例
장 jang = ㅈ j + ㅏ a + ㅇ ng
갑 gap = ㄱ g + ㅏ a + ㅂ p

47 身體(1) 몸 mom

080

身體各部位

❶ 肩膀：어깨
eo kkae

❷ 胸部：가슴
ga seum

❸ 腰部：허리
heo ri

❹ 臀部：엉덩이
eong deong i

❺ 背部：등
deung

=running machine
❻ 跑步機／런닝머신
reon ning meo sin

❼ 鍛鍊／단련하다
dalryeon ha da
連音讀法

用例 鍛鍊身體 몸을 단련하다
身體 鍛鍊
momeul dalryeon ha da
連音讀法 連音讀法

을（eul）：助詞，受詞＋을＋動詞

韓語發音指南

❶ 어 eo = ㅇ x + ㅓ eo
깨 kkae = ㄲ kk + ㅐ ae

❷ 가 ga = ㄱ g + ㅏ a
슴 seum = ㅅ s + ㅡ eu + ㅁ m

❸ 허 heo = ㅎ h + ㅓ eo
리 ri = ㄹ r + ㅣ i

❹ 엉 eong = ㅇ x + ㅓ eo + ㅇ ng
덩 deong = ㄷ d + ㅓ eo + ㅇ ng
이 i = ㅇ x + ㅣ i

❺ 등 deung = ㄷ d + ㅡ eu + ㅇ ng

❻ 런 reon = ㄹ r + ㅓ eo + ㄴ n
닝 ning = ㄴ n + ㅣ i + ㅇ ng
머 meo = ㅁ m + ㅓ eo
신 sin = ㅅ s + ㅣ i + ㄴ n

❼ 단 dan = ㄷ d + ㅏ a + ㄴ n
련 ryeon = ㄹ r + ㅕ yeo + ㄴ n
하 ha = ㅎ h + ㅏ a
다 da = ㄷ d + ㅏ a

用例
몸 mom = ㅁ m + ㅗ o + ㅁ m

❶彎曲／구부리다
gu bu ri da

 彎腰 허리를 구부리다

腰部：허리 heo ri，를 reul；彎曲：구부리다 gu bu ri da

를（reul）：助詞，受詞＋를＋動詞

❷伸展／펴다
pyeo da

用例 向後伸展 뒤로 펴다

後面：뒤 dwi，로 ro；伸展：펴다 pyeo da

로（ro）：助詞，往某方向

❸挺出／펴다
pyeo da

用例 挺胸 가슴을 펴다

胸部：가슴 ga seum，을 eul（ga seumeul 連音讀法）；挺出：펴다 pyeo da

을（eul）：助詞，受詞＋을＋動詞

韓語發音指南

❶ 구 gu = ㄱ g + ㅜ u
부 bu = ㅂ b + ㅜ u
리 ri = ㄹ r + ㅣ i
다 da = ㄷ d + ㅏ a
用例
허 heo = ㅎ h + ㅓ eo
리 ri = ㄹ r + ㅣ i

❷ 펴 pyeo = ㅍ p + ㅕ yeo
다 da = ㄷ d + ㅏ a
用例
뒤 dwi = ㄷ d + ㅟ wi

❸ 펴 pyeo = ㅍ p + ㅕ yeo
다 da = ㄷ d + ㅏ a
用例
가 ga = ㄱ g + ㅏ a
슴 seum = ㅅ s + ㅡ eu + ㅁ m

47 身體 (2) 몸 mom

081

❶ 聳起／움추리다
um chu ri da

用例 聳肩 어깨를 움추리다
（肩膀 어깨 eo kkae；reul；聳起 움추리다 um chu ri da）

를（reul）：助詞，受詞＋를＋動詞

❷ 揉捏／주무르다
ju mu reu da

用例 揉捏肩膀 어깨를 주무르다
（肩膀 어깨 eo kkae；reul；揉捏 주무르다 ju mu reu da）

를（reul）：助詞，受詞＋를＋動詞

❸ 捶打／두드리다
du deu ri da

用例 捶打肩膀 어깨를 두드리다
（肩膀 어깨 eo kkae；reul；捶打 두드리다 du deu ri da）

를（reul）：助詞，受詞＋를＋動詞

韓語發音指南

❶ 움 um = ㅇ x + ㅜ u + ㅁ m
추 chu = ㅊ ch + ㅜ u
리 ri = ㄹ r + ㅣ i
다 da = ㄷ d + ㅏ a
用例
어 eo = ㅇ x + ㅓ eo
깨 kkae = ㄲ kk + ㅐ ae

❷ 주 ju = ㅈ j + ㅜ u
무 mu = ㅁ m + ㅜ u
르 reu = ㄹ r + ㅡ eu
다 da = ㄷ d + ㅏ a
用例
어 eo = ㅇ x + ㅓ eo
깨 kkae = ㄲ kk + ㅐ ae

❸ 두 du = ㄷ d + ㅜ u
드 deu = ㄷ d + ㅡ eu
리 ri = ㄹ r + ㅣ i
다 da = ㄷ d + ㅏ a
用例
어 eo = ㅇ x + ㅓ eo
깨 kkae = ㄲ kk + ㅐ ae

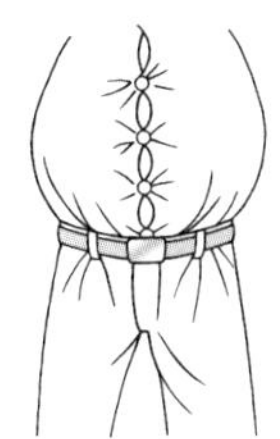

❶ 束緊／쪼이다
jjo i da

用例 束緊腰部 허리를 쪼이다
(腰部 허리, 束緊 쪼이다)
heo ri reul jjo i da

를（reul）：助詞，受詞＋를＋動詞

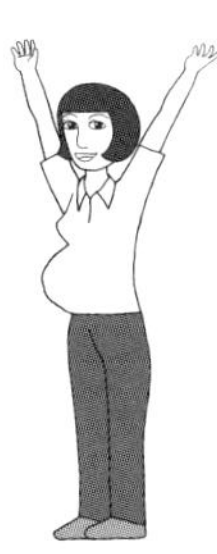

❷ 凸出／나오다
na o da

用例 凸出腹部 배가 나오다
(腹部 배, 凸出 나오다)
bae ga na o da

가（ga）：助詞，接在主詞之後

❸ 縮入／들어가다
deureo ga da
連音讀法

用例 縮入腹部 배가 들어가다
(腹部 배, 縮入 들어가다)
bae ga deureo ga da
連音讀法

가（ga）：助詞，接在主詞之後

韓語發音指南

❶ 쪼 jjo = ㅉ jj + ㅗ o
이 i = ㅇ x + ㅣ i
다 da = ㄷ d + ㅏ a

用例

허 heo = ㅎ h + ㅓ eo
리 ri = ㄹ r + ㅣ i

❷ 나 na = ㄴ n + ㅏ a
오 o = ㅇ x + ㅗ o
다 da = ㄷ d + ㅏ a

用例

배 bae = ㅂ b + ㅐ ae

❸ 들 deul = ㄷ d + ㅡ eu + ㄹ l
어 eo = ㅇ x + ㅓ eo
가 ga = ㄱ g + ㅏ a
다 da = ㄷ d + ㅏ a

用例

배 bae = ㅂ b + ㅐ ae

48 腿部 다리 da ri

082

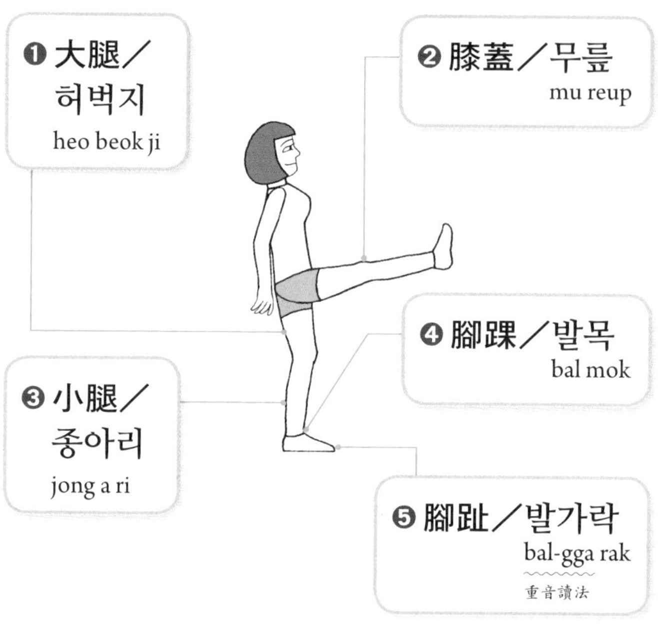

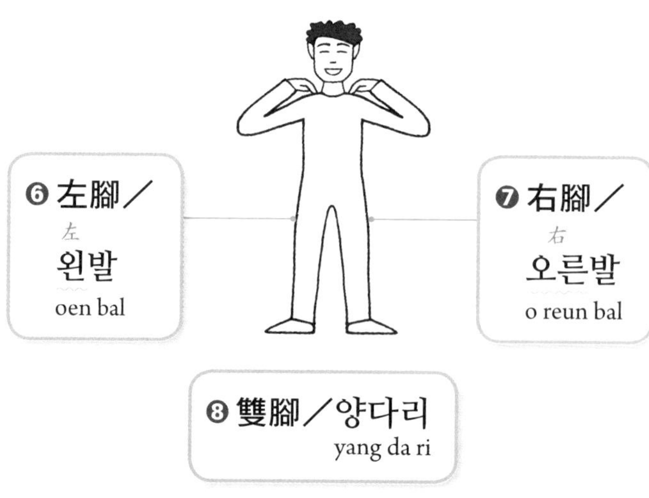

❽ 雙腳／양다리
yang da ri

*왼（oen）：左邊的⋯
*오른（o reun）：右邊的⋯
*양（yang）：兩個⋯

韓語發音指南

❶ 허 heo = ㅎ h + ㅓ eo
벅 beok = ㅂ b + ㅓ eo + ㄱ k
지 ji = ㅈ j + ㅣ i

❷ 무 mu = ㅁ m + ㅜ u
릎 reup = ㄹ r + ㅡ eu + ㅍ p

❸ 종 jong = ㅈ j + ㅗ o + ㅇ ng
아 a = ㅇ x + ㅏ a
리 ri = ㄹ r + ㅣ i

❹ 발 bal = ㅂ b + ㅏ a + ㄹ l
목 mok = ㅁ m + ㅗ o + ㄱ k

❺ 발 bal = ㅂ b + ㅏ a + ㄹ l
가 ga = ㄱ g + ㅏ a
락 rak = ㄹ r + ㅏ a + ㄱ k

❻ 왼 oen = ㅇ x + ㅚ oe + ㄴ n
발 bal = ㅂ b + ㅏ a + ㄹ l

❼ 오 o = ㅇ x + ㅗ o
른 reun = ㄹ r + ㅡ eu + ㄴ n
발 bal = ㅂ b + ㅏ a + ㄹ l

❽ 양 yang = ㅇ x + ㅑ ya + ㅇ ng
다 da = ㄷ d + ㅏ a
리 ri = ㄹ r + ㅣ i

❶ 蘿蔔腿／
무다리
mu da ri

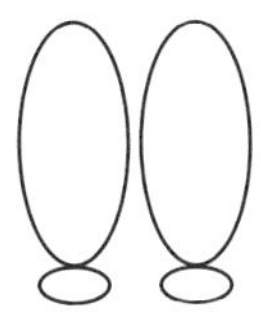

❷ O型腿／
오자다리
o-jja da ri
重音讀法

❸ 奔跑／뛰다
ttwi da

用例 跑運動場 운동장을 뛰다
運動場 奔跑
un dong jang eul ttwi da

을（eul）：助詞，受詞＋을＋動詞

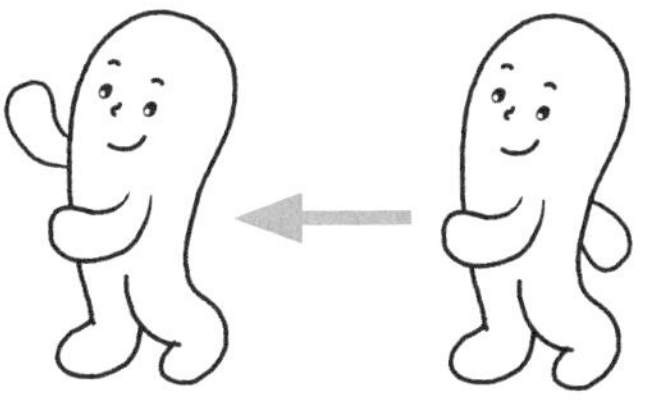

❹ 步行／걸어가다
georeo ga da
連音讀法

用例 走到學校 학교까지 걸어가다
學校 步行
hak gyo kka ji georeo ga da
連音讀法

까지（kka ji）：到某地點為止

韓語發音指南

❶ 무 mu = ㅁ m + ㅜ u
다 da = ㄷ d + ㅏ a
리 ri = ㄹ r + ㅣ i

❷ 오 o = ㅇ x + ㅗ o
자 ja = ㅈ j + ㅏ a
다 da = ㄷ d + ㅏ a
리 ri = ㄹ r + ㅣ i

❸ 뛰 ttwi = ㄸ tt + ㅟ wi
다 da = ㄷ d + ㅏ a
用例
운 un = ㅇ x + ㅜ u + ㄴ n
동 dong = ㄷ d + ㅗ o + ㅇ ng
장 jang = ㅈ j + ㅏ a + ㅇ ng

❹ 걸 geol = ㄱ g + ㅓ eo + ㄹ l
어 eo = ㅇ x + ㅓ eo
가 ga = ㄱ g + ㅏ a
다 da = ㄷ d + ㅏ a
用例
학 hak = ㅎ h + ㅏ a + ㄱ k
교 gyo = ㄱ g + ㅛ yo

49 血液　피／혈액
pi／hyeoraek

083

輸血・捐血・驗血型

❶輸血：수혈
su hyeol

❷捐血：헌혈
heon hyeol

❸驗血型：혈액형 검사（血型 檢驗）
hyeoraek hyeong geom sa
（連音讀法）

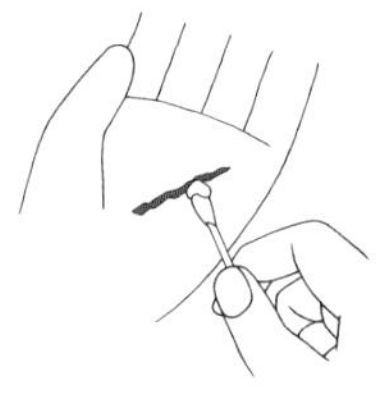

❹流出／흐르다
heu reu da

用例 流血　피가 흐르다（血 流出）
pi ga heu reu da

가（ga）：助詞，接在主詞之後

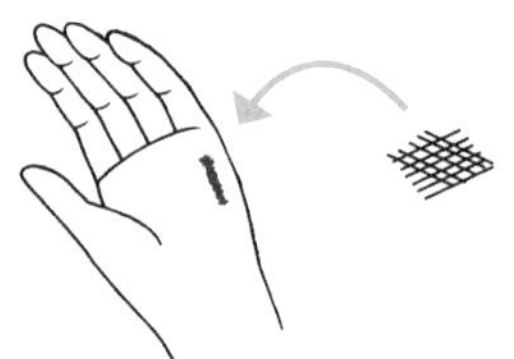

❺停止／멈추다
meom chu da

用例 止血　피가 멈추다（血 停止）
pi ga meom chu da

가（ga）：助詞，接在主詞之後

韓語發音指南

❶ 수 su = ㅅ s + ㅜ u
혈 hyeol = ㅎ h + ㅕ yeo + ㄹ l

❷ 헌 heon = ㅎ h + ㅓ eo + ㄴ n
혈 hyeol = ㅎ h + ㅕ yeo + ㄹ l

❸ 혈 hyeol = ㅎ h + ㅕ yeo + ㄹ l
액 aek = ㅇ x + ㅐ ae + ㄱ k
형 hyeong = ㅎ h + ㅕ yeo + ㅇ ng
검 geom = ㄱ g + ㅓ eo + ㅁ m
사 sa = ㅅ s + ㅏ a

❹ 흐 heu = ㅎ h + ㅡ eu
르 reu = ㄹ r + ㅡ eu
다 da = ㄷ d + ㅏ a
用例
피 pi = ㅍ p + ㅣ i

❺ 멈 meom = ㅁ m + ㅓ eo + ㅁ m
추 chu = ㅊ ch + ㅜ u
다 da = ㄷ d + ㅏ a
用例
피 pi = ㅍ p + ㅣ i

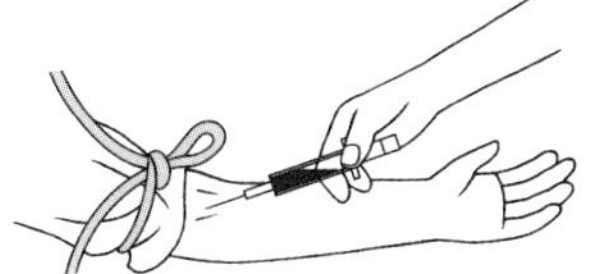

❶ 抽出／빼다
ppae da

用例 抽血 피를 빼다
(血 / 抽出)
pi reul ppae da

를（reul）：助詞，受詞＋를＋動詞

血液的計算單位

❷一滴血液：피 한방울（一滴）
pi han bang ul

❸一袋血液：혈액 한봉지（一袋）
hyeoraek han bong ji
（hyeoraek：連音讀法）

❹一種血液：한종류의 혈액（一種）
han jong ryu e hyeoraek
（hyeoraek：連音讀法）

의（e）：助詞，…的

四種血型的說法

❺ A型：A형
hyeong

❻ B型：B형
hyeong

❼ O型：O형
hyeong

❽ AB型：AB형
hyeong

韓語發音指南

❶ 빼 ppae = ㅃ pp + ㅐ ae
다 da = ㄷ d + ㅏ a
用例
피 pi = ㅍ p + ㅣ i

❷ 피 pi = ㅍ p + ㅣ i
한 han = ㅎ h + ㅏ a + ㄴ n
방 bang = ㅂ b + ㅏ a + ㅇ ng
울 ul = ㅇ x + ㅜ u + ㄹ l

❸ 혈 hyeol = ㅎ h + ㅕ yeo + ㄹ l
액 aek = ㅇ x + ㅐ ae + ㄱ k
한 han = ㅎ h + ㅏ a + ㄴ n
봉 bong = ㅂ b + ㅗ o + ㅇ ng
지 ji = ㅈ j + ㅣ i

❹ 한 han = ㅎ h + ㅏ a + ㄴ n
종 jong = ㅈ j + ㅗ o + ㅇ ng
류 ryu = ㄹ r + ㅠ yu
혈 hyeol = ㅎ h + ㅕ yeo + ㄹ l
액 aek = ㅇ x + ㅐ ae + ㄱ k

❺ 형 hyeong = ㅎ h + ㅕ yeo + ㅇ ng

❻ 형 hyeong = ㅎ h + ㅕ yeo + ㅇ ng

❼ 형 hyeong = ㅎ h + ㅕ yeo + ㅇ ng

❽ 형 hyeong = ㅎ h + ㅕ yeo + ㅇ ng

50 休閒活動(1) 여가활동
yeo ga hwal-ddong

084

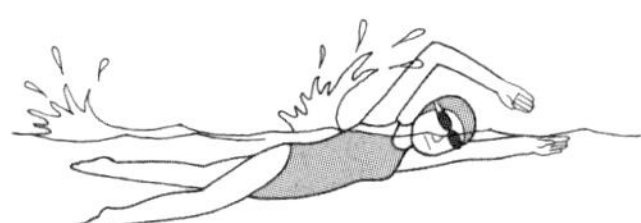

❶ 游泳／수영하다
su yeong ha da

各種泳式

❷ 自由式：자유형
ja yu hyeong

❸ 蛙式：평형
pyeong hyeong

❹ 仰式：배형
bae hyeong

❺ 蝶式：접형
jeobyeong
連音讀法

=golf
❻ 高爾夫／골프
gol peu

用例 打高爾夫 골프를（高爾夫） 치다（打（球））
gol peu reul chi da

를（reul）：助詞，受詞＋를＋動詞

韓語發音指南

❶ 수 su = ㅅ s + ㅜ u
영 yeong = ㅇ x + ㅕ yeo + ㅇ ng
하 ha = ㅎ h + ㅏ a
다 da = ㄷ d + ㅏ a

❷ 자 ja = ㅈ j + ㅏ a
유 yu = ㅇ x + ㅠ yu
형 hyeong = ㅎ h + ㅕ yeo + ㅇ ng

❸ 평 pyeong = ㅍ p + ㅕ yeo + ㅇ ng
형 hyeong = ㅎ h + ㅕ yeo + ㅇ ng

❹ 배 bae = ㅂ b + ㅐ ae
형 hyeong = ㅎ h + ㅕ yeo + ㅇ ng

❺ 접 jeop = ㅈ j + ㅓ eo + ㅂ p
형 hyeong = ㅎ h + ㅕ yeo + ㅇ ng

❻ 골 gol = ㄱ g + ㅗ o + ㄹ l
프 peu = ㅍ p + ㅡ eu
用例
치 chi = ㅊ ch + ㅣ i
다 da = ㄷ d + ㅏ a

❶ 慢跑／조깅

＝jogging

jo ging

用例 慢跑 조깅을 하다

（慢跑）（進行(某件事)）

jo ging eul ha da

을（eul）：助詞，受詞＋을＋動詞

❷ 籃球／농구

nong gu

用例 打籃球 농구를 하다

（籃球）（進行(某件事)）

nong gu reul ha da

를（reul）：助詞，受詞＋를＋動詞

❸ 腳踏車／자전거

ja jeon geo

用例 騎腳踏車 자전거를 타다

（腳踏車）（騎乘）

ja jeon geo reul ta da

를（reul）：助詞，受詞＋를＋動詞

韓語發音指南

❶ 조 jo = ㅈ j + ㅗ o

긩 ging = ㄱ g + ㅣ i + ㅇ ng

用例

하 ha = ㅎ h + ㅏ a

다 da = ㄷ d + ㅏ a

❷ 농 nong = ㄴ n + ㅗ o + ㅇ ng

구 gu = ㄱ g + ㅜ u

用例

하 ha = ㅎ h + ㅏ a

다 da = ㄷ d + ㅏ a

❸ 자 ja = ㅈ j + ㅏ a

전 jeon = ㅈ j + ㅓ eo + ㄴ n

거 geo = ㄱ g + ㅓ eo

用例

타 ta = ㄷ t + ㅏ a

다 da = ㄷ d + ㅏ a

50 休閒活動 (2) 여가활동

yeo ga hwal-ddong

085

❶ 保齡球／볼링

bol ring

用例 打保齡球 볼링을 치다

(保齡球 / 打（球）)

bol ring eul chi da

을（eul）：助詞，受詞＋을＋動詞

＝yoga

❷ 瑜珈／요가

yo ga

用例 做瑜珈 요가를 하다

(瑜珈 / 進行(某件事))

yo ga reul ha da

를（reul）：助詞，受詞＋를＋動詞

＝running machine

❸ 跑步機／런닝머신

reon ning meo sin

用例 走跑步機 런닝머신를 하다

(跑步機 / 進行(某件事))

reon ning meo sin reul ha da

를（reul）：助詞，受詞＋를＋動詞

韓語發音指南

❶ 볼 bol = ㅂ b + ㅗ o + ㄹ l

링 ring = ㄹ r + ㅣ i + ㅇ ng

用例

치 chi = ㅊ ch + ㅣ i

다 da = ㄷ d + ㅏ a

❷ 요 yo = ㅇ x + ㅛ yo

가 ga = ㄱ g + ㅏ a

用例

하 ha = ㅎ h + ㅏ a

다 da = ㄷ d + ㅏ a

❸ 런 reon = ㄹ r + ㅓ eo + ㄴ n

닝 ning = ㄴ n + ㅣ i + ㅇ ng

머 meo = ㅁ m + ㅓ eo

신 sin = ㅅ s + ㅣ i + ㄴ n

用例

하 ha = ㅎ h + ㅏ a

다 da = ㄷ d + ㅏ a

❶ 呼拉圈／훌라후프

＝hula-hoop

hul ra hu peu

用例 搖呼拉圈 훌라후프를 돌리다

(呼拉圈 / 搖)

hul ra hu peu reul dol ri da

를（reul）：助詞，受詞＋를＋動詞

❷ 鞦韆／그네

geu ne

用例 盪鞦韆 그네를 타다

(鞦韆 / 乘坐)

geu ne reul ta da

를（reul）：助詞，受詞＋를＋動詞

❸ 船／보트

＝boat

bo teu

用例 划船 보트를 젓다

(船 / 划)

bo teu reul jeot-dda

重音讀法

를（reul）：助詞，受詞＋를＋動詞

韓語發音指南

❶ 훌 hul ＝ ㅎ h ＋ ㅜ u ＋ ㄹ l

라 ra ＝ ㄹ r ＋ ㅏ a

후 hu ＝ ㅎ h ＋ ㅜ u

프 peu ＝ ㅍ p ＋ ㅡ eu

用例

돌 dol ＝ ㄷ d ＋ ㅗ o ＋ ㄹ l

리 ri ＝ ㄹ r ＋ ㅣ i

다 da ＝ ㄷ d ＋ ㅏ a

❷ 그 geu ＝ ㄱ g ＋ ㅡ eu

네 ne ＝ ㄴ n ＋ ㅔ e

用例

타 ta ＝ ㅌ t ＋ ㅏ a

다 da ＝ ㄷ d ＋ ㅏ a

❸ 보 bo ＝ ㅂ b ＋ ㅗ o

트 teu ＝ ㅌ t ＋ ㅡ eu

用例

젓 jeot ＝ ㅈ j ＋ ㅓ eo ＋ ㅅ t

다 da ＝ ㄷ d ＋ ㅏ a

50 休閒活動 (3) 여가활동

yeo ga hwal-ddong

086

❶ 蹺蹺板／시소

= seesaw

si so

用例 玩蹺蹺板 시소를 타다

（蹺蹺板 시소 / 乘坐 타다）

si so reul ta da

를（reul）：助詞，受詞＋를＋動詞

❷ 溜滑梯／미끄럼틀

mi kkeu reom teul

用例 溜溜滑梯 미끄럼틀을 타다

（溜滑梯 미끄럼틀 / 滑下 타다）

mi kkeu reom teureul ta da

連音讀法

을（eul）：助詞，受詞＋을＋動詞

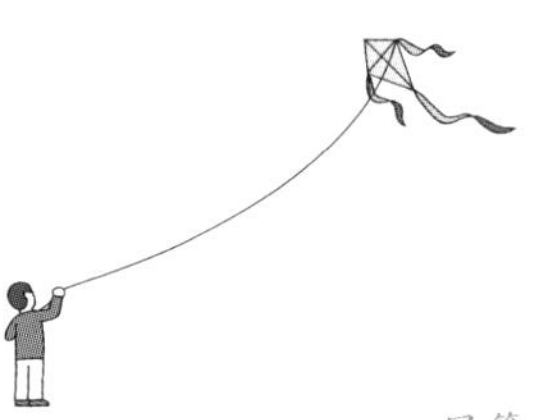

❸ 風箏／연

yeon

用例 放風箏 연을 날리다

（風箏 연 / 使…飛至空中 날리다）

yeoneul nal ri da

連音讀法

을（eul）：助詞，受詞＋을＋動詞

韓語發音指南

❶ 시 si = ㅅ s + ㅣ i

소 so = ㅅ s + ㅗ o

用例

타 ta = ㅌ t + ㅏ a

다 da = ㄷ d + ㅏ a

❷ 미 mi = ㅁ m + ㅣ i

끄 kkeu = ㄲ kk + ㅡ eu

럼 reom = ㄹ r + ㅓ eo + ㅁ m

틀 teul = ㅌ t + ㅡ eu + ㄹ l

用例

타 ta = ㅌ t + ㅏ a

다 da = ㄷ d + ㅏ a

❸ 연 yeon = ㅇ x + ㅕ yeo + ㄴ n

用例

날 nal = ㄴ n + ㅏ a + ㄹ l

리 ri = ㄹ r + ㅣ i

다 da = ㄷ d + ㅏ a

❶ 飛盤／원판
won pan

用例 丟飛盤 원판을 던지다
(飛盤 丟出)
won paneul deon ji da
連音讀法

을（eul）：助詞，受詞＋을＋動詞

用例 接飛盤 원판을 받다
(飛盤 接住)
won paneul bat-dda
連音讀法 重音讀法

을（eul）：助詞，受詞＋을＋動詞

❷ 跳繩／줄넘기
jul neom-ggi
重音讀法

用例 跳跳繩 줄넘기를 하다
(跳繩 進行(某件事))
jul neom-ggi reul ha da
重音讀法

를（reul）：助詞，受詞＋를＋動詞

❸ 拔河／줄다리기
jul da ri gi

用例 玩拔河 줄다리기를 하다
(拔河 進行(某件事))
jul da ri gi reul ha da

를（reul）：助詞，受詞＋를＋動詞

韓語發音指南

❶ 원 won = ㅇ x + ㅝ wo + ㄴ n
판 pan = ㅍ p + ㅏ a + ㄴ n

用例
던 deon = ㄷ d + ㅓ eo + ㄴ n
지 ji = ㅈ j + ㅣ i
다 da = ㄷ d + ㅏ a

用例
받 bat = ㅂ b + ㅏ a + ㄷ t
다 da = ㄷ d + ㅏ a

❷ 줄 jul = ㅈ j + ㅗ u + ㄹ l
넘 neom = ㄴ n + ㅓ eo + ㅁ m
기 gi = ㄱ g + ㅣ i

用例
하 ha = ㅎ h + ㅏ a
다 da = ㄷ d + ㅏ a

❸ 줄 jul = ㅈ j + ㅗ u + ㄹ l
다 da = ㄷ d + ㅏ a
리 ri = ㄹ r + ㅣ i
기 gi = ㄱ g + ㅣ i

用例
하 ha = ㅎ h + ㅏ a
다 da = ㄷ d + ㅏ a

51 撲克牌 트럼프

teu reom peu

087

❶ 一張／한장
han jang

用例 一張牌 카드 한장
牌卡＝card 一張
ka deu han jang

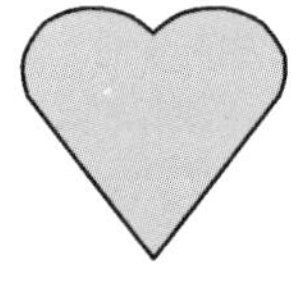

❷ 黑桃／
＝spade
스페이드
seu pe i deu

❸ 紅心／
＝heart
하트
ha teu

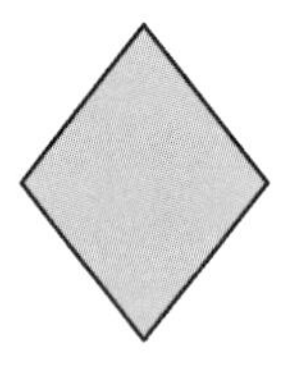

❹ 梅花／
＝clover
클로버
keul ro beo

❺ 方塊／
＝diamond
다이아몬드
da i a mon deu

韓語發音指南

❶ 한 han = ㅎ h + ㅏ a + ㄴ n
강 jang = ㄱ j + ㅏ a + ㅇ ng

用例
카 ka = ㅋ k + ㅏ a
드 deu = ㄷ d + ㅡ eu

❷ 스 seu = ㅅ s + ㅡ eu
페 pe = ㅍ p + ㅔ e
이 i = ㅇ x + ㅣ i
드 deu = ㄷ d + ㅡ eu

❸ 하 ha = ㅎ h + ㅏ a
트 teu = ㅌ t + ㅡ eu

❹ 클 keul = ㅋ k + ㅡ eu + ㄹ l
로 ro = ㄹ r + ㅗ o
버 beo = ㅂ b + ㅓ eo

❺ 다 da = ㄷ d + ㅏ a
이 i = ㅇ x + ㅣ i
아 a = ㅇ x + ㅏ a
몬 mon = ㅁ m + ㅗ o + ㄴ n
드 deu = ㄷ d + ㅡ eu

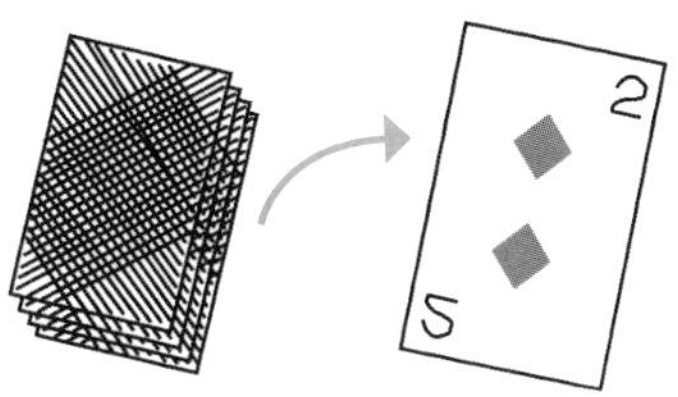

❶ 抽出／빼다
ppae da

方塊2　抽出

用例　抽出方塊2　다이아몬드2를 빼다
da i a mon deu i reul ppae da

를（reul）：助詞，受詞＋를＋動詞

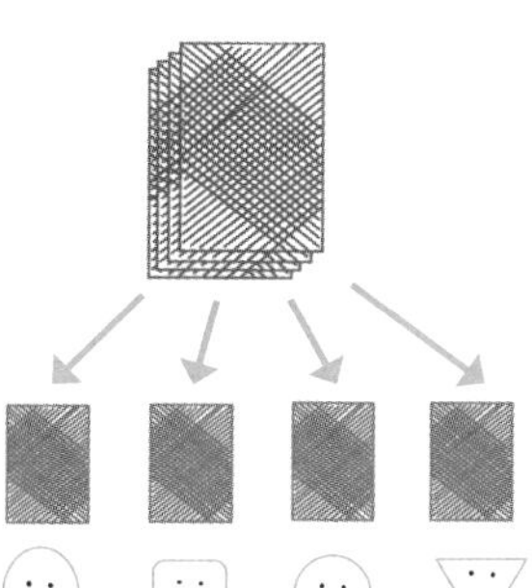

❷ 分配／나누어주다
na nu eo ju da

牌卡＝card　分配

用例　發牌　카드를 나누어주다
ka deu reul na nu eo ju da

를（reul）：助詞，受詞＋를＋動詞

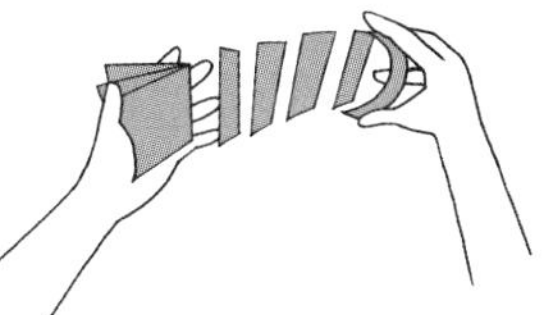

❸ 混和／섞다
seok-dda
重音讀法

牌卡　混合

用例　洗牌　카드를 섞다
ka deu reul seok-dda
重音讀法

를（reul）：助詞，受詞＋를＋動詞

韓語發音指南

❶ 빼 ppae = ㅃ pp + ㅐ ae
다 da = ㄷ d + ㅏ a

用例

다 da = ㄷ d + ㅏ a
이 i = ㅇ x + ㅣ i
아 a = ㅇ x + ㅏ a
몬 mon = ㅁ m + ㅗ o + ㄴ n
드 deu = ㄷ d + ㅡ eu

❷ 나 na = ㄴ n + ㅏ a
누 nu = ㄴ n + ㅜ u
어 eo = ㅇ x + ㅓ eo
주 ju = ㅈ j + ㅜ u
다 da = ㄷ d + ㅏ a

用例

카 ka = ㅋ k + ㅏ a
드 deu = ㄷ d + ㅡ eu

❸ 섞 seok = ㅅ s + ㅓ eo + ㄲ k
다 da = ㄷ d + ㅏ a

用例

카 ka = ㅋ k + ㅏ a
드 deu = ㄷ d + ㅡ eu

52 象棋 장기 jang gi

088

象棋的相關字

❶ 象棋棋士：장기 기사（棋士）
jang gi gi sa

❷ 一副象棋：장기 한판（一副）
jang gi han pan

❸ 一局象棋：장기 1국（局）
jang gi il guk

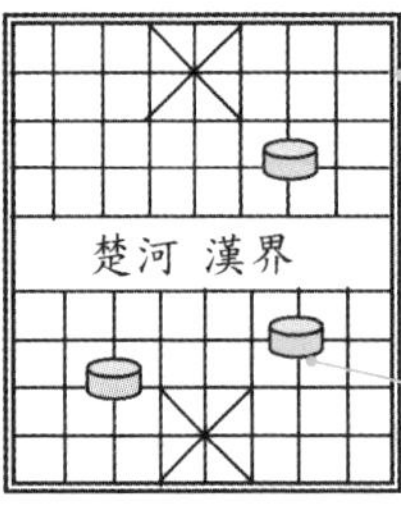

❹ 象棋盤／장기판（棋盤）
jang gi pan

❺ 象棋棋子／장기알（棋子）
jang gi al

贏棋・輸棋

❻ 贏：이기다
i gi da

❼ 輸：지다
ji da

韓語發音指南

❶ 장 jang = ㅈ j + ㅏ a + ㅇ ng
기 gi = ㄱ g + ㅣ i
기 gi = ㄱ g + ㅣ i
사 sa = ㅅ s + ㅏ a

❷ 장 jang = ㅈ j + ㅏ a + ㅇ ng
기 gi = ㄱ g + ㅣ i
한 han = ㅎ h + ㅏ a + ㄴ n
판 pan = ㅍ p + ㅏ a + ㄴ n

❸ 장 jang = ㅈ j + ㅏ a + ㅇ ng
기 gi = ㄱ g + ㅣ i
국 guk = ㄱ g + ㅜ u + ㄱ k

❹ 장 jang = ㅈ j + ㅏ a + ㅇ ng
기 gi = ㄱ g + ㅣ i
판 pan = ㅍ p + ㅏ a + ㄴ n

❺ 장 jang = ㅈ j + ㅏ a + ㅇ ng
기 gi = ㄱ g + ㅣ i
알 al = ㅇ x + ㅏ a + ㄹ l

❻ 이 i = ㅇ x + ㅣ i
기 gi = ㄱ g + ㅣ i
다 da = ㄷ d + ㅏ a

❼ 지 ji = ㅈ j + ㅣ i
다 da = ㄷ d + ㅏ a

❶ 下棋／두다
du da

韓語發音指南
❶ 두 du = ㄷ d + ㅜ u
다 da = ㄷ d + ㅏ a
用例
장 jang = ㅈ j + ㅏ a + ㅇ ng
기 gi = ㄱ g + ㅣ i
❷ 옮 om = ㅇ x + ㅗ o + ㄻ m
기 gi = ㄱ g + ㅣ i
다 da = ㄷ d + ㅏ a
用例
장 jang = ㅈ j + ㅏ a + ㅇ ng
기 gi = ㄱ g + ㅣ i
알 al = ㅇ x + ㅏ a + ㄹ l
❸ 먹 meok = ㅁ m + ㅓ eo + ㄱ k
다 da = ㄷ d + ㅏ a
用例
장 jang = ㅈ j + ㅏ a + ㅇ ng
기 gi = ㄱ g + ㅣ i
알 al = ㅇ x + ㅏ a + ㄹ l

用例 **下象棋** 장기를（象棋）두다（下棋）
jang gi reul du da

를（reul）：助詞，受詞＋를＋動詞

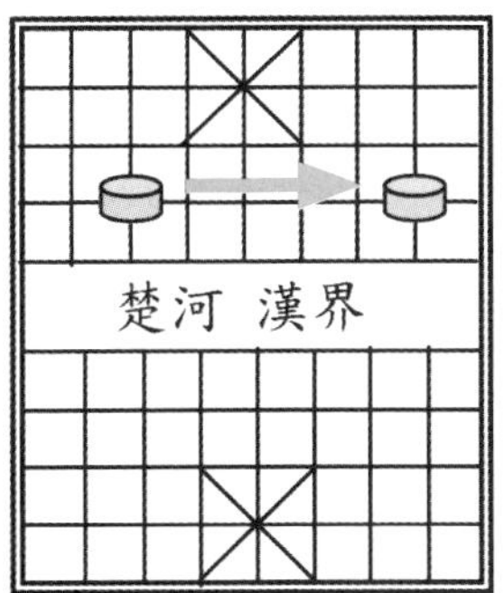

❷ 移動／옮기다
om gi da

用例 **移動棋子** 장기알을（象棋棋子）옮기다（移動）
jang gi areul om gi da
連音讀法

을（eul）：助詞，受詞＋을＋動詞

❸ 取走／먹다
meok-dda
重音讀法

用例 **吃掉棋子** 장기알을（象棋棋子）먹다（取走）
jang gi areul meok-dda
連音讀法 重音讀法

을（eul）：助詞，受詞＋을＋動詞

53 圍棋 바둑 ba duk

089

❶ 包圍／둘러싸다
dul reo ssa da

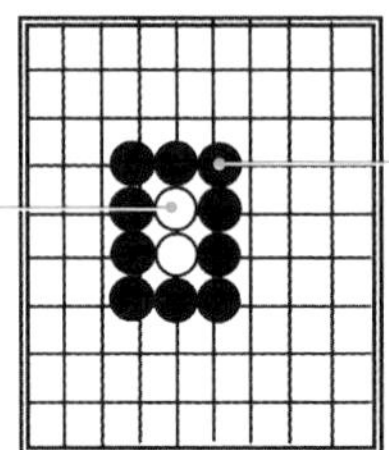

❷ 白棋／흰바둑알
hin ba duk al

❸ 黑棋／흑바둑알
heuk ba duk al

用例 包圍白棋　흰바둑알을 둘러싸다
（白棋 흰바둑알／包圍 둘러싸다）
hin ba duk areul　dul reo ssa da
連音讀法

을（eul）：助詞，受詞＋을＋動詞

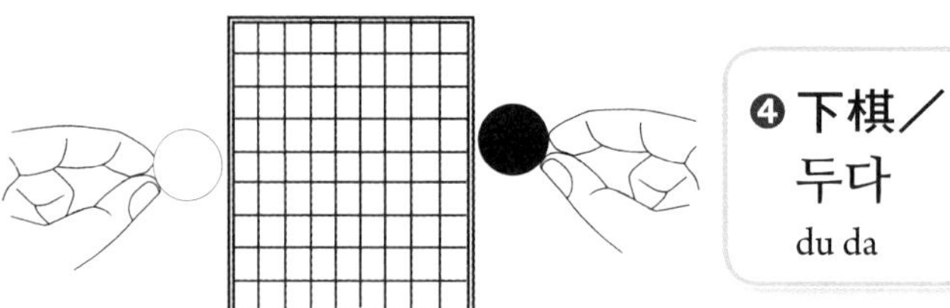

❹ 下棋／두다
du da

用例 下圍棋　바둑을 두다
（圍棋 바둑／下棋 두다）
ba dugeul　du da
連音讀法

을（eul）：助詞，受詞＋을＋動詞

韓語發音指南

❶ 둘 dul = ㄷ d + ㅜ u + ㄹ l
러 reo = ㄹ r + ㅓ eo
싸 ssa = ㅆ ss + ㅏ a
다 da = ㄷ d + ㅏ a

❷ 흰 hin = ㅎ h + ㅢ i + ㄴ n
바 ba = ㅂ b + ㅏ a
둑 duk = ㄷ d + ㅜ u + ㄱ k
알 al = ㅇ x + ㅏ a + ㄹ l

❸ 흑 heuk = ㅎ h + ㅡ eu + ㄱ k
바 ba = ㅂ b + ㅏ a
둑 duk = ㄷ d + ㅜ u + ㄱ k
알 al = ㅇ x + ㅏ a + ㄹ l

❹ 두 du = ㄷ d + ㅜ u
다 da = ㄷ d + ㅏ a
用例
바 ba = ㅂ b + ㅏ a
둑 duk = ㄷ d + ㅜ u + ㄱ k

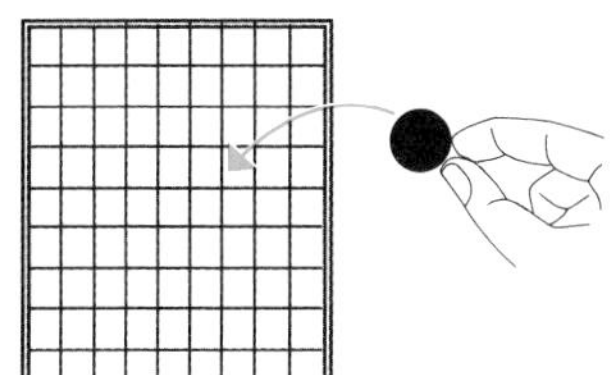

❶ 放下／내려놓다
nae ryeo nota
連音讀法

用例 放下圍棋棋子 바둑알을 내려놓다
圍棋棋子 放下
ba duk areul nae ryeo nota
連音讀法 連音讀法

을（eul）：助詞，受詞＋을＋動詞

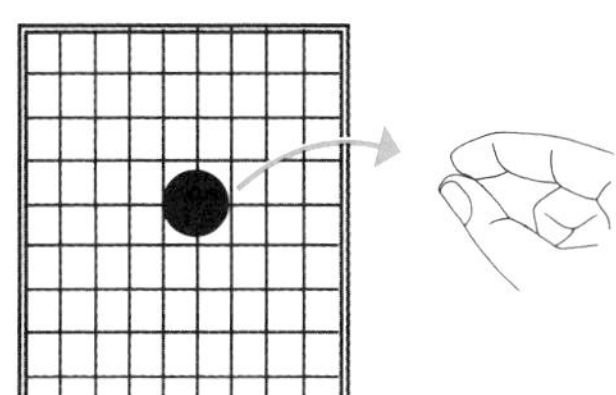

❷ 拿起／꺼내다
kkeo nae da

用例 拿起圍棋棋子 바둑알을 꺼내다
圍棋棋子 拿起
ba duk areul kkeo nae da
連音讀法

을（eul）：助詞，受詞＋을＋動詞

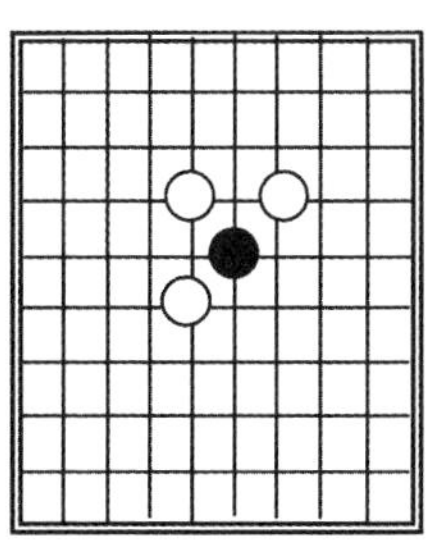

❸ 阻擋／가로막다
ga ro mak-dda
重音讀法

用例 阻擋黑棋 흑바둑알을 가로막다
黑棋 阻擋
heuk ba duk areul ga ro mak-dda
連音讀法 重音讀法

을（eul）：助詞，受詞＋을＋動詞

韓語發音指南

❶ 내 nae = ㄴ n + ㅐ ae
려 ryeo = ㄹ r + ㅕ yeo
놓 not = ㄴ n + ㅗ o + ㅎ t
다 da = ㄷ d + ㅏ a
用例
바 ba = ㅂ b + ㅏ a
둑 duk = ㄷ d + ㅜ u + ㄱ k
알 al = ㅇ x + ㅏ a + ㄹ l

❷ 꺼 kkeo = ㄲ kk + ㅓ eo
내 nae = ㄴ n + ㅐ ae
다 da = ㄷ d + ㅏ a
用例
바 ba = ㅂ b + ㅏ a
둑 duk = ㄷ d + ㅜ u + ㄱ k
알 al = ㅇ x + ㅏ a + ㄹ l

❸ 가 ga = ㄱ g + ㅏ a
로 ro = ㄹ r + ㅗ o
막 mak = ㅁ m + ㅏ a + ㄱ k
다 da = ㄷ d + ㅏ a
用例
흑 heuk = ㅎ h + ㅡ eu + ㄱ k
바 ba = ㅂ b + ㅏ a
둑 duk = ㄷ d + ㅜ u + ㄱ k
알 al = ㅇ x + ㅏ a + ㄹ l

54 報紙 (1) 신문
sin mun

090

❶ 一疊／한 무더기
han mu deo gi

用例 一疊報紙 신문(報紙) 한 무더기(一疊)
sin mun han mu deo gi

"報紙"的相關字

❷ 日報：일간
il gan

❸ 早報：조간
jo gan

❹ 晚報：석간
seok gan

❺ 頭條新聞：일면기사
il myeon gi sa

❻ 新聞標題：기사(報導) 제목(標題)
gi sa je mok

*간（gan）：刊物

韓語發音指南

❶ 한 han = ㅎ h + ㅏ a + ㄴ n
무 mu = ㅁ m + ㅜ u
더 deo = ㄷ d + ㅓ eo
기 gi = ㄱ g + ㅣ i

用例

신 sin = ㅅ s + ㅣ i + ㄴ n
문 mun = ㅁ m + ㅜ u + ㄴ n

❷ 일 il = ㅇ x + ㅣ i + ㄹ l
간 gan = ㄱ g + ㅏ a + ㄴ n

❸ 조 jo = ㅈ j + ㅗ o
간 gan = ㄱ g + ㅏ a + ㄴ n

❹ 석 seok = ㅅ s + ㅓ eo + ㄱ k
간 gan = ㄱ g + ㅏ a + ㄴ n

❺ 일 il = ㅇ x + ㅣ i + ㄹ l
면 myeon = ㅁ m + ㅕ yeo + ㄴ n
기 gi = ㄱ g + ㅣ i
사 sa = ㅅ s + ㅏ a

❻ 기 gi = ㄱ g + ㅣ i
사 sa = ㅅ s + ㅏ a
제 je = ㅈ j + ㅔ e
목 mok = ㅁ m + ㅗ o + ㄱ k

❶ 閱讀／보다
bo da

報紙　　閱讀

 看報紙　신문을 보다
sin muneul　bo da
連音讀法

을（eul）：助詞，受詞＋을＋動詞

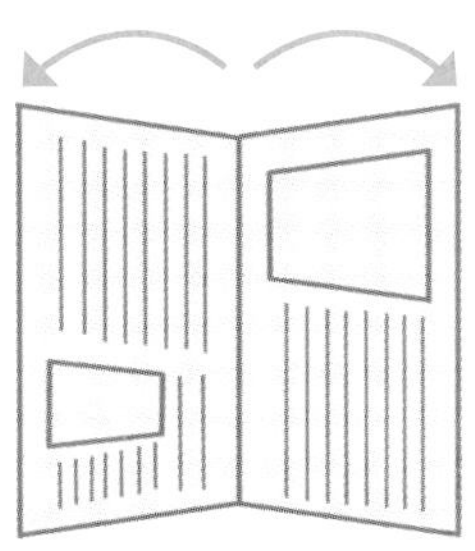

❷ 翻開／펴다
pyeo da

報紙　　翻開

 翻開報紙　 신문을 펴다
sin muneul　pyeo da
連音讀法

을（eul）：助詞，受詞＋을＋動詞

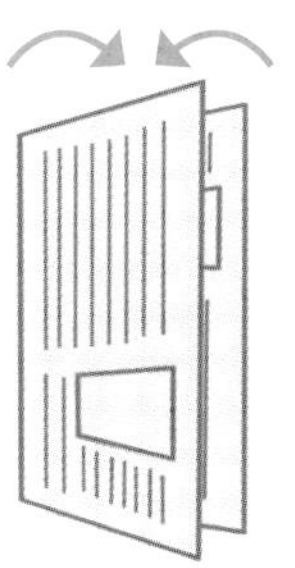

❸ 闔上／덮다
deop-dda
重音讀法

報紙　　闔上

用例 闔上報紙　신문을 덮다
sin muneul　deop-dda
連音讀法　重音讀法

을（eul）：助詞，受詞＋을＋動詞

韓語發音指南

❶ 보 bo = ㅂ b + ㅗ o
다 da = ㄷ d + ㅏ a
用例
신 sin = ㅅ s + ㅣ i + ㄴ n
문 mun = ㅁ m + ㅜ u + ㄴ n

❷ 펴 pyeo = ㅍ p + ㅕ yeo
다 da = ㄷ d + ㅏ a
用例
신 sin = ㅅ s + ㅣ i + ㄴ n
문 mun = ㅁ m + ㅜ u + ㄴ n

❸ 덮 deop = ㄷ d + ㅓ eo + ㅍ p
다 da = ㄷ d + ㅏ a
用例
신 sin = ㅅ s + ㅣ i + ㄴ n
문 mun = ㅁ m + ㅜ u + ㄴ n

54 報紙 (2) 신문 sin mun

091

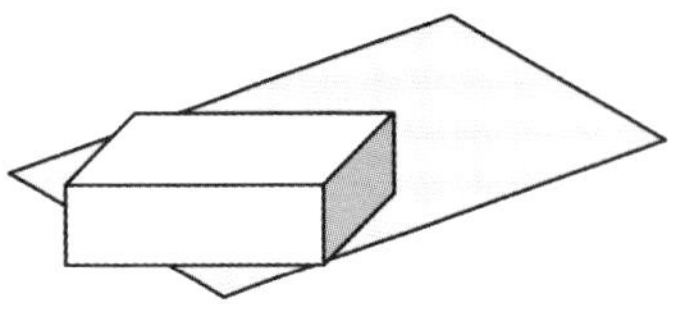

❶ 墊放／깔다 kkal da

用例 墊便當 도시락(便當) 아래(下方) 깔다(墊放)
do si rak a rae kkal da

❷ 夾入／끼우다 kki u da

用例 夾入傳單 전단지(傳單)를 끼우다(夾入)
jeon dan ji reul kki u da

를（reul）：助詞，受詞＋를＋動詞

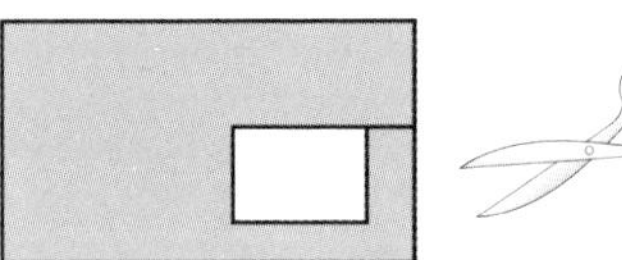

❸ 剪下／자르다 ja reu da

用例 剪報 신문(報紙)을 자르다(剪下)
sin muneul ja reu da
連音讀法

을（eul）：助詞，受詞＋을＋動詞

韓語發音指南

❶ 깔 kkal = ㄲ kk + ㅏ a + ㄹ l
다 da = ㄷ d + ㅏ a

用例

도 do = ㄷ d + ㅗ o
시 si = ㅅ s + ㅣ i
락 rak = ㄹ r + ㅏ a + ㄱ k

아 a = ㅇ x + ㅏ a
래 rae = ㄹ r + ㅐ ae

❷ 끼 kki = ㄲ kk + ㅣ i
우 u = ㅇ x + ㅜ u
다 da = ㄷ d + ㅏ a

用例

전 jeon = ㅈ j + ㅓ eo + ㄴ n
단 dan = ㄷ d + ㅏ a + ㄴ n
지 ji = ㅈ j + ㅣ i

❸ 자 ja = ㅈ j + ㅏ a
르 reu = ㄹ r + ㅡ eu
다 da = ㄷ d + ㅏ a

用例

신 sin = ㅅ s + ㅣ i + ㄴ n
문 mun = ㅁ m + ㅜ u + ㄴ n

55 鐵鎚 망치 mang chi

092

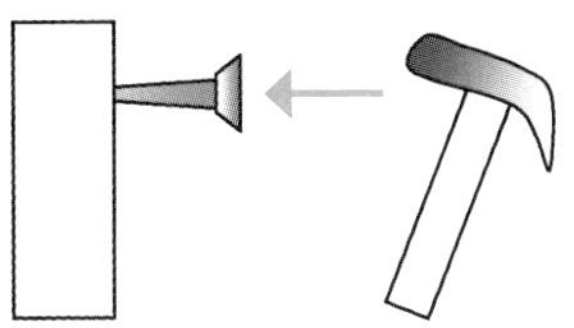

❶ 敲打／박다
bak-dda
重音讀法

用例 用鐵鎚敲打 망치로 박다
鐵鎚 敲打
mang chi ro bak-dda
重音讀法

로（ro）：助詞，用某種工具

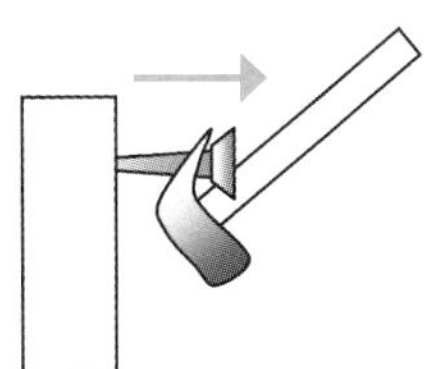

❷ 拔除／빼다
ppae da

用例 用鐵鎚拔鐵釘 망치로 못을 빼다
鐵鎚 鐵釘 拔除
mang chi ro moseul ppae da
連音讀法

로（ro）：助詞，用某種工具
을（eul）：助詞，受詞＋을＋動詞

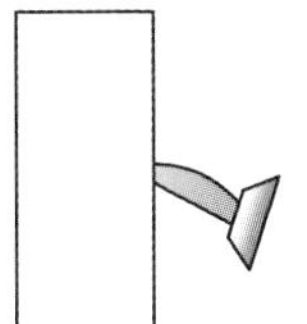

❸ 彎曲／구부러지다
gu bu reo ji da

用例 鐵釘彎曲 못이 구부러지다
鐵釘 彎曲
mosi gu bu reo ji da
連音讀法

이（i）：助詞，接在主詞之後

韓語發音指南

❶ 박 bak = ㅂ b + ㅏ a + ㄱ k
다 da = ㄷ d + ㅏ a
用例
망 mang = ㅁ m + ㅏ a + ㅇ ng
치 chi = ㅊ ch + ㅣ i

❷ 빼 ppae = ㅃ pp + ㅐ ae
다 da = ㄷ d + ㅏ a
用例
망 mang = ㅁ m + ㅏ a + ㅇ ng
치 chi = ㅊ ch + ㅣ i

못 mot = ㅁ m + ㅗ o + ㅅ t

❸ 구 gu = ㄱ g + ㅜ u
부 bu = ㅂ b + ㅜ u
러 reo = ㄹ r + ㅓ eo
지 ji = ㅈ j + ㅣ i
다 da = ㄷ d + ㅏ a
用例
못 mot = ㅁ m + ㅗ o + ㅅ t

56 螺絲起子 드라이버

deu ra i beo

093

❶ 十字／십자
sip-jja
重音讀法

用例 十字螺絲起子 십자(十字) 드라이버(螺絲起子＝driver)
sip-jja deu ra i beo
重音讀法

❷ 一字／일자
il-jja
重音讀法

用例 一字螺絲起子 일자(一字) 드라이버(螺絲起子)
il-jja deu ra i beo
重音讀法

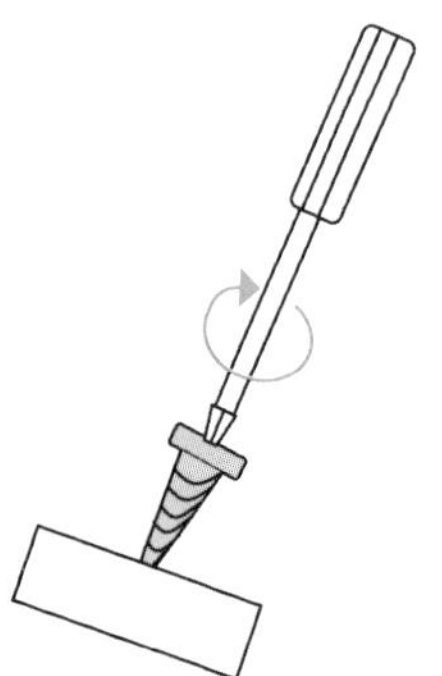

❸ 轉動／돌리다
dol ri da

用例 轉動螺絲 나사(螺絲)를 돌리다(轉動)
na sa reul dol ri da

를（reul）：助詞，受詞＋를＋動詞

韓語發音指南

❶ 십 sip = ㅅ s + ㅣ i + ㅂ p
자 ja = ㅈ j + ㅏ a

用例

드 deu = ㄷ d + ㅡ eu
라 ra = ㄹ r + ㅏ a
이 i = ㅇ x + ㅣ i
버 beo = ㅂ b + ㅓ eo

❷ 일 il = ㅇ x + ㅣ i + ㄹ l
자 ja = ㅈ j + ㅏ a

用例

드 deu = ㄷ d + ㅡ eu
라 ra = ㄹ r + ㅏ a
이 i = ㅇ x + ㅣ i
버 beo = ㅂ b + ㅓ eo

❸ 돌 dol = ㄷ d + ㅗ o + ㄹ l
리 ri = ㄹ r + ㅣ i
다 da = ㄷ d + ㅏ a

用例

나 na = ㄴ n + ㅏ a
사 sa = ㅅ s + ㅏ a

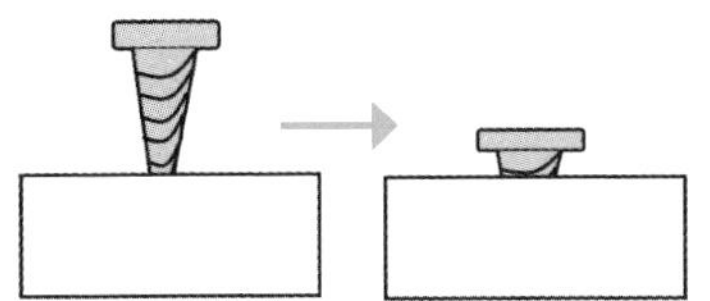

❶ 轉緊／조이다
jo i da

用例 轉緊螺絲 나사를 조이다

（螺絲 나사 na sa；를 reul；轉緊 조이다 jo i da）

를（reul）：助詞，受詞＋를＋動詞

*나사（na sa）：螺絲

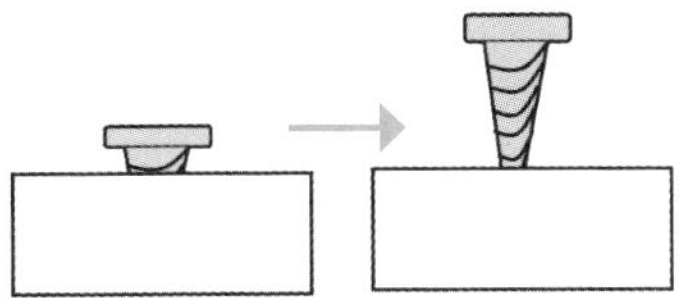

❷ 轉鬆／풀다
pul da

用例 轉鬆螺絲 나사를 풀다

（螺絲 나사 na sa；를 reul；轉鬆 풀다 pul da）

를（reul）：助詞，受詞＋를＋動詞

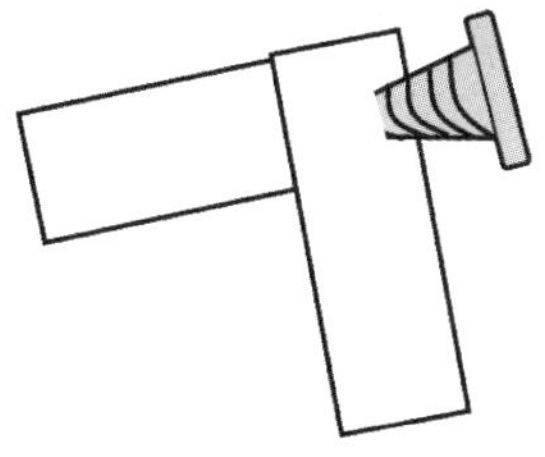

❸ 固定／고정하다
go jeong ha da

用例 用螺絲固定 나사로 고정하다

（螺絲 나사 na sa；로 ro；固定 고정하다 go jeong ha da）

로（ro）：助詞，用某種工具

韓語發音指南

❶ 조 jo = ㅈ j + ㅗ o
이 i = ㅇ x + ㅣ i
다 da = ㄷ d + ㅏ a
用例
나 na = ㄴ n + ㅏ a
사 sa = ㅅ s + ㅏ a

❷ 풀 pul = ㅍ p + ㅜ u + ㄹ l
다 da = ㄷ d + ㅏ a
用例
나 na = ㄴ n + ㅏ a
사 sa = ㅅ s + ㅏ a

❸ 고 go = ㄱ g + ㅗ o
정 jeong = ㅈ j + ㅓ eo + ㅇ ng
하 ha = ㅎ h + ㅏ a
다 da = ㄷ d + ㅏ a
用例
나 na = ㄴ n + ㅏ a
사 sa = ㅅ s + ㅏ a

57 老虎鉗 펜치 pen chi

094

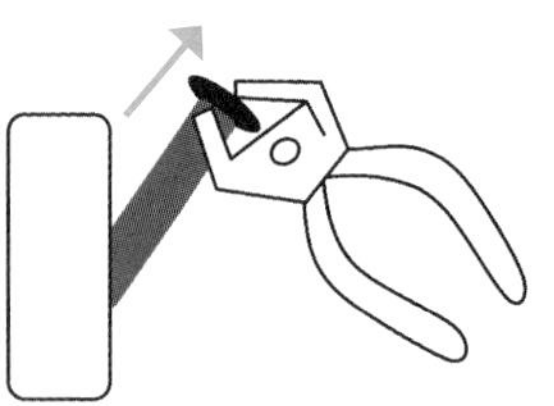

❶ 拔除／빼다
ppae da

用例 拔除鐵釘 못을 빼다
鐵釘 拔除
moseul ppae da
連音讀法

을（eul）：助詞，受詞＋을＋動詞

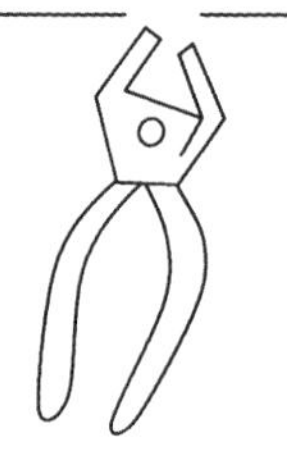

❷ 剪／자르다
ja reu da

用例 剪鐵絲 철사를 자르다
鐵絲 剪
cheol sa reul ja reu da

를（reul）：助詞，受詞＋를＋動詞

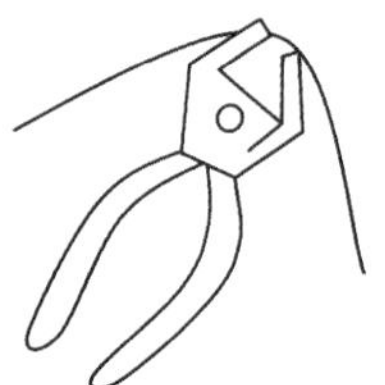

❸ 弄彎／구부리다
gu bu ri da

用例 弄彎鐵絲 철사를 구부리다
鐵絲 弄彎
cheol sa reul gu bu ri da

를（reul）：助詞，受詞＋를＋動詞

韓語發音指南

❶ 빼 ppae = ㅃ pp + ㅐ ae
다 da = ㄷ d + ㅏ a
用例
못 mot = ㅁ m + ㅗ o + ㅅ t

❷ 자 ja = ㅈ j + ㅏ a
르 reu = ㄹ r + ㅡ eu
다 da = ㄷ d + ㅏ a
用例
철 cheol = ㅊ ch + ㅓ eo + ㄹ l
사 sa = ㅅ s + ㅏ a

❸ 구 gu = ㄱ g + ㅜ u
부 bu = ㅂ b + ㅜ u
리 ri = ㄹ r + ㅣ i
다 da = ㄷ d + ㅏ a
用例
철 cheol = ㅊ ch + ㅓ eo + ㄹ l
사 sa = ㅅ s + ㅏ a

58 油漆 페인트
pe in teu

095

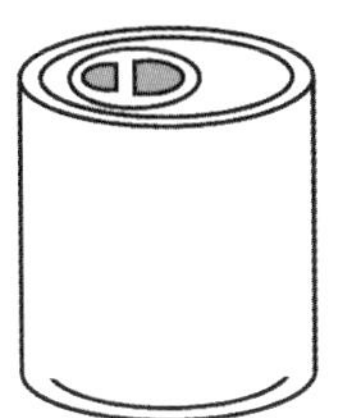

❶ 一桶／한통
han tong

油漆＝paint 一桶
用例 一桶油漆 페인트 한통
pe in teu han tong

❷ 噴出／뿌리다
ppu ri da

油漆 噴出
用例 噴油漆 페인트를 뿌리다
pe in teu reul ppu ri da

를（reul）：助詞，受詞＋를＋動詞

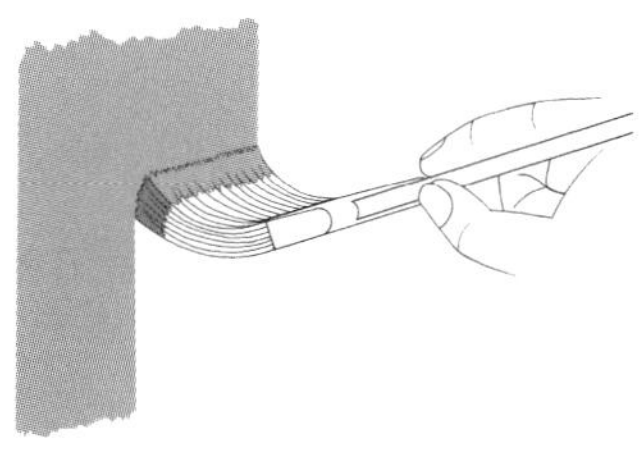

❸ 塗擦／칠하다
chil ha da

油漆 塗擦
用例 刷油漆 페인트를 칠하다
pe in teu reul chil ha da

를（reul）：助詞，受詞＋를＋動詞

韓語發音指南

❶ 한 han = ㅎ h + ㅏ a + ㄴ n
통 tong = ㅌ t + ㅗ o + ㅇ ng
用例
페 pe = ㅍ p + ㅔ e
인 in = ㅇ x + ㅣ i + ㄴ n
트 teu = ㅌ t + ㅡ eu

❷ 뿌 ppu = ㅃ pp + ㅜ u
리 ri = ㄹ r + ㅣ i
다 da = ㄷ d + ㅏ a
用例
페 pe = ㅍ p + ㅔ e
인 in = ㅇ x + ㅣ i + ㄴ n
트 teu = ㅌ t + ㅡ eu

❸ 칠 chil = ㅊ ch + ㅣ i + ㄹ l
하 ha = ㅎ h + ㅏ a
다 da = ㄷ d + ㅏ a
用例
페 pe = ㅍ p + ㅔ e
인 in = ㅇ x + ㅣ i + ㄴ n
트 teu = ㅌ t + ㅡ eu

59 繩子 줄 jul

❶ 一條／한
han

用例 一條繩子 한 줄
(一條 繩子)
han jul

❷ 一綑／한 뭉치
han mung chi

用例 一綑繩子 줄 한 뭉치
(繩子 一綑)
jul han mung chi

❸ 綁住／매다
mae da

用例 用繩子綁袋子 줄로 봉지를 매다
(繩子 袋子 綁住)
jul ro bong ji reul mae da

로（ro）：助詞，用某種工具

를（reul）：助詞，受詞＋를＋動詞

*봉지（bong ji）：袋子

韓語發音指南

❶ 한 han = ㅎ h + ㅏ a + ㄴ n

用例

줄 jul = ㅈ j + ㅜ u + ㄹ l

❷ 한 han = ㅎ h + ㅏ a + ㄴ n

뭉 mung = ㅁ m + ㅜ u + ㅇ ng

치 chi = ㅊ ch + ㅣ i

用例

줄 jul = ㅊ j + ㅜ u + ㄹ l

❸ 매 mae = ㅁ m + ㅐ ae

다 da = ㄷ d + ㅏ a

用例

줄 jul = ㅊ j + ㅜ u + ㄹ l

봉 bong = ㅂ b + ㅗ o + ㅇ ng

지 ji = ㅈ j + ㅣ i

❶ 綑綁／묶다

muk-dda

重音讀法

用例 綑綁舊報紙 폐신문을 묶다

舊報紙 폐신문을 (pye sin muneul，連音讀法)　綑綁 묶다 (muk-dda，重音讀法)

을（eul）：助詞，受詞＋을＋動詞

❷ 打結／매다

mae da

用例 打蝴蝶結 나비리본을 매다

蝴蝶結 나비리본을 (na bi ri boneul，連音讀法)　打結 매다 (mae da)

을（eul）：助詞，受詞＋을＋動詞

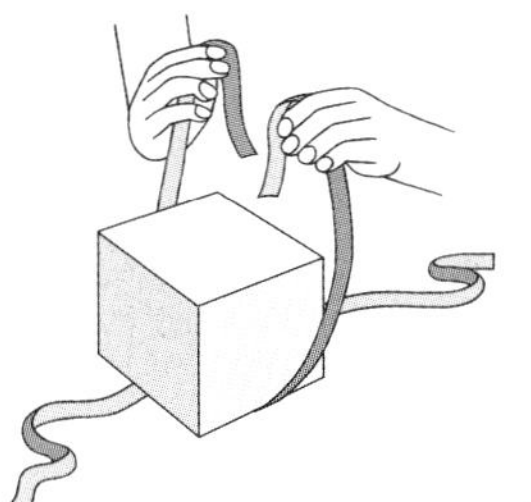

❸ 解開／풀다

pul da

用例 解開繩結 매듭을 풀다

繩結 매듭을 (mae deubeul，連音讀法)　解開 풀다 (pul da)

을（eul）：助詞，受詞＋을＋動詞

韓語發音指南

❶ 묶 muk = ㅁ m + ㅜ u + ㄲ k
다 da = ㄷ d + ㅏ a

用例

폐 pye = ㅍ p + ㅖ ye
신 sin = ㅅ s + ㅣ i + ㄴ n
문 mun = ㅁ m + ㅜ u + ㄴ n

❷ 매 mae = ㅁ m + ㅐ ae
다 da = ㄷ d + ㅏ a

用例

나 na = ㄴ n + ㅏ a
비 bi = ㅂ b + ㅣ i
리 ri = ㄹ r + ㅣ i
본 bon = ㅂ b + ㅗ o + ㄴ n

❸ 풀 pul = ㅍ p + ㅜ u + ㄹ l
다 da = ㄷ d + ㅏ a

用例

매 mae = ㅁ m + ㅐ ae
듭 deup = ㄷ d + ㅡ eu + ㅂ p

60 梯子 사다리
sa da ri

097

❶ 扶住／잡다
jap-dda
重音讀法

梯子 扶住

用例 扶住梯子 사다리를 잡다
sa da ri reul jap-dda
重音讀法

를（reul）：助詞，受詞＋를＋動詞

❷ 不足夠／부족하다
bu joka da
連音讀法

高度 不足夠

用例 高度不夠 높이가 부족하다
nobi ga bu joka da
連音讀法 連音讀法

가（ga）：助詞，接在主詞之後

*높이（nobi）：高度

韓語發音指南

❶ 잡 jap = ㅈ j + ㅏ a + ㅂ p
다 da = ㄷ d + ㅏ a
用例
사 sa = ㅅ s + ㅏ a
다 da = ㄷ d + ㅏ a
리 ri = ㄹ r + ㅣ i

❷ 부 bu = ㅂ b + ㅜ u
족 jok = ㅈ j + ㅗ o + ㄱ k
하 ha = ㅎ h + ㅏ a
다 da = ㄷ d + ㅏ a
用例
높 nop = ㄴ n + ㅗ o + ㅍ p
이 i = ㅇ x + ㅣ i

❶ 爬上／올라가다
ol ra ga da

用例 爬上梯子 사다리를 올라가다
(梯子: 사다리 sa da ri；reul；爬上: 올라가다 ol ra ga da)

를（reul）：助詞，受詞＋를＋動詞

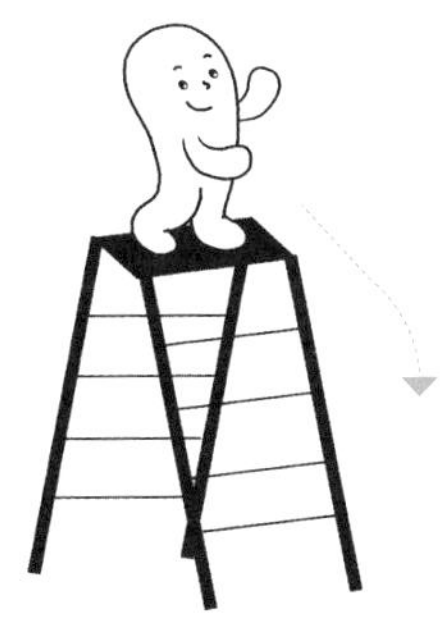

❷ 爬下／내려가다
nae ryeo ga da

用例 爬下梯子 사다리를 내려가다
(梯子: 사다리 sa da ri；reul；爬下: 내려가다 nae ryeo ga da)

를（reul）：助詞，受詞＋를＋動詞

❸ 跌落／떨어지다
tteoreo ji da
連音讀法

用例 從梯子上跌落 사다리에서 떨어지다
(梯子: 사다리 sa da ri；e seo；跌落: 떨어지다 tteoreo ji da 連音讀法)

에서（e seo）：助詞，從某地點

韓語發音指南

❶ 올 ol = ㅇ x + ㅗ o + ㄹ l
라 ra = ㄹ r + ㅏ a
가 ga = ㄱ g + ㅏ a
다 da = ㄷ d + ㅏ a
用例
사 sa = ㅅ s + ㅏ a
다 da = ㄷ d + ㅏ a
리 ri = ㄹ r + ㅣ i

❷ 내 nae = ㄴ n + ㅐ ae
려 ryeo = ㄹ r + ㅕ yeo
가 ga = ㄱ g + ㅏ a
다 da = ㄷ d + ㅏ a
用例
사 sa = ㅅ s + ㅏ a
다 da = ㄷ d + ㅏ a
리 ri = ㄹ r + ㅣ i

❸ 떨 tteol = ㄸ tt + ㅓ eo + ㄹ l
어 eo = ㅇ x + ㅓ eo
지 ji = ㅈ j + ㅣ i
다 da = ㄷ d + ㅏ a
用例
사 sa = ㅅ s + ㅏ a
다 da = ㄷ d + ㅏ a
리 ri = ㄹ r + ㅣ i

61 鉛筆 연필 yeon pil

098

鉛筆的計量單位

❶ 一支鉛筆：연필 한자루（一支）
yeon pil han ja ru

❷ 一打鉛筆：연필 한타스（一打）
yeon pil han ta seu

❸ 一盒鉛筆：연필 한박스（一盒，박스＝box）
yeon pil han-bbak seu（重音讀法）

“鉛筆”的相關字

❹ 自動鉛筆：샤프펜슬（＝sharp pencil）
sya peu pen seul

❺ 橡皮擦：지우개
ji u gae

❻ 書寫／쓰다
sseu da

用例 用鉛筆寫 연필로 쓰다（鉛筆 書寫）
yeon pil ro sseu da

로（ro）：助詞，用某種工具

韓語發音指南

❶ 연 yeon = ㅇ x + ㅕ yeo + ㄴ n
필 pil = ㅍ p + ㅣ i + ㄹ l
한 han = ㅎ h + ㅏ a + ㄴ n
자 ja = ㅈ j + ㅏ a
루 ru = ㄹ r + ㅜ u

❷ 연 yeon = ㅇ x + ㅕ yeo + ㄴ n
필 pil = ㅍ p + ㅣ i + ㄹ l
한 han = ㅎ h + ㅏ a + ㄴ n
타 ta = ㅌ t + ㅏ a
스 seu = ㅅ s + ㅡ eu

❸ 연 yeon = ㅇ x + ㅕ yeo + ㄴ n
필 pil = ㅍ p + ㅣ i + ㄹ l
한 han = ㅎ h + ㅏ a + ㄴ n
박 bak = ㅂ b + ㅏ a + ㄱ k
스 seu = ㅅ s + ㅡ eu

❹ 샤 sya = ㅅ s + ㅑ ya
프 peu = ㅍ p + ㅡ eu
펜 pen = ㅍ p + ㅔ e + ㄴ n
슬 seul = ㅅ s + ㅡ eu + ㄹ l

❺ 지 ji = ㅈ j + ㅣ i
우 u = ㅇ x + ㅜ u
개 gae = ㄱ g + ㅐ ae

❻ 쓰 sseu = ㅆ ss + ㅡ eu
다 da = ㄷ d + ㅏ a

用例
연 yeon = ㅇ x + ㅕ yeo + ㄴ n
필 pil = ㅍ p + ㅣ i + ㄹ l

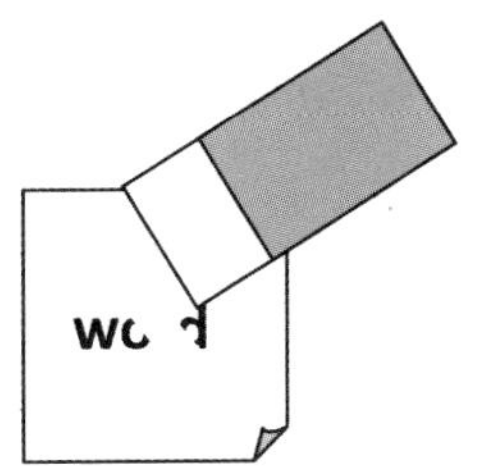

❶ 擦除／지우다
ji u da

用例 擦除字 글자를 지우다
（文字 / 擦除）
geul-jja reul ji u da
重音讀法

를（reul）：助詞，受詞＋를＋動詞

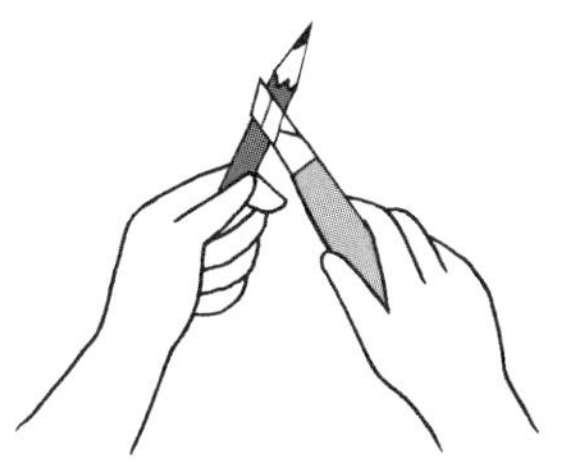

❷ 削去／깎다
kkak-dda
重音讀法

用例 削鉛筆 연필을 깎다
（鉛筆 / 削去）
yeon pireul kkak-dda
連音讀法 重音讀法

을（eul）：助詞，受詞＋을＋動詞

❸ 斷掉／부러지다
bu reo ji da

用例 鉛筆筆芯斷掉 연필심이 부러지다
（鉛筆筆芯 / 斷掉）
yeon pil simi bu reo ji da
連音讀法

이（i）：助詞，接在主詞之後

韓語發音指南

❶ 지 ji = ㅈ j + ㅣ i
우 u = ㅇ x + ㅜ u
다 da = ㄷ d + ㅏ a
用例
글 geul = ㄱ g + ㅡ eu + ㄹ l
자 ja = ㅈ j + ㅏ a

❷ 깎 kkak = ㄲ kk + ㅏ a + ㄲ k
다 da = ㄷ d + ㅏ a
用例
연 yeon = ㅇ x + ㅕ yeo + ㄴ n
필 pil = ㅍ p + ㅣ i + ㄹ l

❸ 부 bu = ㅂ b + ㅜ u
러 reo = ㄹ r + ㅓ eo
지 ji = ㅈ j + ㅣ i
다 da = ㄷ d + ㅏ a
用例
연 yeon = ㅇ x + ㅕ yeo + ㄴ n
필 pil = ㅍ p + ㅣ i + ㄹ l
심 sim = ㅅ s + ㅣ i + ㅁ m

62 原子筆 볼펜 bol pen

099

水性・中性・油性

❶ 水性：수성
su seong

❷ 中性：중성
jung seong

❸ 油性：유성
yu seong

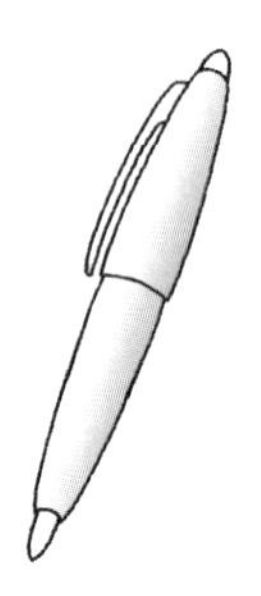

❹ 書寫／쓰다
sseu da

用例 寫字 글자를 쓰다（文字 書寫）
geul-jja reul sseu da
重音讀法

를（reul）：助詞，受詞＋를＋動詞

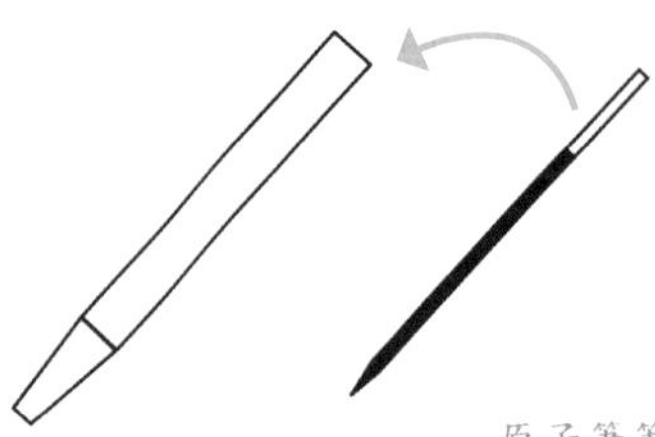

❺ 更換／바꾸다
ba kku da

用例 更換筆芯 볼펜심을 바꾸다（原子筆筆芯 更換）
bol pen simeul ba kku da
連音讀法

을（eul）：助詞，受詞＋을＋動詞

韓語發音指南

❶ 수 su = ㅅ s + ㅜ u
성 seong = ㅅ s + ㅓ eo + ㅇ ng

❷ 중 jung = ㅈ j + ㅜ u + ㅇ ng
성 seong = ㅅ s + ㅓ eo + ㅇ ng

❸ 유 yu = ㅇ x + ㅠ yu
성 seong = ㅅ s + ㅓ eo + ㅇ ng

❹ 쓰 sseu = ㅆ ss + ㅡ eu
다 da = ㄷ d + ㅏ a

用例
글 geul = ㄱ g + ㅡ eu + ㄹ l
자 ja = ㅈ j + ㅏ a

❺ 바 ba = ㅂ b + ㅏ a
꾸 kku = ㄲ kk + ㅜ u
다 da = ㄷ d + ㅏ a

用例
볼 bol = ㅂ b + ㅗ o + ㄹ l
펜 pen = ㅍ p + ㅔ e + ㄴ n
심 sim = ㅅ s + ㅣ i + ㅁ m

立可白・立可帶

❶ 立可白：수정액
su jeong aek

❷ 立可帶：수정테이프
=tape
su jeong te i peu

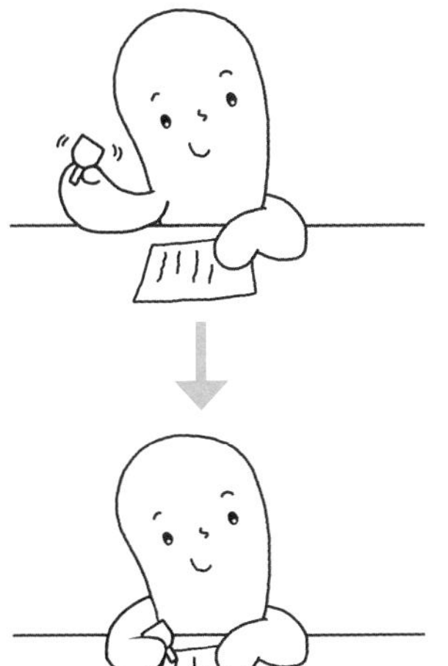

❸ 搖動／흔들다
heun deul da

❹ 塗掉／지우다
ji u da

用例 搖一搖立可白 수정액을 흔들다
立可白 搖動
su jeong aegeul heun deul da
連音讀法

을（eul）：助詞，受詞＋을＋動詞

用例 塗掉錯字 틀린글자를 지우다
錯字 塗掉
teul rin geul-jja reul ji u da
重音讀法

를（reul）：助詞，受詞＋를＋動詞

韓語發音指南

❶ 수 su = ㅅ s + ㅜ u
정 jeong = ㅈ j + ㅓ eo + ㅇ ng
액 aek = ㅇ x + ㅐ ae + ㄱ k

❷ 수 su = ㅅ s + ㅜ u
정 jeong = ㅈ j + ㅓ eo + ㅇ ng
테 te = ㅌ t + ㅔ e
이 i = ㅇ x + ㅣ i
프 peu = ㅍ p + ㅡ eu

❸ 흔 heun = ㅎ h + ㅡ eu + ㄴ n
들 deul = ㄷ d + ㅡ eu + ㄹ l
다 da = ㄷ d + ㅏ a

❹ 지 ji = ㅈ j + ㅣ i
우 u = ㅇ x + ㅜ u
다 da = ㄷ d + ㅏ a

用例

수 su = ㅅ s + ㅜ u
정 jeong = ㅈ j + ㅓ eo + ㅇ ng
액 aek = ㅇ x + ㅐ ae + ㄱ k

用例

틀 teul = ㅌ t + ㅡ eu + ㄹ l
린 rin = ㄹ r + ㅣ i + ㄴ n
글 geul = ㄱ g + ㅡ eu + ㄹ l
자 ja = ㅈ j + ㅏ a

63 尺 자 ja

100

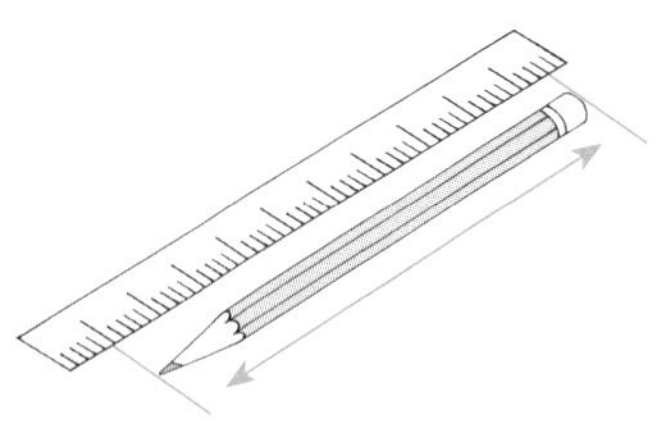	❶ 一把／한개 han gae

用例 一把尺 자 한개
(尺 一把)
ja han gae

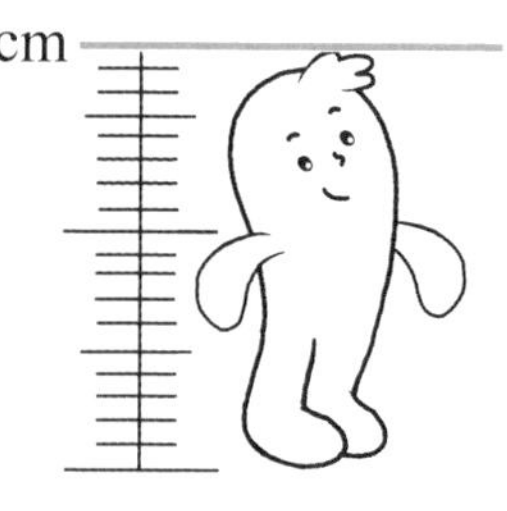

❷ 長度／길이
giri
連音讀法

用例 測量長度 길이를 재다
(長度 測量)
giri reul jae da
連音讀法

를（reul）：助詞，受詞＋를＋動詞

170cm

❸ 身高／키
ki

用例 量身高 키를 재다
(身高 測量)
ki reul jae da

를（reul）：助詞，受詞＋를＋動詞

韓語發音指南

❶ 한 han = ㅎ h + ㅏ a + ㄴ n
개 gae = ㄱ g + ㅐ ae
用例
자 ja = ㅈ j + ㅏ a

❷ 길 gil = ㄱ g + ㅣ i + ㄹ l
이 i = ㅇ x + ㅣ i
用例
재 jae = ㅈ j + ㅐ ae
다 da = ㄷ d + ㅏ a

❸ 키 ki = ㅋ k + ㅣ i
用例
재 jae = ㅈ j + ㅐ ae
다 da = ㄷ d + ㅏ a

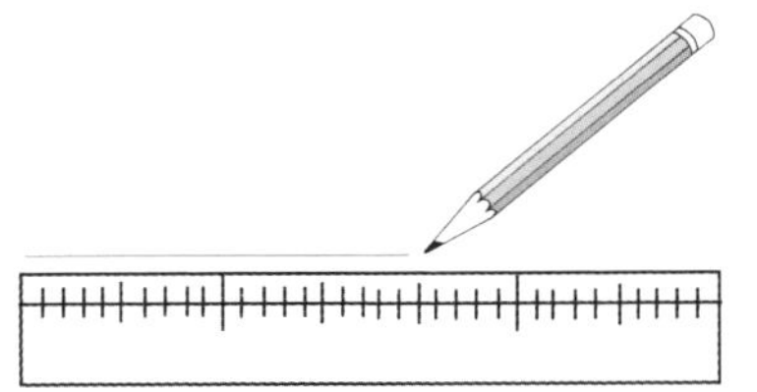

❶ 描繪／그리다
geu ri da

用例 畫直線 직선을 그리다
(直線 / 描繪)
jik seoneul geu ri da
連音讀法

을（eul）：助詞，受詞＋을＋動詞

用例 用尺畫直線 자로 직선을 그리다
(尺 / 直線 / 描繪)
ja ro jik seoneul geu ri da
連音讀法

을（eul）：助詞，受詞＋을＋動詞

各種測量工具

❷ 三角尺：삼각자
(三角形)
sam gak ja

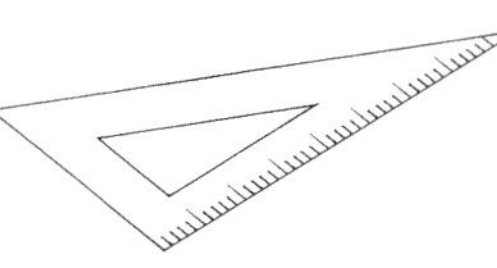

❸ 量角器：각도기
(角度)
gak-ddo gi
重音讀法

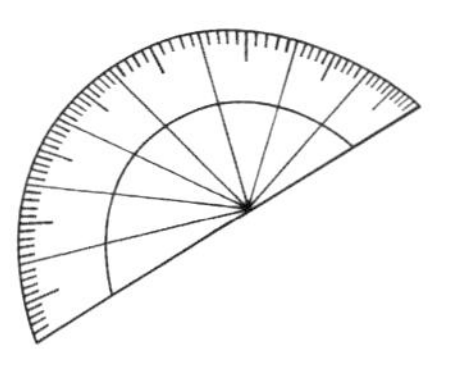

❹ 捲尺：줄자
jul ja

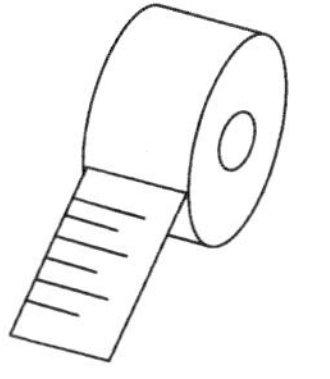

韓語發音指南

❶ 그 geu = ㄱ g + ㅡ eu
리 ri = ㄹ r + ㅣ i
다 da = ㄷ d + ㅏ a

用例
직 jik = ㅈ j + ㅣ i + ㄱ k
선 seon = ㅅ s + ㅓ eo + ㄴ n

用例
자 ja = ㅈ j + ㅏ a

직 jik = ㅈ j + ㅣ i + ㄱ k
선 seon = ㅅ s + ㅓ eo + ㄴ n

❷ 삼 sam = ㅅ s + ㅏ a + ㅁ m
각 gak = ㄱ g + ㅏ a + ㄱ k
자 ja = ㅈ j + ㅏ a

❸ 각 gak = ㄱ g + ㅏ a + ㄱ k
도 do = ㄷ d + ㅗ o
기 gi = ㄱ g + ㅣ i

❹ 줄 jul = ㅈ j + ㅜ u + ㄹ l
자 ja = ㅈ j + ㅏ a

64 剪刀 가위 ga wi

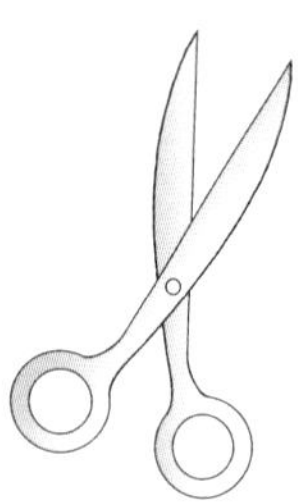

❶ 一把／한자루
han ja ru

用例 一把剪刀 가위(剪刀) 한자루(一把)
ga wi han ja ru

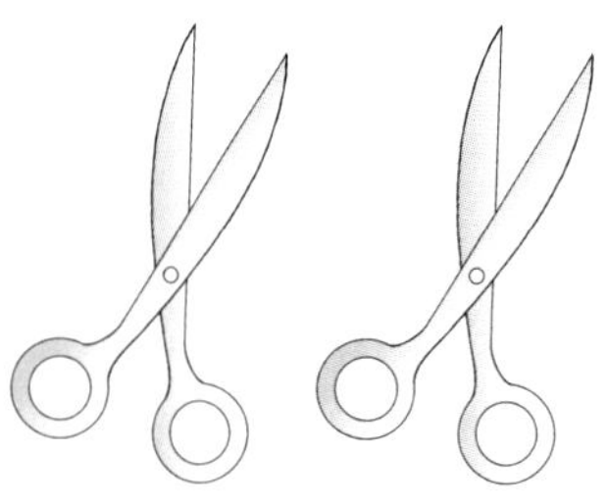

❷ 兩把／두자루
du ja ru

用例 兩把剪刀 가위(剪刀) 두자루(兩把)
ga wi du ja ru

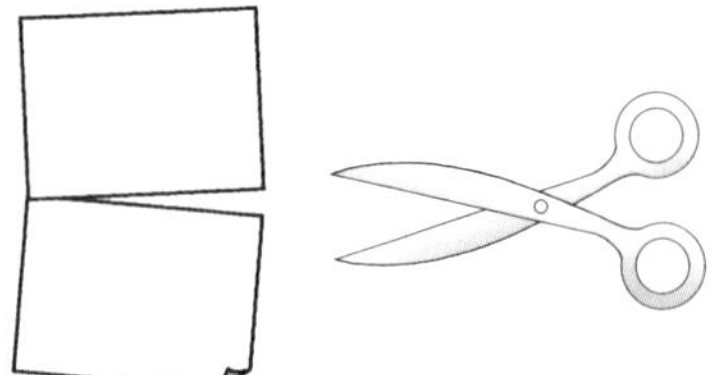

❸ 剪／자르다
ja reu da

用例 用剪刀剪紙 가위로(剪刀) 종이를(紙) 자르다(剪)
ga wi ro jong i reul ja reu da

로（ro）：助詞，用某種工具

를（reul）：助詞，受詞＋를＋動詞

韓語發音指南

❶ 한 han = ㅎ h + ㅏ a + ㄴ n
자 ja = ㅈ j + ㅏ a
루 ru = ㄹ r + ㅜ u
用例
가 ga = ㄱ g + ㅏ a
위 wi = ㅇ x + ㅟ wi

❷ 두 du = ㄷ d + ㅜ u
자 ja = ㅈ j + ㅏ a
루 ru = ㄹ r + ㅜ u
用例
가 ga = ㄱ g + ㅏ a
위 wi = ㅇ x + ㅟ wi

❸ 자 ja = ㅈ j + ㅏ a
르 reu = ㄹ r + ㅡ eu
다 da = ㄷ d + ㅏ a
用例
가 ga = ㄱ g + ㅏ a
위 wi = ㅇ x + ㅟ wi

종 jong = ㅈ j + ㅗ o + ㅇ ng
이 i = ㅇ x + ㅣ i

65 美工刀 커터칼 keo teo kal

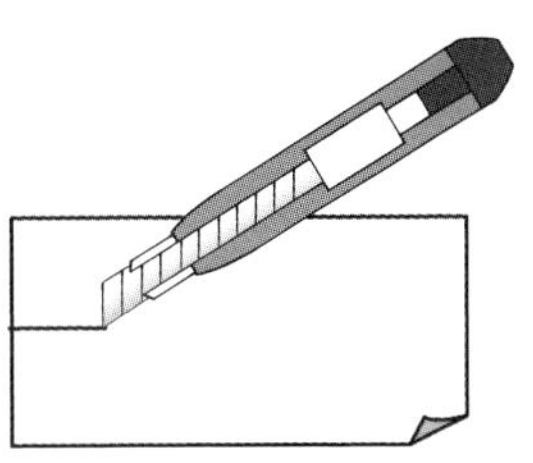

❶ 割／자르다
ja reu da

用例 **割紙** 종이를 자르다
紙 割
jong i reul ja reu da

를（reul）：助詞，受詞＋를＋動詞

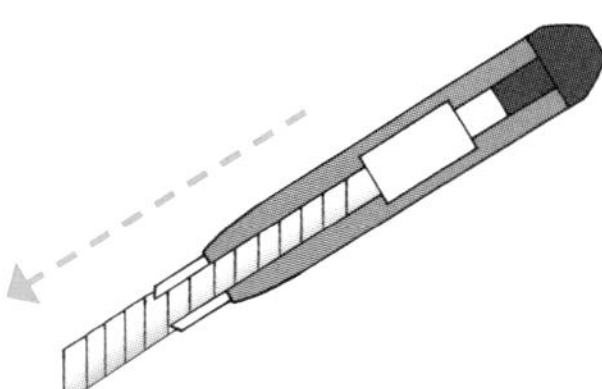

❷ 推出／빼다
ppae da

用例 **推出美工刀刀片** 커터칼날을 빼다
美工刀刀片 推出
keo teo kal nareul ppae da
連音讀法

을（eul）：助詞，受詞＋을＋動詞

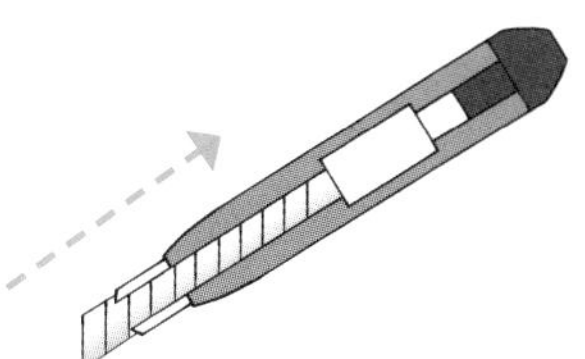

❸ 收回／넣다
neota
連音讀法

用例 **收回美工刀刀片** 커터칼날을 넣다
美工刀刀片 收回
keo teo kal nareul neota
連音讀法 連音讀法

을（eul）：助詞，受詞＋을＋動詞

韓語發音指南

❶ 자 ja = ㅈ j + ㅏ a
르 reu = ㄹ r + ㅡ eu
다 da = ㄷ d + ㅏ a
用例
종 jong = ㅈ j + ㅗ o + ㅇ ng
이 i = ㅇ x + ㅣ i

❷ 빼 ppae = ㅃ pp + ㅐ ae
다 da = ㄷ d + ㅏ a
用例
커 keo = ㅋ k + ㅓ eo
터 teo = ㅌ t + ㅓ eo
칼 kal = ㅋ k + ㅏ a + ㄹ l
날 nal = ㄴ n + ㅏ a + ㄹ l

❸ 넣 neot = ㄴ n + ㅓ eo + ㅎ t
다 da = ㄷ d + ㅏ a
用例
커 keo = ㅋ k + ㅓ eo
터 teo = ㅌ t + ㅓ eo
칼 kal = ㅋ k + ㅏ a + ㄹ l
날 nal = ㄴ n + ㅏ a + ㄹ l

66 膠帶 테이프 te i peu

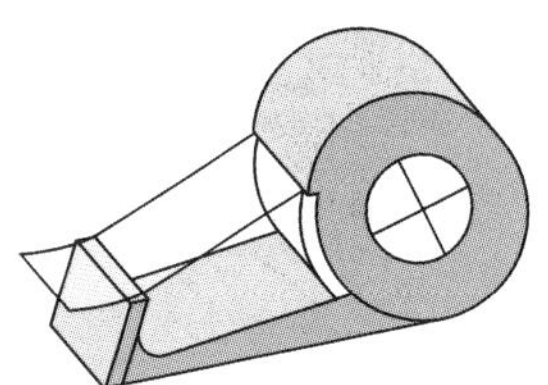

膠帶＝tape

❶ 膠帶台／테이프카터

te i peu ka teo

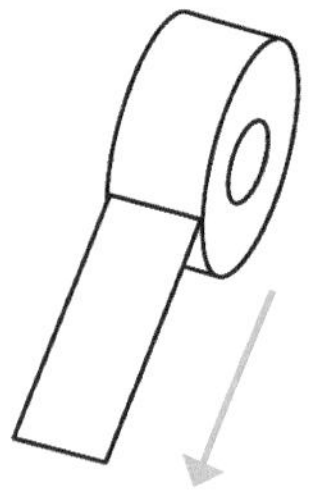

❷ 拉開／꺼내다

kkeo nae da

用例 拉開膠帶 테이프를 꺼내다

膠帶 拉開

te i peu reul kkeo nae da

를（reul）：助詞，受詞＋를＋動詞

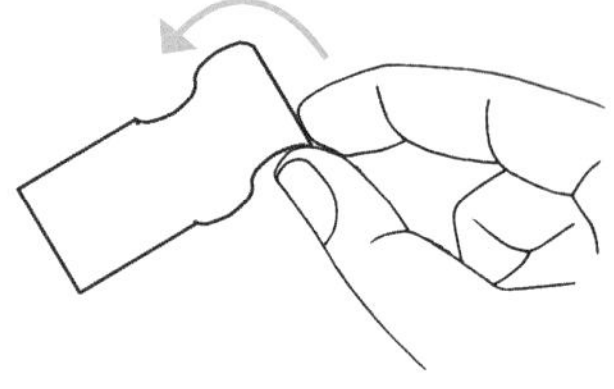

❸ 撕除／찢다

jjit-dda

重音讀法

用例 撕除膠帶 테이프를 찢다

膠帶 撕除

te i peu reul jjit-dda

重音讀法

를（reul）：助詞，受詞＋를＋動詞

韓語發音指南

❶ 테 te = ㅌ t + ㅔ e

이 i = ㅇ x + ㅣ i

프 peu = ㅍ p + ㅡ eu

카 ka = ㅋ k + ㅏ a

터 teo = ㅌ t + ㅓ eo

❷ 꺼 kkeo = ㄲ kk + ㅓ eo

내 nae = ㄴ n + ㅐ ae

다 da = ㄷ d + ㅏ a

用例

테 te = ㅌ t + ㅔ e

이 i = ㅇ x + ㅣ i

프 peu = ㅍ p + ㅡ eu

❸ 찢 jjit = ㅉ jj + ㅣ i + ㅈ t

다 da = ㄷ d + ㅏ a

用例

테 te = ㅌ t + ㅔ e

이 i = ㅇ x + ㅣ i

프 peu = ㅍ p + ㅡ eu

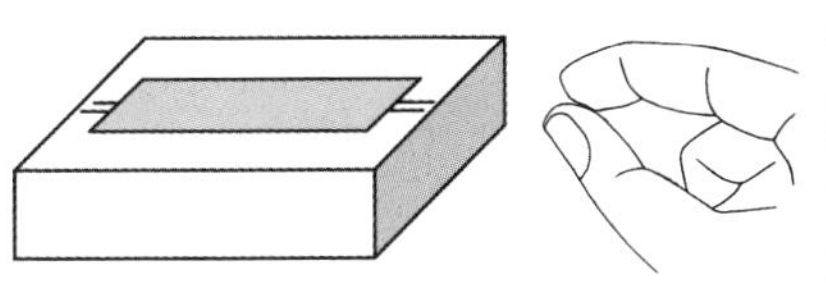

❶ 封條／
봉합입구
bong hap ip-ggu
重音讀法

用例 撕除封條 봉합입구를 찢다
封條 撕除
bong hap ip-ggu reul jjit-dda
重音讀法 重音讀法

를（reul）：助詞，受詞＋를＋動詞

❷ 黏貼／붙이다
buchi da
連音讀法

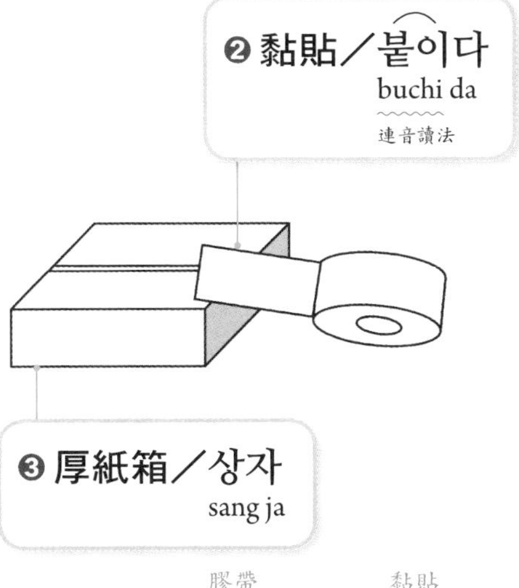

❸ 厚紙箱／상자
sang ja

用例 黏貼膠帶 테이프를 붙이다
膠帶 黏貼
te i peu reul buchi da
連音讀法

를（reul）：助詞，受詞＋를＋動詞

用例 封住厚紙箱 상자를 봉하다
厚紙箱 封住
sang ja reul bong ha da

를（reul）：助詞，受詞＋를＋動詞

*봉하다（bong ha da）：封住

韓語發音指南

❶ 봉 bong = ㅂ b + ㅗ o + ㅇ ng
합 hap = ㅎ h + ㅏ a + ㅂ p
입 ip = ㅇ x + ㅣ i + ㅂ p
구 gu = ㄱ g + ㅜ u

用例
찢 jjit = ㅉ jj + ㅣ i + ㅈ t
다 da = ㄷ d + ㅏ a

❷ 붙 but = ㅂ b + ㅜ u + ㅌ t
이 i = ㅇ x + ㅣ i
다 da = ㄷ d + ㅏ a

❸ 상 sang = ㅅ s + ㅏ a + ㅇ ng
자 ja = ㅈ j + ㅏ a

用例
테 te = ㅌ t + ㅔ e
이 i = ㅇ x + ㅣ i
프 peu = ㅍ p + ㅡ eu

用例
봉 bong = ㅂ b + ㅗ o + ㅇ ng
하 ha = ㅎ h + ㅏ a
다 da = ㄷ d + ㅏ a

67 圓規　컴퍼스

keom peo seu

104

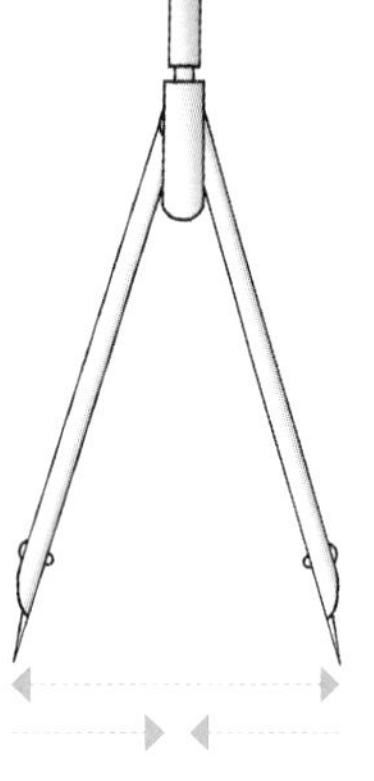

❶ 拉開／벌리다
beol ri da

❷ 合攏／오므리다
o meu ri da

圓規＝compass　合攏

用例 拉開圓規　컴퍼스를 벌리다
keom peo seu reul beol ri da

를（reul）：助詞，受詞＋를＋動詞

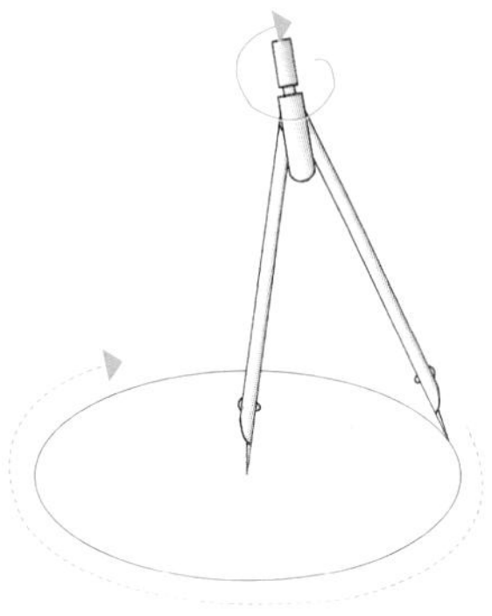

❸ 畫／그리다
geu ri da

圓　畫

用例 畫圓　원을 그리다
woneul geu ri da
連音讀法

을（eul）：助詞，受詞＋을＋動詞

*원（won）：圓

韓語發音指南

❶ 벌 beol = ㅂ b + ㅓ eo + ㄹ l
리 ri = ㄹ r + ㅣ i
다 da = ㄷ d + ㅏ a

❷ 오 o = ㅇ x + ㅗ o
므 meu = ㅁ m + ㅡ eu
리 ri = ㄹ r + ㅣ i
다 da = ㄷ d + ㅏ a
用例
컴 keom = ㅋ k + ㅓ eo + ㅁ m
퍼 peo = ㅍ p + ㅓ eo
스 seu = ㅅ s + ㅡ eu

❸ 그 geu = ㄱ g + ㅡ eu
리 ri = ㄹ r + ㅣ i
다 da = ㄷ d + ㅏ a
用例
원 won = ㅇ x + ㅝ wo + ㄴ n

68 釘書機 스테이플러

seu te i peul reo

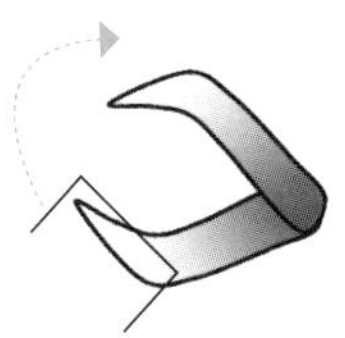

❶ 拔除／빼다
ppae da

用例 拔釘書針

釘書機＝stapler	針	拔除
스테이플러	심을	빼다
seu te i peul reo	simeul	ppae da
	連音讀法	

을（eul）：助詞，受詞＋을＋動詞

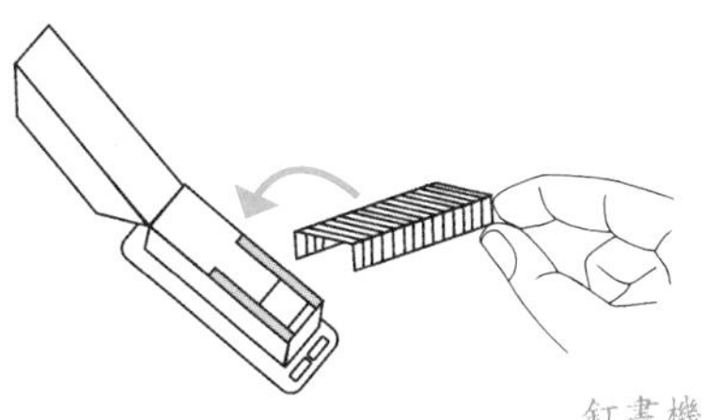

❷ 裝入／넣다
neota
連音讀法

用例 裝釘書針

釘書機	針	裝入
스테이플러	심을	넣다
seu te i peul reo	simeul	neota
	連音讀法	連音讀法

을（eul）：助詞，受詞＋을＋動詞

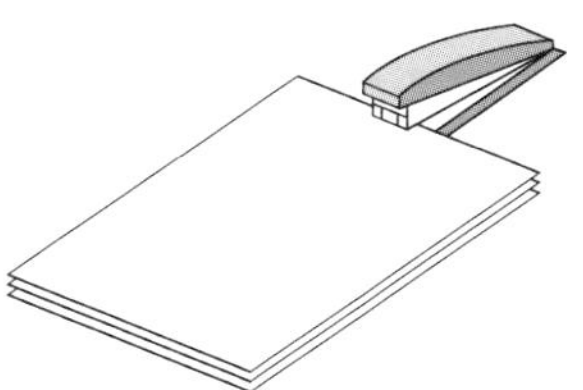

❸ 釘住／찍다
jjik-dda
重音讀法

用例 釘住紙張

紙張	釘住
종이를	찍다
jong i reul	jjik-dda
	重音讀法

를（reul）：助詞，受詞＋를＋動詞

韓語發音指南

❶ 빼 ppae = ㅃ pp + ㅐ ae
다 da = ㄷ d + ㅏ a

用例

스 seu = ㅅ s + ㅡ eu
테 te = ㅌ t + ㅔ e
이 i = ㅇ x + ㅣ i
플 peul = ㅍ p + ㅡ eu + ㄹ l
러 reo = ㄹ r + ㅓ eo

심 sim = ㅅ s + ㅣ i + ㅁ m

❷ 넣 neot = ㄴ n + ㅓ eo + ㅎ t
다 da = ㄷ d + ㅏ a

用例

스 seu = ㅅ s + ㅡ eu
테 te = ㅌ t + ㅔ e
이 i = ㅇ x + ㅣ i
플 peul = ㅍ p + ㅡ eu + ㄹ l
러 reo = ㄹ r + ㅓ eo

심 sim = ㅅ s + ㅣ i + ㅁ m

❸ 찍 jjik = ㅉ jj + ㅣ i + ㄱ k
다 da = ㄷ d + ㅏ a

用例

종 jong = ㅈ j + ㅗ o + ㅇ ng
이 i = ㅇ x + ㅣ i

69 橡皮筋 고무줄 go mu jul

106

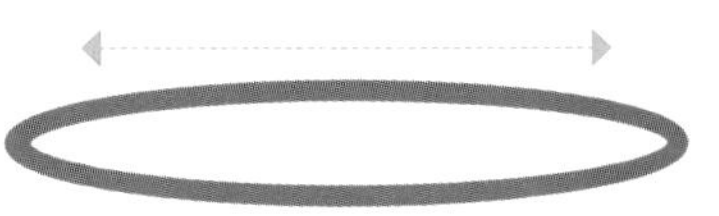

❶ 拉開／늘리다
neul ri da

用例 拉開橡皮筋 고무줄을 늘리다
(橡皮筋 拉開)
go mu jureul neul ri da
(連音讀法)

을（eul）：助詞，受詞＋을＋動詞

❷ 綁住／묶다
muk-dda
(重音讀法)

用例 用橡皮筋綁 고무줄로 묶다
(橡皮筋 綁住)
go mu jul ro muk-dda
(重音讀法)

로（ro）：助詞，用某種工具

用例 綁頭髮 머리를 묶다
(頭髮 綁住)
meo ri reul muk-dda
(重音讀法)

를（reul）：助詞，受詞＋를＋動詞

*머리（meo ri）：頭髮

韓語發音指南

❶ 늘 neul = ㄴ n + ㅡ eu + ㄹ l
리 ri = ㄹ r + ㅣ i
다 da = ㄷ d + ㅏ a
用例
고 go = ㄱ g + ㅗ o
무 mu = ㅁ m + ㅜ u
줄 jul = ㅈ j + ㅜ u + ㄹ l

❷ 묶 muk = ㅁ m + ㅜ u + ㄲ k
다 da = ㄷ d + ㅏ a
用例
고 go = ㄱ g + ㅗ o
무 mu = ㅁ m + ㅜ u
줄 jul = ㅈ j + ㅜ u + ㄹ l
用例
머 meo = ㅁ m + ㅓ eo
리 ri = ㄹ r + ㅣ i

70 名片 명함 myeong ham

107

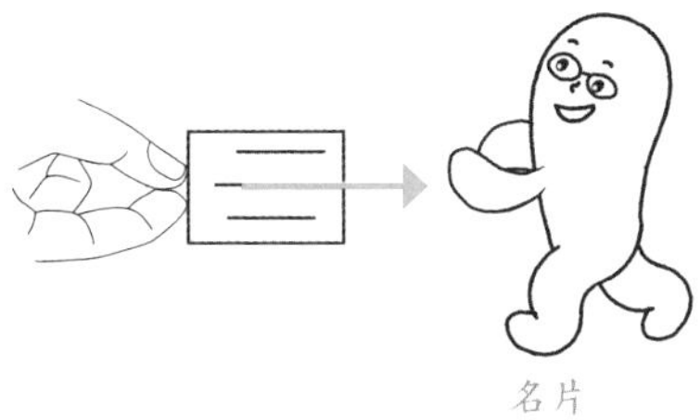

❶ 遮出／내밀다
nae mil da

名片 遮出

用例 遮出名片 명함을 내밀다
myeong hameul nae mil da
連音讀法

을（eul）：助詞，受詞＋을＋動詞

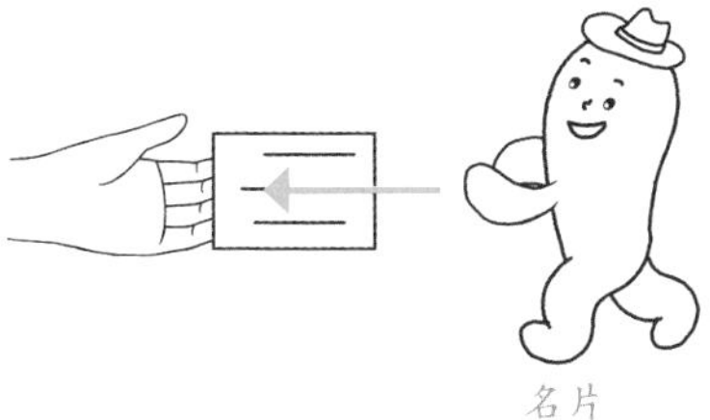

❷ 收下／받다
bat-dda
重音讀法

名片 收下

用例 收下名片 명함을 받다
myeong hameul bat-dda
連音讀法 重音讀法

을（eul）：助詞，受詞＋을＋動詞

❸ 交換／교환하다
gyo hwan ha da

名片 交換

用例 交換名片 명함을 교환하다
myeong hameul gyo hwan ha da
連音讀法

을（eul）：助詞，受詞＋을＋動詞

韓語發音指南

❶ 내 nae = ㄴ n + ㅐ ae
밀 mil = ㅁ m + ㅣ i + ㄹ l
다 da = ㄷ d + ㅏ a

用例
명 myeong = ㅁ m + ㅕ yeo + ㅇ ng
함 ham = ㅎ h + ㅏ a + ㅁ m

❷ 받 bat = ㅂ b + ㅏ a + ㄷ t
다 da = ㄷ d + ㅏ a

用例
명 myeong = ㅁ m + ㅕ yeo + ㅇ ng
함 ham = ㅎ h + ㅏ a + ㅁ m

❸ 교 gyo = ㄱ g + ㅛ yo
환 hwan = ㅎ h + ㅘ wa + ㄴ n
하 ha = ㅎ h + ㅏ a
다 da = ㄷ d + ㅏ a

用例
명 myeong = ㅁ m + ㅕ yeo + ㅇ ng
함 ham = ㅎ h + ㅏ a + ㅁ m

71 印章 도장 do jang

108

印泥・印章盒

❶ 印泥：인주
in ju

盒子＝case
❷ 印章盒：도장케이스
do jang ke i seu

❸ 雕刻／조각하다
jo gaka da
連音讀法

文字 雕刻
用例 刻字 글자를 조각하다
geul-jja reul jo gaka da
重音讀法 連音讀法

를（reul）：助詞，受詞＋를＋動詞

*글자（geul-jja）：文字

名字 雕刻
用例 刻名字 이름을 조각하다
i reumeul jo gaka da
連音讀法 連音讀法

을（eul）：助詞，受詞＋을＋動詞

*이름（i reum）：名字

韓語發音指南

❶ 인 in = ㅇ x + ㅣ i + ㄴ n
주 ju = ㅈ j + ㅜ u

❷ 도 do = ㄷ d + ㅗ o
장 jang = ㅈ j + ㅏ a + ㅇ ng
케 ke = ㅋ k + ㅔ e
이 i = ㅇ x + ㅣ i
스 seu = ㅅ s + ㅡ eu

❸ 조 jo = ㅈ j + ㅗ o
각 gak = ㄱ g + ㅏ a + ㄱ k
하 ha = ㅎ h + ㅏ a
다 da = ㄷ d + ㅏ a

用例
글 geul = ㄱ g + ㅡ eu + ㄹ l
자 ja = ㅈ j + ㅏ a

用例
이 i = ㅇ x + ㅣ i
름 reum = ㄹ r + ㅡ eu + ㅁ m

❶ 打開／열다
yeol da

❷ 沾取／묻히다
muchi da
連音讀法

❸ 蓋下／찍다
jjik-dda
重音讀法

用例 沾印泥 인주를 묻히다
印泥 沾取
in ju reul muchi da
連音讀法

를（reul）：助詞，受詞＋를＋動詞

用例 蓋印章 도장을 찍다
印章 蓋下
do jang eul jjik-dda
重音讀法

을（eul）：助詞，受詞＋을＋動詞

韓語發音指南

❶ 열 yeol = ㅇ x + ㅕ yeo + ㄹ l
다 da = ㄷ d + ㅏ a

❷ 묻 mut = ㅁ m + ㅜ u + ㄷ t
히 hi = ㅎ h + ㅣ i
다 da = ㄷ d + ㅏ a

❸ 찍 jjik = ㅉ jj + ㅣ i + ㄱ k
다 da = ㄷ d + ㅏ a

用例
인 in = ㅇ x + ㅣ i + ㄴ n
주 ju = ㅈ j + ㅜ u

用例
도 do = ㄷ d + ㅗ o
장 jang = ㅈ j + ㅏ a + ㅇ ng

72 桌子 테이블／탁자

te i beul／tak-jja

109

❶ 辦公桌／사무용탁자

(辦公用)

sa mu yong tak-jja

重音讀法

❷ 餐桌／식탁

sik tak

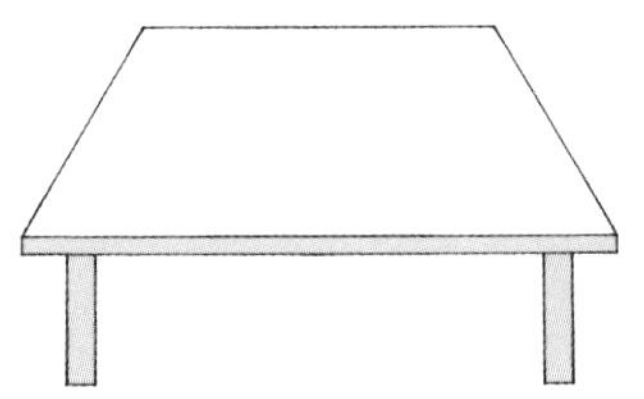

❸ 桌面／탁자 위

(表面)

tak-jja wi

重音讀法

韓語發音指南

❶ 사 sa = ㅅ s + ㅏ a
무 mu = ㅁ m + ㅜ u
용 yong = ㅇ x + ㅛ yo + ㅇ ng
탁 tak = ㅌ t + ㅏ a + ㄱ k
자 ja = ㅈ j + ㅏ a

❷ 식 sik = ㅅ s + ㅣ i + ㄱ k
탁 tak = ㅌ t + ㅏ a + ㄱ k

❸ 탁 tak = ㅌ t + ㅏ a + ㄱ k
자 ja = ㅈ j + ㅏ a
위 wi = ㅇ x + ㅟ wi

用例

앉 an = ㅇ x + ㅏ a + ㄵ n
다 da = ㄷ d + ㅏ a

用例 就座（準備用餐） 식탁에 앉다 (餐桌 坐)

sik tage an-dda

連音讀法 重音讀法

에（e）：助詞，在某地點

*앉다（an-dda）：坐

❶ 抽屜／서랍
seo rap

用例 打開抽屜　서랍을 열다
（서랍＝抽屜；열다＝打開）
seo rabeul（連音讀法）　yeol da

을（eul）：助詞，受詞＋을＋動詞

*열다（yeol da）：打開

用例 關上抽屜　서랍을 닫다
（서랍＝抽屜；닫다＝關上）
seo rabeul（連音讀法）　dat-dda（重音讀法）

을（eul）：助詞，受詞＋을＋動詞

*닫다（dat-dda）：關閉

❷ 圍繞著坐／둘러 앉다
dul reo　an-dda（重音讀法）

用例 圍著桌子坐　탁자에 둘러 앉다
（탁자＝桌子；둘러＝圍著；앉다＝坐）
tak-jja（重音讀法）　e　dul reo　an-dda（重音讀法）

에（e）：助詞，在某地點

韓語發音指南

❶ 서 seo = ㅅ s + ㅓ eo
랍 rap = ㄹ r + ㅏ a + ㅂ p

用例

열 yeol = ㅇ x + ㅕ yeo + ㄹ l
다 da = ㄷ d + ㅏ a

用例

닫 dat = ㄷ d + ㅏ a + ㄷ t
다 da = ㄷ d + ㅏ a

❷ 둘 dul = ㄷ d + ㅜ u + ㄹ l
러 reo = ㄹ r + ㅓ eo
앉 an = ㅇ x + ㅏ a + ㄵ n
다 da = ㄷ d + ㅏ a

用例

탁 tak = ㅌ t + ㅏ a + ㄱ k
자 ja = ㅈ j + ㅏ a

73 椅子(1) 의자 ui ja

110

❶ 沙發／소파
＝sofa
so pa

❷ 可旋轉的椅子／
旋轉 椅子
회전 의자
hoe jeon ui ja

❸ 坐墊／방석
bang seok

韓語發音指南

❶ 소 so = ㅅ s + ㅗ o
파 pa = ㅍ p + ㅏ a

❷ 회 hoe = ㅎ h + ㅚ oe
전 jeon = ㅈ j + ㅓ eo + ㄴ n
의 ui = ㅇ x + ㅢ ui
자 ja = ㅈ j + ㅏ a

❸ 방 bang = ㅂ b + ㅏ a + ㅇ ng
석 seok = ㅅ s + ㅓ eo + ㄱ k

用例

위 wi = ㅇ x + ㅟ wi

앉 an = ㅇ x + ㅏ a + ㄵ n
다 da = ㄷ d + ㅏ a

用例 坐在沙發上 소파위에 앉다
(沙發上 坐)
so pa wi e an-dda
重音讀法

에（e）：助詞，在某地點

用例 坐在旋轉椅上 회전 의자에 앉다
(旋轉椅 坐)
hoe jeon ui ja e an-dda
重音讀法

에（e）：助詞，在某地點

beach chair
❶ 海灘椅／비치체어
bi chi che eo

❷ 搖椅／흔들 의자
heun deul ui ja

 搖動搖椅　흔들 의자를 흔들다
(搖椅 / 搖動)
heun deul ui ja reul heun deul da

를（reul）：助詞，受詞＋를＋動詞

*흔들다（heun deul da）：搖動

❸ 坐／앉다
an-dda
重音讀法

 坐在椅子上　의자위에 앉다
(椅子上 / 坐)
ui ja wi e an-dda
重音讀法

에（e）：助詞，在某地點

*위（wi）：在…之上

韓語發音指南

❶ 비 bi = ㅂ b + ㅣ i
치 chi = ㅊ ch + ㅣ i
체 che = ㅊ ch + ㅔ e
어 eo = ㅇ x + ㅓ eo

❷ 흔 heun = ㅎ h + ㅡ eu + ㄴ n
들 deul = ㄷ d + ㅡ eu + ㄹ l
의 ui = ㅇ x + ㅢ ui
자 ja = ㅈ j + ㅏ a
用例
흔 heun = ㅎ h + ㅡ eu + ㄴ n
들 deul = ㄷ d + ㅡ eu + ㄹ l
다 da = ㄷ d + ㅏ a

❸ 앉 an = ㅇ x + ㅏ a + ㄵ n
다 da = ㄷ d + ㅏ a
用例
의 ui = ㅇ x + ㅢ ui
자 ja = ㅈ j + ㅏ a
위 wi = ㅇ x + ㅟ wi

73 椅子 (2) 의자 ui ja

❶ 拉出／빼내다
ppae nae da

用例 拉出椅子 의자를 빼내다
(椅子 / 拉出)
ui ja reul ppae nae da

를（reul）：助詞，受詞＋를＋動詞

❷ 收回／넣다
neota
連音讀法

用例 靠回椅子 의자를 넣다
(椅子 / 收回)
ui ja reul neota
連音讀法

를（reul）：助詞，受詞＋를＋動詞

單人沙發・雙人沙發

❸ 單人沙發：1인용 소파
(一人用 / 沙發＝sofa)
irin yong so pa
連音讀法

❹ 雙人沙發：2인용 소파
(兩人用)
i in yong so pa

韓語發音指南

❶ 빼 ppae = ㅃ pp + ㅐ ae
내 nae = ㄴ n + ㅐ ae
다 da = ㄷ d + ㅏ a
用例
의 ui = ㅇ x + ㅢ ui
자 ja = ㅈ j + ㅏ a

❷ 넣 neot = ㄴ n + ㅓ eo + ㅎ t
다 da = ㄷ d + ㅏ a
用例
의 ui = ㅇ x + ㅢ ui
자 ja = ㅈ j + ㅏ a

❸ 인 in = ㅇ x + ㅣ i + ㄴ n
용 yong = ㅇ x + ㅛ yo + ㅇ ng
소 so = ㅅ s + ㅗ o
파 pa = ㅍ p + ㅏ a

❹ 인 in = ㅇ x + ㅣ i + ㄴ n
용 yong = ㅇ x + ㅛ yo + ㅇ ng
소 so = ㅅ s + ㅗ o
파 pa = ㅍ p + ㅏ a

❶ 起身／일어나다
ireo na da
連音讀法

用例 **從椅子起身** 의자에서 일어나다
椅子 起身
ui ja e seo ireo na da
連音讀法

에서（e seo）：助詞，從某地點

❷ 躺／눕다
nup-dda
重音讀法

用例 **躺在沙發上** 소파에 눕다
沙發＝sofa 躺
so pa e nup-dda
重音讀法

에（e）：助詞，在某地點

❸ 倚靠／기대다
gi dae da

用例 **靠在海灘椅上** 비치체어에 기대다
海灘椅 倚靠
bi chi che eo e gi dae da

에（e）：助詞，在某地點

*비치체어（bi chi che eo）：海灘椅＝beach chair

韓語發音指南

❶ 일 il = ㅇ x + ㅣ i + ㄹ l
어 eo = ㅇ x + ㅓ eo
나 na = ㄴ n + ㅏ a
다 da = ㄷ d + ㅏ a

用例

의 ui = ㅇ x + ㅢ ui
자 ja = ㅈ j + ㅏ a

❷ 눕 nup = ㄴ n + ㅜ u + ㅂ p
다 da = ㄷ d + ㅏ a

用例

소 so = ㅅ s + ㅗ o
파 pa = ㅍ p + ㅏ a

❸ 기 gi = ㄱ g + ㅣ i
대 dae = ㄷ d + ㅐ ae
다 da = ㄷ d + ㅏ a

用例

비 bi = ㅂ b + ㅣ i
치 chi = ㅊ ch + ㅣ i
체 che = ㅊ ch + ㅔ e
어 eo = ㅇ x + ㅓ eo

74 床(1) 침대 chim dae

112

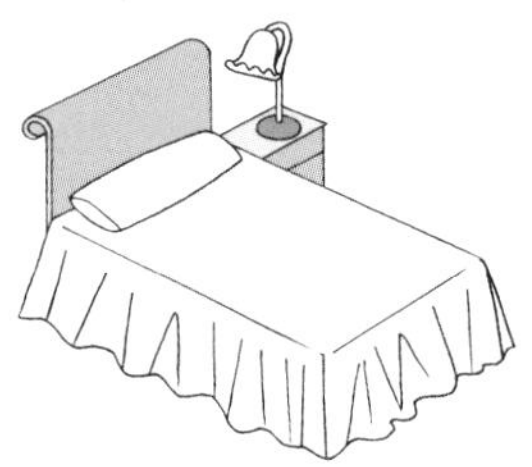

❶ 單人床／

=single 床

싱글침대

sing geul chim dae

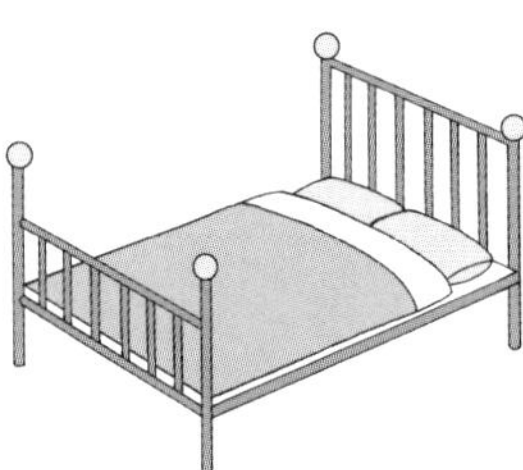

❷ 雙人床／

=double

더블침대

deo beul chim dae

❸ 雙層床／

兩層

이층침대

i cheung chim dae

"床"的相關字

=sheet

❹ 床單：침대시트

chim dae si teu

❺ 床頭板：침대상판

chim dae sang pan

韓語發音指南

❶ 싱 sing = ㅅ s + ㅣ i + ㅇ ng
글 geul = ㄱ g + ㅡ eu + ㄹ l
침 chim = ㅊ ch + ㅣ i + ㅁ m
대 dae = ㄷ d + ㅐ ae

❷ 더 deo = ㄷ d + ㅓ eo
블 beul = ㅂ b + ㅡ eu + ㄹ l
침 chim = ㅊ ch + ㅣ i + ㅁ m
대 dae = ㄷ d + ㅐ ae

❸ 이 i = ㅇ x + ㅣ i
층 cheung = ㅊ ch + ㅡ eu + ㅇ ng
침 chim = ㅊ ch + ㅣ i + ㅁ m
대 dae = ㄷ d + ㅐ ae

❹ 침 chim = ㅊ ch + ㅣ i + ㅁ m
대 dae = ㄷ d + ㅐ ae
시 si = ㅅ s + ㅣ i
트 teu = ㅌ t + ㅡ eu

❺ 침 chim = ㅊ ch + ㅣ i + ㅁ m
대 dae = ㄷ d + ㅐ ae
상 sang = ㅅ s + ㅏ a + ㅇ ng
판 pan = ㅍ p + ㅏ a + ㄴ n

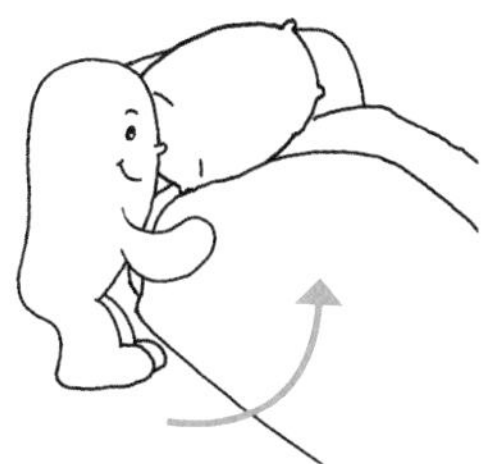

❶ 進入／들어가다
deureo ga da
連音讀法

床 進入

用例 上床 침대에 들어가다
chim dae e deureo ga da
連音讀法

에（e）：助詞，到某地點

❷ 離開／일어나다
ireo na da
連音讀法

床 離開

用例 下床 침대에서 일어나다
chim dae e seo ireo na da
連音讀法

에서（e seo）：助詞，從某地點

❸ 漏尿／오줌싸다
o jum ssa da

床 漏尿

用例 尿床 침대에 오줌싸다
chim dae e o jum ssa da

에（e）：助詞，在某地點

韓語發音指南

❶ 들 deul = ㄷ d + ㅡ eu + ㄹ l
어 eo = ㅇ x + ㅓ eo
가 ga = ㄱ g + ㅏ a
다 da = ㄷ d + ㅏ a

用例

침 chim = ㅊ ch + ㅣ i + ㅁ m
대 dae = ㄷ d + ㅐ ae

❷ 일 il = ㅇ x + ㅣ i + ㄹ l
어 eo = ㅇ x + ㅓ eo
나 na = ㄴ n + ㅏ a
다 da = ㄷ d + ㅏ a

用例

침 chim = ㅊ ch + ㅣ i + ㅁ m
대 dae = ㄷ d + ㅐ ae

❸ 오 o = ㅇ x + ㅗ o
줌 jum = ㅈ j + ㅜ u + ㅁ m
싸 ssa = ㅆ ss + ㅏ a
다 da = ㄷ d + ㅏ a

用例

침 chim = ㅊ ch + ㅣ i + ㅁ m
대 dae = ㄷ d + ㅐ ae

74 床 (2) 침대 chim dae

113

❶ 起床／일어나다
ireo na da
連音讀法

❷ 不想起床／일어나기 싫다
ireo na gi silta
連音讀法 連音讀法

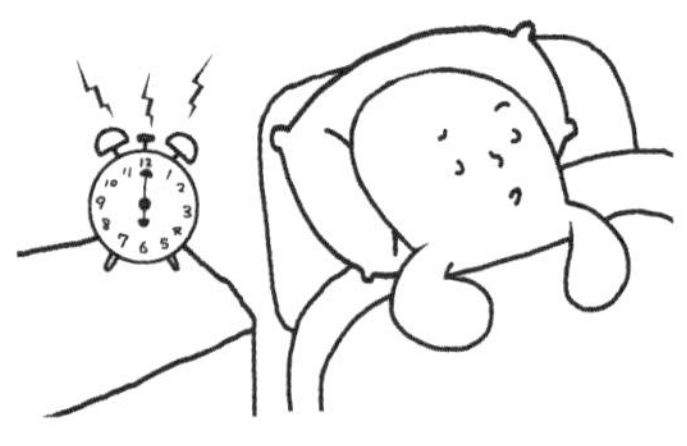

❸ 睡覺／자다
ja da

用例 在床上睡覺 침대(床)에서 자다(睡覺)
chim dae e seo ja da

에서（e seo）：助詞，在某地點

枕頭・被子

❹ 枕頭：베개
be gae

❺ 被子：이불
i bul

韓語發音指南

❶ 일 il = ㅇ x + ㅣ i + ㄹ l
어 eo = ㅇ x + ㅓ eo
나 na = ㄴ n + ㅏ a
다 da = ㄷ d + ㅏ a

❷ 일 il = ㅇ x + ㅣ i + ㄹ l
어 eo = ㅇ x + ㅓ eo
나 na = ㄴ n + ㅏ a
다 da = ㄷ d + ㅏ a
싫 sil = ㅅ s + ㅣ i + ㅀ l
다 da = ㄷ d + ㅏ a

❸ 자 ja = ㅈ j + ㅏ a
다 da = ㄷ d + ㅏ a
用例
침 chim = ㅊ ch + ㅣ i + ㅁ m
대 dae = ㄷ d + ㅐ ae

❹ 베 be = ㅂ b + ㅔ e
개 gae = ㄱ g + ㅐ ae

❺ 이 i = ㅇ x + ㅣ i
불 bul = ㅂ b + ㅜ u + ㄹ l

75 被子 이불 i bul

114

❶ 掀開／펴다 pyeo da

被子 掀開

用例 掀開被子 이불을 펴다
i bureul pyeo da
連音讀法

을（eul）：助詞，受詞＋을＋動詞

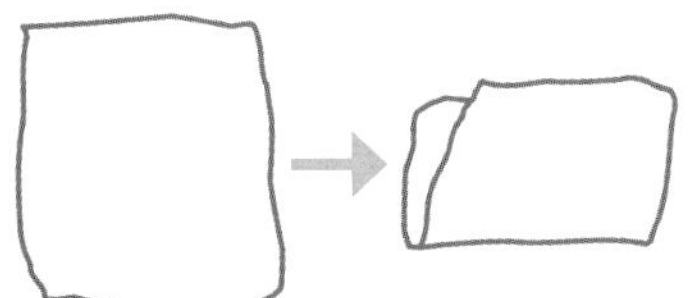

❷ 折疊／접다 jeop-dda
重音讀法

被子 折疊

用例 折被子 이불을 접다
i bureul jeop-dda
連音讀法 重音讀法

을（eul）：助詞，受詞＋을＋動詞

❸ 覆蓋／덮다 deop-dda
重音讀法

被子 覆蓋

用例 蓋被子 이불을 덮다
i bureul deop-dda
連音讀法 重音讀法

을（eul）：助詞，受詞＋을＋動詞

韓語發音指南

❶ 펴 pyeo = ㅍ p + ㅕ yeo
다 da = ㄷ d + ㅏ a
用例
이 i = ㅇ x + ㅣ i
불 bul = ㅂ b + ㅜ u + ㄹ l

❷ 접 jeop = ㅈ j + ㅓ eo + ㅂ p
다 da = ㄷ d + ㅏ a
用例
이 i = ㅇ x + ㅣ i
불 bul = ㅂ b + ㅜ u + ㄹ l

❸ 덮 deop = ㄷ d + ㅓ eo + ㅍ p
다 da = ㄷ d + ㅏ a
用例
이 i = ㅇ x + ㅣ i
불 bul = ㅂ b + ㅜ u + ㄹ l

76 枕頭 베개 be gae

115

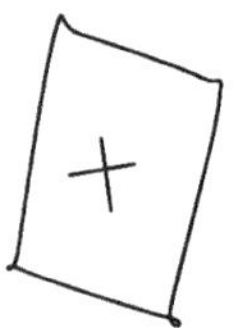

❶ 一個／한개
han gae

用例 一個枕頭 베개(枕頭) 한개(一個)
be gae han gae

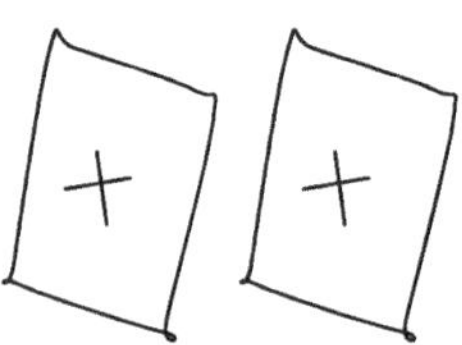

❷ 兩個／두개
du gae

用例 兩個枕頭 베개(枕頭) 두개(兩個)
be gae du gae

❸ 枕頭大戰、丟枕頭／베개 싸움
be gae ssa um

用例 玩枕頭大戰 베개 싸움(枕頭大戰)을 놀다(玩)
be gae ssa umeul nol da
連音讀法

을（eul）：助詞，受詞＋을＋動詞

韓語發音指南

❶ 한 han = ㅎ h + ㅏ a + ㄴ n
개 gae = ㄱ g + ㅐ ae
用例
베 be = ㅂ b + ㅔ e
개 gae = ㄱ g + ㅐ ae

❷ 두 du = ㄷ d + ㅜ u
개 gae = ㄱ g + ㅐ ae
用例
베 be = ㅂ b + ㅔ e
개 gae = ㄱ g + ㅐ ae

❸ 베 be = ㅂ b + ㅔ e
개 gae = ㄱ g + ㅐ ae
싸 ssa = ㅆ ss + ㅏ a
움 um = ㅇ x + ㅜ u + ㅁ m
用例
놀 nol = ㄴ n + ㅗ o + ㄹ l
다 da = ㄷ d + ㅏ a

❶ 睡覺／자다
ja da

	枕頭	枕著	睡覺
用例 枕著枕頭睡覺	베개를	베고	자다
	be gae reul	be go	ja da

를（reul）：助詞，受詞＋를＋動詞

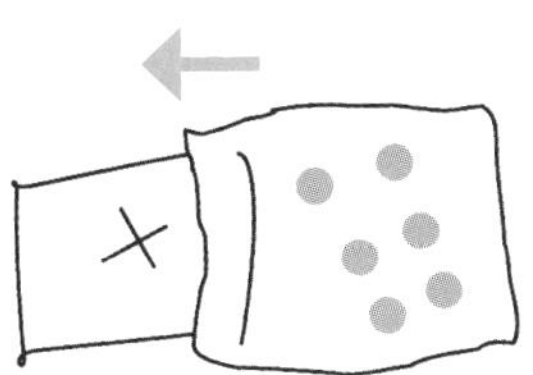

❷ 裝上／씌우다
ssi u da

	枕頭套	裝上
用例 裝上枕頭套	베개보를	씌우다
	be gae bo reul	ssi u da

를（reul）：助詞，受詞＋를＋動詞

*베개보（be gae bo）：枕頭套

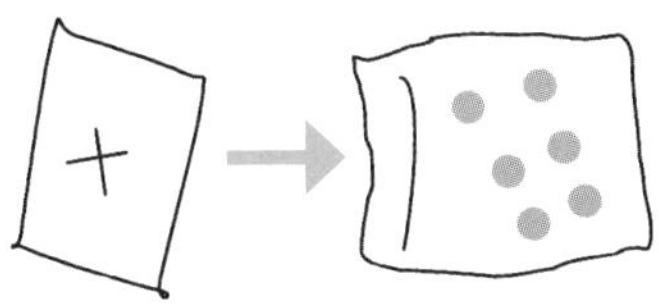

❸ 取下／벗기다
beo-ggi da
重音讀法

	枕頭套	取下
用例 取下枕頭套	베개보를	벗기다
	be gae bo reul	beo-ggi da（重音讀法）

를（reul）：助詞，受詞＋를＋動詞

韓語發音指南

❶ 자 ja = ㅈ j + ㅏ a
다 da = ㄷ d + ㅏ a
用例
베 be = ㅂ b + ㅔ e
개 gae = ㄱ g + ㅐ ae

베 be = ㅂ b + ㅔ e
고 go = ㄱ g + ㅗ o

❷ 씌 ssi = ㅆ ss + ㅢ i
우 u = ㅇ x + ㅜ u
다 da = ㄷ d + ㅏ a
用例
베 be = ㅂ b + ㅔ e
개 gae = ㄱ g + ㅐ ae
보 bo = ㅂ b + ㅗ o

❸ 벗 beot = ㅂ b + ㅓ eo + ㅅ t
기 gi = ㄱ g + ㅣ i
다 da = ㄷ d + ㅏ a
用例
베 be = ㅂ b + ㅔ e
개 gae = ㄱ g + ㅐ ae
보 bo = ㅂ b + ㅗ o

77 掃把 빗자루 bit ja ru

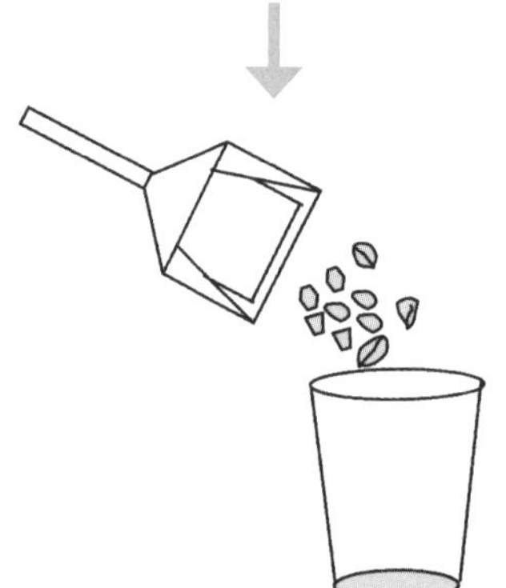

❶ 掃入／넣다
neota
連音讀法

❷ 畚箕／쓰레받기
sseu re ba-ggi
重音讀法

❸ 倒入／넣다
neota
連音讀法

韓語發音指南

❶ 넣 neot = ㄴ n + ㅓ eo + ㅎ t
다 da = ㄷ d + ㅏ a

❷ 쓰 sseu = ㅆ ss + ㅡ eu
레 re = ㄹ r + ㅔ e
받 bag = ㅂ b + ㅏ a + ㄷ g
기 gi = ㄱ g + ㅣ i

❸ 넣 neot = ㄴ n + ㅓ eo + ㅎ t
다 da = ㄷ d + ㅏ a

用例

쓰 sseu = ㅆ ss + ㅡ eu
레 re = ㄹ r + ㅔ e
기 gi = ㄱ g + ㅣ i
통 tong = ㅌ t + ㅗ o + ㅇ ng

用例 掃入畚箕 쓰레받기(畚箕) 에 넣다(掃入)

sseu re ba-ggi（重音讀法） e neota（連音讀法）

에（e）：助詞，到某地點

用例 倒入垃圾桶 쓰레기통(垃圾桶) 에 넣다(倒入)

sseu re gi tong e neota（連音讀法）

에（e）：助詞，到某地點

❶清掃／청소하다
cheong so ha da

用例 掃地 바닥을 청소하다
地板 清掃
ba dageul cheong so ha da
連音讀法

을（eul）：助詞，受詞＋을＋動詞

*바닥（ba dak）：地板

用例 用掃把掃 빗자루로 청소하다
掃把 清掃
bit ja ru ro cheong so ha da

로（ro）：助詞，用某種工具

❷騎乘／타다
ta da

用例 騎掃把 빗자루를 타다
掃把 騎乘
bit ja ru reul ta da

를（reul）：助詞，受詞＋를＋動詞

韓語發音指南

❶ 청 cheong = ㅊ ch + ㅓ eo + ㅇ ng
소 so = ㅅ s + ㅗ o
하 ha = ㅎ h + ㅏ a
다 da = ㄷ d + ㅏ a

用例

바 ba = ㅂ b + ㅏ a
닥 dak = ㄷ d + ㅏ a + ㄱ k

用例

빗 bit = ㅂ b + ㅣ i + ㅅ t
자 ja = ㅈ j + ㅏ a
루 ru = ㄹ r + ㅜ u

❷ 타 ta = ㅌ t + ㅏ a
다 da = ㄷ d + ㅏ a

用例

빗 bit = ㅂ b + ㅣ i + ㅅ t
자 ja = ㅈ j + ㅏ a
루 ru = ㄹ r + ㅜ u

78 吸塵器 청소기

cheong so gi

117

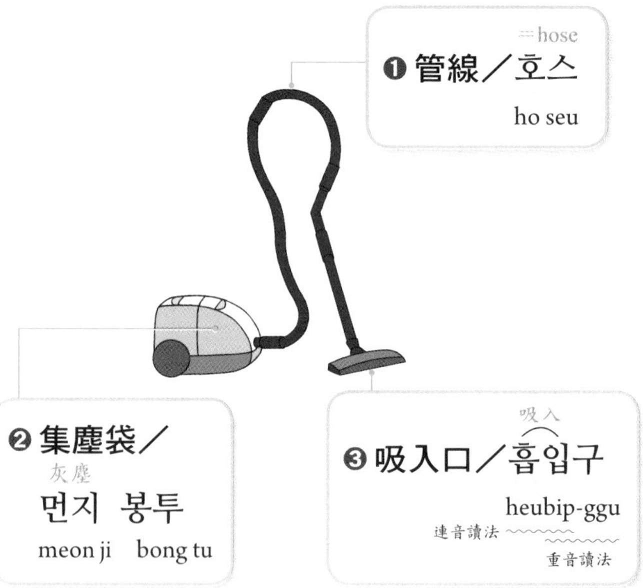

❷ 集塵袋／

灰塵

먼지 봉투

meon ji bong tu

吸入

❸ 吸入口／흡입구

heubip-ggu

連音讀法

重音讀法

❹ 吸除／흡입하다

heubipa da

連音讀法

灰塵 吸除

用例 吸灰塵 먼지를 흡입하다

meon ji reul heubipa da

連音讀法

를（reul）：助詞，受詞＋를＋動詞

吸塵器 吸除

用例 用吸塵器吸 청소기로 흡입하다

cheong so gi ro heubipa da

連音讀法

로（ro）：助詞，用某種工具

韓語發音指南

❶ 호 ho = ㅎ h + ㅗ o

스 seu = ㅅ s + ㅡ eu

❷ 먼 meon = ㅁ m + ㅓ eo + ㄴ n

지 ji = ㅈ j + ㅣ i

봉 bong = ㅂ b + ㅗ o + ㅇ ng

투 tu = ㅌ t + ㅜ u

❸ 흡 heub = ㅎ h + ㅡ eu + ㅂ b

입 ip = ㅇ x + ㅣ i + ㅂ p

구 gu = ㄱ g + ㅜ u

❹ 흡 heup = ㅎ h + ㅡ eu + ㅂ p

입 ip = ㅇ x + ㅣ i + ㅂ p

하 ha = ㅎ h + ㅏ a

다 da = ㄷ d + ㅏ a

用例

먼 meon = ㅁ m + ㅓ eo + ㄴ n

지 ji = ㅈ j + ㅣ i

用例

청 cheong = ㅊ ch + ㅓ eo + ㅇ ng

소 so = ㅅ s + ㅗ o

기 gi = ㄱ g + ㅣ i

79 抹布 걸레
geol re

118

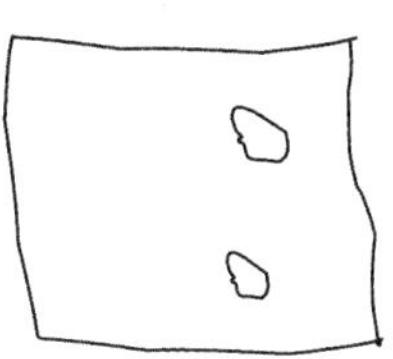

❶ 洞孔／구멍
gu meong

用例 破洞 구멍이 났다
洞 破掉
gu meong i nat-dda
重音讀法

이（i）：助詞，接在主詞之後

❷ 擦拭／닦다
dak-dda
重音讀法

用例 用抹布擦 걸레로 닦다
抹布 擦拭
geol re ro dak-dda
重音讀法

로（ro）：助詞，用某種工具

❸ 擰乾／짜다
jja da

用例 擰乾抹布 걸레를 짜다
抹布 擰乾
geol re reul jja da

를（reul）：助詞，受詞＋를＋動詞

韓語發音指南

❶ 구 gu = ㄱ g + ㅜ u
멍 meong = ㅁ m + ㅓ eo + ㅇ ng
用例
났 nat = ㄴ n + ㅏ a + ㅆ t
다 da = ㄷ d + ㅏ a

❷ 닦 dak = ㄷ d + ㅏ a + ㄲ k
다 da = ㄷ d + ㅏ a
用例
걸 geol = ㄱ g + ㅓ eo + ㄹ l
레 re = ㄹ r + ㅔ e

❸ 짜 jja = ㅉ jj + ㅏ a
다 da = ㄷ d + ㅏ a
用例
걸 geol = ㄱ g + ㅓ eo + ㄹ l
레 re = ㄹ r + ㅔ e

80 信件 편지 pyeon ji

119

“信件”的相關字

❶ 信紙：편지지
pyeon ji ji

❷ 信封：봉투
bong tu

❸ 郵筒：우체통
u che tong

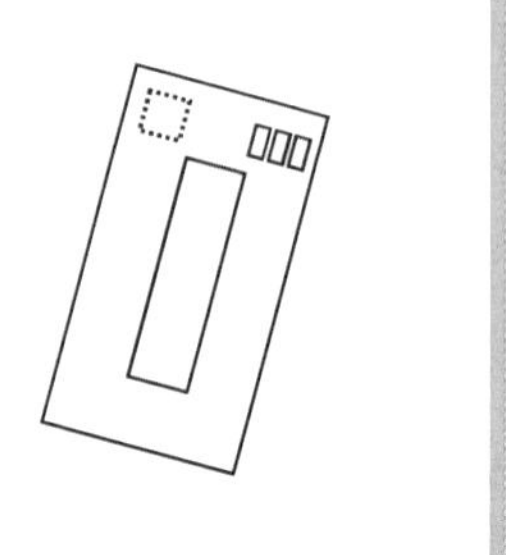

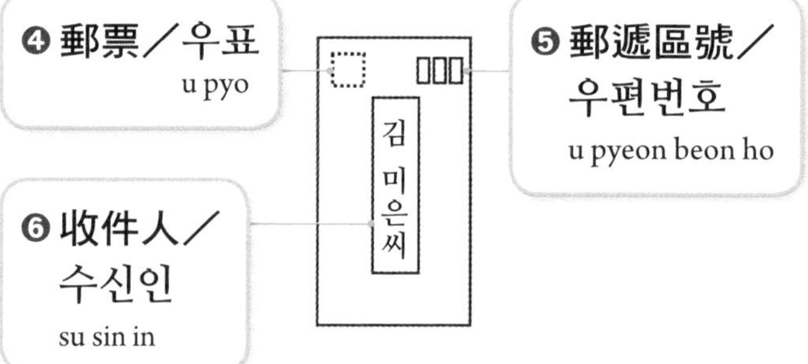

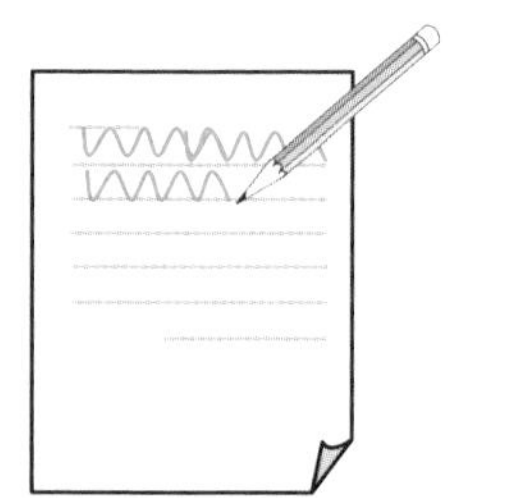

❼ 書寫／쓰다
sseu da

用例 寫信 편지(信)를 쓰다(書寫)
pyeon ji reul sseu da

를（reul）：助詞，受詞＋를＋動詞

韓語發音指南

❶ 편 pyeon = ㅍ p + ㅕ yeo + ㄴ n
지 ji = ㅈ j + ㅣ i
지 ji = ㅈ j + ㅣ i

❷ 봉 bong = ㅂ b + ㅗ o + ㅇ ng
투 tu = ㅌ t + ㅜ u

❸ 우 u = ㅇ x + ㅜ u
체 che = ㅊ ch + ㅔ e
통 tong = ㅌ t + ㅗ o + ㅇ ng

❹ 우 u = ㅇ x + ㅜ u
표 pyo = ㅍ p + ㅛ yo

❺ 우 u = ㅇ x + ㅜ u
편 pyeon = ㅍ p + ㅕ yeo + ㄴ n
번 beon = ㅂ b + ㅓ eo + ㄴ n
호 ho = ㅎ h + ㅗ o

❻ 수 su = ㅅ s + ㅜ u
신 sin = ㅅ s + ㅣ i + ㄴ n
인 in = ㅇ x + ㅣ i + ㄴ n

❼ 쓰 sseu = ㅆ ss + ㅡ eu
다 da = ㄷ d + ㅏ a

用例

편 pyeon = ㅍ p + ㅕ yeo + ㄴ n
지 ji = ㅈ j + ㅣ i

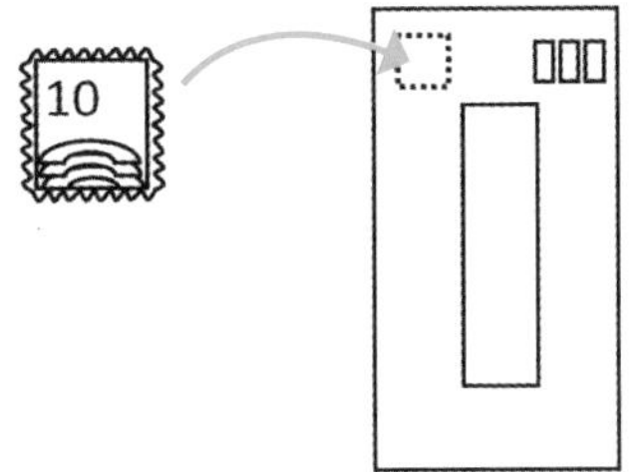

❶黏貼／붙이다
buchi da
連音讀法

用例 貼郵票 우표를 붙이다
郵票 黏貼
u pyo reul buchi da
連音讀法

를（reul）：助詞，受詞＋를＋動詞

❷寄出／보내다
bo nae da

用例 寄信 편지를 보내다
信 寄出
pyeon ji reul bo nae da

를（reul）：助詞，受詞＋를＋動詞

❸明信片／엽서
yeop-sseo
重音讀法

用例 寄明信片 엽서를 보내다
明信片 寄出
yeop-sseo reul bo nae da
重音讀法

를（reul）：助詞，受詞＋를＋動詞

韓語發音指南

❶ 붙 but = ㅂ b + ㅜ u + ㅌ t
이 i = ㅇ x + ㅣ i
다 da = ㄷ d + ㅏ a

用例

우 u = ㅇ x + ㅜ u
표 pyo = ㅍ p + ㅛ yo

❷ 보 bo = ㅂ b + ㅗ o
내 nae = ㄴ n + ㅐ ae
다 da = ㄷ d + ㅏ a

用例

편 pyeon = ㅍ p + ㅕ yeo + ㄴ n
지 ji = ㅈ j + ㅣ i

❸ 엽 yeop = ㅇ x + ㅕ yeo + ㅂ p
서 seo = ㅅ s + ㅓ eo

用例

보 bo = ㅂ b + ㅗ o
내 nae = ㄴ n + ㅐ ae
다 da = ㄷ d + ㅏ a

81 電子郵件 전자메일
geon ja me il

120

❶ 傳送／보내다
bo nae da

❷ 轉寄／전달하다
jeon dal ha da

❸ 接收／받다
bat-dda
重音讀法

韓語發音指南

❶ 보 bo = ㅂ b + ㅗ o
내 nae = ㄴ n + ㅐ ae
다 da = ㄷ d + ㅏ a

❷ 전 jeon = ㅈ j + ㅓ eo + ㄴ n
달 dal = ㄷ d + ㅏ a + ㄹ l
하 ha = ㅎ h + ㅏ a
다 da = ㄷ d + ㅏ a

❸ 받 bat = ㅂ b + ㅏ a + ㄷ t
다 da = ㄷ d + ㅏ a

用例
전 geon = ㅈ g + ㅓ eo + ㄴ n
자 ja = ㅈ j + ㅏ a
메 me = ㅁ m + ㅔ e
일 il = ㅇ x + ㅣ i + ㄹ l

用例 傳送電子郵件 전자메일을（電子郵件） 보내다（傳送）
geon ja me ireul（連音讀法） bo nae da

을（eul）：助詞，受詞＋을＋動詞

用例 轉寄電子郵件 전자메일을（電子郵件） 전달하다（轉寄）
geon ja me ireul（連音讀法） jeon dal ha da

을（eul）：助詞，受詞＋을＋動詞

用例 接收電子郵件 전자메일을（電子郵件） 받다（接收）
geon ja me ireul（連音讀法） bat-dda（重音讀法）

을（eul）：助詞，受詞＋을＋動詞

*메일（me il）：郵件＝mail

❶ 寫／쓰다
sseu da

用例 寫電子郵件 전자메일을 쓰다
（電子郵件 / 寫）
geon ja me ireul sseu da
連音讀法

을（eul）：助詞，受詞＋을＋動詞

"電子郵件"的相關字

❷ 收件匣：받은편지함（接收）
badeun pyeon ji ham
連音讀法

❸ 寄件匣：보낸편지함（寄送）
bo naen pyeon ji ham

❹ 收件人：받는 사람（人）
bat neun sa ram

❺ 垃圾郵件：스팸메일（＝spam mail）
seu paem me il

❻ 附加檔案：첨부파일（附加 檔案＝file）
cheom bu pa il

韓語發音指南

❶ 쓰 sseu = ㅆ ss + ㅡ eu
다 da = ㄷ d + ㅏ a
用例
전 geon = ㅈ g + ㅓ eo + ㄴ n
자 ja = ㅈ j + ㅏ a
메 me = ㅁ m + ㅔ e
일 il = ㅇ x + ㅣ i + ㄹ l

❷ 받 bat = ㅂ b + ㅏ a + ㄷ t
은 eun = ㅇ x + ㅡ eu + ㄴ n
편 pyeon = ㅍ p + ㅕ yeo + ㄴ n
지 ji = ㅈ j + ㅣ i
함 ham = ㅎ h + ㅏ a + ㅁ m

❸ 보 bo = ㅂ b + ㅗ o
낸 naen = ㄴ n + ㅐ ae + ㄴ n
편 pyeon = ㅍ p + ㅕ yeo + ㄴ n
지 ji = ㅈ j + ㅣ i
함 ham = ㅎ h + ㅏ a + ㅁ m

❹ 받 bat = ㅂ b + ㅏ a + ㄷ t
는 neun = ㄴ n + ㅡ eu + ㄴ n
사 sa = ㅅ s + ㅏ a
람 ram = ㄹ r + ㅏ a + ㅁ m

❺ 스 seu = ㅅ s + ㅡ eu
팸 paem = ㅍ p + ㅐ ae + ㅁ m
메 me = ㅁ m + ㅔ e
일 il = ㅇ x + ㅣ i + ㄹ l

❻ 첨 cheom = ㅊ ch + ㅓ eo + ㅁ m
부 bu = ㅂ b + ㅜ u
파 pa = ㅍ p + ㅏ a
일 il = ㅇ x + ㅣ i + ㄹ l

82 花 꽃
kkot

121

❶ 一束／한다발
han da bal

用例 一束花　꽃(花) 한다발(一束)
kkot　han da bal

❷ 賞花／꽃구경(觀賞)
kkot gu kyeong

用例 去賞花　꽃(花)구경(觀賞) 가다(去做(某件事))
kkot gu kyeong　ga da

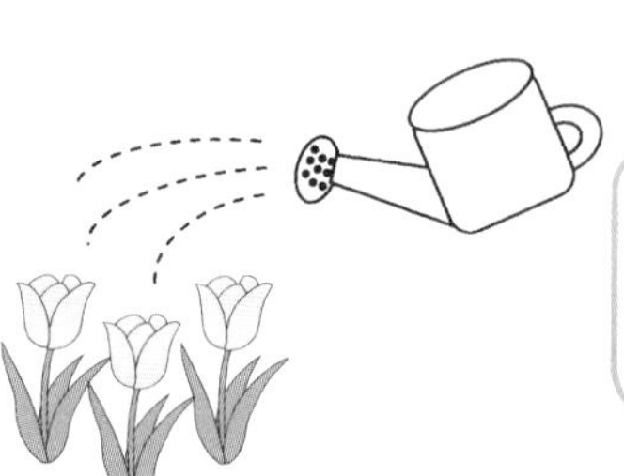

❸ 澆水／물(水) 뿌리다(撒、澆)
mul　ppu ri da

用例 澆花　꽃(花)에 물(水) 뿌리다(撒、澆)
kkote　mul　ppu ri da
連音讀法

에（e）：助詞，表示…的對象

韓語發音指南

❶ 한 han = ㅎ h + ㅏ a + ㄴ n
다 da = ㄷ d + ㅏ a
발 bal = ㅂ b + ㅏ a + ㄹ l
用例
꽃 kkot = ㄲ kk + ㅗ o + ㅊ t

❷ 꽃 kkot = ㄲ kk + ㅗ o + ㅊ t
구 gu = ㄱ g + ㅜ u
경 kyeong = ㄱ k + ㅕ yeo + ㅇ ng
用例
가 ga = ㄱ g + ㅏ a
다 da = ㄷ d + ㅏ a

❸ 물 mul = ㅁ m + ㅜ u + ㄹ l
뿌 ppu = ㅃ pp + ㅜ u
리 ri = ㄹ r + ㅣ i
다 da = ㄷ d + ㅏ a
用例
꽃 kkot = ㄲ kk + ㅗ o + ㅊ t

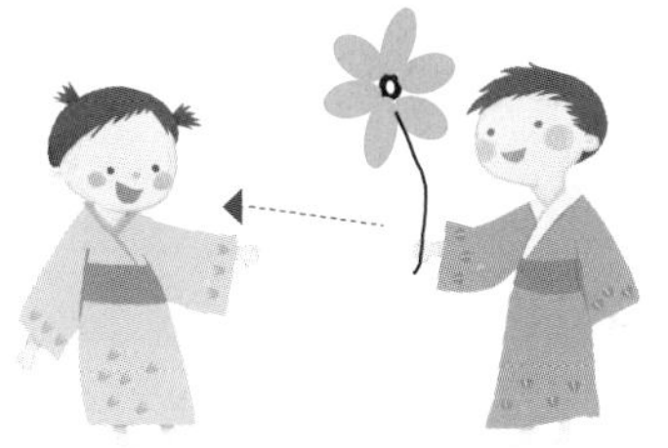

❶贈送／주다
ju da

用例 送花 꽃을 주다
（花 꽃，贈送 주다）
kkocheul ju da
連音讀法

을（eul）：助詞，受詞＋을＋動詞

❷聞／맡다
mat-dda
重音讀法

用例 聞花的味道 꽃 향기를 맡다
（花 꽃，味道 향기，聞 맡다）
kkot hyang gi reul mat-dda
重音讀法

를（reul）：助詞，受詞＋를＋動詞

❸摘取／꺾다
kkeok-dda
重音讀法

用例 摘花 꽃을 꺾다
（花 꽃，摘取 꺾다）
kkocheul kkeok-dda
連音讀法 重音讀法

을（eul）：助詞，受詞＋을＋動詞

韓語發音指南

❶ 주 ju = ㅈ j + ㅜ u
다 da = ㄷ d + ㅏ a
用例
꽃 kkot = ㄲ kk + ㅗ o + ㅊ t

❷ 맡 mat = ㅁ m + ㅏ a + ㅌ t
다 da = ㄷ d + ㅏ a
用例
꽃 kkot = ㄲ kk + ㅗ o + ㅊ t

향 hyang = ㅎ h + ㅑ ya + ㅇ ng
기 gi = ㄱ g + ㅣ i

❸ 꺾 kkeok = ㄲ kk + ㅓ eo + ㄲ k
다 da = ㄷ d + ㅏ a
用例
꽃 kkot = ㄲ kk + ㅗ o + ㅊ t

83 樹木 나무
na mu

❶往上爬／오르다
o reu da

用例 爬樹 나무에 오르다
樹 往上爬
na mu e o reu da

에（e）：助詞，在某地點

❷使涼快／식히다
siki da
連音讀法

用例 乘涼 더위를 식히다
暑氣 使涼快
deo wi reul siki da
連音讀法

를（reul）：助詞，受詞＋를＋動詞

❸砍伐／베다
be da

用例 砍樹 나무를 베다
樹 砍伐
na mu reul be da

를（reul）：助詞，受詞＋를＋動詞

韓語發音指南

❶ 오 o = ㅇ x + ㅗ o
르 reu = ㄹ r + ㅡ eu
다 da = ㄷ d + ㅏ a
用例
나 na = ㄴ n + ㅏ a
무 mu = ㅁ m + ㅜ u

❷ 식 sik = ㅅ s + ㅣ i + ㄱ k
히 hi = ㅎ h + ㅣ i
다 da = ㄷ d + ㅏ a
用例
더 deo = ㄷ d + ㅓ eo
위 wi = ㅇ x + ㅟ wi

❸ 베 be = ㅂ b + ㅔ e
다 da = ㄷ d + ㅏ a
用例
나 na = ㄴ n + ㅏ a
무 mu = ㅁ m + ㅜ u

84 海洋 바다 ba da

123

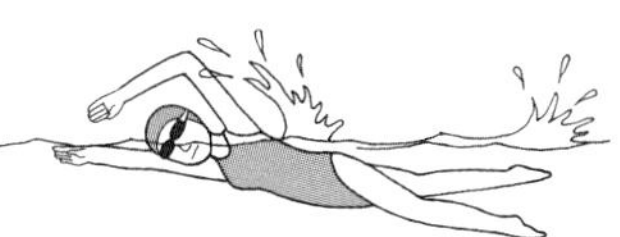

❶ 游泳／수영하다 su yeong ha da

用例 在海裡游泳 바다에서 수영하다
海 游泳
ba da e seo su yeong ha da

에서（e seo）：助詞，在某地點

❷ 衝浪／파도타다 pa do ta da

用例 在海上衝浪 바다에서 파도타다
海 衝浪
ba da e seo pa do ta da

에서（e seo）：助詞，在某地點

❸ 淹沒／빠지다 ppa ji da

用例 溺水 물에 빠지다
水 淹沒
mure ppa ji da
連音讀法

에（e）：助詞，（被…）

韓語發音指南

❶ 수 su = ㅅ s + ㅜ u
영 yeong = ㅇ x + ㅕ yeo + ㅇ ng
하 ha = ㅎ h + ㅏ a
다 da = ㄷ d + ㅏ a
用例
바 ba = ㅂ b + ㅏ a
다 da = ㄷ d + ㅏ a

❷ 파 pa = ㅍ p + ㅏ a
도 do = ㄷ d + ㅗ o
타 ta = ㅌ t + ㅏ a
다 da = ㄷ d + ㅏ a
用例
바 ba = ㅂ b + ㅏ a
다 da = ㄷ d + ㅏ a

❸ 빠 ppa = ㅃ pp + ㅏ a
지 ji = ㅈ j + ㅣ i
다 da = ㄷ d + ㅏ a
用例
물 mul = ㅁ m + ㅜ u + ㄹ l

85 山 산 san

124

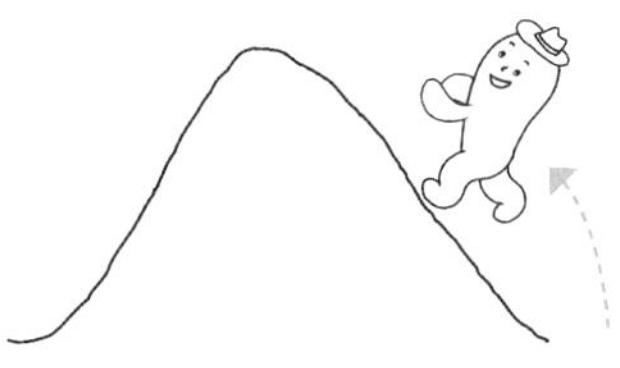

❶ 往上爬／오르다
o reu da

用例 爬山 산을 오르다

(山 / 往上爬)

saneul o reu da

連音讀法

을（eul）：助詞，受詞＋을＋動詞

❷ 下去／내려가다
nae ryeo ga da

用例 下山 산에서 내려가다

(山 / 下去)

san e seo nae ryeo ga da

에서（e seo）：助詞，從某地點

❸ 行走／걷다
geot-dda

重音讀法

用例 行走山路 산길을 걷다

(山路 / 行走)

san jjireul geot-dda

連音讀法 重音讀法

을（eul）：助詞，受詞＋을＋動詞

韓語發音指南

❶ 오 o = ㅇ x + ㅗ o

르 reu = ㄹ r + ㅡ eu

다 da = ㄷ d + ㅏ a

用例

산 san = ㅅ s + ㅏ a + ㄴ n

❷ 내 nae = ㄴ n + ㅐ ae

려 ryeo = ㄹ r + ㅕ yeo

가 ga = ㄱ g + ㅏ a

다 da = ㄷ d + ㅏ a

用例

산 san = ㅅ s + ㅏ a + ㄴ n

❸ 걷 geot = ㄱ g + ㅓ eo + ㄷ t

다 da = ㄷ d + ㅏ a

用例

산 san = ㅅ s + ㅏ a + ㄴ n

길 jil = ㄱ j + ㅣ i + ㄹ l

86 月亮 달 dal

125

❶ 弦月／초승달
cho seung dal

❷ 滿月／보름달
bo reum dal

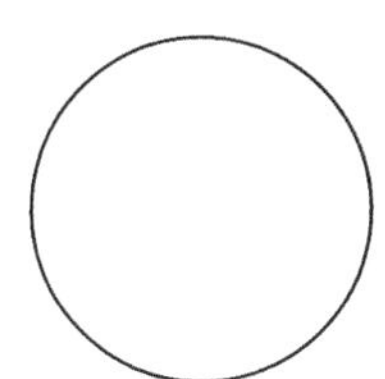

❸ 賞月／달구경（觀賞）
dal gu kyeong

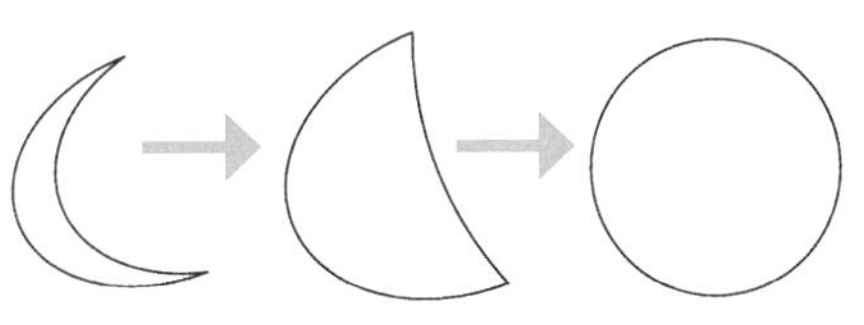

❹ 月盈／차오르다
cha o reu da

用例 月亮由缺轉盈 달이（月亮） 차오르다（月盈）
dari（連音讀法） cha o reu da

이（i）：助詞，接在主詞之後

韓語發音指南

❶ 초 cho = ㅊ ch + ㅗ o
승 seung = ㅅ s + ㅡ eu + ㅇ ng
달 dal = ㄷ d + ㅏ a + ㄹ l

❷ 보 bo = ㅂ b + ㅗ o
름 reum = ㄹ r + ㅡ eu + ㅁ m
달 dal = ㄷ d + ㅏ a + ㄹ l

❸ 달 dal = ㄷ d + ㅏ a + ㄹ l
구 gu = ㄱ g + ㅜ u
경 kyeong = ㄱ k + ㅕ yeo + ㅇ ng

❹ 차 cha = ㅊ ch + ㅏ a
오 o = ㅇ x + ㅗ o
르 reu = ㄹ r + ㅡ eu
다 da = ㄷ d + ㅏ a
用例
달 dal = ㄷ d + ㅏ a + ㄹ l

87 太陽 태양／해 tae yang／hae

126

日出・日落

❶ 日出：일출
il chul

❷ 日落：일몰
il mol

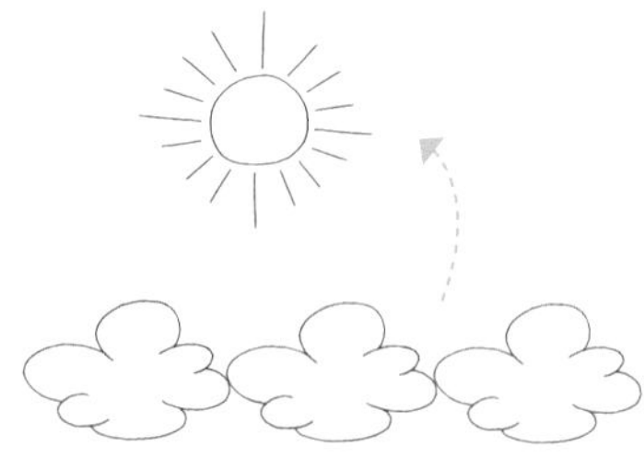

❸ 上升／뜨다
tteu da

用例 太陽升起 해가 뜨다
（太陽 上升）
hae ga tteu da

가（ga）：助詞，接在主詞之後

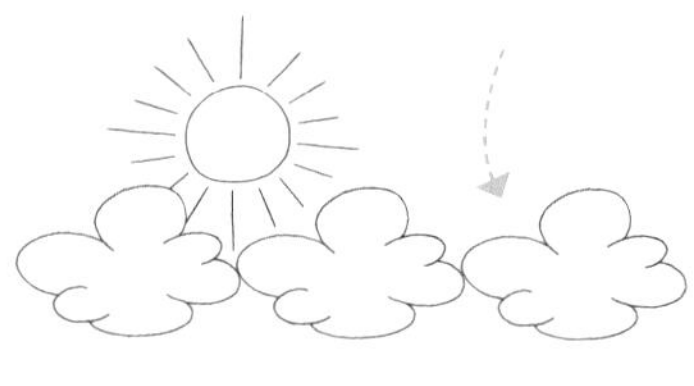

❹ 沉下／지다
ji da

用例 太陽沉下 해가 지다
（太陽 沉下）
hae ga ji da

가（ga）：助詞，接在主詞之後

韓語發音指南

❶ 일 il = ㅇ x + ㅣ i + ㄹ l
출 chul = ㅊ ch + ㅜ u + ㄹ l

❷ 일 il = ㅇ x + ㅣ i + ㄹ l
몰 mol = ㅁ m + ㅗ o + ㄹ l

❸ 뜨 tteu = ㄸ tt + ㅡ eu
다 da = ㄷ d + ㅏ a
用例
해 hae = ㅎ h + ㅐ ae

❹ 지 ji = ㅈ j + ㅣ i
다 da = ㄷ d + ㅏ a
用例
해 hae = ㅎ h + ㅐ ae

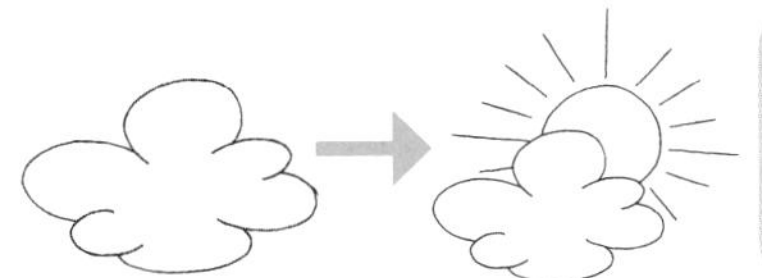

❶ 出現／나왔다
na wat-dda
重音讀法

用例 出太陽 태양이 나왔다
(太陽 / 出現)
tae yang i na wat-dda
重音讀法

이（i）：助詞，接在主詞之後

❷ 曬／쬐다
jjoe da

用例 曬太陽 햇빛을 쬐다
(陽光 / 曬)
haet biseul jjoe da
連音讀法

을（eul）：助詞，受詞＋을＋動詞

❸ 日光浴／일광욕
il gwang yok

用例 做日光浴 일광욕을 하다
(日光浴 / 進行(某件事))
il gwang yogeul ha da
連音讀法

을（eul）：助詞，受詞＋을＋動詞

韓語發音指南

❶ 나 na = ㄴ n + ㅏ a
왔 wat = ㅇ x + ㅘ wa + ㅆ t
다 da = ㄷ d + ㅏ a
用例
태 tae = ㅌ t + ㅐ ae
양 yang = ㅇ x + ㅑ ya + ㅇ ng

❷ 쬐 jjoe = ㅉ jj + ㅚ oe
다 da = ㄷ d + ㅏ a
用例
햇 haet = ㅎ h + ㅐ ae + ㅅ t
빛 bit = ㅂ b + ㅣ i + ㅊ t

❸ 일 il = ㅇ x + ㅣ i + ㄹ l
광 gwang = ㄱ g + ㅘ wa + ㅇ ng
욕 yok = ㅇ x + ㅛ yo + ㄱ k
用例
하 ha = ㅎ h + ㅏ a
다 da = ㄷ d + ㅏ a

88 雲 구름

gu reum

127

❶ 白雲／하얀구름（白：하얀）

ha yan gu reum

❷ 烏雲／먹구름（黑：먹）

meok gu reum

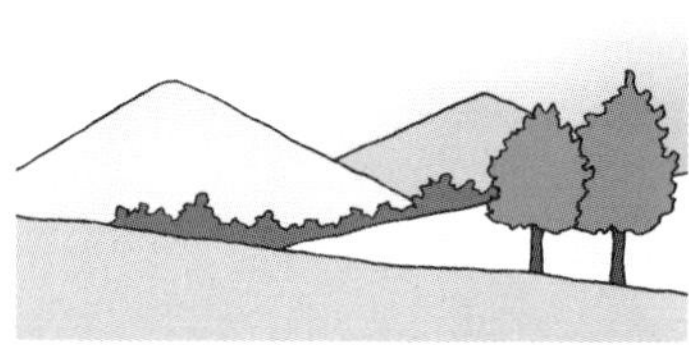

❸ 無雲的／구름없는（沒有：없는）

gu reum eop neun

用例 無雲的天空 구름없는 하늘（沒有雲：구름없는；天空：하늘）

gu reum eop neun ha neul

*하늘（ha neul）：天空

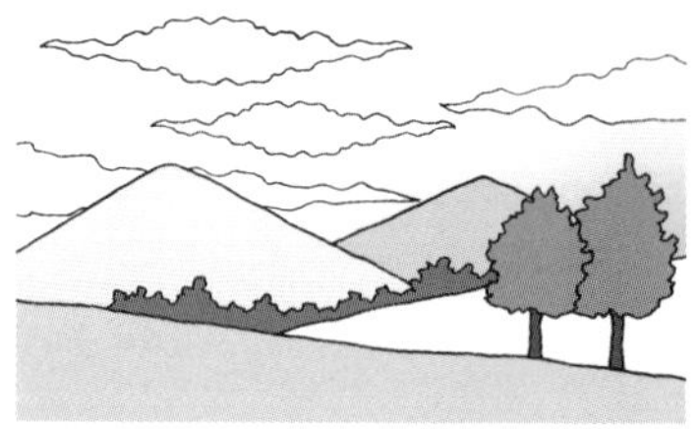

❹ 多雲的／구름많은（大量的：많은）

gu reum maneun

連音讀法

用例 多雲的天空 구름많은 하늘（大量的雲：구름많은；天空：하늘）

gu reum maneun ha neul

連音讀法

韓語發音指南

❶ 하 ha = ㅎ h + ㅏ a
안 yan = ㅇ x + ㅑ ya + ㄴ n
구 gu = ㄱ g + ㅜ u
름 reum = ㄹ r + ㅡ eu + ㅁ m

❷ 먹 meok = ㅁ m + ㅓ eo + ㄱ k
구 gu = ㄱ g + ㅜ u
름 reum = ㄹ r + ㅡ eu + ㅁ m

❸ 구 gu = ㄱ g + ㅜ u
름 reum = ㄹ r + ㅡ eu + ㅁ m
없 eop = ㅇ x + ㅓ eo + ㅄ p
는 neun = ㄴ n + ㅡ eu + ㄴ n

用例
하 ha = ㅎ h + ㅏ a
늘 neul = ㄴ n + ㅡ eu + ㄹ l

❹ 구 gu = ㄱ g + ㅜ u
름 reum = ㄹ r + ㅡ eu + ㅁ m
많 man = ㅁ m + ㅏ a + ㄶ n
은 eun = ㅇ x + ㅡ eu + ㄴ n

用例
하 ha = ㅎ h + ㅏ a
늘 neul = ㄴ n + ㅡ eu + ㄹ l

89 雨 비 bi

128

❶ 降下／내리다
nae ri da

用例 下雨 비가 내리다
(雨 降下)
bi ga nae ri da

가（ga）：助詞，接在主詞之後

❷ 擋住／막다
mak-dda
重音讀法

用例 撐傘擋雨 우산으로 비를 막다
(傘 雨 擋住)
u saneu ro bi reul mak-dda
連音讀法 重音讀法

으로（eu ro）：助詞，用某種工具
를（reul）：助詞，受詞＋를＋動詞

雨衣・雨鞋

❸ 雨衣：우비
u bi

❹ 雨鞋：장화
jang hwa

韓語發音指南

❶ 내 nae = ㄴ n + ㅐ ae
리 ri = ㄹ r + ㅣ i
다 da = ㄷ d + ㅏ a
用例
비 bi = ㅂ b + ㅣ i

❷ 막 mak = ㅁ m + ㅏ a + ㄱ k
다 da = ㄷ d + ㅏ a
用例
우 u = ㅇ x + ㅜ u
산 san = ㅅ s + ㅏ a + ㄴ n

비 bi = ㅂ b + ㅣ i

❸ 우 u = ㅇ x + ㅜ u
비 bi = ㅂ b + ㅣ i

❹ 장 jang = ㅈ j + ㅏ a + ㅇ ng
화 hwa = ㅎ h + ㅘ wa

90 風 바람 ba ram

129

❶ 寒冷的／추운
chu un

用例 寒風 추운(寒冷的) 바람(風)
chu un ba ram

❷ 涼爽的／시원한
si won han

用例 涼風 시원한(涼爽的) 바람(風)
si won han ba ram

❸ 吹／불다
bul da

用例 風吹 바람(風)이 불다(吹)
ba rami bul da
連音讀法

이（i）：助詞，接在主詞之後

韓語發音指南

❶ 추 chu = ㅊ ch + ㅜ u
운 un = ㅇ x + ㅜ u + ㄴ n
用例
바 ba = ㅂ b + ㅏ a
람 ram = ㄹ r + ㅏ a + ㅁ m

❷ 시 si = ㅅ s + ㅣ i
원 won = ㅇ x + ㅝ wo + ㄴ n
한 han = ㅎ h + ㅏ a + ㄴ n
用例
바 ba = ㅂ b + ㅏ a
람 ram = ㄹ r + ㅏ a + ㅁ m

❸ 불 bul = ㅂ b + ㅜ u + ㄹ l
다 da = ㄷ d + ㅏ a
用例
바 ba = ㅂ b + ㅏ a
람 ram = ㄹ r + ㅏ a + ㅁ m

91 雪 눈 nun

130

❶雪人／눈사람
nun sa ram

用例 堆雪人 눈사람을 만들다
雪人 堆起
nun sa rameul man deul da
連音讀法

을（eul）：助詞，受詞＋을＋動詞

❷降下／내리다
nae ri da

用例 下雪 눈이 내리다
雪 降下
nuni nae ri da
連音讀法

이（i）：助詞，接在主詞之後

❸滑動／타다
ta da

用例 滑雪 스키를 타다
滑雪＝ski 滑動
seu ki reul ta da

를（reul）：助詞，受詞＋를＋動詞

韓語發音指南

❶ 눈 nun = ㄴ n + ㅜ u + ㄴ n
사 sa = ㅅ s + ㅏ a
람 ram = ㄹ r + ㅏ a + ㅁ m
用例
만 man = ㅁ m + ㅏ a + ㄴ n
들 deul = ㄷ d + ㅡ eu + ㄹ l
다 da = ㄷ d + ㅏ a

❷ 내 nae = ㄴ n + ㅐ ae
리 ri = ㄹ r + ㅣ i
다 da = ㄷ d + ㅏ a
用例
눈 nun = ㄴ n + ㅜ u + ㄴ n

❸ 타 ta = ㅌ t + ㅏ a
다 da = ㄷ d + ㅏ a
用例
스 seu = ㅅ s + ㅡ eu
키 ki = ㅋ k + ㅣ i

92 刨冰 빙수 bing su

❶ 盛接／받다
bat-dda
重音讀法

用例 **盛接刨冰 빙수를 받다**

刨冰 빙수 bing su reul / 盛接 받다 bat-dda（重音讀法）

를（reul）：助詞，受詞＋를＋動詞

❷ 淋上／뿌리다
ppu ri da

用例 **淋果醬 잼을 뿌리다**

果醬＝jam 잼 jjaem eul（連音讀法）/ 淋上 뿌리다 ppu ri da

을（eul）：助詞，受詞＋을＋動詞

❸ 放上／놓다
nota
連音讀法

用例 **放上配料 부재료를 놓다**

配料 부재료 bu jae ryo reul / 放上 놓다 nota（連音讀法）

를（reul）：助詞，受詞＋를＋動詞

韓語發音指南

❶ 반 bat = ㅂ b + ㅏ a + ㄷ t
다 da = ㄷ d + ㅏ a
用例
빙 bing = ㅂ b + ㅣ i + ㅇ ng
수 su = ㅅ s + ㅜ u

❷ 뿌 ppu = ㅃ pp + ㅜ u
리 ri = ㄹ r + ㅣ i
다 da = ㄷ d + ㅏ a
用例
잼 jjaem = ㅉ jj + ㅐ ae + ㅁ m

❸ 놓 not = ㄴ n + ㅗ o + ㅎ t
다 da = ㄷ d + ㅏ a
用例
부 bu = ㅂ b + ㅜ u
재 jae = ㅈ j + ㅐ ae
료 ryo = ㄹ r + ㅛ yo

93 冰淇淋 아이스크림
a i seu keu rim

132

❶ 一球／싱글 ＝single
sing geul

❷ 脆皮筒／콘 ＝cone
kon

❸ 挖取／푸다
pu da

用例 挖冰淇淋 아이스크림을 푸다
冰淇淋 挖取
a i seu keu rimeul pu da
連音讀法

을（eul）：助詞，受詞＋을＋動詞

*아이스크림（a i seu keu rim）：冰淇淋＝ice cream

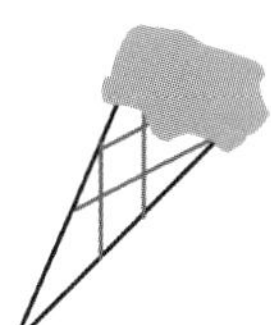

❹ 融化／녹다
nok-dda
重音讀法

用例 冰淇淋融化 아이스크림이 녹다
冰淇淋 融化
a i seu keu rimi nok-dda
連音讀法 重音讀法

이（i）：助詞，接在主詞之後

韓語發音指南

❶ 싱 sing = ㅅ s + ㅣ i + ㅇ ng
글 geul = ㄱ g + ㅡ eu + ㄹ l

❷ 콘 kon = ㅋ k + ㅗ o + ㄴ n

❸ 푸 pu = ㅍ p + ㅜ u
다 da = ㄷ d + ㅏ a

用例
아 a = ㅇ x + ㅏ a
이 i = ㅇ x + ㅣ i
스 seu = ㅅ s + ㅡ eu
크 keu = ㅋ k + ㅡ eu
림 rim = ㄹ r + ㅣ i + ㅁ m

❹ 녹 nok = ㄴ n + ㅗ o + ㄱ k
다 da = ㄷ d + ㅏ a

用例
아 a = ㅇ x + ㅏ a
이 i = ㅇ x + ㅣ i
스 seu = ㅅ s + ㅡ eu
크 keu = ㅋ k + ㅡ eu
림 rim = ㄹ r + ㅣ i + ㅁ m

94 茶 차 cha

133

各種茶類

❶ 紅茶：홍차
hong cha

❷ 綠茶：녹차
nok cha

❸ 烏龍茶：우롱차
u rong cha

❹ 沖泡／우리다
u ri da

用例 沖泡茶 차의 물을 우리다
(茶 水 沖泡)
cha e mureul u ri da
連音讀法

의（e）：助詞，…的
을（eul）：助詞，受詞＋을＋動詞

=tea bag
❺ 茶包／티백
ti baek

用例 用茶包泡茶 티백으로 차를 타다
(茶包 茶 沖泡出)
ti baegeu ro cha reul ta da
連音讀法

으로（eu ro）：助詞，用某種工具
를（reul）：助詞，受詞＋를＋動詞

韓語發音指南

❶ 홍 hong = ㅎ h + ㅗ o + ㅇ ng
차 cha = ㅊ ch + ㅏ a

❷ 녹 nok = ㄴ n + ㅗ o + ㄱ k
차 cha = ㅊ ch + ㅏ a

❸ 우 u = ㅇ x + ㅜ u
롱 rong = ㄹ r + ㅗ o + ㅇ ng
차 cha = ㅊ ch + ㅏ a

❹ 우 u = ㅇ x + ㅜ u
리 ri = ㄹ r + ㅣ i
다 da = ㄷ d + ㅏ a
用例
차 cha = ㅊ ch + ㅏ a

물 mul = ㅁ m + ㅜ u + ㄹ l

❺ 티 ti = ㅌ t + ㅣ i
백 baek = ㅂ b + ㅐ ae + ㄱ k
用例
차 cha = ㅊ ch + ㅏ a

타 ta = ㅌ t + ㅏ a
다 da = ㄷ d + ㅏ a

95 咖啡 커피 keo pi

134

"咖啡"的相關字

❶ 即溶咖啡：인스턴트 커피
=instant =coffee
in seu teon teu keo pi

❷ 奶精：프림
peu rim

❸ 砂糖：설탕
seol tang

❹ 烹煮／끓이다
kkeuri da
連音讀法

用例 烹煮咖啡 커피를 끓이다
咖啡 烹煮
keo pi reul kkeuri da
連音讀法

를（reul）：助詞，受詞＋를＋動詞

❺ 倒入／따르다
tta reu da

用例 倒咖啡 커피를 따르다
咖啡 倒入
keo pi reul tta reu da

를（reul）：助詞，受詞＋를＋動詞

韓語發音指南

❶ 인 in = ㅇ x + ㅣ i + ㄴ n
스 seu = ㅅ s + ㅡ eu
턴 teon = ㅌ t + ㅓ eo + ㄴ n
트 teu = ㅌ t + ㅡ eu
커 keo = ㅋ k + ㅓ eo
피 pi = ㅍ p + ㅣ i

❷ 프 peu = ㅍ p + ㅡ eu
림 rim = ㄹ r + ㅣ i + ㅁ m

❸ 설 seol = ㅅ s + ㅓ eo + ㄹ l
탕 tang = ㅌ t + ㅏ a + ㅇ ng

❹ 끓 kkeul = ㄲ kk + ㅡ eu + ㅀ l
이 i = ㅇ x + ㅣ i
다 da = ㄷ d + ㅏ a
用例
커 keo = ㅋ k + ㅓ eo
피 pi = ㅍ p + ㅣ i

❺ 따 tta = ㄸ tt + ㅏ a
르 reu = ㄹ r + ㅡ eu
다 da = ㄷ d + ㅏ a
用例
커 keo = ㅋ k + ㅓ eo
피 pi = ㅍ p + ㅣ i

96 酒 술 sul

135

❶ 敬酒／건배
geon bae

❷ 喝光、喝乾／원샷
= shot
won syat

❸ 喝／마시다
ma si da

用例 喝酒 술을 마시다
酒 喝
sureul ma si da
連音讀法

을（eul）：助詞，受詞＋을＋動詞

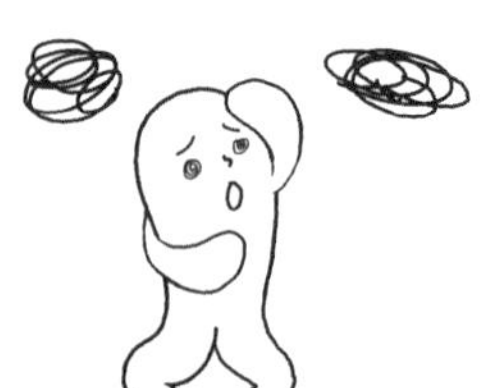

❹ 喝醉／취하다
chwi ha da

用例 喝醉酒 술에 취하다
酒 喝醉
sure chwi ha da
連音讀法

에（e）：助詞，表示原因

韓語發音指南

❶ 건 geon = ㄱ g + ㅓ eo + ㄴ n
배 bae = ㅂ b + ㅐ ae

❷ 원 won = ㅇ x + ㅝ wo + ㄴ n
샷 syat = ㅅ s + ㅑ ya + ㅅ t

❸ 마 ma = ㅁ m + ㅏ a
시 si = ㅅ s + ㅣ i
다 da = ㄷ d + ㅏ a
用例
술 sul = ㅅ s + ㅜ u + ㄹ l

❹ 취 chwi = ㅊ ch + ㅟ wi
하 ha = ㅎ h + ㅏ a
다 da = ㄷ d + ㅏ a
用例
술 sul = ㅅ s + ㅜ u + ㄹ l

❶ 倒入／따르다
tta reu da

用例 倒酒 술을 따르다
(酒 倒入)
sureul tta reu da
連音讀法

을（eul）：助詞，受詞＋을＋動詞

❷ 小菜／안주
an ju

用例 配小菜 안주를 곁들이다
(小菜 搭配)
an ju reul gyeot-ddeuri da
重音讀法 連音讀法

를（reul）：助詞，受詞＋를＋動詞

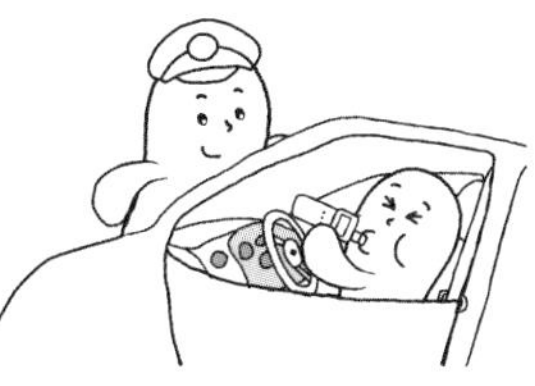

❸ 酒測／음주측정
(喝酒 測試)
eum ju cheuk-jjeong
重音讀法

用例 接受酒測 음주측정검사를 받다
(喝酒 測試 檢查 接受)
eum ju cheuk-jjeong geom sa reul bat-dda
重音讀法 重音讀法

를（reul）：助詞，受詞＋를＋動詞

韓語發音指南

❶ 따 tta = ㄸ tt + ㅏ a
르 reu = ㄹ r + ㅡ eu
다 da = ㄷ d + ㅏ a
用例
술 sul = ㅅ s + ㅜ u + ㄹ l

❷ 안 an = ㅇ x + ㅏ a + ㄴ n
주 ju = ㅈ j + ㅜ u
用例
곁 gyeot = ㄱ g + ㅕ yeo + ㅌ t
들 deul = ㄷ d + ㅡ eu + ㄹ l
이 i = ㅇ x + ㅣ i
다 da = ㄷ d + ㅏ a

❸ 음 eum = ㅇ x + ㅡ eu + ㅁ m
주 ju = ㅈ j + ㅜ u
측 cheuk = ㅊ ch + ㅡ eu + ㄱ k
정 jeong = ㅈ j + ㅓ eo + ㅇ ng
用例
검 geom = ㄱ g + ㅓ eo + ㅁ m
사 sa = ㅅ s + ㅏ a

받 bat = ㅂ b + ㅏ a + ㄷ t
다 da = ㄷ d + ㅏ a

97 水果 과일 gwa il

136

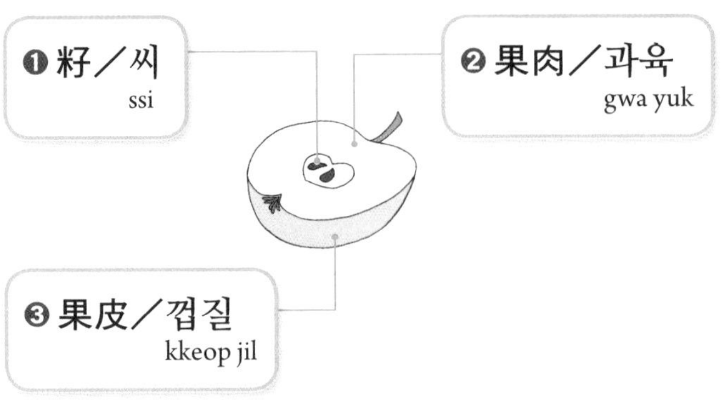

❹ 吃／먹다
meok-dda
重音讀法

用例 吃水果 과일을 먹다
水果 吃
gwa ireul meok-dda
連音讀法 重音讀法

을（eul）：助詞，受詞＋을＋動詞

❺ 果汁／주스 ＝juice
ju seu

用例 喝果汁 주스를 마시다
果汁 喝
ju seu reul ma si da

를（reul）：助詞，受詞＋를＋動詞

韓語發音指南

❶ 씨 ssi = ㅆ ss + ㅣ i

❷ 과 gwa = ㄱ g + ㅘ wa
육 yuk = ㅇ x + ㅠ yu + ㄱ k

❸ 껍 kkeop = ㄲ kk + ㅓ eo + ㅂ p
질 jil = ㅈ j + ㅣ i + ㄹ l

❹ 먹 meok = ㅁ m + ㅓ eo + ㄱ k
다 da = ㄷ d + ㅏ a
用例
과 gwa = ㄱ g + ㅘ wa
일 il = ㅇ x + ㅣ i + ㄹ l

❺ 주 ju = ㅈ j + ㅜ u
스 seu = ㅅ s + ㅡ eu
用例
마 ma = ㅁ m + ㅏ a
시 si = ㅅ s + ㅣ i
다 da = ㄷ d + ㅏ a

98 蔬菜 야채 ya chae

137

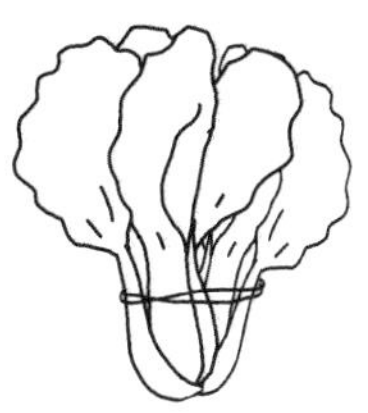

❶ 一把／한다발
han da bal

用例 一把蔬菜　한다발 야채
(一把 蔬菜)
han da bal　ya chae

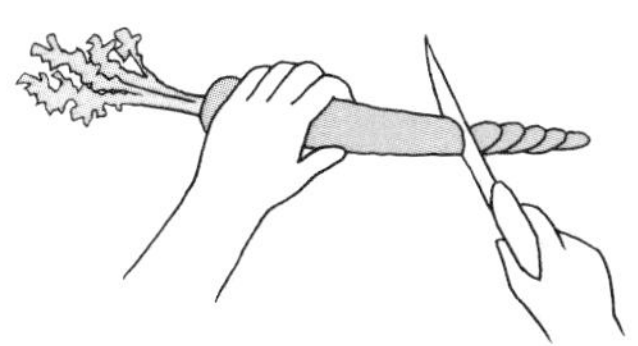

❷ 切／썰다
sseol da

用例 切菜　야채를 썰다
(蔬菜 切)
ya chae reul　sseol da

를（reul）：助詞，受詞＋를＋動詞

❸ 炒／볶다
bok-dda
重音讀法

用例 炒青菜　야채를 볶다
(蔬菜 炒)
ya chae reul　bok-dda
重音讀法

를（reul）：助詞，受詞＋를＋動詞

韓語發音指南

❶ 한 han = ㅎ h + ㅏ a + ㄴ n
다 da = ㄷ d + ㅏ a
발 bal = ㅂ b + ㅏ a + ㄹ l
用例
야 ya = ㅇ x + ㅑ ya
채 chae = ㅊ ch + ㅐ ae

❷ 썰 sseol = ㅆ ss + ㅓ eo + ㄹ l
다 da = ㄷ d + ㅏ a
用例
야 ya = ㅇ x + ㅑ ya
채 chae = ㅊ ch + ㅐ ae

❸ 볶 bok = ㅂ b + ㅗ o + ㄲ k
다 da = ㄷ d + ㅏ a
用例
야 ya = ㅇ x + ㅑ ya
채 chae = ㅊ ch + ㅐ ae

99 肉 고기 go gi

138

各種肉類

❶ 牛肉：소고기（牛）
so go gi

❷ 雞肉：닭고기（雞）
dak-ggo gi
重音讀法

❸ 豬肉：돼지고기（豬）
dwae ji go gi

❹ 羊肉：양고기（羊）
yang go gi

❺ 瘦肉：살코기
sal ko gi

❻ 肥肉：비계
bi gye

❼ 絞肉：갈은 고기（弄碎）
gareun go gi
連音讀法

*소（so）：牛
*닭（dak）：雞
*돼지（dwae ji）：豬
*양（yang）：羊

韓語發音指南

❶ 소 so = ㅅ s + ㅗ o
고 go = ㄱ g + ㅗ o
기 gi = ㄱ g + ㅣ i

❷ 닭 dak = ㄷ d + ㅏ a + ㄺ k
고 go = ㄱ g + ㅗ o
기 gi = ㄱ g + ㅣ i

❸ 돼 dwae = ㄷ d + ㅙ wae
지 ji = ㅈ j + ㅣ i
고 go = ㄱ g + ㅗ o
기 gi = ㄱ g + ㅣ i

❹ 양 yang = ㅇ x + ㅑ ya + ㅇ ng
고 go = ㄱ g + ㅗ o
기 gi = ㄱ g + ㅣ i

❺ 살 sal = ㅅ s + ㅏ a + ㄹ l
코 ko = ㅋ k + ㅗ o
기 gi = ㄱ g + ㅣ i

❻ 비 bi = ㅂ b + ㅣ i
계 gye = ㄱ g + ㅖ ye

❼ 갈 gal = ㄱ g + ㅏ a + ㄹ l
은 eun = ㅇ x + ㅡ eu + ㄴ n
고 go = ㄱ g + ㅗ o
기 gi = ㄱ g + ㅣ i

❶ 烤／굽다
gup-dda
重音讀法

用例 烤肉　고기를 굽다
肉　烤
go gi reul　gup-dda
重音讀法

를（reul）：助詞，受詞＋를＋動詞

❷ 油炸／튀김
twi gim

用例 炸天婦羅　튀김오뎅
油炸 天婦羅
twi gim o deng

各種烹調後的肉

❸ 燉肉：고기찜
燉、滷
go gi jjim

❹ 烤肉：구운 고기
烤
gu un　go gi

❺ 炸肉：튀긴 고기
油炸
twi gin　go gi

韓語發音指南

❶ 굽 gup = ㄱ g + ㅜ u + ㅂ p
다 da = ㄷ d + ㅏ a
用例
고 go = ㄱ g + ㅗ o
기 gi = ㄱ g + ㅣ i

❷ 튀 twi = ㅌ t + ㅟ wi
김 gim = ㄱ g + ㅣ i + ㅁ m
用例
오 o = ㅇ x + ㅗ o
뎅 deng = ㄷ d + ㅔ e + ㅇ ng

❸ 고 go = ㄱ g + ㅗ o
기 gi = ㄱ g + ㅣ i
찜 jjim = ㅉ jj + ㅣ i + ㅁ m

❹ 구 gu = ㄱ g + ㅜ u
운 un = ㅇ x + ㅜ u + ㄴ n
고 go = ㄱ g + ㅗ o
기 gi = ㄱ g + ㅣ i

❺ 튀 twi = ㅌ t + ㅟ wi
긴 gin = ㄱ g + ㅣ i + ㄴ n
고 go = ㄱ g + ㅗ o
기 gi = ㄱ g + ㅣ i

100 魚 생선
saeng seon

139

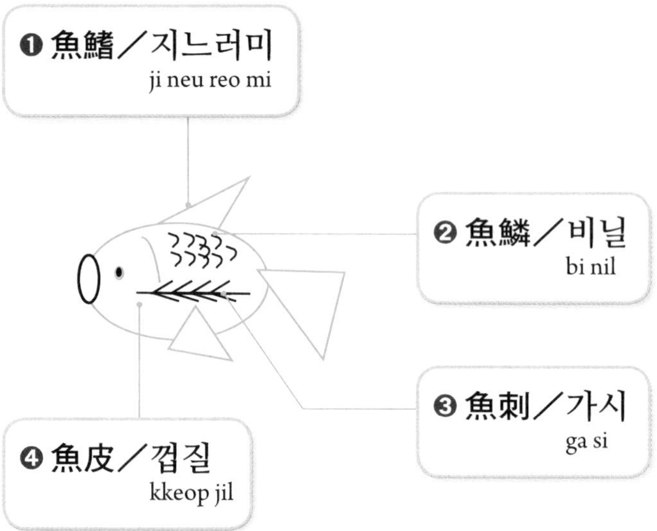

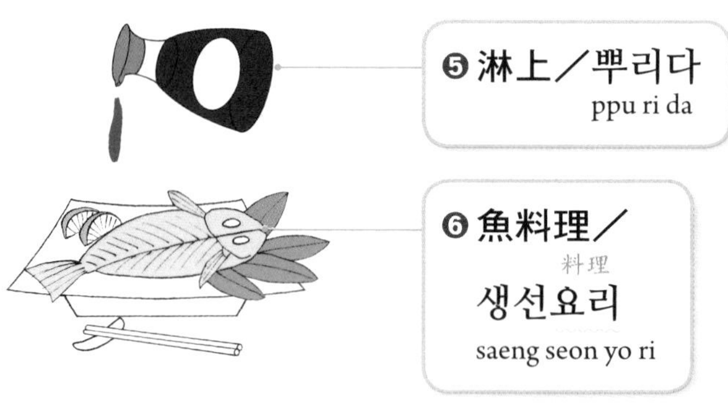

用例 淋醬油 간장(醬油)을 뿌리다(淋上)

gan jang eul ppu ri da

을（eul）：助詞，受詞＋을＋動詞

*간장（gan jang）：醬油

韓語發音指南

❶ 지 ji = ㅈ j + ㅣ i
느 neu = ㄴ n + ㅡ eu
러 reo = ㄹ r + ㅓ eo
미 mi = ㅁ m + ㅣ i

❷ 비 bi = ㅂ b + ㅣ i
닐 nil = ㄴ n + ㅣ i + ㄹ l

❸ 가 ga = ㄱ g + ㅏ a
시 si = ㅅ s + ㅣ i

❹ 껍 kkeop = ㄲ kk + ㅓ eo + ㅂ p
질 jil = ㅈ j + ㅣ i + ㄹ l

❺ 뿌 ppu = ㅃ pp + ㅜ u
리 ri = ㄹ r + ㅣ i
다 da = ㄷ d + ㅏ a

❻ 생 saeng = ㅅ s + ㅐ ae + ㅇ ng
선 seon = ㅅ s + ㅓ eo + ㄴ n
요 yo = ㅇ x + ㅛ yo
리 ri = ㄹ r + ㅣ i

用例

간 gan = ㄱ g + ㅏ a + ㄴ n
장 jang = ㅈ j + ㅏ a + ㅇ ng

101 海鮮 해산물 hae san mul

140

帶殼類海鮮

❶ 螃蟹：게
ge

❷ 蝦子：새우
sae u

❸ 蛤蜊：조개
jo gae

❹ 剝除／벗기다
beot-ggi da
重音讀法

用例 剝蝦殼 새우껍질을 벗기다
（蝦殼 새우껍질 / 剝除 벗기다）
sae u kkeop jireul beot-ggi da
連音讀法 重音讀法

을（eul）：助詞，受詞＋을＋動詞

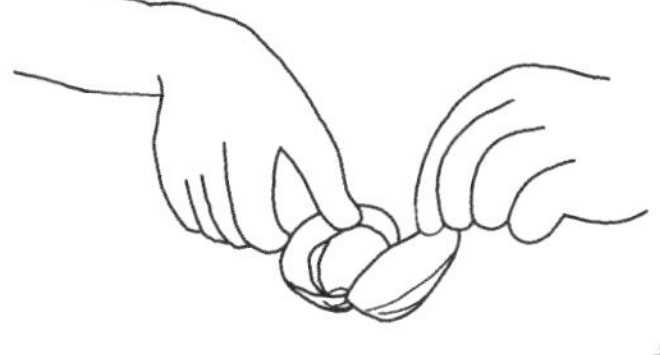

❺ 剝開／열다
yeol da

用例 剝開蛤蜊殼 조개껍질을 열다
（蛤蜊殼 조개껍질 / 剝開 열다）
jo gae kkeop jireul yeol da
連音讀法

을（eul）：助詞，受詞＋을＋動詞

韓語發音指南

❶ 게 ge = ㄱ g + ㅔ e

❷ 새 sae = ㅅ s + ㅐ ae
우 u = ㅇ x + ㅜ u

❸ 조 jo = ㅈ j + ㅗ o
개 gae = ㄱ g + ㅐ ae

❹ 벗 beot = ㅂ b + ㅓ eo + ㅅ t
기 gi = ㄱ g + ㅣ i
다 da = ㄷ d + ㅏ a

用例
새 sae = ㅅ s + ㅐ ae
우 u = ㅇ x + ㅜ u
껍 kkeop = ㄲ kk + ㅓ eo + ㅂ p
질 jil = ㅈ j + ㅣ i + ㄹ l

❺ 열 yeol = ㅇ x + ㅕ yeo + ㄹ l
다 da = ㄷ d + ㅏ a

用例
조 jo = ㅈ j + ㅗ o
개 gae = ㄱ g + ㅐ ae
껍 kkeop = ㄲ kk + ㅓ eo + ㅂ p
질 jil = ㅈ j + ㅣ i + ㄹ l

102 蛋 계란 gyeo ran

141

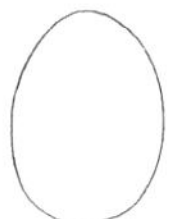

❶ 一顆／한개
han gae

用例 一顆蛋　계란(蛋) 한개(一顆)
gyeo ran　han gae

❷ 荷包蛋／계란후라이
gyeo ran hu ra i

用例 煎荷包蛋　계란후라이(荷包蛋) 하다(做（某件事）)
gyeo ran hu ra i　ha da

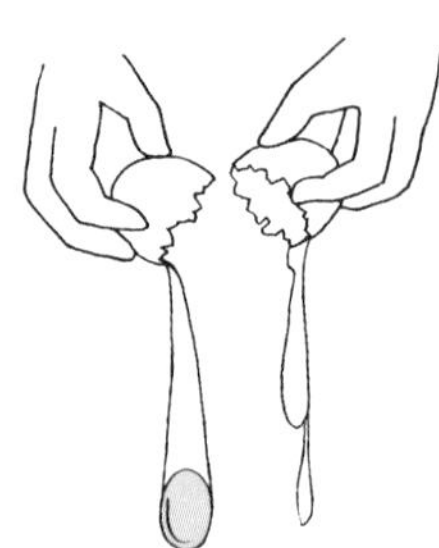

❸ 敲開／깨다
kkae da

用例 敲開蛋　계란(蛋)을 깨다(敲開)
gyeo raneul　kkae da
連音讀法

을（eul）：助詞，受詞＋을＋動詞

韓語發音指南

❶ 한 han = ㅎ h + ㅏ a + ㄴ n
개 gae = ㄱ g + ㅐ ae
用例
계 gyeo = ㄱ g + ㅖ yeo
란 ran = ㄹ r + ㅏ a + ㄴ n

❷ 계 gyeo = ㄱ g + ㅖ yeo
란 ran = ㄹ r + ㅏ a + ㄴ n
후 hu = ㅎ h + ㅜ u
라 ra = ㄹ r + ㅏ a
이 i = ㅇ x + ㅣ i
用例
하 ha = ㅎ h + ㅏ a
다 da = ㄷ d + ㅏ a

❸ 깨 kkae = ㄲ kk + ㅐ ae
다 da = ㄷ d + ㅏ a
用例
계 gyeo = ㄱ g + ㅖ yeo
란 ran = ㄹ r + ㅏ a + ㄴ n

❶ 打匀／풀다
pul da

蛋 打匀
用例 打蛋 계란을 풀다
gyeo raneul pul da
連音讀法

을（eul）：助詞，受詞＋을＋動詞

❷ 剝除／까다
kka da

蛋 外殼 剝除
用例 剝蛋殼 계란 껍질을 까다
gyeo ran kkeop jireul kka da
連音讀法

을（eul）：助詞，受詞＋을＋動詞

“蛋料理”的種類

蛋
❸ 蛋花：계란풀이
gyeo ran puri
連音讀法

半熟
❹ 半熟水煮蛋：반숙계란
ban suk gyeo ran

全熟
❺ 全熟水煮蛋：완숙계란
wan suk gyeo ran

韓語發音指南

❶ 풀 pul = ㅍ p + ㅜ u + ㄹ l
다 da = ㄷ d + ㅏ a
用例
계 gyeo = ㄱ g + ㅖ yeo
란 ran = ㄹ r + ㅏ a + ㄴ n

❷ 까 kka = ㄲ kk + ㅏ a
다 da = ㄷ d + ㅏ a
用例
계 gyeo = ㄱ g + ㅖ yeo
란 ran = ㄹ r + ㅏ a + ㄴ n

껍 kkeop = ㄲ kk + ㅓ eo + ㅂ p
질 jil = ㅈ j + ㅣ i + ㄹ l

❸ 계 gyeo = ㄱ g + ㅖ yeo
란 ran = ㄹ r + ㅏ a + ㄴ n
풀 pul = ㅍ p + ㅜ u + ㄹ l
이 i = ㅇ x + ㅣ i

❹ 반 ban = ㅂ b + ㅏ a + ㄴ n
숙 suk = ㅅ s + ㅜ u + ㄱ k
계 gyeo = ㄱ g + ㅖ yeo
란 ran = ㄹ r + ㅏ a + ㄴ n

❺ 완 wan = ㅇ x + ㅘ wa + ㄴ n
숙 suk = ㅅ s + ㅜ u + ㄱ k
계 gyeo = ㄱ g + ㅖ yeo
란 ran = ㄹ r + ㅏ a + ㄴ n

103 米飯 쌀밥 ssal bop

142

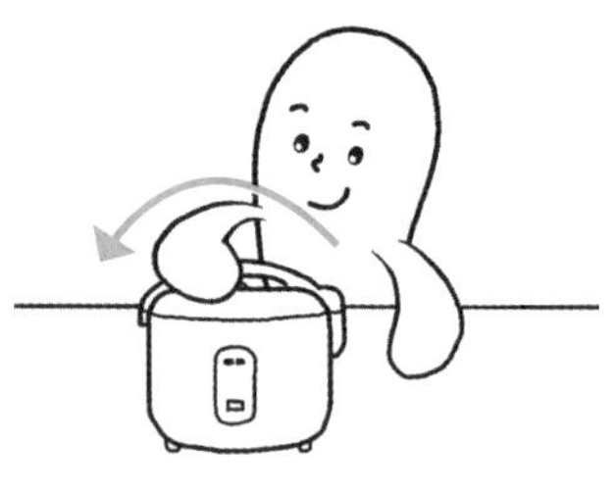

❶ 打開／열다
yeol da

❷ 電鍋／전기 밥솥
jeon gi bop sot

❸ 挖取／젓다
jeot-dda
重音讀法

❹ 盛裝／푸다
pu da

韓語發音指南

❶ 열 yeol = ㅇ x + ㅕ yeo + ㄹ l
다 da = ㄷ d + ㅏ a

❷ 전 jeon = ㅈ j + ㅓ eo + ㄴ n
기 gi = ㄱ g + ㅣ i
밥 bop = ㅂ b + ㅏ o + ㅂ p
솥 sot = ㅅ s + ㅗ o + ㅌ t

❸ 젓 jeot = ㅈ j + ㅓ eo + ㅅ t
다 da = ㄷ d + ㅏ a

❹ 푸 pu = ㅍ p + ㅜ u
다 da = ㄷ d + ㅏ a

用例

밥 bop = ㅂ b + ㅏ o + ㅂ p

用例 盛飯 밥을（飯） 푸다（盛裝）
bobeul（連音讀法） pu da

을（eul）：助詞，受詞＋을＋動詞

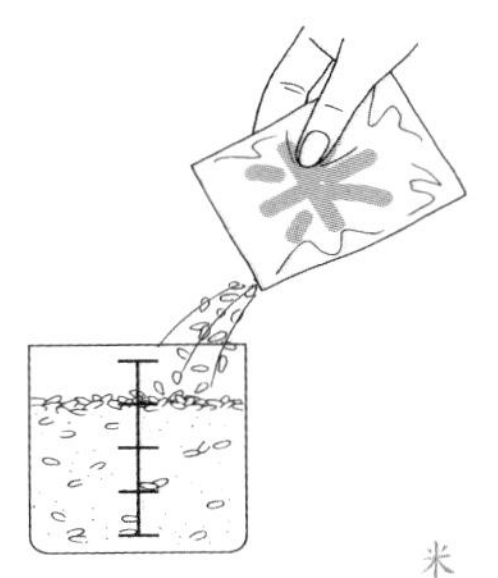

❶ 測量／재다
jae da

米　份量　測量

 **量米**　쌀의 양을 재다
ssare yang eul jae da
連音讀法

의（e）：助詞，…的
을（eul）：助詞，受詞＋을＋動詞

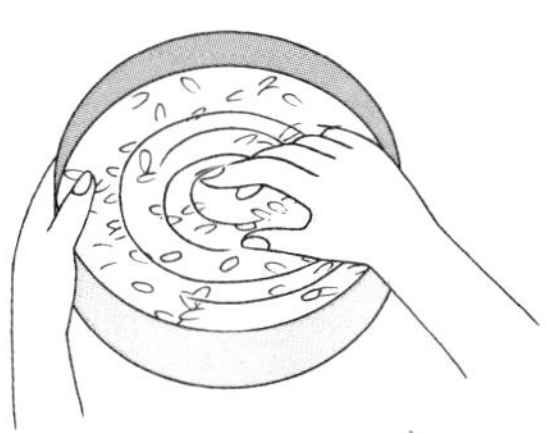

❷ 搓洗／씻다
ssit-dda
重音讀法

米　搓洗

用例 **洗米**　쌀을 씻다
ssareul ssit-dda
連音讀法　重音讀法

을（eul）：助詞，受詞＋을＋動詞

❸ 烹煮／끓이다
kkeuri da
連音讀法

飯　烹煮

用例 **煮飯**　밥을 끓이다
bobeul kkeuri da
連音讀法　連音讀法

을（eul）：助詞，受詞＋을＋動詞

韓語發音指南

❶ 재 jae = ㅈ j + ㅐ ae
다 da = ㄷ d + ㅏ a
用例
쌀 ssal = ㅆ ss + ㅏ a + ㄹ l

양 yang = ㅇ x + ㅑ ya + ㅇ ng

❷ 씻 ssit = ㅆ ss + ㅣ i + ㅅ t
다 da = ㄷ d + ㅏ a
用例
쌀 ssal = ㅆ ss + ㅏ a + ㄹ l

❸ 끓 kkeul = ㄲ kk + ㅡ eu + ㅀ l
이 i = ㅇ x + ㅣ i
다 da = ㄷ d + ㅏ a
用例
밥 bop = ㅂ b + ㅏ o + ㅂ p

104 麵包 빵 ppang

143

甜麵包・鹹麵包

❶甜麵包：단맛 빵（甜的）
dan mat ppang

❷鹹麵包：짠맛 빵（鹹的）
jjan mat ppang

❸購買／사다
sa da

用例 買麵包 빵을 사다（麵包 購買）
ppang eul sa da

을（eul）：助詞，受詞＋을＋動詞

❹烘烤／굽다
gup-dda
重音讀法

用例 烤土司 식빵을 굽다（土司 烘烤）
sik ppang eul gup-dda
重音讀法

을（eul）：助詞，受詞＋을＋動詞

韓語發音指南

❶ 단 dan = ㄷ d + ㅏ a + ㄴ n
맛 mat = ㅁ m + ㅏ a + ㅅ t
빵 ppang = ㅃ pp + ㅏ a + ㅇ ng

❷ 짠 jjan = ㅉ jj + ㅏ a + ㄴ n
맛 mat = ㅁ m + ㅏ a + ㅅ t
빵 ppang = ㅃ pp + ㅏ a + ㅇ ng

❸ 사 sa = ㅅ s + ㅏ a
다 da = ㄷ d + ㅏ a
用例
빵 ppang = ㅃ pp + ㅏ a + ㅇ ng

❹ 굽 gup = ㄱ g + ㅜ u + ㅂ p
다 da = ㄷ d + ㅏ a
用例
식 sik = ㅅ s + ㅣ i + ㄱ k
빵 ppang = ㅃ pp + ㅏ a + ㅇ ng

105 蛋糕 케익 ke ik

144

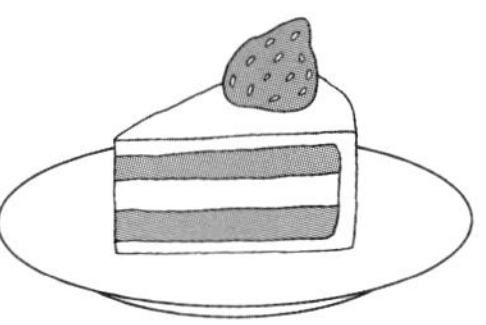

❶ 一塊／한조각
han jo gak

一塊　蛋糕＝cake

用例　一塊蛋糕　한조각의 케익
han jo gage ke ik
連音讀法

의（e）：助詞，…的

❷ 切／자르다
ja reu da

蛋糕　切

用例　切蛋糕　케익을 자르다
ke igeul ja reu da
連音讀法

을（eul）：助詞，受詞＋을＋動詞

❸ 蠟燭／초
cho

蠟燭　插上

用例　插蠟燭　초를 꽂다
cho reul kkot-dda
重音讀法

를（reul）：助詞，受詞＋를＋動詞

韓語發音指南

❶ 한 han = ㅎ h + ㅏ a + ㄴ n
조 jo = ㅈ j + ㅗ o
각 gak = ㄱ g + ㅏ a + ㄱ k
用例
케 ke = ㅋ k + ㅔ e
익 ik = ㅇ x + ㅣ i + ㄱ k

❷ 자 ja = ㅈ j + ㅏ a
르 reu = ㄹ r + ㅡ ru
다 da = ㄷ d + ㅏ a
用例
케 ke = ㅋ k + ㅔ e
익 ik = ㅇ x + ㅣ i + ㄱ k

❸ 초 cho = ㅊ ch + ㅗ o
用例
꽂 kkot = ㄲ kk + ㅗ o + ㅈ t
다 da = ㄷ d + ㅏ a

【附錄 1】什麼是「終聲」

從發音的角度來看，韓文字的發音包含【初聲】、【中聲】、【終聲】。如下：

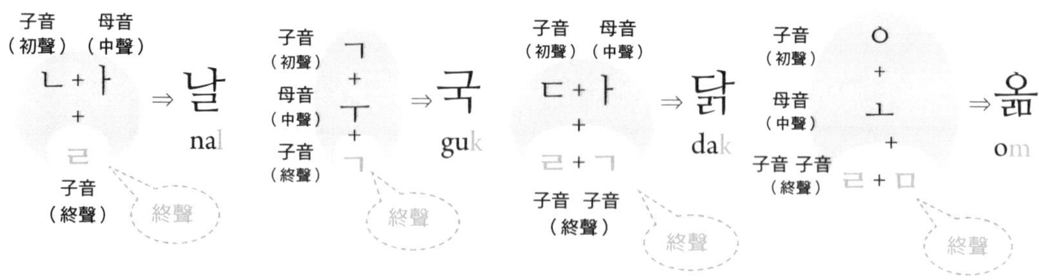

● 【終聲】的發音有七種

終聲是「位於最下方的子音」，可能是一個子音，也可能是兩個子音的組合。終聲的發音只有七種，即使由不同子音所形成的終聲，發音也可能相同。下表是終聲發音的整理：

位於終聲的子音（＊終聲是這幾種子音，發音都一樣）	發音	相近音	以 가（ga）+終聲 為例（＊終聲是這幾種情況，發音都一樣）
ㄱ ㅋ ㄲ ㄳ ㄺ	k	音標 [k]	각=캌=갂=갃=갉（發音都是 gak）
ㄴ ㄵ ㄶ	鼻音 n	音標 [n]	간=갅=갆（發音都是 gan）
ㄷ ㅅ ㅈ ㅊ ㅌ ㅎ ㅆ	t	音標 [t]	갇=갓=갖=갗=같=갛=갔（發音都是 gat）
ㄹ ㄼ ㄽ ㄾ ㅀ	l	音標 [l]	갈=갋=갌=갍=갏（發音都是 gal）
ㅁ ㄻ	鼻音 m	音標 [m]	감=갊（發音都是 gam）
ㅂ ㅍ ㅄ ㄿ ㄼ	p	音標 [p]	갑=갚=값=갎=갋（發音都是 gap）
ㅇ	鼻音 ng	音標 [ŋ]	강（發音是 gang）

例外

＊如果終聲是「ㅎ」，後方所接的字的初聲是「ㅇ」時，終聲「ㅎ」不發音。

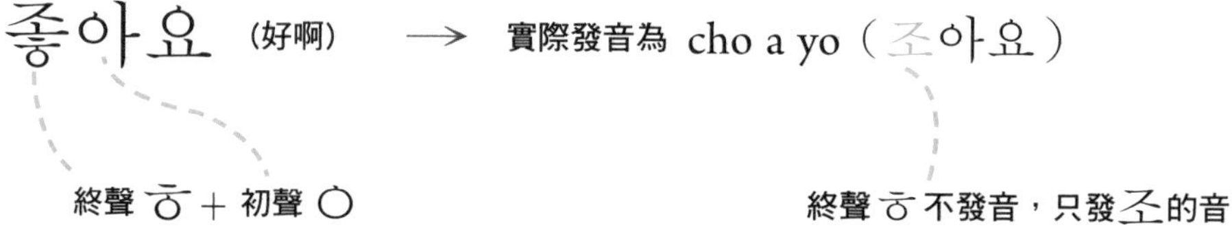

【附錄 2】什麼是「連音化」145

「連音化」是指當有終聲的字，後方所接的字的初聲為不發音的「ㅇ」時，「前一個字的終聲」必須和「後一個字的母音」一起發音。例如：

（1）

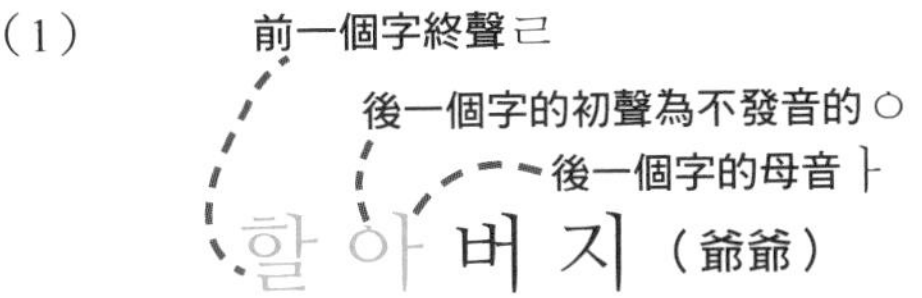

【原來拼音】hal a beo ji

【連音唸法】hara beo ji

* 前字的終聲「ㄹ」要和後字的母音「ㅏ」發連音
*「ㄹ」當終聲發音[l]，當初聲（起頭音）發音[r]
*「ㄹ」和ㅏ（a）連音時，「ㄹ」變成起頭音，所以發音為「ra」。

（2）

前一個字終聲ㄱ
後一個字的初聲為不發音的ㅇ
後一個字的母音ㅛ

목 욕（洗澡）

【原來拼音】mok yok

【連音唸法】mogyok

* 前字的終聲「ㄱ」要和後字的母音「ㅛ」發連音
*「ㄱ」當終聲發音[k]，當初聲（起頭音）發音[g]
*「ㄱ」和ㅛ（yo）連音時，「ㄱ」變成起頭音，所以發音為「gyo」。

（3）

前一個字終聲ㅂ
後一個字的初聲為不發音的ㅇ
後一個字的母音ㅣ

손 잡 이（拉環）

【逐字拼音】son jap i

【連音唸法】son jabi

* 前字的終聲「ㅂ」要和後字的母音「ㅣ」發連音
*「ㅂ」當終聲發音[p]，當初聲（起頭音）發音[b]
*「ㅂ」和ㅣ（i）連音時，「ㅂ」變成起頭音，所以發音為「bi」。

說明

* 作為終聲的「ㄱ (k)、ㄷ (t)、ㄹ (l)、ㅂ (p)」，在和下一個字的初聲產生連音時，發音為：ㄱ (g)、ㄷ (d)、ㄹ(r)、ㅂ (b)。

* 當終聲為「複合子音」時，將複合子音右邊的子音作為下一個字的初聲；而左邊的子音則是終聲。

複合子音右邊的子音為ㅁ（m），ㅁ作為初聲，和下一字的母音ㅡ（eu）一起發音

* 終聲為「ㅇ(ng)」時，不會和下一個字產生連音。

【附錄 3】什麼是「重音化」

「重音化」是指當前一個字的終聲發音為ㄱ (k)、ㄷ (t)、ㄹ (l)、ㅂ (p) 這四類，遇到後一個字的初聲為ㄱ、ㄷ、ㅂ、ㅅ、ㅈ時，後一個字的初聲發音必須從原本的「平音」轉變成「重音化」。

前一個字的終聲		後一個字的初聲		後一個字的初聲要【重音化】
ㄱ ㅋ ㄲ ㄳ ㄺ （發音是 k）	+	ㄱ	→	ㄲ kk
ㄷ ㅅ ㅈ ㅊ ㅌ ㅎ ㅆ （發音是 t）		ㄷ		ㄸ tt
ㄹ ㄻ ㄽ ㄾ ㅀ （發音是 l）		ㅂ		ㅃ pp
ㅂ ㅍ ㅄ ㄿ ㄼ （發音是 p）		ㅅ		ㅆ ss
		ㅈ		ㅉ jj

說明

＊本書在產生重音化的兩個音之間，加上「－」的符號，作為表示「重音化」的符號。
＊並將後一個字的初聲「重音化的拼音」以「具有重音感覺」的「gg、dd、bb」來表示。

舉例

앞자리 原來拼音為 ap ja ri → 【重音化】的發音為 ap-jja ri（앞짜리）
（前座）

닭고기 原來拼音為 dak ko gi → 【重音化】的發音為 dak-ggo gi（닭꼬기）
（雞肉）

한박스 原來拼音為 han bak seu → 【重音化】的發音為 han-bbak seu（한빡스）
（一盒）

【附錄 4】什麼是「助詞」

「助詞」是韓語句子中用來「連接受詞、動詞」、或表示「時間、地點、方法…等」特定意義的詞彙。助詞有兩大類，第一類助詞在使用上和終聲有關，第二類則沒有。分別整理如下：

和終聲"有關"的助詞

	接在沒有終聲的文字之後	接在有終聲的文字之後
表示主詞	가（ga）	이（i）
表示受詞	를（reul）	을（eul）
表示使用的工具、方法	로（ro）	으로（eu ro）★
和…、與…	과（gwa）	와（wa）

和終聲"無關"的助詞

在某地點、在某時間	에（e）
在某地點、從某地點	에서（e seo）★
……的，表示所有格	의（e）　＊의作為所有格的助詞使用時，發音是 e 不是 ui。

說明

＊上表★的助詞，으로 是一個助詞，에서 是一個助詞，都是由兩個韓文字構成的助詞。

＊本書以　　標示出助詞，學習韓語助詞的重點在於：

（1）了解助詞的意義。
（2）掌握助詞和主詞、受詞、動詞、和其他詞性的位置關係。

【附錄 5】韓語也有「外來語」

韓語中有很多詞彙源自英語，稱為「外來語」，這些外來語詞彙雖然以韓語字母書寫，但發音都非常接近英語。有時候，當韓國人說這些外來語的時候，你甚至於會認為他們是在說英文呢～本書列出外來語詞彙的英語詞源，建議大家仔細聆聽MP3，感受一下韓國人所說的外來語，和英文原來的發音到底有什麼不同。

＊ 電腦

컴 퓨 터

（韓語拼音） keom pyu teo

（英文原文） computer

＊ 螢幕

모 니 터

（韓語拼音） mo ni teo

（英文原文） moniter

＊ 鍵盤

키 보 드

（韓語拼音） ki bi deu

（英文原文） keyboard

＊ 滑鼠

마 우 스

（韓語拼音） ma u seu

（英文原文） mouse

檸檬樹網站・日檢線上測驗平台 http://www.lemon-tree.com.tw

韓語系列 01

專門替華人寫的圖解韓語單字：

800 張「情境圖・字義圖・步驟圖・實景圖」，道地韓語看圖就學會！【附中→韓順讀 MP3】

初版一刷　2012 年 6 月 7 日

作者　檸檬樹韓語教學團隊
封面設計　陳文德
版型設計　洪素貞
責任編輯　蔡依婷
協力編輯　鄭伊婷・方靖淳

發行人　江媛珍
社長・總編輯　何聖心
出版者　檸檬樹國際書版有限公司 檸檬樹出版社
E-mail：lemontree@booknews.com.tw
地址：新北市235中和區中安街80號3樓
電話・傳真：02-29271121・02-29272336
會計・客服　方靖淳
法律顧問　第一國際法律事務所 余淑杏律師

全球總經銷・印務代理　知遠文化事業有限公司
網路書城　http://www.booknews.com.tw 博訊書網
電話：02-26648800　傳真：02-26648801
地址：新北市222深坑區北深路三段155巷25號5樓

港澳地區經銷　和平圖書有限公司
電話：852-28046687　傳真：850-28046409
地址：香港柴灣嘉業街12號百樂門大廈17樓

定價　台幣340元／港幣113元
劃撥帳號　戶名：19726702・檸檬樹國際書版有限公司
・單次購書金額未達300元，請另付40元郵資
・信用卡・劃撥購書需7-10個工作天

專門替華人寫的圖解韓語單字 / 檸檬樹韓語教學團隊著. -- 初版. -- 新北市：檸檬樹,
2012.06
面；　公分. --（韓語系列；1）
ISBN 978-986-6703-54-6（平裝附光碟片）
1.韓語 2.詞彙
803.22　　101005095